J I A N   S H E H U I   K E X U E Y U A N   X U E Z H E   W E N K U

福建社会科学院学者文库

# 似远行近

## 万平近自选集

万平近 著

江苏大学出版社

JIANGSU UNIVERSITY PRESS

镇江

**图书在版编目(CIP)数据**

似远行近：万平近自选集 / 万平近著. —镇江：
江苏大学出版社，2020.3
ISBN 978-7-5684-1323-7

Ⅰ．①似… Ⅱ．①万… Ⅲ．①中国文学－现代文学－
文学研究 Ⅳ．①I206.6

中国版本图书馆 CIP 数据核字(2020)第 013447 号

**似远行近：万平近自选集**
Siyuan Xingjin：Wan Pingjin Zixuanji

著　　者/万平近
责任编辑/汪　勇　张　平
出版发行/江苏大学出版社
地　　址/江苏省镇江市梦溪园巷 30 号(邮编：212003)
电　　话/0511-84446464(传真)
网　　址/http：//press.ujs.edu.cn
排　　版/镇江文苑制版印刷有限责任公司
印　　刷/扬州皓宇图文印刷有限公司
开　　本/718 mm×1 000 mm　1/16
印　　张/17.25
字　　数/300 千字
版　　次/2020 年 3 月第 1 版　2020 年 3 月第 1 次印刷
书　　号/ISBN 978-7-5684-1323-7
定　　价/60.00 元

如有印装质量问题请与本社营销部联系(电话：0511-84440882)

# 《福建社会科学院学者文库》编委会

# 出 版 说 明

　　《福建社会科学院学者文库》(以下简称《学者文库》) 旨在集中展示我院具有一定代表性的学者的科研成果。作者范围包括政治学、经济学、社会学、法学、文学、历史学、哲学、图书馆·情报与文献学等诸多研究领域。为了尊重作品发表的原貌与时代背景,《学者文库》收录文章时,对其内容基本保持原貌。目前,我院正在积极探索推进哲学社会科学创新,编辑出版《学者文库》系列丛书是创新工程的一个组成部分。我们期待,《学者文库》能够为读者提供更多更好的研究成果。

《福建社会科学院学者文库》编委会

2019 年 11 月 19 日

# 目　　录

# 从文化视角看林语堂

## 一

> "我本龙溪村家子，环山接天号东湖，十尖石起时入梦，为学养性全在兹。"①

这是林语堂的《四十自叙》中的一段，写于 1934 年 8 月。那时林语堂在庐山完成第一部英文著作《吾国与吾民》，乘长江轮船回上海，在船上写起诗来，像胡适的《四十自述》一样，回顾半生的经历。诗中对乡土洋溢着眷恋之情。林语堂生于 1895 年 10 月 10 日，幼时名叫和乐。他祖辈是福建龙溪人，老家在漳州近郊五里沙。祖父母、父母都信基督教。父亲当了牧师后到平和县坂仔乡传教，全家居住于坂仔多年。林语堂是在坂仔出生的。以上四句诗就是写他的出生地。坂仔乡是块小盆地，四面环山，又有东湖的美名。诗中"十尖""石起"都是附近的山名。坂仔到县城小溪有溪水相通，名为西溪，乘船可达漳州、厦门，两岸风景秀丽。坂仔的山，西溪的水，水上划行的五篷船，淳朴的民风，勤劳的人民，在幼年林语堂心中留下了美好的印象，后来他在散文、小说中一再描述，特别是小说《赖柏英》以浓郁抒情之笔描述家乡的风物民情。这就是说乡土文化对他产生过深远的影响，直到晚年也难以忘怀。林语堂把自己的人生观称为"高地人生观"，当然不大准确，因为意识形态和地理形态不能等同，但故乡的自然和社会环境，以及人们的文化心理，在一个人的性格形成过程中起着潜移默化的作用。林语堂晚年在《八十自叙》中写道：

---

① 陶元德主编：《论语》半月刊第 49 期，上海时代图书公司，1934 年 9 月。

我能成为今天的我，就是这个原因。我把一切归于山景。这是我性格的主调，想追求自由，不要别人打扰。宛如一个山地傻小子站在英国皇太子身边，却不认识他的身份。他想说话，就大胆直说，不想说的时候，便闷声不响。①

当然，林语堂虽有追求自由的性格特点，但不是"山地傻小子"，并不封闭在乡土文化之中，而是广采博取西方文化和中国传统文化，在求学期间更多吸取西方文化。他在《八十自叙》中用不少篇幅记述青年时期如何接受西方文化，感到当时的中国"需要一连串的调整和全盘再思，但是中国人最大的责任就是重新思考"。② 由于从小学到大学林语堂都在教会办的学校读书，同外国传教士、教师接触较多，特别在上海圣约翰大学学习期间，广泛阅读西方文化科学书籍，使他"对于西洋文明和普通的西洋生活具有基本的同情"。③ 他大学毕业之后到清华学校工作了三年，然后出国留学，先后到美、法、德三国，获得哈佛大学文学硕士和莱比锡大学哲学博士学位。从林语堂的学历可知，他是受新式学校的正规教育，长期在西洋文化熏陶中成长的，同"五四"以来胡适、罗家伦、陈西滢、任叔永等许多著名学者大抵相似。

林语堂广泛涉足于西洋文化，但并没有走到数典忘祖的境地。他感到在教会学校中学习现代文化科学知识获益良多，但对中文却较生疏，大学毕业后又大读中国古书，从唐诗、《红楼梦》到《人间词话》，甚至另辟蹊径，阅读大量不见经传的杂著。他回忆说："自任清华教席之后我即努力于中国文学，今日能用中文写文章者皆得力于此时之用功也。"④ 据周辨明回忆⑤，他和林语堂、孟宪承在清华时曾组织"三人读书团"，他是老子，宪承是孟子，语堂是孔子，每星期日下午聚会一次，轮流报告读书心得。随后林语堂在留学期间，利用莱比锡大学丰富的藏书，研读了《汉学师承记》《皇清经解》《经解续编》等许多中国古书。林语堂的古文根底虽不及鲁迅等人，但高于当时一般中国留学生。后来林语堂半自嘲半嘲笑一般留

① 林语堂：《八十自叙》，台湾远景出版事业公司，1980 年。
② 林语堂：《八十自叙》，台湾远景出版事业公司，1980 年。
③ 《林语堂自传》，《逸经》，1936 年第 17 期（11 月 5 日）。
④ 《林语堂自传》，《逸经》，1936 年第 17 期（11 月 5 日）。
⑤ 《七人会——彼时至今》，台湾《清华校友通讯》，第 43 期。

学生时写道："其时文调每每太高，这是一切留学生刚回国时之通病，后来受《语丝》诸子的影响，才渐渐知书识礼，受了教育，脱离哈佛腐儒的俗气。所以现在看见哈佛留学生专家架子十足，开口评人短长，以为非哈佛藏书楼之书不是书，非读过哈佛之人不是人，知有世俗之俗，而不知有读书人之俗，也只莞尔而笑，笑我从前像他。"①

从上面简约的叙述可知，林语堂以乡土文化为起点，在西洋文化的道路上长跑，又回到中国传统文化的基地继续竞走，广采博取，成为"两脚踏东西文化"的文化人。这也就是说，林语堂的知识涵养中包容了乡土文化、西洋文化和中国传统文化。这三种文化在林语堂身上融合在一起，使他成为博学性的作家和学者，使他的著述文化容量较充实；这三种文化在他身上也免不了相互冲击，使他产生种种矛盾和困惑。他在《四十自叙》中说"一生矛盾说不尽"，在《八十自叙》开篇列举了"一捆矛盾"，但找不出原因，其实他所说的矛盾中有些属于性格、生活习惯之外的，大致都是三种不同文化的冲击而形成的。不论矛盾有多少，作为一个文化人，一身兼有多种文化涵养，毕竟是难能可贵的，这是林语堂的一个特点和优势。

## 二

林语堂既汲取多种文化的乳汁，在文化领域内驰骋的范围自然较广，但他首先也主要是以作家的身份闻名于中国文坛并扬名于海外的。我国"五四"以来的老一辈新文学作家，大都融学者与作家于一身。其中有不少知名作家，如叶圣陶、谢冰心、冯沅君、闻一多等，先搞创作，后来长期从事教育工作；而林语堂同鲁迅、茅盾、老舍相似，先搞教育或其他实际工作，后来专门从事写作。林语堂于1923年留学回国，先后受聘为北京大学、北京女子师范大学、厦门大学教授，并撰文在《晨报副刊》《语丝》《莽原》等刊物上发表，从1927年下半年开始离开教育岗位而跻身于专业作家之林。

林语堂长达半个世纪的文学生涯，大致可用"散文——小说——散

---

① 林语堂：《语言学论丛·弁言》，开明书店，1933年5月。

文"和"中文——英文——中文"两个公式加以概括，而两个公式中前后
两段约为十年，中间一段则为三十年；若加上"创作——翻译——创作"
则更为全面。

　　林语堂早年名叫林玉堂，从 1918 年春季开始在《新青年》发表文章和
通讯，支持白话文；1924 年在《晨报副刊》发表文章，把英文 Humour 翻
译为"幽默"，并加以提倡，但在那时没有什么反响。林玉堂、林语堂之
名不断出现在鲁迅主编的《语丝》上而逐渐知名于文坛。1925 年、1926
年是林语堂写作散文杂文的第一个高潮岁月，也是他文学生涯中的一个黄
金时期。他作为语丝派的一员，同鲁迅并肩战斗，撰文针砭封建军阀及同
旧势力相妥协的现代评论派，语言风格也自成一家。1928 年，他把早期散
文杂文结集为《剪拂集》出版。他又写了《子见南子》的剧本，由于剧中
有讽嘲孔子的内容，因此在山东上演后引起不同的反应，而鲁迅和新文学
阵营则予以支持。

　　1932 年至 1936 年，是林语堂从事文学活动最活跃时期，也是他散文
杂文写作的第二个高潮。他邀集几位志同道合者，先后创办了《论语》
《人间世》《宇宙风》《西风》等刊物，出版"论语丛书""人间随笔"，提
倡"幽默文学""小品文"，在二十世纪三十年代的文坛上掀起了一股幽默
风、小品文热，对促进现代散文的发展起了一定的积极作用，但也提出了
一些不合时宜的文艺主张。林语堂一面办刊物，一面从事散文杂文写作，
结集出版了《大荒集》《我的话》，未入集的文章后来收入《语堂文存》。
他这个时期的散文杂文，从思想倾向来说由激进转为温和，还有一些属于
"谈谈笑笑"性质的文章。鲁迅撰文进行过批评和劝导。但林语堂的散文
杂文中广博的引证、亲切的笔调、幽默的风格，使其仍不失为当时的代表
作家之一。阿英 1934 年编选《现代十六家小品》，林语堂的作品就被作为
一家而入选。据前几年在美国发现的《鲁迅同斯诺谈话整理稿》记载：
"最优秀的杂文作家：周作人、林语堂、周树人（鲁迅）、陈独秀、梁启
超。"① 鲁迅与斯诺的谈话，据译者考证是 1936 年 5 月。那时鲁迅与林语
堂在政治思想上已经道不相同，也不再来往，但鲁迅并不抹杀林语堂散文
杂文创作的成就。

---

① 斯诺整理：《鲁迅同斯诺谈话整理稿》，安危译，《新文学史料》，1987 年第 3 期。

林语堂在国内时已开始用英文写作，在《中国评论报》发表了大量小评论，但主要还是用中文；从1936年8月旅居美国开始，则主要用英文写作。在国外，他继续写散文杂文，特别是抗战期间写了为数不少揭露日本帝国主义侵略罪行的政论。从1938年开始，林语堂以主要精力用于写英文长篇小说和传记文学，到去台湾定居前为止共完成《京华烟云》《风声鹤唳》《唐人街》《朱门》《远景》《赖柏英》《红牡丹》七部长篇小说和《苏东坡传》《武则天传》等传记文学作品。林语堂把《京华烟云》《风声鹤唳》《朱门》三部小说称之为"林语堂三部曲"。① 其中，《京华烟云》是林语堂的代表作，在海外销行不衰，一度被列为诺贝尔文学奖的候选作品之一，中译本出版后也受到国内读者欢迎。这七部小说时代跨度很大，从十九世纪末到二十世纪初，取材比较广泛，情节结构多样，文化内涵较丰富，在艺术上做了多种探索，各有一些特色，但可惜艺术水平第一部达到一定高度之后未再继续升华，甚至走下坡路。林语堂用小说体写的传记文学中以《苏东坡传》成就较高，反映出林语堂对中国古代文化、文学已经叩门入室。

1966年6月林语堂结束了旅居海外的生活，定居于台北市，并重新用中文写作散文杂文，不再写小说。他晚年的散文杂文先后结集为《无所不谈》一集、二集出版，后来又编为《无所不谈合集》。他在《序言》中写道："书中杂谈古今中外，山川人物，类多小品之作，即有意见，以深入浅出文调写来，意主浅显，不重理论，不涉玄虚。中有几篇议论文，是我思想重心所寄。"② 这部合集反映了他晚年散文杂文创作的成果，虽然内容较庞杂，但文笔精练而又畅晓，文化内涵较早年作品更丰沛。

总的说来，在文学领域内，林语堂既是散文作家，又是小说作家，而且祖国异国文字兼用，这在中外作家中是少见的。比较起来看，他小说创作的字数多于散文，而散文的成就高于小说，这是由于散文创作更能发挥林语堂文化知识积累丰厚的优势，且能运笔自由，而小说创作则受到人物形象、情节结构的种种限制，特别同生活积累密切相关，文化涵养则又不可能弥补生活的局限。尽管如此，林语堂居住于纽约高楼，收集素材有所

---

① 林语堂：《八十自叙》，台湾远景出版事业公司，1980年。
② 林语堂：《无所不谈合集》，台湾开明书店，1973年。

局限却写出多部长篇小说，这种创作热情和艺术追求是值得赞赏的。

既是著作家又是翻译家，"五四"以来我国不少文学家都具有这个一身二任的特点，鲁迅、周作人、郭沫若、茅盾、巴金都是这样。林语堂也是如此，而且擅长于汉译英，翻译成就不亚于创作成就。林语堂在歌德的故乡耶拿的耶拿大学学习过，对歌德及许多外国作家都十分敬仰，但他回忆："我更爱海涅，除了诗篇，尤其欣赏他的政论作品。"① 他从事翻译也就从翻译介绍海涅的作品入手，并翻译介绍西方表现主义的文艺理论著作。但不久他便把精力转到汉译英方面，在我国翻译家开掘较少的领域付出了巨大的劳动，而且成绩斐然。

翻译文学作品不是易事，把祖国文字译成异国文字，而且用现代英语译中国古文，其难度可想而知。林语堂恰恰选择了这一高难度的工作。在二十世纪三十年代居上海期间，他英译了《老残游记》和《浮生六记》。他旅居海外，为了向外国读者介绍中国文化，在写作之余，把大量时间用于英译中国古典名著，《老子》《庄子》《论语》及不少古代寓言、传奇、诗词都经他之手译成英文并加以评注在国外出版。他用英文写了介绍中国的专书《吾国与吾民》《生活的艺术》，翻译了不少中国古代诗词。美国女作家赛珍珠英译了《水浒传》，林语堂本来打算翻译《红楼梦》，但感到那时宣传抗日更为重要，于是借鉴《红楼梦》创作《京华烟云》（中国翻译家翻译的《红楼梦》英文全译本后来由杨宪益、戴乃迭完成，1978 年外文出版社出版）。林语堂翻译中国古书把"忠实的标准"放在第一位，他认为"译者的第一责任，就是对原文或原著者的责任，就是如何才可以忠实于原文，不负作者的才思与用意"。② 林语堂的翻译对于中外文化交流自然是很有价值的。

我国近代著名的翻译家严复、林纾、辜鸿铭都是福建人，林语堂恰可并列其中，从翻译的数量质量来说并不逊色。当然，即便同是著名翻译家，时代不同，个人在历史上的地位各不相同，不必详述。

总之，从林语堂的文学生涯中可以看出，他不论是创作还是翻译，都表现出一个知识广博的文化人的特点。

---

① 林语堂：《八十自叙》，台湾远景出版事业公司，1980 年。
② 林语堂：《论翻译》，《语堂文集》，台湾开明书店，1978 年，第 633 页。

# 三

林语堂由于广采博取多种文化知识，因而从事学术研究的领域也较为广阔。他既是语言学家，又是中外文化比较研究学者，晚年又致力中国古代哲学、文学，特别是红学的研究。

林语堂的英语水平据他自己说是"呱呱叫"的，这倒不是自夸。鲁迅也很看重他的英文水平。大学毕业后，林语堂又重视中国文字学、音韵学的学习和钻研。他最初在《新青年》《晨报副刊》上发表的文章多属语言学方面的，支持汉字改革的主张。在德国莱比锡大学留学期间，他主要研读语言学；回国初期陆续发表有关语言学的论文，如《国语罗马字拼音与科学方法》《古有复辅音说》等。为了推广国语罗马字，钱玄同、赵元任于1925年9月成立"数人会"（又称"七人会"）①，除钱、赵之外，还有刘半农、林语堂、黎锦熙、汪怡，已到厦门大学任教的周辨明也加入，含有"竹林七贤"的寓意。这七人都成为著名的语言学家。林语堂不仅研究语言学、音韵学及汉字改革，而且运用语言学规律研究英语教学。1929年和1931年，他编写的《开明英文读本》和《开明英文文法》先后出版。据开明书店老编辑唐锡光回忆："林语堂的《开明英文读本》用许多文学故事作课本，语文与文法又结合得较密切，的确很有特色，再配上丰子恺的插图，更使人觉得面目一新，因而采用的中学很多，发行量因此很大，成了开明书店最繁销的书。"②

二十世纪三十年代以来，林语堂文学活动的热度超过了语言学，正如他在《四十自叙》中所说："幽默拉来人始识，音韵踢开学渐疏。"除结集出版《语言学论丛》之外，他发表的语言学论文的确渐少。其实这对于林语堂来说倒是一种损失。不过，林语堂到晚年又再把踢开的语言学、音韵学重新用起来，发表了《整理汉字草案》《中国语词的研究》《论部首改良》《国语的将来》等一系列论文，特别是主编出版了《当代汉英词典》，采用简化汉语罗马字拼写法，在语言辞书方面做出了新的贡献。

---

① 《七人会——彼时至今》，台湾《清华校友通讯》，第43期。
② 唐锡光：《开明的历程》，《我与开明：1926—1985》，中国青年出版社，1985年，第295页。

如果说林语堂对语言学的研究比较集中于早期和晚年的话，那么可以说中西文化的比较研究则贯穿于各个时期，寄寓于他的大部分著述之中。我国近代现代不少著名学者曾致力于中西文化的比较研究，如清末的张之洞、梁启超，"五四"时期的胡适、杜亚泉、罗家伦等，都以各不相同的观点比较中西文化，得出各不相同的结论。林语堂起步晚几年，但却是后来者居上，就中西文化比较问题发表了大量文章和演说，对中外国民性的不同，西方批评文化的长处及中国传统文化的弱点，中国和西方文学艺术，以及生活方式、生活习俗的不同，都曾加以研究和分析，提出了许多不是人云亦云的见解。他用英文撰写的专书《吾国与吾民》《生活的艺术》贯穿了中外文化的比较，其中精彩的部分也是这种比较研究的心得。尽管他的中外文化观往往游移不定，对中外文化的分析出现过种种偏颇，有时取表面而舍实质，见树木而不见森林，但基本精神是主张广泛汲取中外文化一切优秀成果的。人的观念是会变化的，熟悉西洋文化的林语堂同"五四"后的杜亚泉、胡适相似，在对待西洋文化及中国传统文化关系上经历了由开放型到守旧型的转化，但他在阐释中外文化时传播大量文化知识依然是有价值的。因此，"五四"以来致力于中外文化比较研究的著名学者，林语堂应当算是代表人物之一。

林语堂是文学家，始终没有舍弃文学的研究。早年他把西方的表现主义介绍进来，并力图同中国古代的"性灵文学"融合起来，希图在中国革命文学与反动文学之间寻出一条不偏不倚的中间道路来。这个意图没有实现，但他谈文学的论文也包含了不少言之有理的成分，比如强调作家的真情实感，反对矫揉造作，等等。由于翻译工作的需要，他对孔孟哲学、老庄哲学、宋明理学都进行了研究，并写出了专书和论文。他是个基督教徒，但对佛教、道教也做过探讨。晚年他又开辟新的研究领域，致力于《红楼梦》的研究，撰写了专著《平心论高鹗》及一系列论文。同胡适考证《红楼梦》得出后四十回系高鹗所续作的说法不同，林语堂认为后四十回仍为曹雪芹的原稿。这表明林语堂在学术研究上不是墨守成规，而是勇于领异标新。

此外，林语堂对中国绘画、书法、建筑艺术也做过理论研讨，有不少精湛的论述。林语堂在学术领域内所做的钻研，确实可以说是多方位的，显示出"两脚踏东西文化"这个特点。尽管从思想理论方面来说，未必都是精当的，但从弘扬中外优秀的文化、帮助人们提高文化素养来说，林语堂的功劳是不容抹杀的。

# 四

林语堂从一个普通的龙溪村家子弟，经过多年勤奋学习和执着追求，成为国内外知名度很高的文化人。他接受中外多种文化乳汁的哺育而成长，又以毕生精力在文化地层上做了辛勤的开掘和耕耘，结出了丰盛之硕果，献出三十多部著作译作，成了供后人借鉴的文化遗产。林语堂经历了八十一载的人生道路，1976 年 3 月 26 日逝世。

人类文化无比丰富，然而又极为纷杂。它能启人心智，催人进取，也能诱人迷糊，引人落伍。即使是文化伟人也不是完美无缺的。我国文化革命伟人鲁迅在二十世纪二十年代就经历过苦闷仿徨、上下求索时期。林语堂写过《译尼采〈走过去〉——送鲁迅先生离厦门大学》①的文章，对社会黑暗怀激愤之情，富有积极进取精神。鲁迅的确勇敢地"走过去"了，"走过那呆汉及城"，而且实现了思想的伟大转变，走到了时代的最前列，超越了旧我，超越了同时代文化人。林语堂不久也走出了厦大，但没有超越旧我，未能走到时代的前列，未能摆脱羁绊前进道路的文化荆棘，甚至走了回头路。林语堂在回顾同鲁迅的交往过程时写道："鲁迅与我相得者二次，疏离者二次，其即其离，皆出自然，非吾与鲁迅有轻轩于其间也。至始终敬鲁迅；鲁迅顾我，我喜其相知，鲁迅弃我，我亦无悔。大凡以所见相左相同，而为离合之迹，绝无私人意气存焉。"②这些话是真实的。林语堂与鲁迅有过密切交往，但后来由于思想分歧而各自东西。不必讳言，林语堂从写《四十自叙》时宣布"偏憎人家说普罗"开始，思想上的确渐渐跟不上时代的步履。

正如宗教信仰可以任人选择一样，政治信仰的选择也是自由的，任何人不能强求。"五四"以来在多种思潮的激烈冲突中，在复杂尖锐的民族

---

① 林语堂：《译尼采〈走过去〉——送鲁迅先生离厦门大学》，《剪拂集》，北新书局，1928年。此文系翻译尼采著《萨拉土斯脱拉如是说》第三部第七章。
② 林语堂：《悼鲁迅》，《宇宙风》，1937年第32期（1月1日）。

阶级的斗争中，文化名人和有识之士都各自做出了抉择。林语堂早期参与进步的文化阵营，做了不少有益的工作；中年时期经过几年仿徨观望之后，终于同进步文化阵营分道扬镳。这当然是他的自由，正如他所说："时人笑我真聩聩，我心爱焉复奚辞。"[①] 但问题是林语堂身上的矛盾不是迎刃而解，而是再也无法厘清。比如，他是提倡"清远超脱""冷静超远"[②] 的，也就是淡化政治，同现实保持距离，如果真是这样做，那么林语堂在文化学术上可以多做贡献。但实际上林语堂中年及晚年政治意识反而很强，以至于浪费了大量时间精力去写纯属政治宣传品而缺乏学术价值的书和文章，如《匿名——一九一七年到一九五八年的苏俄记录》之类。《吾国与吾民》《生活的艺术》本来是向外国人介绍中国的，但为了适应那时外国人的口味，硬加上一些歪曲、攻击马列主义的谰言；连《苏东坡传》这样与现实无关的书也要捎带说几句反共的话，使一本好书反而沾上污点。至于二十世纪六十年代写的《逃向自由城》的小说，更属政治宣传品，连林语堂论语时代的帮手、后来文学上颇有成就的作家徐訏也认为"实在是不应该发表的作品"。[③] 当然我们不能离开时代条件而苛求。林语堂无论是在四五十年代的美国或六七十年代的台湾地区，都不能不说那个时代和环境中流行的语言，即便是学术著作也难免涂上一点那种时代和环境流行的政治色彩，况且他没有投笔从政，始终坚持学术岗位，并未堕入政客之途。今天，我们对待林语堂的著述，完全可以还它的文化学术面貌，评论其学术本身的价值，不因其中有若干政治秽语而全盘否定。

林语堂在二十世纪三十年代主编的《宇宙风》，由于刊载语堂、知堂（周作人）、鼎堂（郭沫若）的文章较多，当时被人戏称为"三堂文集"。后来"三堂"各走了不同道路，在中国现代文化人中的确代表三种不同的类型。郭沫若、周作人尽人皆知，不必多说。三十年代之初，林语堂在提倡"性灵"时与周作人唱和，在抗战期间，林语堂坚持了民族立场，不像周作人那样丧失民族气节；但他对以郭沫若为代表的左派人士不满，写了《赠别左派仁兄》一诗，实际上把自己归到右翼文化人行列。这当然是林

---

① 林语堂：《四十自叙》，台湾远景出版事业公司，1980 年。
② 林语堂：《论幽默》，《论语》，第 33、35 期。
③ 《追思林语堂先生》，台湾《传记文学》，第 31 卷第 6 期。

语堂的迷误。剖析其原因大致有二：一是林语堂虽自认为"生来原喜老百姓"①，但只停留在宗教的慈善主义，行动上未能始终同人民站在一起；二是他虽"惟学孟丹我先师"②，接受了资产阶级人文主义、民主主义思想，但对近百年来中国的革命运动和历史变迁缺乏了解和研究，看不清中国历史发展的动向。这也就是说，林语堂在文化领域内涉猎面很广，在学术研究上做了多方位的开掘，但却存在很大缺漏，恰恰对中国近百年史缺少钻研，这就不可能站在时代高处观察一切，大大限制了思想文化视野。这也可以说是林语堂停在道德家的庭园之中，而未能进入思想家的高层楼堂的重要因素之一。

林语堂已经成为历史人物。对历史人物的评价应当坚持实事求是的原则，既不能脱离历史条件而苛求，也不能以空洞的溢美之词代替具体的分析。我们评析林语堂的局限和迷误，并不是否定其贡献。林语堂是我国现代一位获得国际声誉的文化名人是肯定无疑的。林语堂不仅博学多才，而且富有深厚的民族观念和民族感情，不忘自己是华夏子孙，对振兴中华民族怀着热切的期望。林语堂具有高层次的文化知识素养，又深怀乡土之情。他晚年之所以到台湾地区定居，固然有政治意识的驱使，但更主要是出于民族之情、乡土之情。在林语堂身上，既表现了西洋文化的诱导力，也显示出中国传统文化和乡土文化的凝聚力。

福建不愧是文化名人之乡。林语堂从龙溪一个普通的农家子弟走进文化名人之列，充分证明人需要文化的哺育浇灌，而文化需要人来汲收发扬。

（本文原载于《福建学刊》1988 年第 6 期）

---

① 林语堂：《四十自叙》，台湾远景出版事业公司，1980 年。
② 林语堂：《四十自叙》，台湾远景出版事业公司，1980 年。孟丹，现通译为蒙田（1533—1592），欧洲文艺复兴时期法国思想家、散文作家。

# 从文学史视角看老舍和赵树理

## 一

老舍和赵树理都是我国新文学的代表作家，虽然进入新文学领域的时期不同，生活和创作的环境不同，作品的风貌不同，但从文学与现实的关系来说，他们都沿着"五四"文学革命所疏导的现实主义道路前进，取得丰硕的成果，为继承和发展现实主义文学传统各自做出了突出的贡献。

鸦片战争以来，中国由封建社会沦为半封建半殖民地社会。在帝国主义和封建主义重重压迫之下，人民苦难深重，社会动荡不已。但中国社会的真实面貌在文学中长期以来没有得到全面而深刻的反映。尽管清末有谴责小说出现，其中较为优秀的作品如《官场现形记》《二十年目睹之怪现状》之类，在一定程度上揭露了社会黑暗，但由于思想观念和表现手法陈旧，因而缺乏思想深度和感人力量。以《狂人日记》为开路先锋的新文学，在西方现实主义文学影响下产生的新文学作品，描绘中国社会的真情实景，揭示中国人民遭受深重苦难的祸根，其深度和广度都超越了近代文学，从而使文学与反帝反封建的革命斗争紧密而又自然地联系在一起。这是"五四"新文学，特别是现实主义文学的优良传统之一。老舍和赵树理虽未直接参加"五四"文学革命，但都是"五四"新文学现实主义传统的出色继承者。

老舍和赵树理进入新文学创作领域的时间先后不同。老舍在1922年发表处女作《小铃儿》，1925年发表长篇小说《老张的哲学》后便知名于文坛。赵树理从1929年开始发表通俗小说，20世纪40年代初发表《小二黑结婚》等一系列小说后跻身于新文学作家之列。老舍和赵树理作品取材范围有所不同，一个主要写城市，一个主要写农村。两位作家的生活经历和对中国社会的理性认识早迟有所不同。但两位作家异中有同，以现实主义笔法描绘黑暗动荡的中国社会，抒写中国人民遭受压迫和侵略的深重苦难，却又是相似的。老舍从《老张的哲学》开始的一系列小说，赵树理在30年代发表的通俗作品，特别是40年代的小说，无不是中国社会的真实而形象的写照。老舍作品中塑造的像祥子那样"吞的是粗粮，冒出来的是血；他要卖最大的力气，得最低的报酬；要立在人间的最低处，等着一切人一切法一切困苦的击打"① 的被侮辱被损害的人物，赵树理作品中描写的孟祥英那样"连哭的机会也不多""两次寻死，都没死了，仍得受下去"的受压迫的妇女，都画出了中国半封建半殖民地社会的血迹斑斑的图画，既司空见惯又别开生面，在文学创作上都做了新的开掘。

随着中国共产党领导的反帝反封建斗争的深入，我国新文学运动曾经在很长一段时间内分别在不同地区开展。环境不同，文学创作的面貌也各异。在老舍和赵树理的作品中就可以看到这种差异。老舍1924年出国前居住在政治风云变幻不定的北京，1930年由英国回国后多年生活在国民党统治的地区，先居青岛、济南，后转武汉、重庆，对这个所谓"民主世界"的怪现状了如指掌。无论抗战前写的《骆驼祥子》《文博士》等小说，抗战期间写的《残雾》《面子问题》《归去来兮》等剧本，还是抗战后写的《鼓书艺人》，都从不同侧面描绘了那个世界的黑暗与腐臭。《民主世界》虽只写了一个开头，但小说对金光镇上"特有的精神"寥寥几笔的勾勒，就是国统区城镇的写真。与老舍不同，赵树理长期生活在山西农村，直接参与了党领导的农村斗争，经历晋东南阎锡山管区、游击区到解放区的巨大变革，比老舍早进入人民当家作主的新的世界，通过《小二黑结婚》《李有才板话》《李家庄的变迁》等许多作品，呈现这个新的世界。《鼓书艺人》和《李有才板话》两部作品放在一起，恰好可以看作两个世界的对比。赵树理在1944年还以"两个世界"为题写出一个剧本，通过人物的遭遇做了两个世界的对比。老舍和赵树理都根据自己的观察和感受，通过生动的艺术形象，写出了真实，反映所置身的环境。在中国新文学运动分别在两个截然不同的地区展开的时代条件下，老舍和赵树理成为两位杰出的

---

① 《老舍文集》（3），人民文学出版社，1982年，第109页。

代表，为现实主义文学深入发展做出了重大贡献。

随着全国大解放，我国新文学运动结束了在不同地区开展的局面，实现了继"五四"、抗日战争以来文学界第三次大联合，进入新的发展时期。赵树理、老舍先后来到北京，开始了友好的交往，正如胡絜青回忆所说："老舍和赵树理互相很尊重，他们之间的友谊是极为深厚和真挚的。可以说，彼此很爱慕。"① 这种友谊，事实上超越了一般的朋友关系，说明文学队伍在为人民、为社会主义服务的共同目标下的团结与合作。老舍和赵树理都以巨大的热情投入到新中国各项文学活动中，并继续高举现实主义旗帜，创作反映中国社会现实、表现历史大变革的作品。老舍怀着"我热爱这个新社会。我渴望把自己所领悟到的赶紧告诉别人，使别人也有所领悟，也热爱这个新社会"② 的激情，写出了《方珍珠》《龙须沟》等一系列话剧，并推出中国话剧高峰之作——《茶馆》。赵树理写出了《三里湾》《灵泉洞》等一系列小说及不少戏剧作品。两位作家的作品，题材、内容及风格迥然不同，但都遵循现实主义创作道路，艺术手法不断更新。他们的优秀作品都是长期的生活积累、丰富的艺术经验和深邃的观察力的结晶，是社会主义时代现实主义文学的瑰宝。

## 二

在我国新文学史上，从白话文、平民文学的提倡，到无产阶级革命文学、文学大众化活动的开展，再到抗战文学的兴起，无不涉及文学与人民的关系。在延安文艺座谈会上，毛泽东同志总结了"五四"以来新文艺运动的经验，全面地系统地解决了文艺为群众及如何为群众的根本问题，指引文艺工作者为工农兵服务，同工农兵相结合，把新文学运动推进到一个新的光辉的阶段。大批解放区作家更加明确而自觉地深入群众的生活和斗争，使文学上出现了一个表现新的群众的时代。赵树理就是其中的代表作家之一。在国统区、沦陷区的革命的进步的作家，尽管受到种种限制，但也是在同人民相结合的道路上前进的，创作了许多反映人民的生活、情绪

---

① 胡青、舒乙编：《散记老舍》，北京十月文艺出版社，1986年，第59页。
② 《老舍文集》(14)，人民文学出版社，1982年，第328页。

和愿望的作品。老舍是其中的代表作家之一，《四世同堂》就是一个光辉的标志。老舍和赵树理，是在不同的环境中，不同的条件下，为新文学同人民的结合做出贡献的作家。

老舍来自北京一个贫苦的旗人家庭，对下层人民遭受帝国主义封建主义侵略压迫之苦有深切的体验。他曾写道："……自从我开始记事，直到老母病逝，我听过多少多少次她的关于八国联军罪行的含泪追述……母亲的述说，深深印在我的心中，难以磨灭。在我的童年时期，我几乎不需要听什么吞吃孩子的恶魔等等故事。母亲口中的那些洋兵是比童话中巨口獠牙的恶魔更为凶暴的。况且，童话只是童话，母亲讲的是千真万确的事实，是直接与我们一家人有关的事实。"① 老舍后来在作品中写到人民的苦难，同生活经历有密切的联系。例如《四世同堂》不仅故事地点是老舍出生和童年生活之地，而且浸透了老舍自幼积蓄的对外国侵略者的强烈仇恨。赵树理出身于山西沁水县一个农民家庭。他回忆说："我是被债务挤过十几年的，经我手写给债主的借约（有自己的，也有代人写的），在当时，每年平均总有百余张。"② 青年时代赵树理参加了共产党领导的农村阶级斗争，他把自己的生活经历看成幸福。他说："至于我自己，在抗日战争以前，家乡就在农村，不用找任何理由就可以常年和农民一起；抗日战争以后，我的家乡又恰好在革命势力可以到达的敌后，虽然也常有和反动势力斗争的时候（如我在《李家庄的变迁》中所写的情况），可是总比在反动势力统治之下的地区去接近人民有保障得多。这就是我所谓比别的作家幸福的地方。"③ 可见，老舍和赵树理的家庭和生活环境虽不同，但又有共同之处，都是从人民中来，了解人民的疾苦。

老舍和赵树理尽管有来自人民这个先天条件，但如果缺乏联系群众的自觉性也无济于事。两位作家都能发挥自己的优势，在各自所处的环境中自觉同人民保持联系，同人民群众打成一片。老舍回忆说："我自己是寒苦出身，所以对苦人有很深的同情。我的职业虽使我老在知识分子的圈子里转，可是我的朋友并不都是教授与学者。打拳的，卖唱的，洋车夫，也

---

① 老舍：《吐了一口气》，《〈老牛破车〉新编》，三联书店香港分店，1986 年，第 211 页。
② 《挤三十》，《赵树理文集》（4），中国工人出版社，1980 年，第 1709 页。
③ 《我在创作中的一点休会》，《赵树理文集》（4），中国工人出版社，第 1525 页。

是我的朋友。与苦人们来往，我并不只和他们坐坐茶馆，偷偷地把他们的动作与谈话用小本儿记下来。我没有做过那样的事。反之，在我与他们来往的时候，我并没有'处心处虑'地要观察什么的念头，而只是要交朋友。他们帮我的忙，我也帮他们的忙；他们来给我祝寿，我也去给他们贺喜，当他们生娃娃或娶媳妇的时节。这样，我理会了他们的心态，而不是仅仅知道他们的生活状况。我所写的并不是他们的任何一位，而是从他们之中，通过我的想象和组织，产生的某一件新事或某一个新人。"① 这是多么可贵的经验！赵树理则在农村工作中联系群众，他说："……每天和我那几个小册子中的人物打交道；所参与者也尽在那些事情的一方面。"② "我在群众工作的过程中，遇到了非解决不可而不是轻易能解决的问题，往往就变成所要写的主题。"③ 这些经验同样也是可贵的。两位作家的经验都可说明："一切革命的文学艺术家只有联系群众，表现群众，把自己当作群众的忠实的代言人，他们的工作才有意义。"④ 文学与人民的关系，是一个综合性的课题，对文学家来说，是立场与态度、思想与感情、理论与实践、逻辑思维与形象思维等多方面综合的体现。老舍和赵树理用自己的实践经验，对这个综合性的课题做了解答。

文学与人民的联系，是没有止境的，不可能一劳永逸。中华人民共和国成立后，老舍与赵树理都居住于北京，社会活动和文学活动极其繁多，但仍利用各种机会联系群众、深入群众。老舍除了经过实地调查写出一系列剧本外，还到抗美援朝前线，创作了长篇小说《无名高地有了名》。如果单纯从艺术角度看，这部作品当然未能超过《骆驼祥子》《四世同堂》，但其意义却是重大的，正如老舍抗日战争时期写的《火葬》一样，表明了一位杰出作家如何同人民心连心。老舍说："我的笔墨生活却同社会生活的步伐是一致的。这就使我生活得高兴。我注视着社会，时刻想叫我的笔追上眼前的奔流。我的才力有限，经验有限，没能更深刻地了解目前的一切。可是，我所能理解到那一点，就及时反映在作品中，多少尽到些鼓舞

---

① 《〈老舍选集〉自序》，《〈老牛破车〉新编》，三联书店（香港），1986 年，第 149 页。
② 《也算经验》，《赵树理文集》（4），中国工人出版社，1980 年，第 1397－1398 页。
③ 《也算经验》，《赵树理文集》（4），中国工人出版社，1980 年，第 1397－1398 页。
④ 毛泽东：《在延安文艺座谈会上的讲话》，《毛泽东选集》第三卷，人民出版社，1967 年，第 804－835 页。

人民前进的责任，报答人民对我的鼓舞。"① 这的确是肺腑之言。赵树理在中华人民共和国成立后多次回到他所熟悉的太行山区和其他农村体验生活，才写出了《三里湾》及其他许多作品。1964 年他又回到山西工作，兼任晋城县委副书记。这也可说明，即便是老舍、赵树理这样生活根底丰厚的作家，也需到群众中去不断汲取新的养料。如果作家置人民群众沸腾的生活和火热的斗争于不顾，一味关门实现自己的审美理想，无异于缘木求鱼。老舍和赵树理都用自己的实践表明，同人民群众加强联系，应当长期坚持，始终不渝。他们不仅熟悉和描写旧时代的人民群众，而且满腔热情地去熟悉和表现社会主义时代的新人。尽管由于熟悉的程度不同，写新人物不如写旧人物生动、具体，但写新人物有助于增强时代感现实感，从时代高处回顾和总结历史。老舍写《神拳》《茶馆》，赵树理写《灵泉洞》，都是历史感和现实感的统一，显示民族解放和人民解放来之不易，激发了人民对祖国对社会主义的热爱。

老舍和赵树理虽都以表现社会底层的小人物见长，但开掘的生活领域不相同，人物形象构成各有特色的系列性，老舍笔下城市各行各业、多种多样苦人的形象，在新文学史上都可独树一帜。老舍和赵树理写作年代和反映时代大体相同的两部长篇小说——《四世同堂》与《李家庄的变迁》，都表现了中国人民患难与共、忍辱负重、艰苦奋斗、自强不息的精神，但内容和风貌迥然不同，这不仅仅是作家的艺术手法不同，而且更主要是在生活领域中独辟蹊径。事实上，艺术的雷同，题材的"撞车"，往往是生活肤浅、与人民缺乏血肉联系的结果。老舍和赵树理的成功经验，证明文学与人民的血肉联系是会增强而不会削弱作家的创造精神的。

三

除以上所述两个方面之外，还可就新文学同民族民间传统的关系，以及文学的民族化大众化问题，对老舍和赵树理做一些比较考察。

"五四"文学革命，实现了文学内容和形式的大解放，但新文学作品的读者大抵囿于知识分子范围之内，同民间通俗文学缺少联系，因而"五

① 老舍：《十年笔墨》，《〈老牛破车〉新编》，三联书店（香港），1986 年，第 192－193 页。

四"后文学上依然是两个传统各自发展。对两个传统问题，赵树理做过分析："一个是'五四'胜利后进步知识分子的新文艺传统……另一个是未被新文艺界承认的民间传统。新文艺是有进步思想领导的，是生气勃勃的，但可惜也与人民大众无缘——在这方面却和他们打倒的正统之'文'一样。民间传统那方面，因为得不到进步思想的领导，只凭群众的爱好支持着，虽然也能免于消灭，可是无力在文坛上争取地位。"① 事实的确如此。"左联"时期文学大众化讨论，抗战时期民族形式讨论，表明新文学界注意到这种状况，并力图探索新文学与民族民间文艺传统相结合的途径，促进新文学的民族化大众化。《在延安文艺座谈会上的讲话》对文艺的普及与提高问题，做了明确的解答，指引专家与普及工作者相结合。许多文艺工作者为此做了不懈的努力。老舍和赵树理在抗日战争开始以来，已经为这种结合不约而同地做了大量出色的工作，在新文学作家中也是少有的。

从老舍的自述可知，为了宣传抗战，他向大鼓名手、民间艺人讨教鼓词、鼓书、坠子等多种通俗文艺形式，并且亲自创作。《三四一》一书就是最初成果的选集，也可算是著名的新文学家写通俗文学的第一个集子，在新文学史上具有特殊的意义。此后，老舍虽仍以主要精力从事新文学的创作，但同民间艺人、大众文艺始终保持密切的联系，直到中华人民共和国成立以后也依然如此，经常写作相声、快板、鼓词等多种通俗文学形式的作品。老舍是成为著名的新文学作家后又致力于通俗文学的，赵树理则从通俗文学起步而走进新文学领域，成为著名作家后仍为通俗文学效力。据赵树理回忆："我有意识地使用通俗化为革命服务萌芽于一九三四年，最后一直坚持下来。"② 那时新文学界已展开文学大众化问题的讨论，赵树理在山西地方刊物上发表了几篇短文，表述意见，并开始写通俗小说和小戏；抗日战争开始后，他同老舍一样积极撰写通俗作品宣传抗日。延安文艺座谈会后，他的方向更明，写出了《小二黑结婚》《李有才板话》等许多优秀作品，最初也是被列为通俗文学出版的。这也就是说，赵树理率先打破了新文学与通俗文学之间的鸿沟，使两个传统接

---

① 《"普及"工作旧话重提》，《赵树理文集》(4)，中国工人出版社，1980年，第1544页。
② 《回忆自己，认识自己》，《赵树理文集》(4)，中国工人出版社，1980年，第1834页。

近和结合，在新文学史上也具有特殊的意义。中华人民共和国成立后赵树理的确一直坚持下来，继续努力促进两个传统的结合。

老舍和赵树理同民间文艺、通俗文学建立密切关系，既有助于其提高，又可从中汲取营养；加上两位作家由于家庭生活环境关系，自动受到民间文艺的熏陶，因而在创作实践中，都对文学的民族化大众化倾注巨大热诚，写出许多既有中国作风和中国气派又有个人风格的作品。下面试做一些简略的比较。

首先从语言方面看。文学的民族化大众化，语言是第一关，也是最大的难关。老舍和赵树理都通过了这一关，并经过长期修炼，成为我国现代的语言大师。他们从群众生活和民间文艺中汲取丰富的语言养料，经过整理、提炼和加工，用之于文学创作，无论叙述描写或人物对话，都力求口语化、简明、准确、朴素、生动，使群众能读懂听懂，且赏心悦目。两位作家又各有自己的语言风格。不妨抄录两段：

（一）"闲语少说吧；是这么回事：老王第一个不是东西。我不是说他好吹吗？是，事事他老学那'文明'人。娶了儿媳妇，喝，他不知道怎么好了。一天到晚对儿媳妇挑鼻子弄眼睛，派头大了。为三个钱的油，两个大的醋，他能闹得翻江倒海。我知道，穷人肝气旺，爱吵架。老王可是有点存心找毛病；他闹气，不为别的，专为学学'文明'人的派头。他是公公；妈的，公公几个铅子儿一个！我真不明白，为什么穷小子单要充'文明'，这是哪一股儿毒气呢？早晨，他起得早，总得也把小媳妇叫起来，其实有什么事呢？他要立这个规矩，穷酸！她稍微晚起来一点，听吧，这一顿揍！"

（二）"又一次，孟祥英在地里做活，回来天黑了，婆婆不让她吃饭，丈夫不让回家。院门关了，婆婆的屋门关了，丈夫把自己的屋门也关了，孟祥英独自站在院里。邻家媳妇常贞来看她，姐姐也来看她，在院内外说了几句悄悄话，她也不敢开门。常贞和姐姐在门外低声哭，她在门里低声哭，后来她坐在屋檐下，哭着哭着就瞌睡了，一觉醒来，婆婆睡得呼啦啦的，丈夫睡得呼啦啦的，院里静静的，一天星斗明明的，衣服潮得湿湿的。"

（一）是老舍的短篇小说《柳家大院》中一段，通过小说中一个人物之口，讲述给洋人当差的老王虐待媳妇的情况；（二）是赵树理的短篇小说《孟祥英翻身》中的一段，作者描写媳妇受婆婆、丈夫欺凌的情况。两段都是"白"和"俗"的群众语言，又字字经过锤炼，有声有色。前者在叙事中贯穿了叙者的观感、评论，细节靠读者想象去补充，如"闹得翻江倒海""听吧，这一顿揍！"这种叙议结合、情景相融、跌宕起伏的语言，在老舍的作品中常见；后者运用富有特征性的细节展现真实情景，使读者如历其境，如"屋门关了""哭"作为主要特征重复运用，最后用几个形容词"的"显示婆婆、丈夫的无情和媳妇的苦境，睡觉音响用词都有风味。这种精确描画、突出特征、动静结合的语言，在赵树理的小说中也常见。从格调上说，前者急湍而下，宛如精彩的京剧道白；后者涓涓而流，有民歌风。这里不是专门谈语言风格，只是举个例说明，同是注重语言大众化的作家，决不是一腔一调。

再从写法上看。老舍和赵树理都受到"五四"新文学运动中介绍的外国文学的影响，老舍赴英国工作五年，接受外来影响自然多于赵树理。但两位作家依然重视民族传统，力求适应中国读者的欣赏习惯。比如，在结构手法上，两位作家都汲取西洋小说灵活自由的长处，采用"五四"以来现代小说的写法，而不用中国旧小说的章回体，但也不搬用西洋小说穿插铺叙过多"忽前忽后"的结构，大体上还是有头有尾，情节连贯到底。在人物描写上，两位作家都借鉴西洋小说重视性格刻画的长处，但不袭取连篇累牍的细节描写，而用中国小说突出主要特征的写法，如老舍写文博士、马裤先生，赵树理写二诸葛、三仙姑。但比较起来，两位作家的写法也各有千秋。老舍说过："郑西谛说我的短篇每每有传奇的气味！无论题材如何，总设法把它写成个'故事'。这个话——无论他是警告说，还是夸奖我——我以为是正确的。"[①]《微神》《黑白李》《上任》《断魂枪》等不少短篇，而且许多中篇、长篇如《月牙儿》《骆驼祥子》《四世同堂》等，都富有浓厚的传奇色彩，情节的发展往往出乎意料，显然受到中国传奇小说的影响。赵树理的小说则更多借鉴评书、评话。他说："我觉得我们的

---

① 老舍：《我最爱的作家——康拉得》，《老舍文艺评论集》，安徽人民出版社，1982年，第5页。

东西满可以像评话那样，写在纸上和口头上说是统一的。这并不低级，拿到外国决不丢人。"① 他写小说时大量运用评书的叙述方法，如"把描写情景融化在叙述故事中"，"写风景往往要从故事中人物眼中看出"，故事"从头说起来，接上去说"，"用保留故事中的种种关节来吸引读者"②，等等。赵树理的小说大都是像评话那样可以说的小说，正如茅盾在评论《李家庄的变迁》时所说："这是走向民族形式的一个里程碑。"

还可从地方色彩看。地方色彩实际上是民族色彩的一种具体表现。透过地方色彩可以看一个民族的民族特色和社会风情。老舍作品"京"味之浓郁，赵树理作品"晋"味之醇厚，都是公认的。这种"京"味和"晋"味，既增加作品艺术表现力，又显示出民族色彩。老舍笔下那些北京大杂院、小胡同里的风风雨雨，赵树理笔下那些太行山区小村、小院落的日日夜夜，都反映一个久经患难的民族的生活环境、内容、风习、情趣，表现出中国的社会特色。但两位作家视角也有所不同。老舍较多从文化视角，注视和表现"故都景象"。他说："北京是我的老家，一想起这两个字就立刻有几百尺'故都景象'在心中开映。啊！我看见了北平，马上就有了'人'。"③ 这也就是说，老舍着眼于古老文化传统熏陶出来的北京人。老舍在小说中固然写了北京的街道、胡同、庭院、园林，而且都是实写，但更多是写北京人，除了作为人物形象描画外，还有作为社会背景出现进出饭馆、闲坐茶楼、来往市场、观赏花鸟、蹀躞街头的多种多样的人，构成色彩鲜明的北京的风物民情画。赵树理的小说有自然环境的描写，如《李有才板话》中的阎家山，《灵泉洞》中深不可测的山洞，"百里之内找不到一个人""有山药蛋熬石鸡吃着"的山崖，但主要是从阶级斗争视角，写出太行山地带特殊的生活环境和斗争环境，以及同都市气味截然不同的淳朴的乡土气息和清新的山村风味，也就是人们所说的"山药蛋味"。老舍和赵树理作品的地方色彩，对后来的"京味小说""山药蛋派"影响很大。

本文从上述文学与现实、文学与人民，以及文学与民族民间传统三方面，对老舍和赵树理粗略地做些比较考察。老舍和赵树理两位作家创作上

---

① 《从曲艺中吸取养料》，《赵树理文集》（4），中国工人出版社，1980年，第1611页。

② 以上引文均见《〈三里湾〉写作前后》，《赵树理文集》（4），中国工人出版社，1980年，第1481—1942页。

③ 《怎样写〈离婚〉》，《老舍生活与工作自述》，人民文学出版社，1982年，第30—33页。

各有特色，但又有不少相似之处，在中国新文学史上都是做过特殊贡献的人民所喜爱的作家，可以说是相得益彰、各放异彩。他们的经验带有普遍意义，证明了文学家必须同社会生活的步伐一致，与人民血肉相连，正确对待中外文艺传统，在为人民为社会主义服务的方向下积极创造，各显神通。

（本文原载于《福建学刊》1992 年）

# 读《林语堂传》印象记

20世纪三四十年代之交，林语堂先生在海外出版了他的力作《京华烟云》；半个世纪后，八九十年代之交，其女林太乙女士在台湾地区推出《林语堂传》（以下简称《林传》）。自然，两部作品内容和形式全然不同，但以人物为经，以时代为纬，生动细腻的家庭生活描写，又有近似之处。《林传》由台湾联经出版事业公司于1989年11月出版。随着海峡两岸文化交流的日益扩展，《林传》已越过海峡传入大陆。笔者所见是1990年5月第六次印行本，可见此书颇为畅销。林语堂已去世十余年，仍无一部详细的传记问世，如今有了这部30万字的传记，无疑有益于对林语堂的研究，广大读者也可以从中了解一位著名作家和学者的一生。笔者愿将读后印象如实记下，与两岸研究林语堂的学者共同商讨。

一

传记作品的体裁和写法多种多样。林语堂创作的《苏东坡传》《武则天传》就各有特色。当然也有写法相同之处，如不用平铺直叙的年谱式，在叙述时代和生活的变迁中，着力表现人物的特征。林太乙撰写《林传》，继承了其父的人物传记的写法，在叙述林语堂的生活经历中，力图描绘其性格特征，特别是展现其感情世界。笔者以为这是《林传》最显著的特色。具体说来，下列三个方面读后印象较深。

林语堂20世纪20年代进入中国现代文坛，30年代起不兼教职专门写作。40年末一度任职于联合国教科文组织，但时日不久便辞去。60年代定居台湾地区期间不接受"考试院长"之衔，依然埋头写作。因而他一生大部分时间是蚕居家庭，过笔墨生涯。为林语堂作传，势必涉笔其家庭生活。林太乙充分运用多年生活在其父身边这一优势，在《林传》中以"快乐的童年""结婚、出国留学""翠凤拉住的轻气球""既中又西的生活""书生本色""简朴的生活""乡愁""回台定居""念如斯"等章，对家庭生活做了具体的描绘，提供了不少鲜为人知的情况和材料。林语堂在回忆录《八十自叙》中，曾简略地叙述了他出身的那个"情深似海的基督教家庭"。《林传》则沿着这种思绪，把其父放在"情深似海"的家庭环境中加以描写。林太乙在《序》中说："我生长在一个很特别的家庭，父母亲是个性完全相反的人，一个是出身闽南山乡中乐观成性的穷牧师的儿子，一个是厦门鼓浪屿严肃的钱庄老板的女儿。我一直想把他们那不寻常的婚姻故事写出来。"从《林传》中的确可以看到一个"不寻常的婚姻故事"。林语堂与廖翠凤的婚姻，不是恋爱的结果，也不是父母之命，而是由失恋得来的补偿。林语堂在大学时代同好友的妹妹陈锦端相恋，但陈父是厦门鼓浪屿富翁，不愿把女儿嫁给既穷又信仰基督的林语堂，另把邻居钱庄老板的女儿介绍给林。林语堂虽感到受侮辱，但失恋之后接受了这门婚事，不过拖了 4 年才完婚，心中所爱的仍是那位后来学美术的陈女士，直到晚年靠轮椅行动时，还想回家乡探望青年时代的恋人。林语堂在回忆录中，只描述在家乡时与农村姑娘赖柏英的相恋，后来还特地写了一本名为《赖柏英》的小说，寄托他对去世的初恋情人的哀思，而大学时期的恋爱，只在《八十自叙》中用三言两语带过，且未写女方姓名，大约是出于某种不便。不过，《京华烟云》写到一位天真烂漫、温柔多情的杭州美术专科学校女士曹丽华，爱上姚木兰丈夫曾新亚，一旦知情便坦然退出，多少留下了作家年轻时代恋人的身影。而《林传》则披露了林先生与陈女士相恋与分离的经过，让读者了解林语堂的爱情生活经历。

《林传》的精彩之笔，乃是从女儿的视角描述性格不同、文化素养又相殊的父母，如何相互谅解、相互体贴、亲密相处、融合无间，通过富有风趣的家庭生活细节和生活气息浓厚的对话，把其父其母个性意趣相反而却相得益彰的情景展现在读者眼前。林太乙写道："母亲是这个世界的女王。她是个海葵，牢牢吸住父亲这块岩石。她不游到大海，但她有彩色的触手，能伸能缩，可以自卫和攫取食物。我们孩子是海葵鱼，在海葵的触手中游来游去。"① 林语堂把自己比作"轻气球","要不是风拉住,我不知道要飘到那里去"。② 从《林传》中可以看到,林语堂所主张的近情合理的做人之道,在家庭关系方面的确是身体力行的,这种近情合理,既遵守中国家庭的传统美德,又吸取西方尊重女性的良好风尚。在三个女儿眼中,林语堂不是严父,而是慈父。林家这个小小的世界,是那么和乐安宁。但平静的湖泊中也有风浪。林语堂夫妇疼爱的大女儿林如斯违背父母意愿逃婚私奔,同丈夫离异后又精神崩溃,走上自缢之路。这给林语堂及一家人带来巨大的精神创痛。《林传》用《悼如斯》一章描述林语堂对女儿的深情。在描绘家庭生活,表现林语堂与家人之情方面,《林传》写得真实具体,有声有色。

　　林语堂的乡土之情溢于言表,经常在言谈和著述中抒发,合乎成语"情见于词"。林太乙对此感受深切,在《林传》中做了清澈的表述。林语堂侨居国外30多年,周游过异邦列国,饱览海外风光,品尝过多种肴馔,但心目中依然感到故乡的山水才是最美丽的,故乡的食品才是最可口的,念念不忘坂仔的山、西溪的水。③ 林语堂夫人廖翠凤又是厦门人,全家始终充满闽南风味。《林传》写到家中吃厦门薄饼的情景就占了一页,用近乎陶醉的笔调写道:"天下实在没有什么比薄饼好吃的了。厦门人深信这个事实,也只有厦门人才懂得真正欣赏吃薄饼。"④ 书中还写了家中经常自做厦门卤面请客,或举家到纽约唐人街吃厦门名菜,甚而把位于纽约曼哈顿区81街12楼的公寓称之为"小厦门"。为显示家庭的乡土特色,《林传》在对话中采用了一些日常生活中的厦门方言,如"邋遢讲"(胡说八道)、"什么碗糕"(什么东西)、"莫影"(没有影子,意即没有这回事)、"真好呷"(真好吃)、"吃看迈"(吃吃看)、"真米正咸"(全是真货)、"咸酸甜"(用糖水香料浸的洋莓)、"肚皮油"(通大便吃的药)等。厦门话成为林家的通用语,以至于女儿们"以为只有我们一家人和我们的亲戚讲厦门话"。林语堂夫妇晚年到台湾地区定居,固然有多种因素,但同炽热的乡情有关,因为到了台湾,正如林太乙所写:"父亲就如再回到故乡",风物人情

① 林太乙:《林语堂传》,台湾联经出版公司,1989年,第134页。
② 林太乙:《林语堂传》,台湾联经出版公司,1989年,第138页。
③ 西溪,平和通往漳州的小河。
④ 林太乙:《林语堂传》,台湾联经出版公司,1989年,第151页。

同故乡闽南毫无二致，"最美妙的还是人人讲闽南话"。《林传》中有题为"乡愁"的一章，集中描写林语堂对故乡的思念。其中有一段写到林语堂1962年到香港看望女儿时，女儿陪他参观，"我们带他到处玩，我说香港有山有水，风景象瑞士一般美。他说，不够好，这些山不如我坂仔的山，那才是秀美的山……我们带他到山顶，那里有树木，是青山，但那也不像他坂仔的山。从山顶望下四面是水。他说，环绕着坂仔的山是重重叠叠的，我们把坂仔叫做东湖。山中有水，不是水中有山。原来他在寻找那些环绕着他的快乐的童年的山陵"。① 从文化素养、社会地位来说，林语堂已经进入高层次，但他始终认为"自己是山地的孩子，一辈子是山地的孩子"，确实很难得。他把自己的人生观说成"山地人生观"，尽管不大准确，但他力图保持山地人的朴实倒出于真心。他在国外靠稿费收入尚丰，但依然过着较为简朴的生活，而且多次避开大城布，迁居于宁静的小市镇，实践他的"山地人生观"。林语堂浓郁的乡土情，在《林传》中历历可见。

乡土之情与民族之情往往是交织在一起的，林语堂也是如此。《林传》对这个特点做了精致的描画。林语堂以写作为业，他深厚的民族感情倾注于笔端。他的若干重要著作，都是在民族感情的驱使下落笔的。《林传》在介绍林语堂的主要著作时，着重说明时代环境、背景及创作动机，尽管其中用大量收录林语堂文章代替传记作者评述，这种格式有商榷之处，但提供的创作背景及创作意图，对读者理解林语堂著作是有帮助的。比如，林语堂1935年完稿的英文著作《吾国与吾民》，就是有感于外国人对中国认识肤浅、白人对黄种人的种族歧视而提笔的，正如《林传》所描述："当然，他们知道，在地球的那一边有许许多多斜眼黄脸的中国人。他们想起中国时，会想到龙、玉、丝、茶、筷子、鸦片烟、梳辫子的男人、缠足的女人、狡猾的军阀、野蛮的土匪、不信基督教的农人，瘟疫、贫穷、危险。他们所听见过的中国人，只有孔夫子一人。"② 林语堂抱着"希望越过语言的隔膜，使外国人对中国文化有比较深入的了解"的意图而写作这部英文书，不论书中有何瑕疵，这种民族感情是值得称道的。《林传》中

---

① 林太乙：《林语堂传》，台湾联经出版公司，1989年，第295页。
② 林太乙：《林语堂传》，台湾联经出版公司，1989年，第157页。

还写到林语堂虽然在国外声望很高，但依然感受到西方人对中国人的种族歧视。抗日战争全面爆发后，林语堂怀着民族义愤，在美国报刊发表了不少政论，揭露日本帝国主义侵略罪行，论证日本征服不了中国。为了弘扬民族正义，他感到小说比论文感人更深，社会效果更显著，于是创作长篇小说《京华烟云》，暴露侵略者和汉奸的凶残暴虐，谱写出民族正气之歌，继而又写第二部长篇小说《风声鹤唳》，歌颂为抗战呕心沥血的人们。《林传》内容与写法上的一个突出长处是把抒写林语堂的民族感情同论述其学术成果结合在一起。

从《林传》中不难看出，林语堂有他自己所选取和信奉的政治观，后半生的政治意识甚至更加强烈，因而他的民族感情虽深，但在许多问题上又同亿万中国人民的思想感情不一致，时而陷入困惑之中。比如，当中国人民挣脱了帝国主义、封建主义压迫的锁链站起来了，欢庆新中国成立之时，林语堂却困惑不解，忧伤得"热泪滚滚而下"。他的著述不时夹杂若干令人生厌的政治秽语，自然遭到国际进步人士非议。《林传》既描述林语堂著作在海外如何风行，也述及国际知名人士如斯诺先生对林语堂某些言论的批评，包括支持林语堂到美国写书的赛珍珠女士，对林的一些言论也有所不满。有些文章甚至在台湾地区也引出一些异议。不论传记作者所持观点如何，这种不讳言事实的态度值得嘉许。

林语堂不论抱何种政治观念，但始终保持一颗民族之心，所作所为无不灌注浓厚的民族之情。比如，林太乙在传记中详细记述其父花30年时间，不惜倾家荡产，试制一部以他独创的上下形检字法为键盘的中文打字机，是想到"全世界的人有三分之一使用的文字是汉字或一部分是汉字"，有打字机便于汉字应用现代化，用林语堂的话来说："这是我送给中国人的礼物。"尽管打字机由于成本昂贵未能投产，但这种弘扬民族文化的意愿、坚毅执着的精神，是令人感佩的。晚年，他又以巨大毅力主编出版《当代汉英辞典》，为民族文化建设及中外文化交流做出了新贡献。

总之，《林传》在描述林语堂的生活和创作历程中，真切地展现了林语堂对家人之情、乡土之情及民族之情，揭开了这位世界知名学者和作家的感情世界。一部传记能够达到如此境地就可算是基本成功之作了。

# 二

《林传》作者在写作过程中查阅了大量有关资料，书中史实大抵是可靠的。但智者千虑，必有一失，《林传》也有一些误差。笔者坦率地举若干例子，与林太乙女士商榷。

传记不同于小说，历史地理资料须力求准确，但《林传》却有不少疏忽之处。例如，林语堂出生于福建省平和县坂仔乡，《八十自叙》说得很明确，而《林传》写成"有两小兄弟从福建省龙溪县所属的小乡村坂仔，乘小舟到小溪去"（第3页），误把坂仔归入龙溪县。平和县在龙溪县（今为龙海县）之南，中间相隔南靖县。"……来往石尾鼓浪屿的小轮船……"（第12页）石尾应为石码，龙溪县另有角尾镇（又名角美）但不通航。又如，辛亥革命是在武昌举事的，即著名的武昌起义，而《林传》写成"那是一九一一年，革命军举事于广州"（第13页），把辛亥革命同北伐战争或1927年的广州起义混起来了。林琴南是闽县（今福州）人，而《林传》说"这位厦门人是旧派的领袖"（第37页）。还如，1927年1月，鲁迅离开厦门大学到中山大学任教，翻阅《鲁迅日记》及《两地书》便可知，但《林传》误记为鲁迅到广州大学，而且说"鲁迅登机赴广州"（第71页）也欠准确。据《鲁迅日记》所记：十六日"午发厦门"，十七日"午抵香港"。厦门到香港行程一天一夜，自然不是"登机"。《林传》说到《论语》半月刊时写道："有人说，（论语）经常撰稿人有'三老''三堂'。"（第96页）这种说法欠准确。"三老"（老舍、老向、老谈）可以说得过去，"三堂"（语堂、知堂、鼎堂）之一的鼎堂（郭沫若）1936年以来在《宇宙风》上发表一些文章，全面抗战开始后才由日本回国，不是《论语》经常撰稿人。

《林传》中另一类误差属于以意违实方面。自然，一个人的思想观念、政治信仰是长期形成的，也是可以自由选择的，这正如有的人虔信宗教，有的人坚信无神论一样。但历史事实是客观存在，不以人的意志为转移，不论抱着何种思想观念、政治信仰，都应尊重事实，不能以主观意念篡改历史事实。可惜《林传》在一定程度上存在以意违实的缺陷，特别"南洋大学校长"这一章。《林传》分为三部（"山乡孩子""无穷的追求""一位最有教养的人"），第三部第一章（即全书第二十章）便是"南洋大学校长"，可见林太乙对其父这段经历是很看重的。其实，林语堂在南洋大学筹备时期虽被聘为校长，但任职时间仅六个半月，学校还未正式开学便离去，在林语堂30多年的海外生活经历中只是一个短短的插曲，对南洋大学建校并无功绩可言。当然，作为生活经历用一章来记述也未尝不可，但须符合事实。然而，《林传》这一章把假想、传闻当事实。南洋大学是南洋华侨捐款筹建的，校址设在新加坡。1953年年初成立以陈六使先生为主席的执行委员会，筹备建校事宜。同年年底执委之一的连瀛洲先生赴纽约聘请林语堂任校长。林语堂于1954年10月2日到新加坡，他物色的教学和行政人员也陆续抵达。林语堂宣布办成"世界第一流大学"的宗旨及方针，但不久即与执委会意见不合。起先是在校舍建筑上，林语堂认为已建成的校舍及规划中的基建不合第一流大学标准，要按他的意见改建和重新规划，执委会做了部分让步，但全部改建、另起炉灶，财力上和时间上都不可能；接着林语堂提出学校预算，数目过于庞大，教员薪水标准高于美国大学，与华侨办学的艰苦创业精神不符，执委会未能接受。经过多次谈判双方未取得一致。林语堂把分歧公之于报端，并宣布辞职。1955年4月6日陈六使与林语堂签署了联合声明，说明校长辞职缘由及执委会如何处理善后事宜，并共同表示"南大执委会、林校长及全体教授均认为南大建校工作，必须尽力继续进行，勿使中断"。4月17日林语堂及家人飞离新加坡。这就是林语堂先生任南洋大学校长的简略经过，详情有历史资料可查。林语堂一行离去以后，南洋大学筹建工作在陈六使主持下继续进行，1956年3月15日正式开学，由新成立的行政委员会主持校政，文学院长张天择教授任行政委员会主席，代理校长职务。1980年南洋大学与新加坡大学合并。这些后事当然与林语堂无关。本来林语堂与陈六使签了联合声明，领了遣散金离去，这事就结束了，不料，林语堂一走之后便不顾双方的联合声明，节外生枝，在美国《生活》杂志上发表《共产党恐怖如何破坏我的大学》，不惜采用谣言攻势，不仅攻击南洋大学执委会及陈六使先生，而且无端指责陈嘉庚先生及其婿李光前先生。这种攻击和指责在那时不啻是一种政治陷害。陈六使先生不得不召开记者招待会，阐明事情真相，讲述李光前先生对南洋大学的热心扶持，陈嘉庚先生1950年已返大陆，与南洋大学没有来往。纽约出版的华文《中美周刊》，也发表文章对林的言论加以驳斥。林语堂在那样一个冷战激烈的时代，又置身于反华氛围笼罩的环境中，校长当不久便辞职，心中的闷气要散发，唱一唱那个世界流行的老调子，也是不足为奇的。然而，30多年之后，世界和海峡两岸气氛已非昨日可比，林太乙在《林传》中竟重复其父的旧调，甚至添油加醋，对陈嘉庚、李光前、陈六使诸先生发出不少微词，令人难以理解。林语堂执掌南大不成，归根结底还是他自己主观执泥，缺乏脚踏实地处理大学校政的经验和能力，林太乙不承认其父的弱点，硬把办校问题的分歧说成"政治旋涡"，除了用"好几位南大的校董也对父亲说""新加坡的人都在说"之类无法查证的"人证"之外，举不出任何令人信服的事实，而且说法自相矛盾。比如，《林传》说到林语堂接受南洋大学聘任时坚持大学要有"极其纯正的非政治目标""大学教员享有绝对的思想自由"，南大执委会很赞同。但林语堂离开南大后就说"我一获邀请就觉得南洋大学可以协助阻挡共产党侵入东南亚，从而对自由世界发生无可比拟的贡献"[①]，这岂不是自我否定"极其纯正的非政治目标"吗？又如《林传》说："新加坡的人都在说，北京察觉，由一个他们不能控制的人做校长，南洋大学会演变成一股自由的力量。"[②] 且不管"新加坡的人都在说"这种臆造的"证据"，《林传》这句话中的因果律也是难以成立的。事实上，思想自由正是马克思主义者、共产党人所欢迎和支持的。蔡元培是著名的中国国民党人，"五四"时期出任北京大学校长，主张"循思想自由原刻，采兼容并包主义"，得到中国早期马克思主义者的支持。林语堂在厦门大学任教时，校长林文庆自然是共产党"不能控制的人"，但共产党人并未发动驱林。南洋大学的创办，有利于华侨学子升学，有利于弘扬中西优秀文化，也有利于当地的文化建设，无论大陆人民和海外侨胞都是热诚欢迎的，也得到所在地政府的认可和支持。南洋大学的顺利开学并日益发展，这个事实本身就足以说明问题，并否定了《林传》再度散布的南洋大学遭受破坏之谣。

至于《林传》对陈嘉庚、李光前、陈六使三位先生所发的微词，也不能不略说几句。陈嘉庚兴办教育事业的热诚是举世共知的。早在1919年，

---

① 林太乙：《林语堂传》，台湾联经出版公司，1989年，第267页。
② 林太乙：《林语堂传》，台湾联经出版公司，1989年，第269页。

陈嘉庚就在新加坡创办南洋华侨中学。当林语堂耗费十几万美元试制中文打字机之时，陈嘉庚已捐资兴办厦门大学及建成集美学区。而当林语堂出任南洋大学校长之时，陈嘉庚已年迈回乡，但依然为增建厦大及集美新校舍而操心操劳，年逾80的老人还经常亲自视察建筑工地，其爱家乡、爱教育之心令人崇敬。陈嘉庚把自己创办的学校交给国家以后从不干预校政，无论哪个政府的教育部管理，无论20世纪30年代或50年代都如此，耄耋之年怎会插手几千里外与他无关的南洋大学？林语堂由于预算的分歧而辞南洋大学校长之职，如果不是出于偏见和猜忌，怎能责难陈嘉庚先生？李光前协助丈人集资捐建家乡的学校，是南洋华侨和厦门人所周知的。他住槟城，离新加坡六七百公里之遥，未参加筹办南洋大学的具体工作，但陈六使已说明"李光前先生是绝对尽华侨一份子之天职支持南洋大学"。陈六使为筹办南洋大学奉献了巨大的财力和心力。林语堂等18人辞职后领去的两年半薪水及遣散费共305203元（新加坡币），其中林语堂得7224.15元，是陈六使个人支付的。仅此一事就可说明谁真正支持华侨教育事业。《林传》对陈嘉庚及李光前、陈六使的非难，是违背事实的，有损于这部传记的学术品位。凡是了解事实、尊重事实的学者，对此都不至于赞同。自然，对待任何事物都不应以偏概全。我们不以"南洋大学校长"这一章而否定《林传》全书，正如林语堂有南洋大学校长这段不愉快的经历，并不能以此而否定他在文学、学术上的全部成就一样。除"南洋大学校长"这一章外，以意违实的缺陷在别的章节中也可见（比如对郭沫若先生的攻讦），但没有这一章那么集中。

《林传》尽管有些差错，有些部分不能令人首肯，但总的说来还是一部难得之作，对促进海峡两岸的林语堂研究是有积极作用的。

## 三

读《林传》还可得到一个印象：学术研究上海峡两岸在许多方面具有互补性，林语堂研究更应相互切磋。由于林语堂文学和学术活动的地域广阔，在海峡两岸、海外和香港地区都留下了深深的足迹，他的著述及有关资料散见于海内外多处，因而大陆学者、台湾学者研究林语堂，各有优势，也各有局限。林语堂早年编辑和发表文章的报刊藏于大陆各地图书馆，台湾学者编辑林语堂文集、选集，未能查对第一手资料，往往出现差错。而林语堂晚年生活和创作的有关资料，台湾地区自然更为丰富。笔者在撰写《林语堂论》一书时，就从台湾学者的回忆文章中获益良多，引用过多位台湾学者的论述（均注明出处）。同样，《林传》在写作中也参阅了包括拙著在内的大陆方面的资料。为了具体说明问题，下面不妨举几个实例。

拙著《林语堂论》第18页有一段文字叙述林语堂在"五卅"至"三一八"期间的言行：

> ……他受到那时北京和全国各地风起云涌的爱国运动的鼓舞，一度斗志昂扬，积极支持学生运动，撰文抨击现代评论派"正人君子"对学生运动的攻击和污蔑。他在文章中称"中华民国"为"中华官国"，认为"中华无论什么国体，至少总不是民国"，他主张取消不平等条约，"在于唤醒民众作独立的有团结的战争，不是靠外交官的交换公文。"他赞扬"揭竿而起"、少作揖让的"土匪精神"，反对"倚门卖笑，双方讨好"的"学者"风度。这些言论在封建军阀的黑暗统治之下自然是有进步意义的，体现了语丝派"任意而谈，无所顾忌"的共同倾向。

《林传》第66页第2段全文如下：

> 他撰文批评《现代评论》派"正人君子"对学生运动的攻击和污蔑，他在文章中称"中华民国"为"中华官国"，认为"中华无论什么国体，至少总不是民国"。他主张取消不平等条约，"在于唤醒民众作独立的有团结的战争，不是靠外交官的交换公文"，他赞扬"揭竿而起""不作揖让"的"土匪精神"，反对"倚门卖笑，双方讨好"的"学者"风度。他与《现代评论》派的人在《京报副刊》和《晨报副刊》上大打笔战。

以上两段文字，除了字体和标点符号的转换，个别用词有差别（"抨击"与"批评"，"污蔑"与"污蔑"），以及最后一句不同之外，是难以区分的。固然文中引用的大多是林语堂文章中的语词，但取舍和转述完全相同，难道有这么凑巧的事吗？《林传》与拙著不同的最后一句话却不准确，林语堂在《京报副刊》《晨报副刊》发表文章并不多，而且大多同现代评论派的"笔战"无关。如果只举一段文字算是孤证的话，下面再引一段加以对照。

拙著《林语堂论》第25—26页中有数百字叙述1933年林惠元被杀害事件：

> 在中国民权保障同盟活动期间，林语堂的亲属出了不幸事件，他侄儿林惠元（林孟温之子）在福建龙溪担任抗日会常委、民众教育馆长，在家乡积极开展抗日宣传活动。"林于五月十九日严办采购仇货之台籍商人简孟尝医师，游街示众，并没收其公济医院财产。"不料调闽"剿匪"的十九路军特务团长李金波于五月十九日以"通匪嫌疑"逮捕林惠元，不加审讯，以"木枚钳口"立即枪决。此事大大损害了十九路军抗日荣名。宋庆龄、蔡元培代表中国民权保障同盟于五月三十一日电陈铭枢、蒋光鼐、蔡廷锴要求彻底昭雪。蔡元培、柳亚子、杨杏佛、鲁迅、郁达夫等上海文化界知名人士联名发表宣言，阐明事件真相。六月二日，林惠元亲属在上海举行招待会，招待新闻界及中国民权保障同盟人士，说明林惠元被枪杀经过。林语堂以盟员和亲属双重身分在会上讲了话。

《林传》第92页第二段讲同一件事：

> 翌年，语堂的侄儿，大哥孟温之子惠元，在福建龙溪担任抗日会常委，民众教育馆长，在家乡积极开展抗日宣传活动。林惠元于五月五日严办采购仇货之台籍商人简孟尝医师，游街示众，并没收其公济医院财产，不料调闽剿匪的十九路军特务团长李金波以"通匪嫌疑"逮捕林惠元，不加审讯，以"木枚柑口"立即枪决。此事大大损害了十九路军抗日荣名。宋庆龄、蔡元培，代表中国民权保障同盟于五月卅一日电陈铭枢、蒋光鼐、蔡廷锴要求彻底昭雪。蔡元培、柳亚子、杨杏佛、鲁迅、郁达夫等上海文化界知名人士联名发表宣言，阐明事件真相，六月二日，林惠元亲属在上海举行招待会，招待记者及同盟人士，语堂以盟员及亲属双重身份在会上说明林惠元被枪杀经过。

以上两段引文差别也是很小的。拙著中引用的"木枚钳口"，是根据当时《申报》的报道，意即不许林惠元申辩、呼口号；《林传》中换为"木枚柑口"则不知何意，显系误植。根据《申报》报道推断，在6月2日的招待会上说明林惠元被枪杀经过的主要是来自福建的林惠元家属，而《林传》只说"语堂以盟员及亲属双重身份在会上说明林惠元被枪杀经过"，与事实略有出入。尽管有细微差别，但两书这段文字绝大部分语句是难以区分的。

拙著《林语堂论》1987年3月由陕西人民出版社出版。以上两段文字都在本书的第一编，即《林语堂生活之路》，先在1984年人民文学出版社出版的《新义学史料》第3期、第4期刊出，早于《林传》出版5年。两书的两段文字一对照就可得出结论。如果按照学术界一般常规，引用他人论述时应当注明来源、出处，抄录更应有所说明。不过林太乙有某种不便之处，也是可以理解的。笔者举以上实例，主要是用来证明，海峡两岸的林语堂研究不仅带有互补性，在某些方面还可能取得共识，这正如《林传》与拙著的思想观念不同，但其在谈到长篇小说《京华烟云》时还是大段引用了笔者对这部小说艺术手法的评析一样。

本文从上述三个方面记下读《林传》所得印象，对《林传》得失直率地发表了若干浅见，如有不当，欢迎指正。林太乙对其父熟稔的程度是别的学者所难以达到的，从女儿的视角为父作传自然具有与众不同的特色，不论书中有何错失，都值得海峡两岸学术界欢迎，有助于林语堂研究。笔者祈望两岸学者扩大交流，求同存异，取长补短，使林语堂研究更上一层楼。

（本文原载于《台湾研究集刊》1991年第2期）

# 对鲁迅与林语堂离合的再思考

鲁迅与林语堂的交往和分离，是半个多世纪前我国文坛众所周知的事，不少鲁迅或林语堂的研究者都做过论述，笔者在拙著《林语堂论》中也曾约略述及。鲁迅与林语堂来往信件大部分已散失，至今没有什么新发现。但随着鲁迅研究的继续深入和林语堂研究的逐步展开，鲁迅与林语堂离合中的一些问题，仍可引发人们再思考。近年来笔者重读鲁迅和林语堂的著作，不期而然会思考这个问题，本文就是思考得来的认识，不存标新立异之意，只求符合历史事实。

"五四"以来，特别是20世纪二三十年代，我国文学领域的斗争频仍，新文学阵营内部，不同观点主张的论争也连绵不断。鲁迅和林语堂的离合，同文学论争有着密切关系。在争论中，他们由同道而转化为对手。

众所周知，在语丝派同现代评论派的论争中，林语堂和鲁迅是站在一起的，读鲁迅的《华盖集》《华盖集续编》和林语堂的《翦拂集》大体可以了解这次论争的情况。鲁迅更多注视着现代评论派主要人物在政治斗争和文学运动中的倒退言行，而林语堂主要厌恶现代评论派某些人以文章作进身之阶及装腔作势的文风，正如他所说："我接近语丝，因为喜欢语丝之放逸，乃天性使然。"① 直至20世纪30年代写杂文他也不时挖苦讽刺现代评论派，甚至后来在长篇小说《京华烟云》中还借小说主要人物之口批评现代评论派一些人说："这些作家简直就是娼妓！他们登台做官以后，一定和别人没有两样，现在他们是在提倡什么言论自由和出版自由了，但是等到他们得势以后，首先压迫言论自由和出版自由的就是他们。"② 林语

① 林语堂：《语言学论丛·弁言》，开明书店，1933年。
② 译文根据郑陀、应元杰译本，《京华烟云》，春秋社刊行，1941年。

堂晚年对胡适及现代评论派的看法有很大改变，就正同他对"五四"以来的中国政治与文学看法改变一样，是可以理解的，但在同鲁迅"相得"年代，在同现代评论派的论争中是与鲁迅同声相应的。

20世纪30年代初，文学领域的斗争和论战更加错综复杂，既有文化"围剿"和反"围剿"性质的敌我斗争，也有左翼文学内部的论争和左翼文学阵营同多种文学流派的论争。1933年前后在上海报刊上展开的关于"幽默"及小品文的论争，属于后一种性质，在中国现代文学史上算是一次不大也不小的论争。这次论争的经过及双方主要的观点主张，在鲁迅的后期杂文集及林语堂的《我的话》和30年代的刊物如《申报·自由谈》《太白》《论语》《人间世》《宇宙风》等上可以看到，在多种《中国现代文学史》上有所评述，近年来又有多篇论文专门做了评析，本文只从林语堂与鲁迅关系角度谈一些认识。

1929年秋，林语堂与鲁迅第一次疏离。1930年3月中国左翼作家联盟成立。1932年9月林语堂创办《论语》半月刊，与志同道合者逐渐形成一个论语派。如果简单地把这些事联系起来，容易使人把论语派看成作为鲁迅和"左联"的对立面而出现的。过去有的现代文学史就是这样写的，但事实并非如此。文学运动也好，文学流派也好，总是在一定的社会历史背景下产生和形成的。大革命失败后，革命一时处于低潮，白色恐怖日甚，正如周扬所说"正当这生死存亡之秋，一批进步文化战士从北伐前线，从'革命策源地'，从国外（主要是日本）汇聚到了上海。他们对国民党的反革命屠杀感到愤慨，对当时文学战线不能适应现实斗争的状况感到不满，经过积极的酝酿和组织，终于竖起了左翼文艺运动的大纛"。①

这就是"左联"成立的时代背景。"左联"成立后，文学运动又出现新局面，但反动统治者对进步作家和进步文艺的迫害也愈益加紧。另一批作家不得不选择危险性较小的路途，纷纷创办政治色彩不鲜明的刊物。《论语》等刊物正是在这种背景下出现并提倡"幽默"的，正如阿英所说："这些作家，打硬仗既没有这样勇敢，实行逃避又心所不甘，讽刺未免露骨，说无意思的笑话会感到无聊，其结果，就走向了'幽默'一途。此种

① 周扬：《中国新文学大系1927—1937文学理论集·序》，上海文艺出版社，1987年。

文学的流行，也可说是'不得已而为之'。"① 这种分析是中肯的。林语堂创办《论语》，提倡"幽默"，曾风行一时，同当时的时代背景有密切关系。《论语》创办初年，其主要倾向还是进步的，林语堂撰写了多篇富有积极政治内容的文章，如《论政治病》《谈言论自由》《中国何以没有民治?》等。鲁迅、茅盾及其他左翼作家也在《论语》上发表作品。这都可说明，《论语》并不是一开始就同鲁迅和"左联"对立的。但到1933年以后，国民党的文化"围剿"变本加厉，论语派的倾向逐渐变化，社会批判的锋芒削弱，谈谈笑笑之类的文章增多，正如林语堂自己所说："颇有走入牛角尖之势，真是微乎其微，去经世文章远矣。"② 鲁迅收到第38期《论语》后写信给陶亢德说："倘蒙谅其直言，则我以为内容实非幽默，文多平平，甚者且堕入油滑。"③《人间世》创刊后，又宣扬"性灵""闲适"，批评矛头愈来愈多指向左翼文学。鲁迅和左翼文学阵营与之"参商到底"，是很自然的。那时左翼文学阵营内部的不同意见，也往往笔墨相见。

鲁迅开始撰文批评论语派，并不是在同林语堂疏离期间，而恰在两人第二次相得之时。1933年1月两人恢复往来之后，"幽默"问题的争论正展开。鲁迅于同年3月间在《申报·自由谈》发表《从讽刺到幽默》《从幽默到正经》，表述对"幽默"的意见，分析在当时"幽默"流行的原因及发展趋势，指出"非倾于对社会的讽刺，即堕入传统的'说笑话'和'讨便宜'"，并不是简单地对"幽默"全盘否定。后来鲁迅连续发表几篇谈幽默的杂文，批判的主要锋芒是对着反动统治者的文化专制主义，也对论语派进行劝导，意在打破"超然物外"的幻想。鲁迅应林语堂约稿而写的《论语一年》，对《论语》积极方面予以肯定，对消极趋向发出警告。但那时参与"幽默"问题讨论的一些作者，对"中国没有幽默"这句曲意的话作直意的理解。鲁迅文中说"中国没有幽默"与给林语堂信上说"不准人开一开口，则《论语》虽专谈虫二，恐亦难，盖虫二亦有谈得讨厌与否之别也。天王已无一支笔，仅有手枪，则凡执笔人，自属全是眼中之钉，难乎免于今之世矣"④，其实含意是相似的，既是对黑暗统治的抨击，也是对

---

① 阿英编校：《现代十六家小品·林语堂小品序》，上海光明书局，1935年。
② 林语堂：《我的话·行素集序》，上海时代书局，1948年。
③《鲁迅全集》第12卷，人民文学出版社，1981年，第369页。
④《鲁迅全集》第12卷，人民文学出版社，1981年，第187页。信中"虫二"指风月。

论语派的劝导。林语堂也不理解鲁迅的真意，写了多篇文章进行答辩，论证中国自古以来就有"幽默"，把"幽默"愈提愈高。后来争论由"幽默"转至"性灵"、"闲适"、小品文、袁中郎等问题，延续了两三年之久。这本来是一次文学问题的论争，但林语堂在文章中夹杂攻击谩骂左翼作家的语句渐多，如《方中气研究》《今文八弊》《谈螺丝钉》等多篇文章都是如此，甚至在与争论无关写给外国人看的《吾国与吾民》中，也要对左翼作家讽刺挖苦一番，比如在谈中国文学生活时特地加个尾巴："那些共产主义理想者，肋下夹了大部马克思著作，蓄长了乱逢逢的头发，口吸苏俄卷烟，不断攻击这个那个，也不会救得中国的困难。文学这样东西，依著者鄙见，还是文人学士茶余酒后的消遣品，古派也好，新派也好。"① 像这样的词语在那时自然令左翼作家气愤。后来争论就越来越离题而变成相互之间冷嘲热讽，与幽默相去甚远。林语堂在《今文八弊》中诬指左翼作家"卖洋铁罐，西崽口吻……只是洋场孽少的怪相，谈文学虽不足，当西崽颇有才"。② 这就引来了鲁迅在《"题未定草"（二）》中"倚徙华洋之间，往来主奴之界，这就是现在洋场上的'西崽相'"③ 的反击。双方思想感情的距离不免越拉越大。论争虽不是鲁迅与林语堂个人关系引起的，但论争的发展的确影响两人的关系，由相得到疏离是必然的，这正如鲁迅在给林语堂信中所说："……先生之所谓'杭育杭育派'，亦非必意在稿费，因环境之异，而思想感觉，遂彼此不同，微词宵论，已不能解，即如不佞，每遭压迫时，辄更粗犷易怒，顾非身历其境，不易推想，故必参商到底，无可如何。"④

　　鲁迅及左翼文学阵营同林语堂及论语派的论争是逐步升温的，由各抒己见到以笔墨相讥，但不论用语刺激性多么强烈，依然是新文学内部的一次论争，不属文化"围剿"和反"围剿"性质，当然文学上反映了不同的思想观念。考察这次论争，不能离开当时的历史背景，不应把林语堂后来的思想立场推移到这次论争；也不必用今天对幽默的看法来推断那场论争的是非。尽管论争中理论问题未能深入，但对于作家理解文学与现实的关

---

① 郑陀、应元杰译本，第365－366页。
② 《人间世》第28期。
③ 《鲁迅全集》第6卷，人民文学出版社，1981年，第355页。
④ 《鲁迅全集》第12卷，人民文学出版社，1981年，第400－401页。

系，正确地运用幽默，是有积极作用的。老舍就有所得益。他的大量作品虽然在论语派刊物上发表，但并未陷入"冷静超远"，既保持了幽默的语言风格，而又不滥用幽默。老舍在谈创作经验的系列文章中对幽默的运用做了精彩的总结。这次论争的消极影响是文学中的幽默受到压抑。吴组缃先生在新版《老舍幽默文集·序》中写道：

> 回顾在三十年代。我对文坛流行的幽默风是很不以为然的。那时看问题容易偏激，总以为幽默是英国绅士醉饱之余的玩意儿，相信鲁迅说的"把屠夫的凶残化为一笑"的话，认为讽刺好，幽默不合当时国情。我曾写信作文跟人争辩，说得理直气壮。其实幽默与讽刺，往往很难区分；我对鲁迅那个警句的理解也不免简单化，随着岁月和阅历的增长，我知道看事不能从概念出发：幽默也有不同的内容，讽刺也有不同的观点。情况变化无定，笼统地看是不对的。话虽这么说，我时老舍幽默文完全改变了看法，却是在认识到他的为人以后的事。①

这些回顾是真实的坦诚的，有助于我们理解 20 世纪 30 年代那场论争和今天文学中的幽默，也有助于我们实事求是地看待鲁迅与林语堂的离合，避免各种形式的简单化。

鲁迅与林语堂两合两离的过程在 20 世纪 30 年代就结束了。鲁迅逝世后，林语堂在国外和台湾地区度过了后半生的 40 年，于 1976 年作古。他们已经成为历史人物，都留下了丰硕的文化遗产。今天，我们可以从更加广阔的角度，也就是从文化视角，从这两位世界观、文学观和生活道路截然相异的作家和学者身上寻其同，不难看出，在汲取中外优秀文化遗产、弘扬我国民族优秀文化、建设民族新文化方面，林语堂和鲁迅有着不约而同之处。

林语堂说"吾始终敬鲁迅"，不是绅士式的虚饰话，而是出自学者之口的真心话。他和鲁迅在女师大、厦大教书时，对鲁迅学问之渊博自然是了解的。林语堂宣布"偏憎人家说普罗"以后，特别是 20 世纪四五十年代政治观念大幅度变化以后，对伟大革命家、思想家的鲁迅是不可能理解的，有时不免发几句微词，但依然承认"鲁迅打倒旧中国方面是个主将，

---

① 吴组缃：《老舍幽默文集·序》，湖南人民出版社，1982 年，第 1 页。

而在 1930 年代使青年中国转向左倾，也是个重大的影响"。① 至于在学识素养上，林语堂对鲁迅始终敬佩，看到鲁迅"精通旧学"，也就是学问根底广博深厚。这也显示林语堂自己的学者风度，尊重事实，不是单纯以个人意气定贬褒。事实也正是这样。"五四"以来我国老一辈作家、学者，几乎都是带着丰厚的文化知识涵养走进文学、学术领域的，而鲁迅尤为突出。林语堂称赞鲁迅"机警的短评，一针见血，谁也写不过他"②，"用讽刺作为利器，把旧中国活活剥皮"③，如果没有渊博的学识、深邃的洞察力，当然不可能做到。林语堂的学识素养在"五四"以来的作家、学者中也可排在前列。鲁迅对林语堂也是尊重的，劝林语堂多译英国文学作品，正是看重林语堂的英语水平和学术修养。当然从林语堂的学历经历看来，对西洋文化的通晓胜过于中国文化，但他知不足就痛下决心加以补救，留学归国后勤奋地钻研中国文化，他说："……以一个教会学校出身之人，英文呱呱叫，一到北平，怎么会不自觉形秽？知耻了有什么办法？只好拼命看中文，看一本最好的白话文学（《红楼梦》），……耶教《圣经》中约书亚的喇叭吹倒耶利哥城墙我知道了，而孟姜女的泪哭倒长城我反不大清楚。怎么不羞？怎么不愤？所以这一气把中文赶上。"④ 尽管未能达到鲁迅的高度与深度，但为他日后向外国人讲中国文化打下了较坚实的基础。

林语堂在 20 世纪 30 年代一篇杂文之末写了联语五则：

> 道理参透是幽默，性灵解脱有文章。两脚踏东西文化，一心评宇宙文章。时面只有知心友，两旁俱无碍目人。胸中自有青山在，何必随人看桃花。领现在可行之乐，补生平未读之书。⑤

这可表明他自信力极强，但又广采博收、笃志好学。后来他一直用"两脚踏东西文化，一心评宇宙文章"作为治学涉世的宗旨，笃行不倦。鲁迅则更为严谨和踏实，不说大话，他提倡"拿来主义"，"我们要运用脑

---

① 林语堂：《五四以来的中国文学》，大众书局，1962 年。
② 林语堂：《无所不谈合集·林语堂自传附记》，开明出版社，1975 年。
③ 林语堂：《五四以来的中国文学》，大众书局，1962 年。
④ 《无所不谈合集》重刊《四十自叙》所加序言。转引自《林语堂选集》（上），海峡文艺出版社，1989 年，第 567 页。
⑤ 林语堂：《我的话·行素集》，上海时代书局，1948 年，第 42 页。

髓，放出眼光，自己来拿!"① 他主张"明白旧的，看到新的，了解过去，推断将来"。② 鲁迅和林语堂的说法虽不一样，但精神又是相通的，也就是在文化学术方面都不是封闭主义者，而是提倡中西交融、博古通今。他们自己都能身体力行，成为在中国现代文学史、文化史上不可多得的博学多才型的作家和学贯中西型的学者。他们的作品，无论文学创作或者学术论著，文化知识的包容量都很丰富，他们的杂文都能旁征博引，纵谈古今，妙语如珠。1936 年 5 月鲁迅回答斯诺"最优秀的杂文作家是谁?"，举出了周作人、林语堂、周树人、陈独秀、梁启超五人作代表。③ 那时鲁迅与林语堂文学主张不同，关系已经疏离，但依然尊重事实，对林语堂的杂文给以应有的评价。这也是一种真正的学者的识见和风度。不久鲁迅就病逝，不能看到林语堂后半生在文学、学术方面所做的大量的工作。

鲁迅和林语堂在学术文化领域都一身多任，涉足广阔。他们既是作家，又是教授、学者，既是著作家，又是翻译家，而且都立足华夏，放眼全球，以巨大热情从事中外文化交流，都可以说是"两脚踏东西文化"。他们进入文坛，都从介绍外国文学起步，不过后来的视点和走向有所不同。鲁迅从发表《摩罗诗力说》到翻译《死魂灵》为止，翻译介绍了大量外国文学，特别是外国进步的文学理论和作品，意在借他山之石，取他国之经，促进中国新文学、新文化的发展。林语堂从译介海涅的诗歌开始，陆续翻译一些外国文学作品，但他后来用精通英语之所长，以主要精力评述中国古代名著，并撰写多部专著向外国介绍中国，目的在于向外国宣传中国文化，让外国人了解中国。从中外文化交流角度说，鲁迅和林语堂所做的译介，恰好起了互补作用。林语堂 20 世纪 30 年代虽未接受鲁迅之劝，未"译些英国名作"，但实际上还是根据自己志趣、特长，特别是长期在国外面临的读者对象，从另一个途径实现鲁迅的建议和期望。

鲁迅对中国传统文化熟悉之透彻，钻研之深邃，是众所周知的，林语堂也承认并敬佩。同鲁迅相比，林语堂当然有差距，但他在弘扬中华民族优秀文化方面所做的工作成绩也是卓著的。到了中年晚年，在创作文学作

① 《鲁迅全集》第 6 卷，人民文学出版社，1981 年，第 39 页。
② 《鲁迅全集》第 4 卷，人民文学出版社，1981 年，第 301 页。
③ 斯诺整理：《鲁迅同斯诺谈话整理稿》，安危译，《新文学史料》，1987 年第 3 期，第 7 页。

品之余，他以更多精力从事中国文化的研究，写出了不少学术论著。例如，译介多部中国经典著作，创作传记小说《苏东坡传》，以及发表研究《红楼梦》专书，这些作品都是建立在全面系统研究基础上而产出的学术品位较高的成果。鲁迅的立足点是用历史唯物主义整理文化遗产，取其精华，去其糟粕，古为今用；林语堂则主要从中外文化比较角度，扬我之长，避人之短，取人之长，补己之短。尽管由于观点方法方面的欠缺，比较研究之中难免有种种偏颇，但也有不少精粹独到之论，例如对中外国民性的比较。林语堂长期生活在资本主义世界，饱受西洋文化的熏陶，但却念念不忘弘扬中国文化，的确是难能可贵的。不容否认，林语堂在论语时代虽然主张"冷静超远"，也即超脱于政治之外，但政治观念却愈来愈强烈，以至于在学术著作中也抒发他的政治观念，其实大都是一些浅薄的人云亦云之谈。如果我们剔除其著作中谬误的政治观念及纯属宣传性的文字，就可以看到文化内涵还是丰富的，文化价值也是较高的，如《吾国与吾民》《生活的艺术》《无所不谈合集》等都是这样。鲁迅研究已有数十年历史，研究成果累累。林语堂研究在海峡两岸都有待于深入展开。无论鲁迅的著作或林语堂的著作，作为文化遗产必有许多未发掘出的文化瑰宝。当然，对任何文化遗产的研究和评价，都应尊重历史，实事求是。比如，说鲁迅或林语堂的全部著作，其文化含量之博大丰富，宛如文化的百科全书，都无不可，但把一部《京华烟云》说成"简直堪称近现代中国的百科全书"，就未免夸大其词。

我国新文化发展的历史已经充分证明，鲁迅是中国文化革命的伟大旗手，为中华民族的新文化特别是革命文化的发展立下了不朽的功绩。鲁迅的方向，就是中华民族新文化的方向。这个结论是不容改变的。中华民族新文化的建设，是振兴中华的伟大系统工程，需要无数有文化教养的知识分子和海内外全体中华儿女几代人的共同努力。正因为如此，早年同鲁迅论战过的林语堂，以及胡适、陈西滢、梁实秋等著名学者，在这项建设中华民族新文化的工程之中，各自做出了自己的贡献，实际上同鲁迅又是同道。自然我们不能否定和抹杀政治思想、生活道路之间的差异，也不能否定革命文化是"五四"以来中国文化发展的主流，但从民族文化这个角度，可以看到林语堂与鲁迅异中有同、离中有合。如果说中华民族文化的发展宛如源远流长的黄河的话，那可以说，民族感情深厚的林语堂与没有丝毫的奴颜和媚骨的鲁迅，实际上同在这条长河中扬帆前进。

以上几个方面，是笔者从鲁迅与林语堂离合有关的历史事实引发的一些思考。历史是不能改变的，但又是向前发展的。20 世纪中，中华儿女热切期望祖国统一的 90 年代，既不同于烽火连天的 30 年代，也不同于海峡两岸依然隔离的 70 年代。半个多世纪来、近十几年来，中国社会发生的伟大历史变革且不说，即使同鲁迅与林语堂相关的事也在变化。如今，隔离的鸿沟已经逐步打通。林语堂在世时站在沙头角，望不见故乡坂仔而凄然泪下，而今年夏季台湾林语堂后裔亲属已组团到福建龙溪及平和县坂仔探亲寻根。林语堂研究在大陆问津者日多，鲁迅的著作在台湾地区也逐步解禁。随着海峡两岸文化交流的不断拓展，鲁迅研究和林语堂研究将会出现新局面。这是对鲁迅与林语堂离合的思考而得出的一点期望。

（本文原载于《鲁迅研究月刊》1997 年第 12 期）

# 各有特色的民族正气之歌

## ——《京华烟云》小说与电视剧比较谈

　　根据长篇小说《京华烟云》改编的 40 集台湾电视连续剧，跨过海峡，在福建荧屏上出现，吸引了众多观众，其盛况近似《四世同堂》电视剧的播映。正如老舍与北京的关系一样，福建是《京华烟云》小说作者林语堂的家乡。《京华烟云》通过电视剧形式与福建观众见面，这是久居海外的作家、学者林语堂生前未曾料想到的，但确实成为遗赠给家乡人民的一件礼物。

　　《京华烟云》（又译《瞬息京华》）是林语堂创作的第一部英文长篇小说，1939 年出版于美国。著名作家郁达夫应作者之请打算译成中文，但未能完成。郑陀、应元杰合译的第一个中文本，1941 年在"孤岛"上海问世，随后流传于抗战后方。《京华烟云》与老舍的《四世同堂》、路翎的《财主的儿女们》，是 20 世纪 40 年代我国文学及出版界推出的以中国式大家庭为题材弘扬民族精神的三大长篇。那时，我国人民正处于深重的民族灾难之中。凡是富有爱国热情和民族正义感的作家，无不以笔代枪，鞭挞侵略者和卖国贼，讴歌民族解放斗争。林语堂怀着深厚的民族感情，放弃译介《红楼梦》的计划而写作《京华烟云》。他致函郁达夫，说这部小说是"纪念全国在前线为国牺牲之勇男儿，非无所为而作也……弟客居海外，岂真有闲情谈说才子佳人故事，以消磨岁月耶？但欲使读者因爱佳人之才，必窥其究竟，始于大战收场不忍卒读耳"①。可见这部小说的创作目的很明确，就是用小说宣传抗战。这部书问世至今已半个多世纪，中华民族历尽艰辛走出了苦难的深渊，屹立于世界东方。弘扬我国民族自强不

---

　　① 万平近编选：《林语堂选集（下册）》，海峡文艺出版社，1988 年，第 474 页。

息、坚韧不拔的民族精神，依然是中华儿女的共同心声。《京华烟云》及据此改编的电视剧，正是在某种程度上表达了这种共同心声。

小说和包括电视剧在内的戏剧，虽然都以形象反映生活，但表现形式是迥然不同的。以小说为蓝本改编为戏剧，在某种意义上说是一种再创作。小说《京华烟云》（以下简称"京著"）故事年代跨度大，人物众多，事件纷繁，改编为戏剧去演，其难度可想而知。电视连续剧虽然容量较大，时空伸展自如，似须有活生生的人物和引人入胜的情节，也不可按小说照本宣科。电视连续剧《京华烟云》（以下简称"烟剧"）的改编者根据戏剧艺术的要求，对小说的情节和人物进行删繁就简，取其所长，补其所短，较好地展现了"京著"的基本内容，又有所创新，使主题更集中，感染力更强，尽管删削之中也有可商榷之处，但从电视剧角度说，算是难得的成功之作。同小说相比较，可以说是同气相求，各有千秋。

"京著"是林语堂的代表作。对其思想艺术的分析，笔者写过专文（刊于《文学评论丛刊》第29期，收入拙著《林语堂论》），这里不再多说。简言之，"京著"最大长处是在连绵不断的民族灾难的时代背景之下，把个人、家族的命运同整个民族的命运联系在一起，以反帝国主义、反封建军阀为主调，描述京城几个家庭的悲欢离合、风流云散，显示人生虽如过眼烟云，但民族生命永世长存。小说末章饱经人生风霜的姚木兰对丈夫说："中国人的血必会永远永远地继续下去——无论这血是属于我们一家的或者别家的！"这种深厚的民族意识浸透于全书。林语堂本是"五四"以来现代散文代表作家之一，"京著"实际上是近似散文化的小说，结构并不严谨，穿插描写占了很大比重，不少人物情节往往通过作者的叙述而表现出来。戏剧则主要靠人物的语言行动及人物之间的冲突，推动剧情发展，展示主题思想，作家没有什么插嘴的余地。固然，现代也兴起一种散文化的戏剧和影视，但我国观众喜闻乐见的依然是故事性强、情节曲折的剧影。"烟剧"属于后一类，在保持和强化反帝反军阀的主调时，对故事情节做了较大的调整。"京著"写了姚、曾、牛三大家庭及孔立夫、冯泽安、钱太太家，而以姚、曾二家结亲为主线，牛家的衰败及曾、牛二家结怨只用插叙、补叙，始终以姚家的悲欢离合为中心。全书分三部，题为"道家的女儿""庭园的悲剧""秋之歌"，主角都是姚木兰。书中有大量日常生活的描写，正如作者在书前的《小引》中所说："讲那些当代的男男女女，怎样长大教育起来，怎样学着相存相依的生活过去，怎样的爱与憎，怎样的争辩与宽恕，怎样的忍耐与嫉妒，某种生活习惯和思想方法是怎样构成的，尤其当他们在这个'谋事在人，成事在天'的尘世上，怎样的图谋适应生活的环境。"①"烟剧"则大幅度压缩日常生活的描写，以姚、曾两家结亲到曾、牛两家结怨为主线，在展现姚、曾、孔、牛诸家男女的婚姻关系进程中，从家族纠葛演化为敌我斗争，引人入胜，扣人心弦。这种改编是无可厚非的，既未改变反封建军阀、反帝国主义的主调，又加强了戏剧性，观众也易于理解和接受。"京著"的地方背景"以北京为主，以苏杭为宾"，时间从1900年至1938年，即从年仅十岁的富家少女姚木兰遭到"八国联军"之祸，在逃难中与家人离散起笔，到日军侵占津、京、沪、杭，年近半百的姚木兰随家人离杭州逃向内陆时结束。"烟剧"则把场景集中到北京（仅一集是曾家老幼避难到山东），时间也作适当压缩，从清朝末年起到北京沦陷之初终止。有些情节时、地有所变动。如孙亚（顺亚）与女学生曹丽华的恋爱，"京著"中是发生在木兰、孙亚中年时期，作为木兰在杭州过平民生活时期的一个插曲；"烟剧"把这事移到北京，时间也往前移十几年。如此改动，从戏剧角度也不是没有道理的，可在展示婚姻关系时增添曲折波澜，而表现敌我斗争时又能减少枝叶。为了加强反帝反军阀主调，"烟剧"增添了牛家的戏，特别是揭露为虎作伥的民族败类牛环玉（怀瑜）②的罪恶行径。比如，"京著"中姚迪人（体仁）是骑马跌伤致死，"烟剧"改为被牛怀瑜马车撞死；童宝芬进姚家明当女仆，暗中探宝，"京著"中是作为导致阿非（非易）的表妹冯红玉猜忌而投水的起因，"烟剧"则引出牛怀瑜贪财借机向姚家施虐。"烟剧"中牛怀瑜仗势霸占曾府，桂姐持剪反抗而中弹身亡，也是改编时添加的。"烟剧"对牛怀瑜的贪婪、阴险、狡诈与暴戾，较之"京著"暴露更充分，引发观众强烈的憎恨。"烟剧"在总体上把握和体现了"京著"的创作意图，而又进行了适当的改动、补充和加工，加强了政治内涵和感情色彩，对中国的民族苦难从一个侧面做了较为真实的描绘。当然，百年来神州大地风云多变，斗争极为曲折和复杂，"京著"和"烟剧"触及的只是小小的一角，

---

① 录自郑陀、应元杰译本。
② 人名译音大体按作者自译，括号内注明小说或电视剧译法。

而且对北伐后国内局势某些叙述或对话，大陆广大读者、观众是持保留态度的；但无论小说和电视剧，大都回避十年内战时期的国内斗争，把批判锋芒指向民族败类和民族敌人，是很明智的。林语堂在"京著"中甚至在一定程度上越出了政治偏见，写到牛黛云等几位激进的青年毅然参加中国共产党领导的抗日游击战争，更属难能可贵。

无论小说或戏剧，故事情节、戏剧冲突都须由人物来形成。"京著"中人物有八九十人之多。按人物在小说中的地位，作者大体做了分类："以全书结构而言，木兰、莫愁、立夫、姚思安，为主中之主。孙亚、襟亚、曼娘、暗香、红玉、阿非、迪人、银屏为主中之宾。牛黛云、牛素云、曾夫人、钱桂姐、童宝芬、为宾中之主。珊瑚、莺莺、锦罗、雪蕊、紫薇、环儿、陈三、陈妈、华大嫂又为宾中之宾。"① 此外，为添增时代色彩，"京著"还写了不少知名的真实人物。在小说中驾驭如此众多人物并非易事，由散文领域初次跨进小说领域的林语堂自感笔力不足，于是向曹雪芹大师取经，在人物描写，特别是女性形象的塑造上借鉴《红楼梦》的地方甚多，并特地设置了类似大观园的环境——姚思安购置一座取名"静宜园"的清王府，姚、曾二家则类似宁、荣二府。小说中多数女性在《红楼梦》中大都可找到原型。林语堂自己就点明："大约以红楼人物拟之，木兰似湘云（而加入陈芸之雅素），莫愁似宝钗，红玉似黛玉，桂姐似凤姐而无凤姐之贪辣，迪人似薛蟠，珊瑚似李纨，宝芬似宝琴……阿非则远胜宝玉。孙曼娘为特出人物，不可比拟。"② 即便如此，要把人物刻画得活灵活现、血肉丰满，也得精心雕琢，下大功夫，而在战争期间无论时间、精力和心绪都难以做到。林语堂把主要笔墨用于"主中之主"的几个人物，即木兰、莫愁、立夫和姚思安，而木兰是全书的中心人物，体现了作者的人生观、道德观，是作者所理解和宣扬的民族精神和道德情操的集中表现。尽管姚木兰还只是新旧转变时代的人物，未能达到现代新型妇女的高度，但在小说所描绘的那个特定环境中，的确光彩照人，是形体美与心态美的统一、柔美与刚美的融合。林语堂说过："若为女儿身，必做木

---

① 《林语堂选集（下册）》，海峡文艺出版社，1988年，第475—476页。
② 《林语堂选集（下册）》，海峡文艺出版社，1988年，第475—476页。引文内陈芸是《浮生六记》女主人公。

兰也！"①

"烟剧"在人物设置方面做了较大幅度的变动。人物数量删减到三十几人。人物在剧中的地位，按照曾、牛二家结怨发展为敌我斗争的情节加以安排，大都进入这场斗争的旋涡。按照这种布局，必然减少"京著"中"主中之主"的几个人物的刻画，而让"宾中之主"的牛素云及在"京著"中不占重要地位的牛怀瑜（环玉）成为重要角色，作充分的表演，牛素云成为情节发展的枢纽。由于人物减少，又都与日趋激化的冲突相关联，剧中人物大都有戏可演，加上导演调度有方和演员进入角色，因而人物形象较之小说更为鲜明。姚思安的淡泊明志，曾文伯（朴）的因循守旧，木兰的精明豁达，莫愁的真挚无邪，立夫的深邃执着，襟（经）亚的温良恭俭，孙（顺）亚的安常处顺，曼娘的忍辱负重，桂姐的疾恶好善，素云的骄矜迷离，莺莺的鲜廉寡耻，黛云的奋发进取，都给观众留下较深的印象。特别是牛素云由令人厌、令人愤到令人怜、令人赞的逆转过程表现得入情入理。当然"烟剧"同"京著"相比，人物有些喧宾夺主，减弱了姚木兰的地位，莫愁也变为配角，但改编既是再创作，只要不背离原著精神，编导者是可以自由驰骋的。"烟剧"在人物方面所做的变动减少了"红楼"味，而增加了现代性和鲜明度。

改编小说为戏剧，特别是改编内容宽宏、结构广大的长篇小说，容易顾此而失彼。"烟剧"充实了反侵略反霸道的政治内涵，加强了戏剧冲突，人物塑造也颇得当，但由于删削过多，也淡化了"京著"的哲理性。"京著"每部均以庄子的语录为引子，如第三部"秋之歌"用《庄子·知北游》中"故万物一也。是其所美者为神奇，其所恶者为臭腐。臭腐化为神奇，神奇复化为臭腐"。尽管小说中老庄哲学只是表层，思想核心还是林语堂一贯信奉的资产阶级人文主义，但全书的确充满了哲理意味，展示出人生旅途上变幻无穷，福与祸、乐与悲、进与退、得与失往往相伴相随，相互转化。善良的人们在人生的大海中既是风雨同舟，而前程又千差万别。木兰的婚姻算是美满的，但也隐含着悲哀，只有同立夫在一起才感到精神上的解放，后来又遭受失去爱女的悲痛。莫愁对立夫有深挚的爱，但这种爱却牵制丈夫前进的道路。曼娘以处女之身守寡，又被外敌凌辱而

---

① 林如斯：《关于〈京华烟云〉》。

死，更是封建主义和帝国主义制造的悲剧。固然，"京著"宣扬的人生哲理带有时代局限和思想局限，特别夹进了宿命观念，但其主要精神是颂扬以姚木兰为典范的道德理想，嫉恶扬善，真诚坦荡，助人为乐，堂堂正正地做人。小说通过姚木兰的感受，赞美一种宁静、智慧和成熟的"早秋精神"。小说第三部就题为"秋之歌"。林语堂晚年在自传中解释说："无论国家和个人的生命，都会达到一个早秋精神弥漫的时期，翠绿夹着黄褐，悲哀夹着欢乐，希望夹着追忆。"① 这种"早秋精神"实际上是既安于现状又有所追求的，虽近落日仍见余晖，属于一种乐天知命的处世哲学，积极和消极的成分兼有，但对国家和民族来说，则没有什么积极的意义。

"烟剧"中人物大都卷入激烈的斗争波澜之中，正气战胜邪恶，宿命论色彩自然消失，但对人物心态的刻画，对人生问题的探索，难于像小说那样从容，哲理意味不免淡化。剧中尽管对姚思安的淡泊、木兰的练达有所表现，但对姚家父女信奉的人生哲学，不可能像小说用"道家的女儿"为题详加描写。"烟剧"删去不少人物和情节，或多或少减弱了乱离时代人间悲剧的意味。"京著"第二部"庭园的悲剧"，是描写姚家庭园内接二连三发生的不幸事件，银屏的自缢，迪人（体仁）的殇亡，姚母的发疯，红玉的投水，陈妈的失踪……庭园日益冷落萧疏。"烟剧"保留了银屏、体仁之死及姚母发疯，删去红玉、陈妈及有关情节。"京著"中红玉是木兰舅父冯泽安的女儿，才貌双全、体质纤弱宛如林黛玉。由于爱上阿非（非易），疑心宝芬，又迷信庙里抽来的不吉签语，终于焚诗投池而死。林语堂写到红玉之死曾为之流泪。但在"烟剧"的情节发展中，红玉之死就与主题无关，删去是有道理的。不过删去陈妈及有关情节倒值得商榷。陈妈是姚家的女仆，在战乱中同儿子失散，多年来在茫茫的人海中寻找。孔立夫把这种母子情写成小说发表。陈妈的儿子陈三已长大成人当了警察，看见小说后找到姚府，但陈妈又为寻子而不知去向。陈三被留下当守卫，这就引出了陈三和立夫妹妹环儿的恋爱及简单而新颖的婚礼，立夫因此事被军阀当作共产党嫌疑；又引出陈三、环儿及黛云参加北伐及秘密组织，随后一起到山西参加共产党领导的游击队。陈妈的故事带有深刻的悲剧性，富有人道主义寓意，也是小说由富贵之家延伸到贫苦人民的精彩之

① 林语堂：《八十自述》，台湾远景出版事业公司，1980年，第71页。

笔。在林语堂的第二部小说《风声鹤唳》中，这个悲剧仍延续下去。失踪的陈妈在木兰参与的难民收容所出现，参加八路军的陈三赶来会见母亲时，陈妈却已老死。林语堂描写母子之情，既是弘扬中国传统美德，又含有希望在于青年一代的思想。"烟剧"中曼娘和至暄（阿善）、博雅（伯牙）与亡母银屏的母子情也做了表现，但不如陈妈的故事耐人寻味，删去委实可惜。

读"京著"看"烟剧"，除了产生以上几方面看法之外，还感到时代气息和地方色彩的清晰度，后剧不如前书。"京著"把几个家庭的风流云散，放在急速变幻的时代风云中加以描写，正如作者所说："大约以书中人物悲欢离合为经，以时代荡漾为纬。举凡风尚之变易，潮流之起伏，老袁之阴谋，张勋之复辟，安福之造孽，张宗昌之粗犷，五四、五卅之学生运动，三一八之惨案，语丝现代之笔战，至国民党之崛起，青年之左倾，华北之走私，大战之来临，皆借书中人物事迹以安插之。"① 尽管书中描述时代风云未能排除作者的主观偏见，如对义和团的看法就很陈旧，但大体上符合实际，而且夹叙夹议，有不少精彩的笔法，带有政论性。书中还写进一些真实的人物，如宋庆龄、傅增湘、林琴南、齐白石、辜鸿铭、陈独秀、胡适等名人，王克敏、张宗昌、吴佩孚等政客军阀，或隐或现在书中出现，有的还进入作品情节。清末民初学者傅增湘在小说中是孔家与姚家结识的牵线人，林琴南、辜鸿铭到姚家参加讨论新旧文学的集令。这种以人物带时代的写法是"京著"特色之一。

"烟剧"改编者是注意表现时代背景的，军阀吴佩孚为牛家作后台进了曾家客厅，在人物对话中也显示时代演变。但比较起来，时代气氛不如"京著"浓郁。比如，木兰的女儿阿满是死于1926年的"三一八"惨案，在"烟剧"中这一背景就不大清晰。新旧思潮大决战的五四运动，剧中气氛也嫌不足。固然，引进许多真实的人物在剧中难以做到也不必要，但历史资料是可以运用的，这可能出于客观条件的限制。从"烟剧"中还不难看出，受这种限制更大的是地方背景。"京著"的地方背景以北京为主，对北京的庭院、街道、名胜、古迹以至风土民情做了描画，并且把人物放在大自然的美景之中。如小说中姚木兰不但进出于原属清王府的古色古香

---

① 《林语堂选集（下册）》，海峡文艺出版社，1988年，第475页。

的庭园，而且遨游故都名胜古迹，攀登泰山，观赏西湖，用自然景色衬托人物的俊美开朗。木兰同立夫游泰山，多姿多态的风物与人物内心复杂的感受交织在一起描写。"烟剧"以电视之所长本来可表现得更为出色，但由于外景的限制，大部分场景只局限在厅堂庭园之中，姚府的花园同小说描写的清王府旧址相去甚远。"烟剧"的摄制可能距今已有若干岁月，随着海峡两岸文化交流日益拓展，这种地理限制今后将不复存在。

以上就"京著"和"烟剧"所做的比较，不是对两部作品的全面分析和评价，只是探求两者之间的联系和区别。总的看来，"京著""烟剧"各有长短，各有特色，而弘扬民族精神又是相通的，木兰、立夫及投身抗日锄奸斗争的青年们，在作品中就是这种民族精神的代表。如果说半个世纪前"京著"的创作和出版，意在鼓动民族之气，那么可以说"烟剧"的制作和播映，有助于沟通民族之心。两部作品尽管艺术特色不同，但都不愧是激愤深沉的民族正气之歌。

（本文原载于《福建论坛（文史哲版）》1990 年第 2 期）

# 广阔的社会图景和浓郁的地方色彩的统一

## ——读茅盾二十世纪三十年代前期
## 短篇小说和散文创作札记

二十世纪三十年代前期是茅盾创作道路上的一个新的发展时期，在短短五年间，他除了完成长篇小说《子夜》外，又出版了中篇小说《三人行》《路》、短篇集《春蚕》《茅盾短篇小说集》，以及《茅盾散文集》《速写与随笔》等，还发表了一些短篇作品，稍后才结集出版。这许多作品所反映的社会生活面相当广阔，塑造的人物形象多种多样，而作品所描绘的社会环境则多集中在三十年代初期的上海及江南一角。茅盾于一九三〇年由日本回国加入"左联"后，多年居住在上海，而每年至少要回一次家乡——浙江省桐乡市乌镇。茅盾是主张作家应多接触社会实际的，他提倡"到各处跑跑，看看经济中心或政治中心的大都市以外的人生"。[1] 一九三三年五月和八月，茅盾又两度回故乡，了解到"一·二八"战事之后的乡镇情景。因而茅盾这个时期的作品，特别是短篇创作，笔触往往围绕着一个都市即"十里洋场"的上海，一个市镇即"至少有北方的二等县城那么热闹。不，单说热闹还不够，再得加一个形容词——摩登"[2] 的市镇，以及离这个市镇不很远的太湖沿岸的乡村。从茅盾对三十年代初期都市、市镇和乡村的剖视和写照中，可以看到一幅幅既富有江南地方色彩又反映出半殖民地社会面貌的广阔图景。茅盾三十年代前期的短篇作品，虽分为小说、散文速写两类出版，但从反映社会生活角度着眼，两类作品可以放在一起考察。

---

[1] 《茅盾散文速写集·故乡杂记（上册）》，人民文学出版社，1980年，第89—122页。
[2] 《茅盾散文速写集·大旱（上册）》，人民文学出版社，1980年，第138—142页。

# 一

文学反映社会生活，总须选取一定的地方作为环境或背景加以描写，特别是小说创作，更须如此。当然，地方和社会不是同义词，但任何社会都不能离开一定的地方而悬空存在。除了神话、童话作品外，描写社会现实的作品不能不落足于一定的地方，正如茅盾所说："地点就是故事出现的舞台。一个故事之必须托足于一个地点，也是必然的事。"① 法国现实主义文学大师巴尔扎克把总题为《人间喜剧》的多部小说所描写的生活场景划分为私人生活、外省生活、巴黎生活、政治生活、军事生活、乡间生活六个部分，并认为前三个部分"各有它的地方色彩：巴黎和外省……"。② 茅盾二十世纪三十年代前期作品所描写的生活场景，除少数历史题材和政治题材的作品外，似可分为都市生活、市镇生活和乡村生活三个部分。写都市生活场景的作品，除脍炙人口的长篇小说《子夜》而外，短篇小说中有描写步履维艰的小职员生活和"尚未成功"的"大作家"生活的一组作品，还有描写投机者、流浪者的作品，以及速写《上海》《上海的大午夜》等；写市镇的生活场景的作品，除了《林家铺子》之外，还有小说《小巫》《赛会》及散文速写《香市》《故乡杂记》等；写乡村生活场景的作品，除了"农村三部曲"之外，还有小说《当铺前》、散文速写《乡村杂景》《大旱》《戽水》《阿四的故事》等。茅盾曾写道："如果一个作家把他的故事的地点指定在自造的想象世界或乌托邦，那末，他只要对于自己负责任，如果不然，他的地点是世界上实有的地方，则他便该对于实在的地方负责任，他应该把他小说中的某地写成正确的某地。人物有个性，地方也有个性；地方的个性，通常称之曰：'地方色彩'……一位作家先须用极大的努力去认明他所要写的地方的'地方色彩'。"③ 茅盾这许多作品正体现了这个主张，从都市、市镇和乡村的不同的侧面表现出江南城乡的地方色彩，而这些地方色彩又是同广阔的社会图景相统一，构成三十年代初

---

① 玄珠：《小说研究 ABC》，世界书局，1928 年。

② 巴尔扎克：《〈人间喜剧〉前言》，《文艺理论译丛》第二期，人民文学出版社，1957 年，第 1—16 页。

③ 玄珠：《小说研究 ABC》，世界书局，1928 年。

期一个半殖民社会的真实写照。

二十世纪三十年代前期上海的人口有三百万，是江南也是全国最大的都市，集中了旧中国的"都市文明"。茅盾对这个大都市可以说是了如指掌，在不少作品中从不同角度描绘这个大都市五光十色的城市景图和光怪陆离的社会相。正如从茅盾所喜爱的雨果的作品中看到十九世纪初叶的巴黎那样，从茅盾的作品中可以看到二十世纪三十年代的上海。固然，茅盾写上海，主要不是写都市外貌，而是深入它的社会结构的内层，揭示这个典型的半殖民地都市的社会矛盾，但茅盾并不忽视都市的自然和社会环境。比如《上海的大年夜》曾写道：

> 我也转脸望着窗外，然而交通灯光转了绿色，我们坐的电车动了。啵！啵！从我们的电车身边有一辆汽车"突进"了，接着又是一辆，接着是一串，威风凛凛地追逐前进，我们的电车落后了。我凝眸远眺。前面半空中是三公司大厦高塔上的霓虹电光，是戳破了黑暗天空的三个尖角，而那长蛇形的汽车阵，正向那尖角里钻。然而这样的景象只保留了一刹那。三公司大厦渐曳渐近了。血管一样的霓虹电管把那庞大建筑的轮廓描画出来了。①

虽然没有华词丽句，但却动中有静，静中有动，显示出上海南京路的外景。矗入半空的大厦，长蛇形的汽车阵，五彩夺目的霓虹管，固然点缀了大上海的"都市文明"，而电灯柱上"余屋分租"的告白，里弄中像沙丁鱼罐头似的装满人丁的阁楼，大街小巷"公共毛厕墙角"的栖身之地，岂不也散见于这个"帝国主义经济势力集中点的上海"？茅盾在作品中既描绘了大都市彩色缤纷的一面，也刻画了大都市灰暗惨淡的一面。在《大鼻子的故事》这篇小说中，作者不仅塑造了一个流浪在街头的少年儿童形象，而且引领读者跟随大鼻子的足迹巡视灯红酒绿之外的另一个上海。在繁华的街道上有"大肚子的绅士和水蛇腰长旗袍高跟鞋的太太们"，也有跟在背后用发抖的声音低音唤着"老爷，太太，发好心呀"的人们。在高楼大厦有"睡在香喷喷的被窝里的"少爷小姐，可也有无数孩子"爬在水泥的大垃圾箱旁边""和野狗抢一块骨头"。如果我们不把地方色彩仅仅看作是地方的自然风光，那么，这一切何尝不是那时上海这个大都市的地方

① 《茅盾散文速写集》，人民文学出版社，1980年，第217页。

色彩，岂不衬映出一个半殖民地都市的时代和社会图景！

在茅盾的短篇作品中，写市镇和乡村较之都市更富有江南的地方色彩。读茅盾的小说和散文速写可知，作品中多次出现的市镇及乡村实际上是作者的故乡乌镇及作者所熟悉的太湖沿岸。茅盾在《回忆录》（十四）中已经做了阐述。这个市镇本来是东南富饶之区，周围有"仿佛五步一岗，十步一哨的"茧厂和绿油油的桑园。"水是这么的'懂事'，象蛛网一般布满了这乡镇四周的田野"，"那条不慌不忙不出声流着的镇河里每天叫着各种各样的汽笛声"。每逢"嬉春祈蚕"的"香市"，市镇的土地庙前热闹非凡。然而，到了二十世纪三十年代初期，也即作者的笔触由都市转向乡镇的年代，这个"繁华不下于一个中等县城"的市镇却满目萧条，黯然无光，只有那尚未倒闭的一家当铺门前挤轧着饥饿的人群。《当铺前》《林家铺子》等对这种景象做了细腻的描绘。据作者回忆，小说原名《倒闭》，《申报月刊》编者怕老板认为不吉利才建议改为《林家铺子》。小说在写林家铺子倒闭的经过的同时，写了市镇一蹶不振，即使传统的春节也不见起色。

农村经济破产的黑影笼罩着市镇，市镇的冷寂反映了乡村的凄迷。茅盾在作品中描画了市镇邻近的乡村一片阴郁景象。从作品中可看到，茅盾喜爱乡村的"大自然"，对河道纵横、绿叶遍地的江南乡村感受尤深，他说："我爱的，是乡村的浓郁的'泥土气息'。不象都市那样歇斯底列、神经衰弱，乡村是沉着的、执拗的、起步虽慢可是坚定的，——而这，我称之为'泥土气息'。"茅盾在农村题材的作品中不惜花费笔墨描绘乡村的"大自然"。比如"油绿绿的田野中间又有发亮的铁轨，从东方天边来，笔直的向西去，远得很，远得很；就好象是巨灵神在绿野里划的一条墨线"。[①] 尽管"铁路深入农村，成为吸取农民脂膏的大动脉"[②]，但这种自然美和机械美糅合在一起构成了江南平原的特色。比如《春蚕》就用水墨画的笔法描绘江南水乡特有的自然景致。茅盾不是把乡村看作不动不变的"世外桃源"，而是看到乡村大自然之美不时被天灾人祸所湮灭。他着力描绘"中国农村的怪现象——'丰收灾'"，"稻还没有收割，镇上的米价就

---

① 《茅盾散文速写集·乡村杂景（上册）》，人民文学出版社，1980 年，第 126－130 页。
② 茅盾：《〈春蚕〉、〈林家铺子〉及农村题材的作品——回忆录（十四）》，《新文学史料》，1982 年第 1 期。

跌了"。通过许多萧索景象的描写，江南农村的地方色彩也历历在目。

众所周知，茅盾是主张文艺作品应当多表现些地方色彩的，他在《小说研究 ABC》一书中做了理论上的阐述，又在创作实践上身体力行，但他不是停留在表现地方色彩上面，而是把地方色彩和社会图景统一在一起，在描写都市、市镇和乡村的自然和社会环境时，极其自然地表现出江南的地方色彩，又透过富有地方色彩的画面显现那时的社会面貌。这是读茅盾二十世纪三十年代前期短篇作品所得到的第一个印象。

## 二

茅盾在谈到地方色彩时曾写道："我们决不可误会，'地方色彩'即某地的风景之谓。风景只可算是造成地方色彩的表面而不重要的一部分。地方色彩是一地方的自然背景与社会背景之'错综相'，不但有特殊的色，并且有特殊的味。"[1] 茅盾在二十世纪三十年代前期的作品中描绘都市、市镇和乡村，即写自然背景，写富有地方特色的社会外貌，而更主要是由表及里，从现象到本质，表现半殖民地社会在时代风浪中的急剧变动及其根因，并且通过"一角"反映"全盘"。这是读茅盾三十年代前期的短篇作品得到的第二个印象。

二十世纪三十年代初期，"秋收起义""井冈山斗争"点燃起来的土地革命烈火在湘、赣、鄂及其他许多地区燃烧，"无数万成群的奴隶——农民，在那里打翻他们的吃人的仇敌"。[2] 这是空前未有的社会大变动，值得作家们大书特书。但除少数作家（如叶紫）外，大多数作家没有亲身经历过土地革命斗争，要求身在上海的作家去描写湖南式的农村大变动，当然是不切实际的。正如茅盾所说"当时中国革命势力的发展是不平衡的，《春蚕》所写的是江浙一带（太湖岸）农村现象，这不能与两湖，江西相提并论"。[3] 自然，江南地区并不是静止不动的。随着帝国主义侵略势力的步步深入，中国社会沦为殖民地的民族危机日益加深，羽翼未丰的中国资

---

[1] 玄珠：《小说研究 ABC》，世界书局，1928 年。
[2] 《湖南农民运动考察报告》，《毛泽东选集》（第一卷），人民出版社，1966 年，第 12—44 页。
[3] 茅盾：《〈春蚕〉、〈林家铺子〉及农村题材的作品—回忆录（十四）》，《新文学史料》，1982 年第 1 期。

本主义面临着夭亡的厄运，下层人民的灾难愈加深重，并且逐步觉醒起来，开始走上奋起反抗的道路，社会在急剧的动荡之中。茅盾的作品就力图反映这种社会大变动。同鲁迅的小说以浙东的乡镇为背景一样，茅盾选取上海到乌镇以至太湖沿岸的江南一角，是由于这一地区正是他熟悉的"生活地层"，又以"看了一些党出版的分析中国社会的书"所得到理论认识作为"机钻"，对"生活地层"进行过深入的钻探，从而能"透过生活的表象而观察到本质"。

高尔基说过："文学家的社会经验越丰富，他的见解就越高，他的精神的视野就越广，他就能清楚地看见世界上什么跟什么相毗连，以及这些彼此接近和毗连的事物之间的相互作用如何。"[①] 茅盾观察和描写二十世纪三十年代的中国社会就是这样。他往往不是孤立地描写某种社会现象和提出某种社会问题，而是揭示出社会上许多事物之间的相互毗连及相互作用，特别是都市、市镇和乡村的相互毗连及相互作用，并通过富有强烈生活气息的艺术形象加以表现，引人们深思。从茅盾三十年代前期的短篇作品中可看到，帝国主义对中国的侵略像一条无形的链条牵连着中国的都市、市镇和乡村，帝国主义的掠夺性和资本主义的寄生性在中国各地、特别在江南城乡施威和滋扰，牵连着社会各阶层，牵连到千家万户。水往低处流，社会底层受害最重。《林家铺子》《春蚕》《故乡杂记》等作品在这方面做了真实而深刻的反映。由于日本货充斥江南城镇，中国丝厂及其他许多民族资本的工业纷纷倒闭，像老通宝那样把蚕丝看成"第二生命"的农民陷入绝境，像林老板那样的市镇小商人的破产也是不可避免的。统治者借题加紧敲诈勒索，各种捐税摊派到小商人身上，小商人又向农民转嫁。专门操纵叶价、蚕价、粮价等农村命脉的吸血鬼们乘机兴风作浪，巧取豪夺，都市、市镇和乡村就是这样紧密地相互牵连着。以市镇为背景的小说《赛会》，有一段细节描写卖凉粉的小贩阿虎感叹市面冷落，日本糖涨价，不得不费点心眼打小算盘；作者借助阿虎偷减凉粉里糖的分量及围绕此题的心理描写，从细枝末节处展现了市镇与都市的联系，把外资入侵、糖价上涨在一个市镇小贩身上产生的微妙反响写得生动而又深刻。《微波》写的是一个卖掉农村财产迁来上海吃银行利息的"寓公"，也展示

---

① 《高尔基选集·文学论文选》，人民文学出版社，1958年，第279页。

了乡村和都市之间的紧密相连。随着社会动荡，吮吸民脂民膏的"吸血虫"也在城乡之间蠕动，而都市、市镇与乡村的下层人民同样遭受着苦难。茅盾在作品中通过各种各样的人物形象，展现了都市、市镇与乡村的相互毗连，也揭示造成人民穷困和社会动荡的根因。由于作者站在时代高处对生活进行了深入的开掘，因而尽管写的是江南城乡，但作品所展现的社会和时代图景却是很广阔的。

茅盾在《所谓时代的反映》一文中说过："一个运动的本身，可以写。但也不一定要写，譬如投一石于池水中，写石子本身还不及写池子里的水被石子所激起的波动，更有意思。"① 他的笔触从都市移到市镇和乡村，正便于写出"池子里的水被石子所激起的波动"。一九三二年一月二十八日，日本侵略军进犯上海吴淞，上海爆发了淞沪抗战。"如果说'九·一八'事变对太湖沿岸的普通老百姓震动还不大，'一·二八'战争却象一颗炸弹，骤然惊醒了被压抑的、沉默的人心，抗日的空气迅速弥漫于江南的城市村镇。帝国主义的经济侵略，尤其是日本货向农村的倾销所引起的农村中各种矛盾的尖锐化，所造成的农村经济危机，这些积压起来的矛盾，现在都趁着'一·二八'战争这股抗日浪潮，迸发了出来。"② 茅盾在作品中没有正面描写这次战争，但从侧面写出了战争激起的社会波动，在江南的都市、市镇和乡村到处可见。除了小说《右第二章》、散文《第二日》约略写到"石子"本身外，其他许多作品几乎都写"石子"激起的"波动"。《林家铺子》写到大批上海难民涌到镇上，给奄奄一息的市场带来某些活力，摇摇欲坠的林家铺子有点转机，但跟着而来的上海商人的坐索，官僚政客的乘机敲诈，把精明干练的林老板逼到山穷水尽境地，林老板又迅速把灾祸转嫁给朱三阿太、张寡妇、陈老七们。《春蚕》写到战争对茧厂的影响从而波及广大农村。国民党贪官污吏借题加紧榨取人民的血汗。所以这些作品通过江南的城、镇、乡反映社会生活时富有强烈的时代气息，把地方性和时代性完全融合在一起。

茅盾在一九三二年发表的《我们所必须创造的文艺作品》一文中写

---

① 《茅盾文艺杂论集》，上海文艺出版社，1981年，第716页。
② 茅盾：《〈春蚕〉、〈林家铺子〉及农村题材的作品——回忆录（十四）》，《新文学史料》，1982年第1期。

道："文艺家的任务不仅在分析现实，描写现实，而尤重于分析现实描写现实中揭示了未来的途径。"① 他的创作贯彻了这种精神。从二十世纪三十年代前期描写江南的都市、市镇和乡村的作品中可看到，由于帝国主义的侵略，国民党统治者的压榨和社会上大鱼吃小鱼、小鱼吃虾米，都市、市镇和乡村各种矛盾都被激发出来，而乡村表现得尤为尖锐。一方面乡村（包括市镇）进一步屈服于城市的统治，城乡之间越加对立。农民们不能直接看到都市向农村伸嘴的"吸血鬼"，而把憎恨倾注到"直接害了乡下人"的小火轮。《春蚕》写了这种情景。另一方面农民们在沉重的压迫剥削下终必逐步觉醒起来，走向反抗和斗争。乡村的动荡不仅震撼市镇，而且波及都市。饥饿迫使农民铤而走险，《秋收》描写"抢米囤"的风潮到处勃发；《阿四的故事》"通过一个孩子的感受，反映了被重重剥削压迫逼到了绝境的农民，终于奋起反抗，爆发了'抢大户'的斗争"。② 自然，这些反抗和斗争只是自发性或者半自觉性的，农民的真正觉醒有一个漫长的过程，但作者通过对现实生活的真实描绘告诉人们，中国社会大变动首先出现在乡村，乡村更大的革命风暴必将来临！茅盾一九三二年转向农村题材的写作绝不是偶然的。"农村三部曲"等不少乡村题材的作品，可以说既正确地分析和描写了现实，也"指示了未来的途径"。作者从作品所描写的江南城乡的实际出发，反映那个时代的中国社会，而不是脱离生活去臆造轰轰烈烈的农村大革命，这说明茅盾坚持从生活出发的现实主义创作原则，因而避免重蹈那时一度流行的公式主义、脸谱主义的旧辙。

文学反映社会，往往是通过"一角"反映"全盘"。即便是生活容量博大的作品，也往往以精深的笔法写出"一角"。茅盾二十世纪三十年代前期的短篇作品虽然描写江南一角，但不是一鳞半爪地抓住一些社会现象，而是在对中国社会全面了解的基础上，通过在半殖民地社会中富有代表性的江南城乡，以真实感人的艺术形象，表现了帝国主义的侵略促使中国社会各种矛盾的激化。因此，这一富有地方特色的"一角"带有很大的典型性，读者从中能看到那时中国社会的"全盘"。茅盾说过："真能深入

① 《茅盾文艺杂论集》，上海文艺出版社，1981年，第330页。
② 《〈春蚕〉、〈林家铺子〉及农村题材的作品——回忆录（十四）》，《新文学史料》，1982年第1期。

一角者，必然也了解全面；全面的了解，有助于一角的深入。"① 茅盾三十年代前期的创作正是这样。他笔下的都市、市镇和乡村是特殊性与普遍性的统一、地方性与全国性的统一。

三

读茅盾二十世纪三十年代前期的短篇作品还得到一个印象是，同中外不少文学大师一样，茅盾在描绘都市、市镇和乡村生活时，十分注意通过社会习俗观察社会。社会习俗总是同当时当地的社会生活融合在一起的，文学作品反映社会，往往不能离开社会风习的描写。透过地方风俗的描写，既添增了作品的生活气息和地方色彩，又充实了作品的社会性，加强了广阔的社会图景和浓郁的地方色彩的统一。

各地农村的习俗名目繁多，又带着各自不同的地方特色。茅盾在《春蚕》中对太湖沿岸乡村养蚕过程中的习俗作为小说的生活细节加以刻画。比如，"窝种"的第二天，老通宝拿一个大蒜头涂上一些泥，放在蚕房的墙脚边，预卜"蚕花"的好坏。"窝种"在当地是个"神圣"的季节，"一个'戒严令'也在无形中颁布了；乡农们即使平日是最好的，也不往来，人客来冲了蚕神不是玩的！"等到"浪山头"（蚕已成茧，亮出"山头"），亲友们都来祝贺，送礼请客热闹一番。这些习俗自然带有迷信色彩，但同那时江南农村的现实生活完全不可分割，在作品中加以描写有助于加强作品的现实性和生活气息。通过这些习俗，小农经济条件下农民的共同心理状态明晰可见。作者通过阿多等人物形象表明，农民迟早会从迷信中醒悟过来的。作者描写荷花这个形象，也是对封建迷信的否定。青年妇女荷花当过有钱人的丫头，后来嫁到村里来被人们看作不吉利的"白虎星"而疏远。荷花为了表明"我也是一个人"，采取了多种方式去反抗。尽管她的反抗方式不对头，而且看错了目标，但的确是旧习俗的受害者，阿多对荷花寄以同情，"他觉到人和人中间有什么地方是永远弄不对的，可是他不能够明白想出来是什么地方，或是为什么"。这就表明，旧习俗反映了人和人之间的关系问题，也是一种社会问题。在《秋收》《残冬》中荷花的

---

① 《茅盾文艺评论集（上册）》，文化艺术出版社，1981年，第78页。

形象有了发展，参与了"抢米店吃大户"的行列。荷花不但没有带来晦气，倒具有美好的心灵和刚直的性格。荷花作为旧社会旧习俗的受害者在"农村三部曲"中出现，富有深刻的社会意义。这说明作者不是纯客观地描写迷信活动，而是通过形象对迷信进行剖析，在描写社会习俗时，也"未尝敢忘记了文学的社会意义"。

同"农村三部曲"中描写的农村习俗有密切联系，以市镇为背景的《香市》《赛会》等作品也描写了乡镇习俗。《香市》描绘了香市这一传统节日的今昔，写了过去的鼎盛时期的热烈。但是，随着农村的凋敝、市镇的衰败，"香市"也今非昔比。"香市"虽然禁而复开，农民却寥寥无几。《赛会》描写市镇人民因天旱迎神求雨，但多数人各有自己的算盘。作品显示出即便在市镇共同性的迎神赛会中也包含着不同的社会心理。这些作品表明，作者对那时江南乡镇的各种社会问题观察入微，透过社会习俗看到人民生活江河日下，也看到带有封建迷信色彩的旧习俗打上了资本主义的新印记。

都市的社会习俗，茅盾在短篇作品中描写虽不多，但从速写《上海的大年夜》一文可看出作者对这方面也是关注的。阴历的大年夜自古以来在中国是个全民性的热闹节日。《上海的大年夜》记述了一九三三年大上海大年夜的情景。尽管"天气是上好的"，但从小街到大马路却看不到"大年夜"，到处可见"车夫们都伸长了'觅食'的颈脖"，"南货店不出生意"，平时熙熙攘攘的大马路，除了电影院人头济济之外，"大年夜"也没有什么新特色。难道"大年夜"这个传统节日改变了吗？也不是。作者通过大年夜所见，并做今衰昔盛的对比，是以画龙点睛的笔法对都市的社会矛盾做了点染。

总之，茅盾在二十世纪三十年代前期的短篇作品中，无论是写乡村、市镇、都市，也无论是小说、散文速写，都把社会习俗作为现实生活的组成部分加以描写。巴尔扎克把《人间喜剧》称之为"风俗研究"。可以说茅盾这些作品也是"风俗研究"。茅盾以马克思主义的社会观点对地方风俗进行了剖析，揭示出传统的习俗中包含着社会内容和时代内容，让读者从中看到社会矛盾和社会心理。例如"香市""赛会"是太湖乡镇的传统习俗，但随着人民进入凄风苦雨的年代，这些习俗也被冷落，而且封建迷信色彩越来越淡薄，商人们巴望从农民身上捞钱的资本主义色彩越来越浓厚，金钱的崇拜愈来愈明显地取代了宗教的虔诚。

恩格斯在《论俄国时社会问题》中分析了官吏、高利贷者、投机者各种吸血鬼对俄国农民的剥削和榨取后指出："没有一个别的国家像俄国这样，当资产阶级社会还处在原始蒙昧状态的时候，资本主义的寄生性已经发展到了这样的程度，以致整个国家、全体人民群众都被这种寄生性的罗网压抑和缠绕。"[①] 当然，二十世纪三十年代半殖民地半封建的中国社会不同于十九世纪七十年代的俄国社会，但农民及其他劳动人民遭受各种剥削者的层层盘剥而深陷困境的情形是相似的，资产阶级社会并未出现而资本主义寄生性已经恶性发展的情形也有相似之处。茅盾在三十年代前期的短篇小说和散文作品中，运用多种艺术手法，也通过对地方社会习俗的描绘，从侧面反映下层人民在帝国主义、封建主义、资本主义的重重罗网的压抑和缠绕下陷入了极其难熬的、无法忍受的境地。人民到了这种境地，也就意味着革命正在日益临近。

综上所述，茅盾二十世纪三十年代前期的短篇小说和散文创作，既富有浓郁的江南地方色彩，又描绘出广阔的社会和时代图景，社会性、时代性和地方性紧密地结合在一起，同《子夜》等长篇作品相辉映，构成描绘三十年代中国社会的画卷。马克思说过："凡是有关人与人的相互关系问题都是社会问题。"[②] 许多优秀的文学作品不论何种题材何种形式总是描写人和人的相互关系，根据作家各自的生活经验和思想观点提出和解答一定的社会问题。从这个意义上说，一个作家也是一个社会学家。茅盾正是这样。考察茅盾二十世纪三十年代前期的创作可知，茅盾在《〈地泉〉读后感》及《我的回顾》等文中所总结的"一个作家应该怎样地根据他所获得的对于现社会的认识，而用艺术的手腕表现出来"，"而社会对于我们的作家的迫切要求，也就是那社会现象的正确而有为的反映！"这些经验不是空话，而是由衷之言。茅盾的创作实践表明，他忠实于人民作家的社会职责，也忠实于现实主义创作原则。这种精神的确贯穿了茅盾的全部文学生活。因此，阅读茅盾三十年代前期的短篇创作及其他年代的许多作品，对于我们理解文学与生活、作家与社会的关系大有裨益。

（本文原载于《茅盾研究论文选集（下册）》1982 年）

---

① 《马克思恩格斯选集》（第二卷），人民出版社，1972 年，第 619 页。

② 《马克思恩格斯选集》（第一卷），人民出版社，1972 年，第 173 页。

# 老舍与"五四"

　　五四运动及与之紧密联系的新文化运动、新文学运动，是我国现代革命史、文化史及文学史的伟大开端。我国二十世纪老一辈知名作家，不论进入文学创作领域迟早，无不直接或间接地受到"五四"时代浪涛的冲刷和启迪。1957 年 5 月 4 日，老舍在《解放军报》上发表《"五四"给了我什么》，回顾和总结了"五四"精神对他思想和创作的影响。老舍只说了"五四"给予自己的方面，而事实上在继承和发扬"五四"精神、丰富和发展新文学运动的成果方面，老舍做出了重大的贡献。本文主要以老舍的作品为依据，联系"五四"以来新文化运动、新文学运动的一些历史情况，对以上两个方面做粗略的考察和分析。

一

　　老舍说过："没有'五四'，我不可能变成个作家。'五四'给我创造了当作家的条件。"① 老舍这里所说的"五四"，当然不仅仅指爆发于 1919 年的"五四"爱国运动，而是指以五四运动为标志的历史时代。

　　五四运动揭开了我国历史的新篇章，标志着旧民主主义革命转变为新民主主义革命。"五四"作为一个历史时代，应当从 1915 年创刊《新青年》（第一卷名《青年杂志》）倡导的思想启蒙运动算起，经过几年的宣传、发动，从文化思想领域发展到政治领域，到 1919 年进入高潮，并逐步扩展延伸，形成席卷全国的革新浪潮，历时十年之久。恩格斯在谈到从十五世纪下半叶开始的欧洲各国反封建主义的资产阶级改革运动时曾指出："这是

---

　　① 老舍：《"五四"给了我什么》，《解放军报》，1957 年 5 月 4 日。

一次人类从来没有经历过的最伟大的、进步的变革，是一个需要巨人而产生了巨人——在思维能力、热情和性格方面，在多才多艺和学识渊博方面的巨人的时代。"① 当然，二十世纪中国的"五四"时代，不同于欧洲文艺复兴时代，但从伟大的进步的变革和产生巨人的意义上来说，又是相似的。旧民主主义革命时代曾经叱咤风云的人物，"五四"时期大都退出了历史舞台，新的巨人产生出来了。新的巨人又给时代以巨大影响，大大推动了历史的前进。

老舍没有直接参加五四运动，那时老舍从北京师范学校毕业后任小学校长，继而当劝学员，为国民教育服务。老舍在《新青年》创办时只有十六岁，五四运动时刚好二十岁，正是青年时代。生活在"五四"策源地的北京，富有正义感的老舍，思想感情上对"五四"并未置之度外。尽管直接证明老舍与"五四"关系的材料至今尚很少，但下面两个材料依然可以说明一些问题：一是老舍的短文《双十》，一是老舍试作的短篇小说《小铃儿》。前者发表于 1944 年 10 月的《时事新报》，不到三百字，文中老舍回忆二十二年前在南开中学教书时一次"国庆"纪念会上所说："我愿将'双十'解释作两个十字架。为了民主政治，为了国民的共同福利，我们每个人须负起两个十字架——耶稣只负起一个：为破坏、铲除旧的恶习，积蔽，与象大烟那样有毒的文化，我们须准备牺牲，负起一个十字架。同时，为创造新的社会与文化，我们也须准备牺牲，再负起一架十字架。"② 这种愿望符合青年老舍的思想实标。那时老舍加入基督教不久，对耶稣上十字架的故事自然印象很深。他把耶稣的牺牲精神同反对"象大烟那样有毒的文化"及"创造新的社会与文化"揉在一起，虽属天真，但可表明他有了朦胧的民主主义意识，同当时诸如《新社会》杂志那样思想倾向进步而态度较温和的报刊的理论主张很近似。比如郑振铎执笔的《新社会发刊词》宣布："考察旧社会的坏处，以和平的、实践的方法，从事于改造的运动，以期实现德莫克拉西的新社会。"③ "五四"后宣传新文化运动的刊物如雨后春笋般涌现，理论主张各不相同，同一刊物也往往兼容并包。

① 《马克思恩格斯选集》第 3 卷，人民出版社，1972 年，第 445 页。
② 曾广灿、吴怀斌编：《老舍研究资料》，北京十月文艺出版社，1985 年，第 124 页。
③ 《新社会》第 1 号（1919 年 11 月 1 日）。

《新青年》由宣传民主和科学发展为宣传马克思主义、社会主义。《每周评论》《新潮》的政治态度也很激进。这些刊物在当时青年中的影响自然是很大的。而另一类态度较为平和的刊物，如《国民》《少年中国》《新社会》《新生活》《人道》等，在思想启蒙中的作用也不能低估。《新社会》是北京基督教青年会所属社会实进会创办的，主要编辑和撰稿人有瞿秋白、郑振铎、耿匡（耿济之）、许地山、瞿世英。老舍加入基督教后同许地山结识。由此推测老舍受到《新社会》的影响恐怕不算主观随意性。瞿秋白在记述办《新社会》年代包括自己在内的青年思想时说："究竟如俄国十九世纪四十年代的青年思想似的，模糊影响，隔着纱窗看晓雾，社会主义流派、社会主义意义都是纷乱，不十分清晰的，正如久壅的水闸，一旦开放，旁流杂出，虽是喷沫鸣溅，究不曾自定出流的方向。"① 当时的老舍也处于模糊的探求之中，他也曾回忆说："那时候所出的书，我可都买来看。"② 《小铃儿》是发表于 1923 年 1 月《南开季刊》上的一个短篇小说，描述京郊一所小学一个名叫小铃儿的小学生，邀集同学，练习武艺，准备长大打帝国主义的故事。从文学角度说，只是一篇试作，不足以反映老舍文学创作的潜力，但从思想角度说，则显示了老舍受爱国主义思潮感染，怀有反帝爱国之心，正如老舍后来回忆所说："自从我在小学读书的时候，我就知道了国耻。可是，直到'五四'，我才知道一些国耻是怎么来的，而且知道了应该反抗谁和反抗什么。"③

如果说老舍在"五四"时期政治意识还较模糊的话，可以说文化意识却愈来愈清晰。这正如他所说："'五四'运动送给了我一双新眼睛。"④ 这双"新眼睛"就是重新审视过去认为天经地义的旧文化，树立新的思想观念。那时以《新青年》为旗帜的新文化阵营在向封建旧文化发起总攻击的同时，提出了思想观念的转变问题。1919 年 12 月 1 日发表的《新青年宣言》宣告："我们相信世界各国政治上、道德上、经济上因袭的旧观念中，有许多阻碍进化而且不合情理的部分。我们想求社会进化，不得不打破

---

① 瞿秋白：《俄乡纪程》，《瞿秋白文集》文学编第一卷，人民文学出版社，1985 年。
② 老舍：《我的创作经验》，《〈老牛破车〉新编》，香港三联书店，1986 年。
③ 曾广灿、吴怀斌编：《老舍研究资料》，北京十月文艺出版社，1985 年，第 118 页。
④ 曾广灿、吴怀斌编：《老舍研究资料》，北京十月文艺出版社，1985 年，第 118 页。

'天经地义''自古如斯'的成见……创造政治上、道德上、经济上的新观念。"① 1923 年 6 月 15 日发表的《新青年之新宣言》进一步宣称:"中国受文化上封锁三千多年,如今正是滚入国际舞台的时候,非亟亟开豁世界观不可。"② 这都说明转变观念、解放思想的重大意义。"《新青年》的精神能波及于全国,能弥漫于全社会"③,正由于它在推动人们转变观念、解放思想中发挥了伟大作用,在那个时代,连老舍这样循规蹈矩的青年也"变得敢于怀疑孔圣人了"。

"五四"新文化运动不仅有国内因素,而且同二十世纪初叶、特别是第一次世界大战后国外新思潮、新学说的兴起密切相关,是西方文化和中国传统文化交汇和冲击下发生的。"五四"以后,马克思主义学说的宣传愈来愈广泛和深入,形形色色的西方新学说纷至沓来,大大扩展了中国知识分子的眼界,也促使人们思考和比较。中国思想界围绕社会主义问题、东西文化问题、科学与人生观问题展开了多次讨论,其中关于东西文化的论战就长达数年之久。老舍那时的思想理论准备,还不足以参与这些讨论,但对文化问题依然有所思索,在写作小说时留下了这种思索的印迹。第一部长篇小说《老张的哲学》就是按文化思想形态来描写人物的。小说第二、三章,描写老张迎接学务大人,叫学生藏起《三字经》《百家姓》,拿出新课本《国文》做样子;而那位学务大人,"乍看使人觉着有些光线不调,看惯了更显得'新旧咸宜''允执厥中'。或者也可以说是东西文化调和的先声"。④ 学务大人看来看去只提一条意见:讲台为什么砌在西边?西边是"白虎台","主妨克学生家长。教育乃慈善事业,怎能这样办呢!"⑤ 这岂不是对东西文化调和论者的嘲讽?《赵子曰》中的主要人物赵子曰心虽不坏,但中传统文化之毒太深,虽也吸取西洋文化,但以孔教打底。赵子曰的"简捷改造论"实际上也是一种东西文化调和论:

> 他根本在精神上觉出东西文化的高低只在此一点。西洋文化
> 是"阔气""奢华""势力",中国文化是"食无求饱""在陋巷人

① 《新青年》第 7 卷第 7 期。
② 《新青年》季刊第 1 期。
③ 《新青年》季刊第 1 期。
④ 《老舍文集》(一),人民文学出版社,1980 年,第 13 页。
⑤ 《老舍文集》(一),人民文学出版社,1980 年,第 18 页。

不堪其忧"。设若吃不饱，穿不暖，而且在小破胡同一住，那不被住洋楼、坐摩托车的洋人打着落花流水，还等什么，为保持民族的尊严起见，为东方文化不致消灭净尽起见，这样把门面支撑起来是必要的，是本于爱国的真诚，而且这样作是最经济的一条到光明之路：洋人们发明了汽车，好，我们拿来坐；洋人们发明了煤气灯，好，我们拿来点。……这样，洋人发明什么，我们享受什么，洋人日夜的苦干，我们坐在麻雀桌上等着，洋人在精神上岂不是我们的奴隶！①

这些描写不是凭空杜撰，而是从社会生活中采撷的。"五四"以后，旧派人物不像"五四"以前那样以"保存国粹""昌明中国固有文化"反对新文化运动，而往往以东西文化、新旧思想调和论出现。《东方杂志》《国故》《学衡》等刊物连篇累牍地发表文章加以鼓吹，而其作者大都熟悉现代西方文化，颇有理论声势。新文化阵营不能不起而驳难。当然多种文化在交汇之中是可以取长补短、相互汲收的，但"五四"时期的东西文化调和论者骨子里是维护旧思想旧文化的，只是表面上涂上若干西洋色彩。老舍当时虽未写理论文章，但有所感受，有所思考，几年之后在小说中对东西文化调和论投以讽刺之笔。

总之，"五四"时代是我国社会思想大变动、民族初步觉醒的时代，生活在这个时代的知识青年，无不受到时代思潮的冲击而选定自己的走向。对青年老舍来说，"五四"时代给了他"一双新眼睛"，也就是转变了传统的思想观念，有了爱国主义、民主主义的初步觉醒，并用之于开掘他所熟悉的蕴藏丰富的生活地层；老舍又有一个好机遇，从1924年夏天开始在英国工作了五年，从外国文学中汲取了有益的营养，借来了西风，推动他走上文学之路。因此可以说，老舍之所以成为作家，同时代紧密相关。"五四"时代是产生巨人的时代，文化巨匠鲁迅、郭沫若、茅盾都产生于这个时代。老舍与巴金一样步入文坛稍晚几年，但依然是这个时代造就的巨人之一。

---

① 《老舍文集》（一），人民文学出版社，1980年，第283页。

# 二

时代哺育了作家，而时代使命感强的作家又以自己的才智贡献于时代，老舍就是这样。他从"五四"中获得新的思想观念、新的精神力量，握笔写作又成为"五四"精神忠实而又出色的表现者。尽管老舍开始写作时，"五四"时代大致已过去，但"五四"精神并未过时。老舍在作品中所表现和传播的"五四"精神，我们可简要概述如下：

五四运动是伟大的爱国主义运动。"反帝国主义使我感到中国人的尊严，中国人不该再作洋奴。"① 这是老舍对"五四"爱国精神的深切感受，也成为他的文学创作的基本思想之一，五四运动所表现的爱国主义精神，不仅在新的思想高度上继承和发扬鸦片战争以来我国人民前仆后继反抗帝国主义侵略的战斗传统，而且摒弃"合群的爱国自大"、盲目的排外情绪，弃旧图新，振兴中华，使之立于世界之林。以鲁迅、郭沫若为开拓者的我国"五四"新文学，从多角度表现了这种清醒的爱国主义精神。老舍的早期作品也浸透了这种爱国主义。在《二马》中，老舍描述了中国人几乎被"世界人"挤出的触目惊心现象。小说中马家父子二人在伦敦吃尽被嘲笑、受歧视之苦，连一个属于小资产者的英国寡妇也瞧不起中国人。老舍以沉痛之笔写道：

　　二十世纪的"人"是与"国家"相对待的：强国的人是"人"、弱国的呢？狗！

　　中国是个弱国，中国"人"呢？是——！

　　中国人！你们该睁开眼看一看了，到了该睁眼的时侯了！你们该挺挺腰板了，到了挺腰板的时候了！——除非你们愿意永远当狗！②

这种爱国主义呼喊，较之郁达夫在小说《沉沦》中发出的"中国呀中国，你怎么不强大起来！"更为深沉，也更为强劲。

"五四"爱国精神，是民族自信和民族自省的统一。"五四"时期的革

---

① 曾广灿、吴怀斌编：《老舍研究资料》，北京十月文艺出版社，1985年，第118页。
② 《老舍文集》（一），人民文学出版社，1980年，第409页。

命家、思想家和文学家在宣传反帝爱国时也思考和探求中国贫弱的民族内因。"改造国民性"成为思想界研讨和文学中表现的主题之一。老舍在小说中不写他自己缺乏实感的群众爱国运动，而以大量笔墨刻画当时人性格的守旧、庸碌、昏聩的一面，对封建愚昧性投以辛辣的讽刺。《老张的哲学》中"钱本位而三位一体"的老张，《二马》中"老民族的一份子"马则仁，《赵子曰》中以孔教打底的赵子曰，尽管心地、性格各不相同，但都概括了中国民族性格的某些消极方面。二十世纪三十年代之初，老舍写了象征性的小说《猫城记》，怀着恨铁不成钢的情绪，热切期望中国人民醒悟过来。抗日战争期间，老舍的爱国主义思想实现了新的大飞跃，以笔代枪，运用多种文学形式进行抗日宣传，并呕心沥血创作爱国主义史诗式的鸿篇巨制《四世同堂》，通过感人的艺术形象，热烈赞颂中国人民坚毅不拔精神，也鞭挞了民族中的消极腐败现象。老舍的全部作品贯穿了鲜明的爱国主义红线，而且不断添增新的时代内容。

　　五四运动不仅力图恢复民族尊严，也力求重新恢复人的尊严，老舍说："反封建使我体会到人的尊严，人不该作礼教的奴隶。"① 人的尊严，人的价值，人在社会上的位置，是"五四"新文化运动中宣传和研讨的重要问题，也是老舍作品的基本主题之一。五四运动打开了人们的思想闸门，外来思潮涌入，关于人、人性、人道主义众说纷纭。李大钊在《我的马克思主义观》中主张"以人道主义改造人类精神，同时以社会主义改造经济组织"②，代表中国早期马克思主义者的观点。胡适在《易卜生主义》一文中宣扬易卜生的充分发展自己的个性以及"全世界都象海上撞沉了船，最要紧的还是救出自己"。③ 周作人则介绍武者小路实笃的新村主义，主张过"人"的理想生活，即"利己而又利他，利他即是利己的生活"。④还有尼采主义、柏格森主义、托尔斯泰主义等。尽管各种学说莫衷一是，但反对封建文化，反对桎梏人性的封建礼教，要求个性解放，恢复人的尊严，在那时的新文化界大体上又是一致的。鲁迅写道："中国人向来就没有争到过'人'的价格，至多不过是奴隶，到现在还如此，然而下于奴隶

① 曾广灿、吴怀斌编：《老舍研究资料》，北京十月文艺出版社，1985年，第118页。
② 《新青年》第6卷第6期。
③ 赵家璧主编：《中国新文学大系·建设理论集》，中国图书馆学会发行，1990年，第189页。
④ 赵家璧主编：《中国新文学大系·建设理论集》，中国图书馆学会发行，1990年，第195页。

的时候，却是数见不鲜的。"① 老舍没有对理论学说作深入钻研，而是从生活实感出发接受"五四"的个性解放思想，并且在小说中描绘出一幅幅人失去尊严而变成奴隶的悲惨图景。《老张的哲学》中贫家姑娘李静敢于拒绝买卖式婚姻，表现出人的尊严，但不能如愿同相爱的人结合，生活又陷入绝境，早早结束了自己的生命。《月牙儿》的少女"我"，《我这一辈子》中的穷巡警"我"，《骆驼祥子》中的车夫祥子，都是想做一个人而不可得。老舍在许多作品中提出的人的尊严、人的价值，主旨是救出被损害的人。

"五四"新文化运动中，关于"恢复独立自主之人格""充分发展自己的个性""养成人的道德，实现人的生活"等主张，都是同揭露中国传统文化的消极因素造成的人的病态心理联系在一起的，正如《新潮发刊旨趣书》所说："盖中国人本无生活可言，更有何社会真义可说。若干恶劣习俗，若干无灵性的人生规律，桎梏行为，宰割心性，以造成所谓蚩蚩之氓；生活意趣，全无领略，犹之犬羊，于己身生死、地位、意义，茫然未知。此真今日之大戚也。"② 鲁迅塑造的典型人物阿Q，就生动而集中地表现封建文化造成的病态心理。老舍塑造人物也着力揭示人物的文化心理。《离婚》中那几个在庸俗、卑琐、敷衍、因循空气中生活的小职员，正是停滞落后封闭性社会的文化的产儿。《牛天赐传》中那俗不可耐的生活环境，几乎使一个纯真的少年失丢独立自主的人格。至于文博士虽留过学，但灵魂深处满是封建文化的遗毒。在《四世同堂》中，老舍通过丰满的艺术形象表现中国文化的二重性，对正义与邪恶、崇高与卑劣做了鲜明的对比。

除爱国主义、个性解放之外，"劳工神圣"也是"五四"精神的一个方面。"五四"之前，李大钊的《庶民的胜利》和蔡元培的《劳工神圣》同时在《新青年》上发表，在青年中产生过积极的影响。李大钊还撰文说明"要想把现代的新文明，从根底输到社会里面去，非把知识阶级与劳工阶级打成一气不可"。③ 五四运动由青年学生扩大到工人群众，形成全国性

---

① 《鲁迅全集》第1卷，人民文学出版社，1981年，第212页。

② 《新潮》1卷1号（1919年1月1日）。

③ 《农村与青年》，《李大钊文选》，人民出版社，1984年，第649页。

的群众反帝爱国运动。"平民教育""平民文学"等口号相继在报刊上出现。老舍自幼生活在北京城市劳动人民之中,青年时期从事国民教育工作,对这些口号自然是心领神会的。老舍一进入文学领域,就把热情倾注于下层社会劳动者身上,在第一部小说中就写了一个朴实善良的车夫赵四,并且用来作结尾。此后人力车夫的形象不断在小说中出现,成为系列形象之一,并塑造出祥子这个典型。老舍不是为写劳工执意在自己所不熟悉的生活领域落笔,用公式化概念化的作品搪塞读者,而是坚持忠实于生活的现实主义创作原则,笔触始终围绕着自己所熟悉的城市下层社会的贫苦人民。这种平民性是老舍作品的鲜明的特色之一。如果在"五四"以来的新文学作家中寻求"劳工神圣"的身体力行者、"平民文学"的真正实践者,老舍不愧是杰出的代表。

老舍在文学作品中从多方位表现了"五四"精神,但并不等于说他的思想艺术水平停留在"五四"时代。老舍不是故步自封、易于自满的作家,他跟随时代的步伐前进,在创作道路上不断总结经验,不断超越自我,攀登一个又一个艺术高峰,成为我国杰出的人民艺术家、现实主义文学大师,并且走向世界,进入世界优秀作家之林。

## 三

《新青年》倡导的新文化运动、新文学运动,为五四运动做了思想启蒙和舆论准备。"五四"后新文学运动发展迅速,白话文的推广出现一日千里之势。1933 年出版的《中国新文学史》曾把"五四"新文学运动同欧洲文艺复兴相比较,说明了两者的区别之后估计说:"它们的效果却是一样的伟大,它们都是划分时代的文艺革命运动,它们都是各种革新运动的先河……"①

"五四"新文学运动包括思想内容和语言形式变革两个方面,正如老舍所说:"'五四'给了我一个新的心灵,也给了我一个新的文学语言。"②改变心灵固难,改变语言文字习惯也极不易。改文言为白话是意义重大、

---

① 王哲甫:《中国新文学运动史》,上海书店出版社,1986 年,第 31 页。
② 曾广灿、吴怀斌编:《老舍研究资料》,北京十月文艺出版社,1985 年,第 119 页。

影响深远的变革。蔡元培曾比较说："白话是用今人的话，来传达今人的意思，是直接的。文言是用古人的话，来传达今人的意思，是间接的。"①"五四"新文学倡导者与守旧派就白话与文言问题经过反复多次的辩论，取得了白话代替文言这一历史性的胜利。但巩固胜利成果，需要开拓者坚持不懈和众多后起之秀继续努力。老舍就是后起之秀之一，为巩固和发展新文学运动成果做出了重大而又独特的贡献。本文不可能全面评述老舍文学创作及语言艺术的成就，只联系新文学运动若干历史情况，简略考察老舍如何坚持和发展白话文学。

在新文学运动第一个十年的文学论争中，文言与白话之争占据很大比重。旧派人物往往以"美文不能用白话"反对用白话代文言。新派人物、特别是胡适写了不少文章予以批驳。但胡适一人的文字还不足以证明"白话可以成为美文"，需要大量创作实绩。早期新文学史家都看到新诗、散文、短篇小说成绩显著，而长篇小说尚属待开垦之地。1925年老舍完成《老张的哲学》，随后在《小说月报》上连载。据罗常培回忆，这部小说发表后，"因为语言的流利，风趣的幽默，描写的生动，讽刺的深刻，在当时文坛上耳目一新，颇为轰动"。②老舍的长篇小说接二连三在《小说月报》连载，语言文字水平一部比一部提高，在长篇小说创作上补充了新文学运动的实绩，进一步证明美文可以用白话。

新文学运动第二个十年，白话文学的地位愈加巩固，"美文不能用白话"的论调已不多见，尽管还有人鼓吹"文言复兴"，而且得到当时统治机关的支持，但也成不了气候，论语派一度提倡半文半白的"语录体"，响应者寥寥无几。然而，二十世纪三十年代之初新文学领域一度出现的语言欧化倾向，对新文学的大众化造成一定障碍，也给"文言复兴""语录体"主张者以否定白话文学的口实。新文学阵营对文学大众化问题展开了长达十年之久的讨论，探讨白话文学如何发展和提高，如何普及人民大众中去。讨论涉及对"五四"新文学运动的评价问题，其中有些意见较为偏颇，比如"'五四'的新文化运动对于民众仿佛是白费了似的，五四式的新文言（所谓白话）的文学，以及纯粹从这种文学基础上产生出来的初期

① 赵家璧主编：《新文学大系·文学论争集》，上海文艺出版社，1982年，第97页。
② 曾广灿、吴怀斌编：《老舍研究资料》，北京十月文艺出版社，1985年，第263页。

革命文学和普洛文学,只是替欧化的绅士换了胃口的鱼翅酒席,劳动民众是没有福气吃的"①,或者认为"五四"式白话"是资产阶级的专利"。②显然,这是低估了"五四"文学革命以白话代替文言的巨大历史功绩的。鲁迅、茅盾及不少文学家、语言家都参与讨论,不同意贬低"五四"白话文学,对克服欧化倾向、实现大众化,提出许多精辟而中肯的见解。老舍没有撰文参加讨论,但一直在创作实践中探索文学大众化的途径。鲁迅在《门外文谈》中说:"单是话不行,要紧的是做。"③ 老舍就是勤于"做"的文学家,而且做出了出色的成绩,成为"五四"以来文学大众化的前驱。老舍在坚持使用"五四"白话文的基础上不断探索如何加强语言的表现力,起初"想把文言溶解在白话里,以提高白话,使白话成为雅俗共赏的东西"④,早期的小说在白话中夹了一些文言。从《二马》开始不再借助于文言。而《小坡的生日》的写作,老舍说是"在文字上给我回国以后的作品打定了基础,我不再怕白话了,我明白了点白话的力量"。⑤ 在新文学界热烈讨论大众化的年代,老舍进一步试验如何"把白话的香味真正烧出来",写出一种"简单的,有力的,可读的,而且美好的文章",并且试验既不借助文言又避免使用欧化词语,而能使平易的白话文不陷入死板,增加亲切、新鲜、恰当、活泼的味儿,大量运用群众口头的话的语言。这一些试验在《离婚》《牛天赐传》《我这一辈子》,特别是《骆驼祥子》中取得巨大的成功,并形成老舍独特的语言风格。当文学界讨论大众文学用什么话写时,老舍已熟练地运用以北京口语为基础又带普遍适用性的有声有色的语言,既提高了"五四"白话文,又不陷入欧化或通行较窄的方言文学。事实上老舍的实践已走在当时理论探讨的前面,对巩固和发展"五四"白话文学的成果具有重大意义。

在新文学运动第三个十年,文学界在大众化问题讨论的基础上,进一步开展民族形式问题的讨论。讨论中又出现贬低"五四"新文学的说法,

---

① 瞿秋白:《大众文艺的问题》,可参见文振庭编《文艺大众化问题讨论资料》,上海文艺出版社,1987年,第55页。

② 起应:《关于文学的大众化》,《北斗》,第二卷,三、四期合刊,1932年7月。

③ 《鲁迅全集》第6卷,人民文学出版社,1981年,第102页。

④ 曾广灿、吴怀斌编:《老舍研究资料》,北京十月文艺出版社,1985年,第531页。

⑤ 老舍:《我的创作经验》,《老舍幽默诗文集》,海南出版社,1992年,第301页。

比如有的意见认为"五四"新文艺是"以欧化东洋化的移植性形式代替中国作风与中国气派的畸形发展形式，主张'以民族形式'为其中心源泉"①；有的意见认为"五四"新文学是从"世界进步文艺""移植"过来的。② 在长达数年的讨论中，郭沫若、茅盾、周扬、艾思奇、潘梓年等许多著名人士都发表了文章，批评贬低"五四"新文学的观点，反对民族遗产的全盘继承和虚无主义；提出正确利用民间形式、积极创造民族新形式的各种意见。老舍发表了《谈通俗文艺》《我怎样写通俗文艺》等文参与讨论，依然是总结自己的经验。他认为"不动手制作专事讨论，恐怕问题就老是悬在那里，而且还或许越说离题越远了"。③ 抗日战争爆发以来，老舍抱着"假若我本来有成为莎士比亚的本事，而因为乱写粗制，耽误了一个中国的莎士比亚，我一点也不后悔伤心"④ 的意愿，热情向民间艺人学习，积极从事通俗文艺的创作，积累了丰富的经验。因而老舍谈通俗文艺和民间形式的利用，既具体切实又高瞻远瞩，既阐明"五四"新文艺与通俗文艺的不同特点，又寻求其共同性的规律。老舍主张"一方面要给民众以精神食粮，一方面要扫荡现存在民间的陈腐物。那么，我们就必须从民众的生活里出发，不但采用他们的言语，也用民众生活，民众心理，民众想像，来创造民众的文艺"。⑤ 其实新文艺和通俗文艺都应如此。老舍一身兼有新文学创作和通俗文艺创作的双重经验，实现了专业作家和通俗文艺工作者的结合，这在我国现代作家中是少见的，也是极其可贵的。老舍在创作实践中实际上找到了新文学民族化大众化的途径，这岂不是对"五四"新文学发展的又一大贡献。

综合以上几方面考察可知，老舍没有参加五四运动，这使他在小说中难以直接描写爱国运动壮举，但并不是像他自己所说"立在五四运动外面"，而是受到"五四"精神的深深感染，他的心灵，特别是文化观念、文学观念起了变化，获得了新的精神力量。老舍进入文学领域后，始终沿着"五四"开拓的道路前进，为弘扬"五四"精神，为中华民族的觉醒，

① 向林冰：《再论民族形成的中心源泉》，《新蜀报》，1940 年 5 月 7 日。
② 胡风：《论民族形式问题》，《中苏文化》第 7 卷第 5 期，1940 年 10 月 25 日。
③ 老舍：《我怎样写通俗文艺》，《抗战文艺》7 卷 1 期。
④ 曾广灿、吴怀斌编：《老舍研究资料》，北京十月文艺出版社，1985 年，第 161 页。
⑤ 《通俗文艺的技艺》，《老舍曲艺文选》，中国曲艺出版社，1982 年，第 23 页。

为丰富和发展"五四"新文学，为人民的文学事业，锲而不舍，奋斗终身。老舍说过："从一发芽，中国新文艺的态度与趋向，据我看，是没有什么可羞愧的地方。"① 作为新文学的代表作家，老舍也是无愧的。老舍无愧于"五四"，无愧于时代，无愧于人民！五四运动距今七十周年，老舍离世已二十多年，新的时代还需要勇于开拓的"五四"精神，需要锲而不舍的老舍精神！

（本文原载于《福建论坛（文史哲版）》1989 年第 2 期）

---

① 《老舍文艺评论集》，安徽人民出版社，1982 年，第 18 页。

# 老舍与抗日话剧运动

在伟大的反法西斯抗日战争中，我国新文学作家和广大文艺工作者与全国各族人民一道，艰苦奋斗，为民族解放事业做出了重大的贡献。老舍就是其中杰出的代表之一。

在日本侵略军兵临济南城下的一九三七年十一月间，老舍怀着对侵略者的强烈仇恨，冒着生命危险，离开济南奔赴武汉，投入抗日爱国斗争的行列。老舍回忆说："一个读书人最珍贵的东西是他的一点气节。我不能等待敌人进来，把我的那点珍宝劫夺了去。我必须赶紧出走。"① 到武汉之后，老舍与新文学界知名人士一起，积极进行全国文艺界抗敌协会的筹备和组织工作。在武汉和重庆期间，老舍呕心沥血，为文艺界的团结抗日做了大量工作，正如茅盾在抗战后期所说："如果没有老舍先生的任劳任怨。这一件大事——抗战的文艺家的大团结，恐怕不能那样顺利迅速地完成，而且恐怕也不能艰难困苦地支撑到今天了。"②

老舍写道："在抗战中，我不仅应当是个作者，也应当是个最关心战争的国民。我是个国民，我就该尽力于抗敌。我不会放枪，好，让我用笔代替枪吧。"③ 他运用多种文艺形式，热情地进行抗日爱国宣传，并且积极参与抗日话剧运动，先后创作了六个话剧剧本，与宋之的等剧作家合作了三个剧本。这九个剧本的写作，在老舍的创作道路上形成了一个重要阶段。考察老舍与抗日话剧运动的联系，可以清晰地看到老舍高度的爱国主

① 老舍：《八方风雨》，原载于 1946 年 4 月 4 日至 5 月 16 日北平《新民报》，后收入《老舍生活与创作自述》，人民文学出版社，1982 年。

② 茅盾：《光辉工作二十年的老舍先生》，原载于《抗战文艺》第 9 卷第 3、4 期合刊（1944 年 9 月）。

③ 老舍：《八方风雨》，原载于 1946 年 4 月 4 日至 5 月 16 日北平《新民报》，后收入《老舍生活与创作自述》，人民文学出版社，1982 年。

义思想情操，以及如何按时代需要调整创作步履。

一

抗日话剧运动是承续左翼戏剧运动的传统，随着"九一八""一·二八"后全国抗日爱国运动的高涨而蓬勃开展起来的。在左翼戏剧家联盟及代之而起的中国剧作家联谊会（"七七"后更名为中国剧作家协会）推动之下，抗日话剧冲破反动统治者的压力，活跃于长城内外、大江南北，涌现出不少激动人心的抗日爱国剧作。抗日话剧运动以延安、重庆、桂林为主要基地，开展了多种多样的话剧演出活动。老舍从一九三九年春季在重庆时开始撰写话剧剧本，以炽烈的爱国热情投入抗日话剧运动。他回忆说：

> 转过年来，二十八年之春，我开始学写话剧剧本。对戏剧，我是十成十的外行，根本不晓得小说与剧本有什么分别。不过，和戏剧界的朋友有了来往，看他们写剧，导剧，演剧，很好玩，我也就见猎心喜，决定瞎碰一碰。好在，什么事情莫不是由试验而走到成功呢。我开始写《残雾》。①

当然，所谓"很好玩""见猎心喜""瞎碰一碰"只不过是老舍的幽默词语。抗战爆发以来，随着他爱国主义热情的高涨，文学观念也不断更新，作为一个作家的时代感、社会责任感大为增强，老舍不是为猎奇而写剧，他看到"戏剧在抗战宣传上有突击的功效"，抱着"一颗愿到最新式的机械化部队里去作个兄弟的心"②，而选择戏剧为武器，"全德全力全能地去抵抗暴敌，以彰正义"③，与抗日话剧运动自觉地结合在一起。

老舍在抗战时期创作的话剧，题材多种多样，而基本主题都浸透了人民的爱国主义思想，反映了作者艺术之心随时代脉息跳动，与人民之心、民族之心紧密相连。四幕剧《残雾》对国民党上层人物损国肥私、姑息养

---

① 老舍：《八方风雨》，原载于 1946 年 4 月 4 日至 5 月 16 日北平《新民报》，后收入《老舍生活与创作自述》，人民文学出版社，1982 年。
② 老舍：《入会誓辞》，原载于《文艺月刊·战时特刊》第 9 期（1938 年 4 月）。
③ 老舍：《三年创作自述》，原载于《抗战文艺》第 7 卷第 1 期（1941 年 1 月 1 日），后收入《老舍生活与创作自述》，人民文学出版社，1982 年。

奸的丑行恶德投以强烈的讽刺，对饱尝战争苦难而不忘复仇雪恨的下层人民寄以深挚的同情和热忱的赞美。四幕剧《国家至上》（与宋之的合著）则是壮丽的民族团结抗敌卫乡的颂歌。四幕剧《张自忠》以真人真事为题材讴歌爱国将领为国捐躯。三幕剧《面子问题》鞭挞在民族危难中醉心于升官发财争名夺利的官僚、政客。三幕剧《大地龙蛇》抒发了对民族解放的热切向往。五幕剧《归去来兮》是对发国难财者腐臭魂灵的挞伐，也传播出人民抗日杀敌的呼声。四幕剧《谁先到了重庆》描绘爱国者在敌后与汉奸的生死搏斗。此外，与萧亦五、赵清阁合写的四幕剧《王老虎》（又名《虎啸》），与赵清阁合写的四幕剧《桃李春风》（又名《金声玉振》），也都奏出了时代的强音。

老舍投入抗日话剧运动，正值国统区抗日剧运处于艰苦时期。政治环境的拂逆，剧作家难以直抒衷肠；经济生活的逼挮，话剧创作和演出都困难重重。老舍在重庆《大公报》《戏剧月报》上先后发表《怎样维持写家们的生活》《不要饿死剧作家》的呼吁，并且不顾体弱多病，积极撰写剧本，以实际行动支持抗日剧运。在周恩来同志直接关怀和戏剧家的共同努力之下，重庆及各地仍然掀起了一次又一次戏剧高潮。《残雾》就是战时重庆较早上演的多幕话剧之一，演出的成功推动了抗战中讽刺剧的发展。由郭沫若任团长的中国万岁剧团（前身为怒潮剧团）于一九四〇年四月在重庆成立，首次上演的剧目就是《国家至上》。剧中回汉民族团结的主题在当时产生了积极的影响。一九四二年春季由中华剧艺社在重庆上演的《面子问题》，其影响虽不及《国家至上》，但那时正是"皖南事变"之后进步戏剧家以剧场为阵地、借古讽今抨击国民党统治者掀起危害抗战的反共媚日逆流之时，陆续上演了郭沫若的《棠棣之花》《屈原》、阳翰笙的《天国春秋》、欧阳予倩的《忠王李秀成》等名剧，《面子问题》及同一时期上演的曹禺的《原野》《日出》、夏衍的《法西斯细菌》、沈浮的《重庆廿四小时》等剧，恰好与之相配合，从不同的侧面暴露现实的黑暗。抗战后期的话剧舞台多次上演以爱国知识分子为主人公的剧作。《桃李春风》就是较早发表的剧本之一，在一九四三年秋冬的戏剧季节上由中电剧团在重庆上演。陆续演出的有夏衍、宋之的、于伶合编的《戏剧春秋》，以及袁俊的《万世师表》、陈白尘的《岁寒图》等。这些催人泪下、发人深思的剧作，都表现了漫漫长夜中我国知识分子的高风亮节。

以上情况和事实可表明，老舍在抗战时期从事话剧创作，为抗日话剧运动献出了自己的心血，是基于炽烈的爱国主义思想和对文艺的时代使命、社会功能的深刻理解。在战争年代，老舍胸中萦怀着民族解放的大题，从抗日反法西斯斗争的时代需要来安排自己的创作，紧紧跟随历史洪流前进。

## 二

抗战时期老舍撰写剧本固然考虑到"戏剧在抗战宣传上有突击的功效"，但并未陷入二十世纪三十年代初期和抗战初年创作上都出现过的公式化概念化的旧辙。老舍写剧本虽是"试验"，但他已有深厚的生活基础和丰富的文学创作经验，向抗日话剧运动提供的不是一般政治宣传品，而是一部又一部人物形象鲜明、语言生动优美、富有老舍创作特色的文学剧本，正如老舍在总结《残雾》时所说：

> "剧本既能被演出，而且并没惨败，想必是于乱七八糟之中也多少有点好处。想来想去，想出两点来，以为敝帚千金的根源：（一）对话中有些地方颇具文艺性——不是板板的只支持故事的进行，而是时时露出一点机智来。（二）人物的性格相当的明显，因为我写过小说，对人物创造略知一二。"①②

这些估量颇切实中肯。《残雾》中无论是外表庄重肃穆、灵魂卑劣腐朽的洗局长，口若悬河、吹拍到家的杨先生，还是貌美心毒、口蜜腹剑的交际花兼女间谍徐芳蜜，语言迂阔、心灵空虚的诗人红海，以至于洗家的男女老少，都是用性格化带有文艺性的舞台语言把人物展现于观众面前。《国家至上》虽属宣传剧，但老舍"对回教同胞的生活习惯相当的熟悉……剧中的张老师是我在济南交往四五年的一位回教拳师的化身，黄老

---

① 老舍：《闲话我的七个话剧》，原载于《抗战文艺》第8卷第1、2期合刊（1942年11月15日），后收入《老舍生活与创作自述》，人民文学出版社，1982年。
② 老舍：《三年创作自述》，原载于《抗战文艺》第7卷第1期（1941年1月1日），后收入《老舍生活与创作自述》，人民文学出版社，1982年。

师是我在甘肃遇到的一位回教绅士的影像"。① 剧中的张老师年达花甲，富有侠士风度和冒险精神，刚直果敢，狷介自信，过于固执、褊狭，但大敌当前之时，勇往直前，义无反顾。黄子清豁达开朗，洞识大体，济人危困，个性亦刚强，好受人谀美，但抗敌热情不减于盟兄张老师。剧本通过真切感人的人物形象，展现了那时文学创作中尚不多见的民族团结的主题。

在老舍的小说中，栩栩如生的社会底层人物占据了重要地位。老舍创作话剧时继续扬自己之所长，倾注很大热情，描绘境遇、性格各异的小人物在乱离年代遭受的苦难，以及他们的觉醒和抗争。《残雾》中的女青年难民朱玉明并非剧中主角，地位虽低下，而精神境界洁白高尚。她伴随母亲逃到后方，遭到人面兽心的洗局长的欺凌，一旦察觉洗局长一伙乃是危害抗战的狐群狗党，便毅然出走，返回抗日前线。剧中朱玉明仅两次出场，但语言出众，感人至深。《王老虎》中的主角王老虎原是一个厚道纯朴的北方青年农民，在农村破产后经历过曲折艰险道路，在抗日潮流推动下成为爱国的下级军官。尽管剧本系三人合作，但鲜明的人物形象，现实性与历史性的融合，浓郁的北方乡土风味，仍然体现了老舍的创作特色。

从《赵子曰》《二马》到《结婚》《牛天赐传》，老舍在小说中塑造了生活情趣迥异的知识分子形象，而写剧本时也从多种角度描绘各种类型的知识分子。作为剧中主角出现的有《桃李春风》中为教育事业含辛茹苦的辛永年，虽非剧中主角却对剧情发展有重要作用的《归去来兮》中的老画家吕千秋。这些人物从不同方面体现了中国知识分子的传统美德。老舍在剧中还着力刻画富有正义感和爱国心的青年知识分子形象，如《残雾》中的洗仲文，《国家至上》中的张孝英、李汉杰，《面子问题》中的青年医生秦剑超、护士欧阳雪，《归去来兮》中老画家之女吕以美，《桃李春风》中青年学生刘习仁、辛翠珊等，都能明辨是非，嫉恶如仇，闪耀出青春的光与热，代表了现实中积极的前进的力量，体现了知识修养与识见操守有密切的联系。《归去来兮》中的知识青年乔仁山，老舍原打算作为剧中主角写成类似哈姆雷特式的人物，即"有头脑，多考虑，多怀疑，略带悲观，

---

① 老舍：《三年创作自述》，原载于《抗战文艺》第7卷第1期（1941年1月1日），后收入《老舍生活与创作自述》，人民文学出版社，1982年。

而无行动的人"，在写作过程中有所变更，没有写成主角，但"不是个怀疑抗战者"，行动虽迟缓，最后还是决心"不能再因循，不能再把露水空空的落在石头上"，奔向抗敌前线。

老舍在话剧中描绘的许多人物往往在小说中早已同读者面熟，但又随时代环境的衍变赋之以新的特征。如《谁先到了重庆》中的章仲箫，性格特点好似《二马》中的马老先生、《离婚》中的丁二爷，都是闭塞停滞落后的旧北京培育的闲逸、苟安、卑琐的人物，但在侵略者的铁蹄和汉奸的魔掌之下，忠与奸不能两可，章仲箫这个自认"人到三十五，就半截儿入了土"的小市民，终于没有失掉起码的民族观念和正直的做人准则。当然老舍话剧中的人物并不全是小说中出现过的，随着作者生活视野的扩展，人物形象的塑造也不断有新的开拓。《归去来兮》中因丈夫在前线牺牲，日夜思念复仇而神经错乱的少妇李颜，在老舍的作品中就是第一次出现。作者借疯妇之口诅咒黑暗的现实，含沙射影地抨击抗战中的妥协、投降主义者。

在抗战前的小说和抗战时期的剧作中，老舍都塑造了各种讽刺性的人物形象。而前者一般用之于社会讽刺，对庸碌卑琐的人生哲学和愚昧落后的社会世俗进行嘲讽和讥刺，如《老张的哲学》《牛天赐传》中的人物；后者则借以进行政治讽刺，暴露和鞭挞损抗战而自肥的官、商、绅，如《残雾》《面子问题》中的主要人物。《面子问题》中主角佟景铭就是衣冠楚楚的丑角。这个自称"世代书香""作了二十多年官""秘书还不是我老头子最后的官衔"的国民党政府机关的秘书，不学无术但自视甚高，脑子里只图升官发财，抗战中也四处钻营，"豁出这条老命，去干，去活动"，秘书的官衔丢了，仍叫女儿不忘"小姐的身份"。在国民党统治之下，这类有肉体而无灵魂的人物，的确处处可见。

老舍抗战时期的剧作，除了运用他久经磨炼的现实主义笔法和娴熟自如的讽刺艺术之外，哲理性较战前的作品大大增强。《国家至上》《张自忠》《大地龙蛇》《谁先到了重庆》以歌颂为主，赞颂抗日爱国的志士仁人，贯穿了对国家命运、民族前途的哲理性思考，启示人们增强民族自信，为争取祖国美好的未来而奋斗。《残雾》《面子问题》《归去来兮》以暴露和讽刺为主，但也通过人物、情节和对话，展示在动荡的年代人们各不相同的生活抉择。这些剧作中的哲理性不是空洞的说教，而是融合在艺术形象之中。《归去来兮》中第五幕就是哲理性和文艺性相结合的动人场面。在浓雾笼罩的扬子江滨，幕后传来船夫合唱的歌声，剧中不同生活经历的老少走上同一条通向前线的道路。剧中人物吕氏父女、乔仁山、李颜的语言是优美的，而且闪烁着真理的光芒。老舍在多部剧作中通过人物之口道出的生活哲理，贯穿了个人命运与祖国命运紧密相连的意念和情愫，实际上是作者爱国主义的一种形象的抒发方式。

总之，老舍在抗战时期虽是初入戏剧之门，但他运用自己的创作经验，在剧本中通过性格化的语言塑造众多鲜明真实的人物形象，并使现实性、讽刺性、哲理性相结合，富有浓郁的文学色彩。这些剧本的戏剧性强弱不等，但从文学性角度考察，可以说无愧于抗日话剧运动，与那时著名戏剧家的许多优秀剧作相得益彰。

## 三

老舍致力于抗日话剧运动的过程，也是不断积累话剧创作的艺术经验、创作笔锋从小说领域伸展到戏剧领域的过程。

众所周知，老舍无论在政治道路上还是文学道路上都是脚踏实地一步一个脚印前进的，他开始写作剧本，抱着从头学起的态度，在实践中逐步掌握戏剧艺术技巧。

老舍把写小说的经验用之于写剧本，使戏剧作品富有文学性，但戏剧和小说毕竟是两种不同的艺术形式，正如老舍所说："戏剧不是对话体的小说，正如诗不是分行写的散文。"[①] 戏剧受时间、空间限制，不像小说那样可任作者自由驰骋。综观老舍抗战时期的剧作，与戏剧家合作的话剧，戏剧性较强，戏剧技巧较熟练，而老舍个人的作品，戏剧艺术技巧则经历了一个提高过程。老舍话剧处女作《残雾》，由于主要人物性格鲜明，富有讽喻现实的积极意义，演出基本上获得成功，但从戏剧技巧来说尚不熟练。而老舍与戏剧家宋之的合作的《国家至上》，戏剧性就大为增强。老舍自我评论说："这一回，我有了一点长进：第一，没有冗长的对话，而

---

① 老舍：《三年创作自述》，原载于《抗战文艺》第7卷第1期（1941年1月1日），后收入《老舍生活与创作自述》，人民文学出版社，1982年。

句句想着剧情的发展。第二，用最大的力量去'捧'张老师，教这一个人支配着控制着大家，以免一律平凡，精神涣散。"① 剧本情节并不复杂，但穿插结构铺陈得当，一波三折，戏剧效果较强。

老舍在一九四一年至一九四二年间又继续握笔写了四个富有哲理性和文学性的剧本。《张自忠》一剧是老舍根据爱国将领张自忠英勇殉国的事迹而编写的，力图写成一部悲壮的爱国正气之歌，但正如老舍所说："我还是不大明白舞台那个神秘东西……我老是以小说的方法去述说，而舞台上需要的是'打架'。我能创造性格，而老忘了'打架'。"② 加上"客观上必要的顾忌，不许写者畅所欲言，遂尔隐晦如谜"③，因而剧本不易演出。《面子问题》《大地龙蛇》《归去来兮》各有特色但戏剧性较弱，剧情难以激起波浪，然而从中也可看到作者在戏剧艺术上苦心探索的轨迹。《面子问题》是对讽刺喜剧形式的一种试验，力图通过几个人物、简单的服装道具、平淡无奇的生活场景和不加夸张的情节，而表现出国民党统治之下带有普遍性和复杂性的社会心理和社会风习。《大地龙蛇》则是话剧体裁的新尝试，把歌舞插入话剧之中，组成"大拼盘"。《归去来兮》在戏剧结构方面下了功夫，剧分五幕，场景多变，但紧密连贯，一气呵成。老舍的戏剧艺术才干正是在努力探索、多种试验中成长起来的。

发表于一九四三年的三个剧本，表明老舍已经跨过"忘记了舞台"的时期而能较熟练地运用戏剧技巧。《谁先到了重庆》以日军占领下的北京抗日志士与汉奸斗智斗勇为内容，剧情急速多变，伏笔、穿插、高潮、结局处理得当。尽管老舍擅长的人物刻画和语言艺术有所损失，但从戏剧技巧来说无懈可击。《王老虎》《桃李春风》是合作的剧本，但从中也可看到老舍是注意到舞台的。《桃李春风》正如当时评论者所说："论故事，紧凑而热闹，舞台上抓得住观众。"一九四四年春季，老舍暂时停止写剧而开

---

① 老舍：《闲话我的七个话剧》，原载于《抗战文艺》第 8 卷第 1、2 期合刊（1942 年 11 月 15 日），后收入《老舍生活与创作自述》，中国戏剧出版社，1982 年，第 119 页。

② 老舍：《写给导演者》，原载于《文艺月刊·战时特刊》第 5 卷第 1 期（1940 年 9 月 10 日），后收入《老舍剧作全集》（1），中国戏剧出版社，1982 年。

③ 徐文珊：《读〈金声玉振〉》。原载于 1943 年 11 月 12 日《时事新报》，后收入《老舍的话剧艺术》，文化艺术出版社，1982 年，第 319－321 页。

始写长篇小说《四世同堂》，使之"成为从事抗战文艺的一个较大的纪念品"。①《谁先到了重庆》一剧反映的沦陷时期北京人民的生活和斗争，在《四世同堂》中得以扩展、加深并生动细腻地加以表现。而《王老虎》《桃李春风》等剧中突出主要人物形象并用以衬映历史和时代的戏剧格局，在中华人民共和国成立后老舍的剧作中得到了进一步发展，臻于圆熟的艺术之境。

可以说，老舍作为中国现代杰出的戏剧家，是抗日民族解放的伟大斗争和抗日话剧运动所培养和锻炼出来的。新中国成立后，老舍主要精力用于话剧创作，写出了《龙须沟》《茶馆》等饮誉海内外的剧作。如果说《茶馆》是老舍话剧创作的高峰，他参与抗日话剧运动及编写抗日爱国剧作，便是第一个极其重要的前进步伐。

（本文原载于《福建论坛（文史哲版)》1985 年第 4 期）

---

① 老舍：《八方风雨》，原载于 1946 年 4 月 4 日至 5 月 16 日北平《新民报》，后收入《老舍生活与创作自述》。

# 老舍与我国新的现实主义文学

## ——纪念老舍逝世二十周年

老舍在四十年的文学活动中，为我国文学事业所做的贡献是多方面的。本文仅就老舍作为杰出的现实主义作家，对我国新文学中的现实主义文学发展所做出的业绩，做一些概述。

## 一

老舍在新文学运动第一个十年和第二个十年之交进入新文学创作领域，就沿着新文学运动及其主将鲁迅所开拓的现实主义文学道路前进，成为我国新的现实主义文学的大师之一。在新文学运动第一个十年，现实主义文学在新文学中的地位虽然已经确立，但创作成果尚不够丰盛，特别是有影响的长篇小说为数还不多。老舍和茅盾大体同时进入新文学创作领域，而且都是从写作反映现实生活的长篇小说入手，这就大大壮大了现实主义文学的声势和实力。老舍从一九二六年七月在《小说月报》上发表《老张的哲学》起，陆续发表了《赵子曰》《二马》；茅盾则从一九二七年九、十月在《小说月报》上发表《幻灭》起，陆续发表了《动摇》《追求》。这些长篇小说出版单行本的时间也相近。这个巧合恰可说明，在继承和发扬"五四"新文学的现实主义传统方面，老舍和茅盾是同声相应的。"五四"运动给那时在北京教育界任职的老舍以反帝反封建的基本思想与情感，正如老舍所说："这点基本东西迫使我非写不可，也就是非把封建社会和帝国主义所给我的苦汁子吐出来不可！这就是我的灵感，一个献身文艺写作的灵感！"① 老舍在英国任教期间写的《老张的哲学》《赵子曰》《二马》与茅盾隐居上海时写的《幻灭》《动摇》《追求》，内容和技法虽不相同，但都是以写实笔法描写作者所熟悉的中国社会生活，留下了两位作家在现实主义道路上迈步前进的最初足迹。

老舍由英国回国之时，新文学运动已进入第二个十年。当时，以"左联"为旗帜的左翼文学运动的兴起和发展，有力地促进了文学与社会现实的联系，推动了现实主义文学的发展。老舍回国之后，继续创作长篇，并写出为数不少的中篇、短篇和短文，为丰富和发展现实主义文学作了可贵的努力。

在新文学运动的第二个十年，多种文学思潮流派的争衡较之第一个十年更为激烈。以反动政治势力为后盾的反动文学流派对新文学阵营滥施攻击。在新文学内部也有一些不良倾向干扰新文学，特别是现实主义文学的发展。老舍那时没有公开发表文章参与文学论争，但以创作实践表明在沿着自己选定的现实主义道路前进。老舍早期的三部长篇小说尽管带有试笔性质，思想上艺术上存在种种弱点，但都是从现实生活出发，而不是凭空臆造的，正如老舍所说："'老张'中的人多半是我亲眼看见的，其中的事多半是我亲身参加过的，因此，书中的人与事才那么拥挤纷乱，专凭想象是不会来得这么方便的。"② 这部小说发表后，"在当时文坛上耳目一新：颇为轰动"。③《赵子曰》《二马》也都有生活依据，生活气息浓郁。这几部小说虽未直接宣扬某种政治倾向，但通过人物形象、场面和情节的描画寄寓了讽喻和挞伐社会黑暗之意，抒发了爱国之情。

老舍在现实主义文学道路上并非没有曲折。一九三二年在《现代》杂志上连载随后出版的长篇小说《猫城记》，据老舍自己所说："是本失败的作品。"这种"失败"主要是属于政治思想方面的，即老舍对中国社会矛盾、革命的对象和动力尚缺乏清醒的全面的认识，讽刺和抨击的目标有些含混，但也与多少离开了倾向应在真实描绘之中自然表露出来的原则，过多地在作品中发议论、开药方有关。老舍撰文总结了失败的教训。尽管对

---

① 老舍：《"五四"给了我什么》，《解放军报》，1957年5月4日。
② 老舍：《我怎样写〈赵子曰〉》，《老舍论创作》，上海文艺出版社，1980年，第8页。
③ 罗常培：《我与老舍》，《老舍研究资料》，北京十月文艺出版社，1985年，第261—264页。

这部作品中外学者至今理解不一，还可继续深入研究，但应当承认老舍的总结是真诚的、实事求是的。如果说当时左翼文艺阵营对长篇小说《地泉》的总结推动了革命文学克服公式主义而更加健康地向前发展的话，可以说当时文学界对《猫城记》的批评及老舍的总结，对老舍的创作有所促进。继《猫城记》而后写的《离婚》《牛天赐传》及中篇《月牙儿》等作品，表明老舍在现实主义文学道路上已进入成熟阶段。经过不长的时间，老舍就写出现实主义的杰作《骆驼祥子》，登上了他创作途程上的第一个高峰，为中国新的现实主义文学立下了一块里程碑，同新文学运动第二个十年问世的《子夜》《激流三部曲》《雷雨》等许多现实主义的代表作相互辉映，同放异彩。

新文学运动进入第三个十年，也即伟大的抗日民族解放战争爆发以后，根据时代的需要，中国新文学步入以抗战文学为主要标志的新时期，文学与时代的关系较以往更加紧密。老舍与许多新文学作家一样，时代感历史感较之战前大大增强，以一个现实主义作家的慧眼观察和熟悉战时人民生活，以便"不专凭一股热情去乱写，而是由实际生活的体验去描画战争"。① 老舍写出多部现实性和文学性较强的剧本就是这种生活体验而结出的硕果。篇幅宏大的长篇小说《四世同堂》的问世，标志着老舍登上了他的现实主义创作道路上的第二个高峰。这部作品不仅"成为从事抗战文艺的一个较大的纪念品"，而且是二十世纪四十年代为数不多的现实主义鸿篇巨制之一。

从以上粗略的叙述可知，老舍与中国新文学，特别是新的现实主义文学是同步前进的，正如抗战后期重庆文艺界为纪念老舍创作生活二十年而发表的《缘起》中所说：

中国新文艺的基础渐见奠定了，老舍先生便是我们新文艺的一座丰碑。先生的创作生活事实上是与中国新文艺同时发轫，也将与中国新文艺日益堂皇而永垂不朽。②

新中国成立后，老舍从小说创作转向戏剧文学，创作了《方珍珠》

① 老舍：《三年创作自述》，《老舍生活与创作自述》，人民文学出版社，1982年。
② 邵力子，等：《老舍先生创作生活二十年纪念缘起》，原载于《新蜀报》（1944年4月17日），后收入《老舍研究资料》（上），北京十月文艺出版社，1985年。

《龙须沟》等一系列剧本，并不断总结经验，提高艺术质量。根据对中国社会长期的观察和丰富的体验，他运用久经磨练的艺术手笔，写出了剧本《茶馆》这样的现实主义杰作，登上他现实主义创作道路上的第三个高峰，也为中国戏剧文学的发展立下里程碑。总之，无论是民主革命时期还是社会主义时期，在纵向考察老舍与中国新的现实主义文学的关系时都可说"他肥沃了我们的园地，丰饶了我们的收获"。①

## 二

恩格斯称赞巴尔扎克的总题为《人间喜剧》的一系列长篇小说"给我们提供了一部法国'社会'特别是巴黎'上流社会'的卓越的现实主义历史"。② 同样，老舍的卓著的成果在于给我们提供了二十世纪前叶中国社会特别是北京城市市民社会的现实主义历史。

如果我们把老舍二十世纪二十年代至四十年代的作品作为一个整体来考察，不难从中看到我国城市下层人民苦难的生活史、以北京为背景的地方风习史，以及一幅幅带有封建的封闭性停滞性的市民社会的历史画卷。

在"五四"以来的新文学领域内，视线和笔触深进城市下层社会的作家固然不乏其人，但没有人像老舍那样在对城市底层深入开掘的基础上写出一系列下层人民苦难的生活史。老舍在回顾创作历程时谈到他习惯于写长篇、中篇，而不善于写短篇，这不能单从小说技法的运用上来解释，而是老舍在生活体察和艺术构思中所逐步形成的创作特性。老舍在对城市底层的描画中往往带有史家的眼光，不仅写出贫苦人民如何生活，而且追溯他们是怎样生活过来的，经过挣扎、奋斗仍然陷入悲惨的境地，无论是现实主义的长篇杰作《骆驼祥子》，还是《月牙儿》《我这一辈子》等中篇代表作、《微神》等短篇代表作都写出了贫贱者苦难的历程。以老舍"心爱的一篇"短篇《微神》来说，就是用抒情散文笔致，在一个悲怆的爱情故事中描画一个纯真文静的女青年，被生活所逼迫而沦落、毁灭的血泪史，

① 邵力子，等：《老舍先生创作生活二十年纪念缘起》，原载于《新蜀报》（1944年4月17日），后收入《老舍研究资料》（上），北京十月文艺出版社，1985年。
② 《恩格斯致哈克奈斯》，《马克思恩格斯选集》第4卷，人民出版社，1972年，第462页。

与《月牙儿》形成姊妹篇。老舍描绘的城市底层人民苦难的生活史，其悲剧性和控诉性有如俄国杰出作家陀思妥耶夫斯基的作品，但没有陀思妥耶夫斯基作品中的宗教道德说教，而是通过情节和人物的描写流露出对旧社会制度的挞伐和否定。例如《月牙儿》结尾，走投无路、沦为暗娼的女青年"我"竟进了监狱。小说借"我"的感受倾吐对黑暗社会的诅咒：

> 狱里是个好地方，它使人坚信人类的没有起色；在我做梦的时候都见不到这样丑恶的玩艺。自从我一进来，我就不再想出去，在我的经验中，世界比这儿并强不了许多。①

固然老舍在许多作品中没有给底层的小人物指明出路，也没有给这许多人间悲剧加上光明的结尾，但通过对一系列底层人民苦难的生活历程的真实描写，激起读者对旧社会旧制度的仇恨和愤懑，老舍也就履尽了作为现实主义作家而并非政治家的社会职责。老舍的许多作品（包括《骆驼祥子》）中作为背景的年代往往不甚明确具体，这是由于老舍不注重写政治事件，甚至有意避开政治斗争，而往往透过人们生活的变迁反映时代和社会的变迁。即使像《四世同堂》这样反映中国人民在侵略者奴役下的生活和斗争的作品，时代风云和敌我生死搏斗虽然不可避开，但主要笔力仍然放在描写在民族受难的年代里人民的生活和情绪的历史。但我们不能由此而推论老舍作品的时代性淡薄。相反，老舍往往把时代性渗透于人民生活史的描绘之中。

老舍的作品特别是小说创作仅少数以济南、重庆为背景，绝大多数以北京为背景，在市民生活的画页上涂上浓郁的地方色彩。无论是《赵子曰》中的天台会馆、从《柳家大院》《骆驼祥子》到《四世同堂》中的大杂院，还是《离婚》中西四牌楼闹哄哄的市场、《骆驼祥子》中祥子黑夜拉骆驼之地，无不显示北京的地方特色。老舍说过："我生在北平，那里的人、事、风景、味道，和卖酸梅汤、杏儿茶的吆喝的声音，我全熟悉。一闭眼我的北平就完整的，像一张彩色鲜明的图画浮立在我的心中。"② 老舍作品的"北京味"，不仅表现在地方风光的描画上，更主要渗透于与人物生活息息相关的人情风俗上。《离婚》中北京的气候、风光、节日、市

---

① 老舍：《月牙集》，晨光出版社，1949 年，第 34 页。
② 老舍：《三年创作自述》，《老舍生活与创作自述》，人民文学出版社，1982 年。

场都清晰可见，而精彩之笔是把人物形态的刻画和风俗人情的描述融合在一起，使人们看到旧世俗如何把生命染成灰色，把人弄得半死不活。《牛天赐传》虽不以北京为背景，但对旧世俗的嘲讽，较《离婚》更为生动。这些作品实际上都提出了传统旧世俗与现代文化的对峙与争衡。

　　同鲁迅笔下的封建宗法制的中国农村、茅盾笔下的走向殖民地化的中国城镇一样，老舍笔下的中国市民社会可以构成一幅幅历史画卷。从创作《老张的哲学》开始到《正红旗下》中止，老舍的笔触大抵没有离开市民社会。《离婚》这部小说的主旨并不是"五四"新文学中常见的婚姻问题，而是以婚姻为引题，对市民社会种种灰色人物及弥漫于这个社会的圆通、老滑、懦弱、因循之风，进行真实的描绘与和婉的嘲讽。《四世同堂》中小羊圈胡同也是市民社会的缩影。从八国联军进京到抗日战争爆发的几十年间，一切大小的政治事变，对小胡同的人们没有多大触动。在老成持重的祁老太爷看来，"咱们这是宝地，多大的乱子也过不去三个月！"直到被侵略者害得家破人亡，小胡同人们才惊醒。自然，这个社会偶尔也有旋涡和浪花。从老舍的小说可以看到：好心的学监无辜被人打死（《大悲寺外》）；可怜的小媳妇被迫上吊（《柳家大院》）；玩命的恶棍丢掉性命（《大时代的小悲剧》）；一个少女不堪同时给两个大兵当老婆而潜逃（《也算三角》）；土匪登门向稽查长要路费（《上任》），在这个一潭死水般社会中都司空见惯，激不起什么大浪。读老舍的作品、特别是二十世纪二三十年代的作品，我们会感到色调太灰暗。老舍也自我觉察到这一点，因而写了《黑白李》这样略为显示黑暗社会中的亮色的作品，但与其他小说写进步力量一样并不得心应手，爱国者、革命者在老舍笔下往往成为侠客义士式人物，总不如写灰色人物那样娴熟自如。这是老舍在长期的生活实践和创作实践中形成的创作个性，不能简单地用世界观加以解释。即使在中华人民共和国成立以后，老舍声誉最高的作品仍然是反映旧中国市民社会的《茶馆》。自然，老舍是以一个现实主义作家的眼力和手笔来观察和描绘市民社会的，对市民社会的不幸者寄以同情，对愚昧落后者、损人利己者予以嘲讽和批判，不是笼统地为市民说话，因而不能归入"市民文学作家"之列。

# 三

老舍说过："世事万千，都转眼即逝，一时新颖，不久即归陈腐；只有人物足垂不朽。"① 老舍在中国新文学史上的地位，是同他塑造文学史上未曾有过的人物典型及一系列个性鲜明栩栩如生的人物形象有着密切关系的。对于老舍作品中人物形象的艺术特征本文不作详细分析，只就老舍所塑造的人物形象在中国新文学特别是现实主义文学发展上的意义，略作窥探。

在中国新文学中，社会底层的小人物接二连三、理直气壮地进入文学作品，并且占据了主要或者显著位置，可以说是从老舍的创作开始的。当然，在塑造黑暗社会中既"不幸"又"不争"的小人物方面，鲁迅是伟大的开拓者。中国新文学第一个不朽的典型——阿Q，其典型意义虽远远超过某一阶级、阶层，但阿Q的社会地位是很低微的。二十世纪二三十年代不少知名的新文学作家也曾涉笔于社会底层，但没有人像老舍那样自居于小人物之中（他第一部自传小说题为《小人物自述》），自觉地为小人物立传。老舍继承了鲁迅确立的新的现实主义传统，为小人物在新文学争得了地盘，并为后来工农劳动群众成群结队地进入新文学做了先导。老舍继鲁迅笔下的阿Q之后创造出祥子这个中国社会中小人物的典型，绝不是偶然的。如果说阿Q的精神气质较为复杂，远远超过一个雇农所有，那么祥子的精神气质倒是劳动者所有，从这个意义上说，祥子是中国新文学史第一个劳动者的成功的典型。除了祥子这个典型之外，老舍笔下的其他许多小人物形象，虽未达到祥子这样的典型高度，但也在不同程度上表现了"典型环境中的典型性格"。《月牙儿》中的"我"、《我这一辈子》中的"我"、《四世同堂》中的李四爷和常二爷、《鼓书艺人》中的宝庆与秀莲、《茶馆》中的王利发和康顺子等许多真实感人的人物形象，都性格鲜明而又富有程度不同的典型性，表现出丑恶的外在环境中小人物内在的美好的精神特质。

老舍不仅塑造众多悲剧性的小人物形象，而且以特有的幽默笔法，描

---

① 老舍：《人物的描写》，收入《老舍论创作》上海文艺出版社，1980年，第83页。

绘出不少带有半封建半殖民地社会某种典型特征的喜剧式人物，在中国新文学中打开一个新的创作领域。半封建半殖民地的旧中国社会政治、经济和思想文化形态都是复杂的畸形的，给人们精神上留下的烙印和创伤也是极为明显而又深重的。人们的性格被扭曲，灵魂被污染，甚至于人性被泯灭。老舍在创作实践中就成功地塑造了这多种灰色的又带有喜剧性的人物形象，寄寓深沉的爱国主义思想情愫。老舍除了赋予这类人物以不同的性格特征之外（如《结婚》中张大哥之圆通，老李之怯懦；《二马》中马则仁的迂腐；《四世同堂》中"大赤包"的狂愚，高亦陀的刁滑；《面子问题》中佟秘书的倥侗；等等），而且从文化思想形态上加以剖析。例如，《老张的哲学》的老张这个人物，在小说中就是按照"营商，为钱；当兵，为钱；办学堂，为钱"的"钱本位而三位一体"的哲学和"猪肉贵而羊肉贱则回，猪羊肉都贵则佛，请客之时则耶"的原理而活动的，实际上是中西文化嫁接而出的不中不西、亦中亦西式的人物。《四世同堂》中的高亦陀正是这类人物走向堕落的代表，正如小说写道："一个古老的文化本来就很复杂，再加上一些外来的新文化，便更复杂得有点莫名其妙，于是生活的道路上，就象下过大雨以后出来许多小径那样，随便那个小径都通到吃饭的处所。"而高亦陀是"可新可旧，不新不旧，在文化交界的三不管地带，找饭吃的代表"。至于《二马》中，马则仁在小说中是作为"老"民族里的一个"老"分子的代表，是中国文化中的腐气熏制出的人物。而《文博士》中的文博士则是学西洋文化之表、保留中国文化之里的外新内旧的人物。"不知不觉的就发出博士的洋酸味儿来"的文博士为了"打进老势力圈去"，堂堂博士拜倒在劣绅门下。这多种多样的喜剧式人物是活灵活现的，尽管没有达到典型人物的高度，但都带有某种典型特征，供人们对照、反思。固然，老舍对这类人物精神状态的描画有时未触及深处，批判往往过于温和，而且从文化思想形态剖析，未能与阶级的、社会的、时代的多种因素的分析相结合，难以揭示本质，但这众多喜剧式人物的塑造是老舍作品的一大特色，丰富了中国新的现实主义文学。

四

我国新的现实主义文学的发展，同接受外国文学影响是分不开的，正

· 92 ·

如老舍所说:"是的,艺术一向是,而且永远是,要互相影响的。任何艺术一旦墨守成规,一成不变,它就会僵化、衰落。无论如何固执的艺术家,只要忠于艺术,便不可能不接受些外来的影响。"① 老舍与鲁迅、郭沫若、茅盾、巴金等新文学代表作家一样,是在外国文学启示和影响之下而进入新文学创作领域的。老舍在回顾创作历程时,多次谈到他如何从批判现实主义作家,特别是从狄更斯、威尔斯、康拉德、梅瑞狄斯的作品汲取了营养,后来从读俄国作家作品中得益良多。但老舍对我国新的现实主义文学的贡献,主要不在于向外汲取,而在于融化和创造,也就是在文学上能借外国之石来建中国之房,创造出富有民族风格和个人风格的真实而生动地反映中国社会现实的作品。

老舍的创作在写实的态度、结构的方法、尖刻的笔调等多方面接受了英国批判现实主义文学的影响,在早期的作品中尤其明显。但老舍并不生搬硬套、全盘模仿,正如他自己所说:"在我的长篇小说里,我永远不刻意的摹仿任何文派的作风与技巧;我写我的。在短篇里,有时候因兴之所至,我去摹仿一下,为的是给自己一点变化。"② 即使短篇属于摹仿性的只是个别篇目(如《歪毛儿》)。中国旧小说的结构和叙述方法是较为单调、刻板的,老舍在握笔写作时汲取西洋文学活泼而有变化的结构和叙述方法,运用倒叙、回叙、穿插交错等方法,而不用中国古典小说的章回体;在人物描写方面大量运用西洋小说的心理描写和心理分析。这些借鉴和汲取,在老舍的作品中都显而易见。但老舍没有追随西洋小说中浩繁的背景和场面描写,在故事情节上也不从横向展伸纷繁的枝叶,而师承中国古代诗词、笔记小说及鲁迅的作品简约凝练的长处,逐渐形成一种富有中国民族特色和老舍个人特色的简洁洗练的风格。因而老舍的作品除《四世同堂》之外长篇并不很长,话剧《茶馆》只有三小时的戏,但反映半个世纪的时代变迁。《骆驼祥子》这部仅十五万多字的长篇,社会生活内涵异常丰富,不啻是劳苦人民生活多卷集的画页。小说的第一章和第二章描述祥子买车和丢车的经过,实际上是车夫的奋斗史、苦难史,把时代背景、地方风光、劳苦人民的生活境地糅合在一起,并且和盘托出,一气呵成,用

---

① 老舍:《祝贺》,《老舍文艺评论集》,安徽人民出版社,1982年,第193页。
② 老舍:《写与读》,《老舍生活与创作自述》,人民文学出版社,1982年,第320—326页。

笔简洁之至。《月牙儿》把母女两代人的苦难的生活历程，包含在一个中篇之内，用笔的精练也是惊人的。《四世同堂》由于大量运用心理描写，有些篇章显得冗长、拖沓，但以小说描写的众多人物和错综复杂的故事情节来说，仍不失洗练，特别是时代背景的描写极为简洁。

老舍的作品幽默隽永之味，既受狄更斯等英国作家的影响，也受《阿Q正传》的启示。老舍在谈到这点时曾写道："这就难怪我一拿笔，便向幽默这边滑下来了。对，因为像《阿Q》那样的作品，后起的作家们简直没法不受他的影响；即使在文学与思想上不便去摹仿，可是至少也要得到一些启示与灵感。"① 尽管如此，老舍的幽默隽永风格依然是老舍式的，并不与前人雷同。

老舍的幽默，带有东方被压迫民族的色彩，是在倾诉人民苦难和展示社会丑恶时，借幽默以吐出闷气，是窒息中的舒爽、沉郁中的松弛。用"酸笑""苦笑""含泪的笑"可以大致但不能完全概括出老舍幽默中的韵味。老舍的幽默，同他在清寒的家庭环境中形成的性格和气质也有关，是愤世嫉俗的一种温和的表达方式。当然，作为现实主义作家的老舍，以幽默作为一种手段反映现实生活、抒发思想情怀，既有长处也有短处，老舍在创作中不断加以总结和调整，以扬长避短，因而幽默有时多用（如《牛天赐传》），有时少用（如《骆驼祥子》），有时不用（如《月牙儿》《四世同堂》）。但幽默隽永的风格，在老舍的作品中却是始终一贯的。这是老舍与我国新文学其他代表作家不同风格的一个重要表现，同时又是老舍在向外摄取为我所用方面做出的成果之一。

"五四"以来的我国新文学在语言形式现代化方面经历了摸索前进的过程，既避免陷入"新式文言"的貌新实旧的窄路，又不断克服"欧化"倾向，朝着现代化而又是民族化大众化的广阔道路前进。老舍在这方面为我国新的现实主义文学所做的贡献是极其可贵的。老舍认为"语言之美是独特的无法借用，有不得不在自己的语言中探索其美点者"。他"设法去避免"欧化，发挥中国言语简劲的长处，又"要求与口语相合，把修辞看成怎样能从最通俗的浅近的词汇去描写，……句子也力求自然，在自然中

---

① 老舍：《鲁迅先生逝世两周年纪念》，《老舍文艺评论集》，安徽人民出版社，1982年，第11页。

求其悦耳生动"。① 因而形成一种简劲自然、生动活泼、朴实晓畅的语言风格，既富有中国民族的民间特色，又富有老舍的个人特色。如果说我国新文学的民族化大众化在二十世纪四十年代进入一个新时期的话，老舍不愧是一位先行者。一九六三年结集出版的《出口成章》正是他在文学语言方面宝贵经验的总结。《正红旗下》在运用人民语言方面达到炉火纯青的语言艺术美的境地。总之，老舍作为一位杰出的现实主义作家，在我国新的现实主义文学中占有重要的地位。尽管老舍有时由于失落了自己的艺术个性而写过一些应时的平庸的作品，但四十年文学成果是光彩夺目的，积累的创作经验也是极其丰富的。这是我国新文学的一笔巨大而宝贵的财富。

（本文原载于《福建论坛（文史哲版）》1986 年第 4 期）

---

① 老舍：《我的"话"》，《老舍文集》第 15 卷，人民文学出版社，1990 年，第 460 页。

# 林语堂生活之路（续）
## ——兼评林语堂的《八十自叙》

## 四

二十世纪三十年代前期，中国的民族解放和人民革命斗争深入地向前发展，中国的新文学运动也以新的步伐向前迈进。而林语堂在这短短五六年间，生活道路却经历了重大的转折。

经过"四一二"反革命政变及宁、汉合流，以蒋介石为头目的新军阀取代了奉直各系旧军阀，建立了全国性的反革命统治，变本加厉推行祸国殃民的反动政策，加紧镇压革命运动和爱国运动。"九一八""一·二八"之后，全国人民反帝爱国热潮步步高涨。而蒋介石却在一九三二年六月九日召集五省"剿匪"会议，宣布"攘外必先安内"的反革命政纲，疯狂地策划军事"围剿"和文化"围剿"。林语堂对段祺瑞、张宗昌为代表的旧军阀不满，而对蒋介石、何应钦为代表的新军阀却寄以幻想。他虽读书，但很少读社会科学书籍，更不接触马克思主义书籍，用他的话来说："尼溪尚难樊笼我，何况西洋马克思。"①凭着他并不深厚坚实的旧民主主义思想，面对复杂的政治局势，就不可能做出正确的分析和清醒的判断。他自己承认"时人笑我真瞆瞆"。②在三十年代初年，他确实"真瞆瞆"，处于怀疑、观望、徘徊、退缩之中。

一九三二年十二月，宋庆龄、蔡元培、鲁迅、杨杏佛等社会名流发起

---

① 林语堂：《四十自叙诗》，《论语》，1934年第49期，据林语堂解释："尼溪"即尼采。
② 林语堂：《四十自叙诗》，《论语》，1934年第49期。

组织的中国民权保障同盟在上海成立，借中央研究院为活动地点。林语堂被邀参加，并当选为九个全国执行委员之一。这可以说是林语堂在"瞶瞶"中的一个明智的行动。中国民权保障同盟的主要任务是反对国民党的白色恐怖，营救被关押的革命者和进步人士，争取言论、出版、结社、集会等自由。一九三三年一月同盟在上海、北平先后设立分会。鲁迅和林语堂都参加了上海分会的活动。此后两人又来往较密切。二、三月间，同盟组织内部起了一次分化。窃据北平分会主席的胡适，以史沫特莱女士交给《大陆报》发表的报道北平陆军反省院情况与事实有出入为借口，肆意攻击民权保障同盟，并公开发表谈话反对同盟提出释放一切政治犯的要求，公然背离同盟章程。宋庆龄、蔡元培电令胡适更正。胡适不悔悟，不更正，被同盟开除。在这次事件中，林语堂起先轻信胡适而对史沫特莱不满①，后来还是站在同盟一边。在同盟组织的抗议、营救活动中，林语堂的态度还是积极的。如国民党的"江苏省政府主席"顾祝同杀害镇江《江声报》经理刘煜生，宋庆龄提议所有报纸总罢工一天，以示抗议。史沫特莱在致中国民权保障同盟北平分会的一封信里说："这个提议受到很多会员的支持，特别是《大公报》记者、林语堂博士和其他一些人。"② 可见林语堂加入民权保障同盟之后，在宋庆龄、蔡元培、杨杏佛的影响下，起了一些积极作用。

在中国民权保障同盟活动期间，林语堂的亲属出了不幸事件，他侄儿林惠元（林孟温之子）在福建龙溪担任抗日会常委、民众教育馆长，在家乡积极开展抗日宣传活动。"林于五月五日严办采购仇货之台籍商人简孟尝医师，游街示众，并没收其公济医院财产。"③ 不料调闽"剿匪"的十九路军特务团长李金波于五月十九日以"通匪嫌疑"逮捕林惠元，不加审讯，以"木枚箝口"立即枪杀。此事大大损害了十九路军抗日荣名。宋庆龄、蔡元培代表中国民权保障同盟于五月三十一日电陈铭枢、蒋光鼐、蔡廷锴，要求彻底昭雪。蔡元培、柳亚子、杨杏佛、鲁迅、郁达夫等上海文化界知名人士联名发表宣言，阐明事件真相。六月二日，林惠元亲属在上

---

① 《林语堂致胡适》，《胡适来往书信选》中册，中华书局，1979年，第185页。
② 《林语堂致胡适》，《胡适来往书信选》中册，中华书局，1979年，第170页。
③ 《宋庆龄致蒋蔡陈申雪林惠元电》，《申报》，1933年6月3日，第3版。

海举行招待会，向新闻界及中国民权保障同盟人士说明林惠元被枪杀经过。林语堂以盟员和亲属双重身份在会上讲了话。此事本来可以促进林语堂亲近左翼，但他却更惧怕革命，政治热情反而低落下来。六月十八日，中央研究院、中国民权保障同盟总干事杨杏佛在上海法租界被国民党特务暗杀，民权保障同盟活动被迫停止。宋庆龄对记者指出，杨杏佛被杀害是一种有计划有组织的政治性暗杀，她不会被这种卑鄙手段所吓倒。鲁迅在严重的白色恐怖下无所畏惧，继续战斗。而林语堂则被吓倒了，此后不但不敢参与任何进步的政治活动，而且以谩骂、攻击左翼文学向国民党统治者献青睐，虽然他并未立即放弃中间道路，但政治上愈来愈明显地向右转。政治态度的变化，对他的文学活动不能不发生影响。

随着革命斗争和文学运动的发展，在中国共产党领导之下，以鲁迅为旗手的中国左翼作家联盟一九三〇年三月成立于上海。在"左联"的组织推动和新文学作家努力之下，中国新文学运动有了新的发展，无论文学创作还是理论批评都异常活跃。新兴的无产阶级革命文学（当时又称"普罗文学"）逐步克服初期的弱点，在反动派压迫下曲折地茁壮成长。马克思主义文艺理论进一步在中国传播，而各种资产阶级的文艺思潮也纷纷传来。除了文化"围剿"和反"围剿"的斗争极其激烈之外，不同文艺思潮的斗争也连绵不绝。在这些文学领域斗争频仍的年代，林语堂不学习和吸收新的文艺思想，而抱着"偏憎人家说普罗"①的资产阶级偏见，依靠他留学期间接触过孟丹、克罗遮②的文艺观和回国后迷恋过袁中郎的性灵说，难于了解和分析中国新文学运动的新形势，因而逐渐脱离新文学发展的主流。而他又不甘寂寞，创作欲望反而增高，因而自立牌号，鸣锣开店。

一九三二年九月，林语堂创办了《论语》半月刊，正式打出了"幽默文学"的旗号，开辟"论语"专栏，发表不少杂文。由于产权的争执，《论语》编至二十七期后交陶亢德接编。林语堂除以"我的话"作专栏继续给《论语》撰稿外，于一九三四年四月另办《人间世》半月刊。《人世

---

① 林语堂：《四十自叙诗》，《论语》，1934 年第 49 期。

② 孟丹，现通译为蒙田（Montaigno 1533—1592），欧洲文艺复兴时期法国思想家、散文作家。克罗遮，现通译为克罗齐（Benedetto Crooe 1866—1952），意大利哲学家、美学家、文艺批评家。

间》出版一年多以后，编辑部与发行部意见不合，终于停刊。在《人间世》停刊前，林语堂与陶亢德已办《宇宙风》半月刊。由于林语堂加聘他哥哥林憾庐当编辑，陶亢德不满意，因而后来分为甲、乙两刊出版。林语堂在《人间世》《宇宙风》上进一步提出"以自我为中心，以闲适为笔调"的"性灵"文学，并提倡半文半白的"语录体"。这种理论和创作，同那时与时代相结合、与现实斗争相联系的新文学主流距离愈来愈远，因而受到新文学阵营的批评。《申报·自由谈》《太白》等报刊发表了不少文章对"幽默文学""性灵文学"加以剖析。但林语堂迷途而不知返，仍然"我行我素"走他的"幽默文学""性灵文学"之路，博得了一个"幽默大师"的称号。除了在刊物发表文章外，林语堂这个时期结集出版的文集共有三部：一九三三年出版了语言学论文集《语言学论丛》；一九三四年将《论语》时期的短文编为《我的话》一书出版；随后又把二三十年代的论文编为《大荒集》一书出版。

林语堂在二十世纪三十年代前期创作倾向的变化是有一个过程的。在《论语》半月刊创办初期，林语堂撰写了一些有积极意义的杂文，如《论政治病》《谈言论自由》《增订伊索寓言》《中国何以没有民治》等，同《语丝》时期的反封建斗争精神仍保持了某种联系。但是随着他政治上消极退缩，文章也逐渐变成"谈谈笑笑"，流为"把屠户的凶残化为一笑"的麻醉品。特别是一九三四年以后，他不但在"性灵""闲适"旗号下，把本来就不锋利的批判锋芒消磨殆尽，热衷于《论躺在床上》《谈裸体运动》，而且越来越起劲地攻击左翼文学，污蔑左翼作家，如《方巾气研究》《母猪渡河》《我不敢游杭》之类，甚至不惜用泼妇骂街式的下流语言。林语堂攻击左翼文学的奇谈怪论，遭到左翼作家的批判和反击。鲁迅在文章和书信中对林语堂的倒退言行和有害倾向开展了严肃的批评，也进行了善意的规劝，期望林语堂幡然悔悟。鲁迅在一封信中说：

> 语堂是我的老朋友，我应以朋友待之，当《人间世》还未出世，《论语》已很无聊时，曾经竭了我的诚意，写一封信，劝他放弃这玩意儿，我并不主张他去革命，拼死，只劝他译些英国文学名作，以他的英文程度，不但译本于今有用，在将来恐怕也是有用的。他回我的信说，这些事等他老了再说。这时我才悟到我的意见，在语堂看来是暮气，但我至今还自信是良言，要他于中

国有益，要他在中国存留，并非要他消灭。他能更急进，那当然很好，但我看是决不会的，我决不出难题给别人做，不过另外也无话可说了。①

可见鲁迅对林语堂是尽了朋友之谊，做了争取团结工作的，但林语堂对鲁迅的批评和劝导置若罔闻，在歧路上越走越远。从《鲁迅日记》可看出，鲁迅在一九三四年五月五日复过林语堂一信之后，同这位"幽默大师"再也没有联系。

林语堂的政治态度、创作倾向的向右转变，主要是他抱住旧民主主义的政治观不放，不能跟着时代前进，而屈服于反动统治者的高压政策，终于妥协投降的结果。此外，同他的经济地位的飞速上升也有某些关系。在那个"万家墨面没蒿莱"的年代，中国多数新文学作家生活是清苦的。诗人朱湘就因失去大学教席生活无着而跳入长江。林语堂在求学时代经济常处于支绌状态，他以"我本龙溪村家子"② 自诩。但自从他编写的《开明英文文法》《开明英文读本》出版并畅销之后，获得大笔稿费。后来经过争执，按月支领七百元版税，又有中央研究院薪水、几个刊物的编辑费，固定收入每月不下一千五百大洋，在国外发表作品又有外汇收入。在那时中国新文学作家中，林语堂可以算是经济上的"暴发户"，因而愈加仰慕和追求"西洋生活"。这同他大谈"闲适"、崇尚"性灵"，对帝国主义和反动派的反共宣传失去辨别和抵制之力，也有一定的关系。《人间世》二十五期就译载了歪曲事实、污蔑工农红军"杀人放火"的报道，而文中所记述的福建浦城到建瓯一带"一片荒凉""十室九空""杳无人影"③，恰恰是国民党军队的疯狂"围剿"所造成。林语堂在《宇宙风》第二期至第六期连续发表的几篇《谈螺丝钉》，站在反动资产阶级的立场上，用下流语言咒骂共产党和革命作家。

在二十世纪三十年代前期，林语堂除了用中文写作杂文、散文外，又开始了英文写作。英文报纸《中国评论报》（The China Critie）"五卅"之后创刊于上海。林语堂一九二八年用英文写的《鲁迅》一文曾在《中国评

---

① 《致曹聚仁》（1934 年 8 月 13 日），《鲁迅全集》第 12 卷，人民文学出版社，1981 年，第505—506 页。

② 林语堂：《四十自叙诗》，《论语》，1934 年第 49 期。

③ 宋美龄：《记游匪区》，张沛霖译，《人间世》，第 25 期。

论报》上发表。从一九三〇年开始，林语堂不断为这家得到国民党政府资助的英文报纸撰写"小评论"，到一九三六年为止，共发表一百六十余篇，结集为《小评论选集》，由上海商务印书馆出版。文章的内容同《论语》《人间世》《宇宙风》上的"我的话""一夕话""姑妄言之"等专栏大同小异，不少文章，如《怎样写再启》《说避暑之益》《为洋泾浜英语辩》等，一稿中英文两用。一九三五年孙科支持的英文月刊《天下》创刊，林语堂为编辑之一。他的《英译浮生日记》就是首先在《天下》发表的。商务印书馆又出版了他的《英译老残游记》。

由于林语堂的英文写作和汉译英作品数量渐多，水平也较高，因而引起了国外学术界的注意，外国报刊也约林语堂撰稿。林语堂的英文文章除了在国内出版的《中国评论报》《天下》月刊发表外，也送美国《亚洲》杂志、《哈普》杂志等刊物发表。一九三五年林语堂应美国女作家、出版家赛珍珠之邀，撰写《吾国与吾民》一书，由赛珍珠及其丈夫主持的纽约约翰·黛公司出版。尽管这部书以介绍中国为名，实际上歪曲了中国社会、中国历史和中国文化，但在外国读者对中国极为隔膜的情形下，这部书曾经在外国广为流传，使林语堂名利双收。林语堂此后接二连三用英文写书在国外出版。

林语堂在二十世纪二十年代曾埋头于语言学、音韵学的研究，发表过一些论文。他把方言史的材料用之于语言学，颇有一些见地。他编写的《开明英文读本》《开明英文文法》之所以风行一时，除了他自己所说"英文呱呱叫"之外，也同运用语言学知识力图使之符合学习语言的规律有关。但到三十年代，"幽默拉来人始识，音韵踢开学渐疏"[①]，他除了结集出版了《语言学论丛》及著文提倡俗文（即简化字）之外，基本上停止了语言学研究。

《吾国与吾民》在美国出版并畅销之后，林语堂萌生出国写作之念。他对资本主义社会的物质生活早就为之羡慕，而对国内的政治斗争越来越感到厌倦以至于恐惧。文学上也唱不出什么新调子，又有大量外汇作物质基础，而恰好赛珍珠邀他去美国写书，于是林语堂顺水推舟决定全家赴美

---

① 林语堂：《四十自叙诗》，《论语》，1934 年第 49 期。

国。他标价卖去了上海愚园路住所的家私（连兄弟买去也照价收款不误）①，告别了《论语》时期的伙伴，写好了《临别赠言》②，带了妻子廖翠凤和三个女儿，于一九三六年八月登轮漂洋过海。

# 五

林语堂到达美国后，住进纽约中央公园西沿的一座大厦的七楼。同他一九一九年留美时曾"穷得靠一瓶老人牌麦片，苦撑一星期"③的境遇大不相同，这回以教授、学者、作家的身份出现，出入于美国上层社会的交际场合，多处发表演说。他从《吾国与吾民》的写作得到启迪，在外国人面前说中国是一条写作的捷径，于是以一个"中国通"的姿态，陆续撰写这类书籍。继《吾国与吾民》之后，一九三七年他完成了《生活与艺术》一书，再版多次，销路不衰。在这部书里，林语堂宣称"我要表现中国人的观点""一种为中国最优越最俊智的哲人们所知道，并且在他们的民间智慧和文学里表现出来的人生观和事物观"。④ 但正如第一个"特许全译本"的译者所说："这部书确是他的'抒情哲学'，是私人和个人的宇宙观与人生观的一篇供状。"⑤ "中国人的观点"是有阶级之分的，林语堂在书中表现的"抒情哲学"，实际上是封建士大夫的玩世主义和资产阶级文人的享乐主义的结合。

在林语堂出国之前，抗日爱国运动巨浪一浪高过一浪。文学界在中国共产党的抗日民族统一战线的推动、感召之下，为抗日救国而联合的气氛日浓。有鲁迅、郭沫若、茅盾、巴金及包天笑、林语堂、周瘦鹃等二十一个作家签名的《文艺界同人为团结御侮与言论自由宣言》宣告："全国文学界同人应不分新旧派别，为抗日救国而联合……我们不必强求抗日立场之划一，但主张抗日的力量即刻统一起来。"⑥ 林语堂的政治立场与左翼作

---

① 徐訏：《迫思林语堂先生》。台湾《传记文学》，第31卷第6期。
② 发表于《宇宙风》第25期（1936年9月16日）。
③ 林语堂：《八十自叙》，台湾远景出版事业公司，1980年，第38页。
④ 林语堂：《生活的艺术》，黄嘉德译，上海西风社，1941年，第1页。
⑤ 林语堂：《生活的艺术》，黄嘉德译，上海西风社，1941年，第1页。
⑥ 《文学》，第7卷第9号（1936年10月1日）。

家已不一致，但赞同为抗日救国而联合，不过宣言发表时他已去美国。他到美国之后，在文章讲演中仍禁不住要咒骂左翼文学，但民族观念和民族感情并未泯灭，对日本帝国主义侵略魔爪深入中国也很关注，在美国报刊上发表一些政论，揭露日本帝国主义侵略野心。他对遭受法西斯主义疯狂迫害而流亡来美国的德国作家怀着同情。

林语堂居留美国不到一年，日本帝国主义挑起卢沟桥事件，全面发动对中国的侵略战争。中国各族人民万众一心，同仇敌忾，投入了抗日民族解放斗争，海外华侨抗日爱国热情空前高涨，以各种方式支援抗日战争。林语堂在一封《海外通信》中写道：

> 三月来美国华侨所捐已达三百万元，洗衣铺、饭馆多按月认捐多少，有洗衣工人将所储三千小币（值五分者）全数缴交中国银行，精神真可佩服。所望维何？岂非中国国土得以保存？国若不存，何以家为？此华侨所痛切认识者。①

林语堂受到美国的华侨抗日爱国热情的鼓舞，陆续在报刊发表宣传抗日的政论。后来他特地写了名为《唐人街》的长篇小说，以一家华侨洗衣铺为故事中心，描述了华侨抗日爱国活动。在抗日战争初期，林语堂除了撰写政论外，又选译中国古书《论语》，编成《孔子的智慧》（又译《孔子集语》）一书交纽约现代图书馆出版。这是他从事中国古代经书英译工作的开端。此后陆续翻译出版了《老子》《孟子》《庄子》，这使他成了继他的福建同乡辜鸿铭之后向国外翻译介绍中国古典著作的著名翻译家。

一九三八年春，林语堂携眷离美国经英国、意大利而旅居法国。这年秋季，全家人游览了瑞士、比利时、意大利各国的名胜古迹，他也写了一些游记。欧洲战争风云日紧，一九三九年他全家又回到美国。林语堂在编译《孔子的智慧》之后，曾打算翻译《红楼梦》，但又改变主意，决定借鉴《红楼梦》创作一部小说。从一九三八年八月动笔到一九三九年八月完稿，这就是英文长篇小说《京华烟云》。这部七十万言的小说，以中国古都北京为背景，以两个富贵之家的风流云散为故事中心，从八国联军进逼京、津写到日本侵略军侵占沪、杭，歌颂了资产阶级的人道主义。这部小说先后在美国、加拿大、英国等国家出版。第一个中译本于一九四〇年在

---

① 《宇宙风》（十日刊）第 57 期。

上海出版。《京华烟云》的出版，使林语堂获得小说家的称号。此后，他陆续用英文写作长篇小说在美国出版，成为用英文写作在国外发表作品最多的中国作家。继《京华烟云》之后，他写了《风声鹤唳》，描述一个生活道路极为曲折的中国少女如何在抗日初期救济难民工作中获得完满的爱情的故事。这两部小说都表明，林语堂对保持民族气节颇为注意，而他的《论语》时期的亲密伙伴周作人、陶亢德都先后丧失了民族气节。这也可以说是论语派的一种分化。但两部小说对蒋介石不乏阿谀奉承之词，可见林语堂的政治观继续向下滑去。

第二次世界大战的爆发，战争中各派政治力量的重新分化与改组，使国际政局呈现异常复杂的局面。不同阶级、不同政治派别的社会科学家都按各自的立场、观点探讨国际政治，窥测战争与和平的趋势，林语堂在二十世纪四十年代初也一度热衷于国际政治的研讨。但是，他没有掌握一种自成系统的理论学说，只从中国古代哲学、西洋近代唯心主义哲学及宗教教条撷取片言只语加以杂糅，用来分析、解答国际政治问题，往往越说越糊涂。一九四三年他完稿的《啼笑皆非》一书，就是属于这类作品。所谓"啼笑皆非"，林语堂解释说是"叫人哭不得笑不得的一种东西"。[1] 这部书一九四三年七月在纽约出版。他又自己译成中文（十二章后由徐诚斌翻译），带回国内出版。

一九四三年秋高气爽之季，林语堂随宋子文乘飞机到重庆，打算"一则参观国内情形，二则报告国人国际政治思想动向"。[2] 他在一九四一年日军飞机狂炸重庆时曾来过一次，但未抛头露面，待了一星期就回美国。这回来重庆却大不一样，不但以作家、学者身份出现，而且获得蒋介石侍从室"顾问"的头衔，"他住在熊式辉家里"，"在重庆往还的都是党国要人"[3]，而且到处发表演说。十月十六日他在重庆中央大学大讲《论东西文化与心理建设》，鼓吹"《易经》为儒家精深哲理所寄托，非懂易，不足以言儒"，也就是提倡大读《易经》。十一月初，他经宝鸡到西安，十三日在西安青年堂作了《中西哲学之不同》的演说，宣扬"和平之哲学"，"即耶

---

① 林语堂：《论东西文化与心理建役》，重庆《大公报》，1943 年 10 月 26 日。
② 林语堂：《论东西文化与心理建役》，重庆《大公报》，1943 年 10 月 26 日。
③ 徐讦：《追思林语堂先生》，台湾《传记文学》，第 31 卷第 6 期。

稣、释迦、孔子所倡导之精神，及老庄所讲柔胜刚之道理"。① 随后，浴华清池，游览潼关，攀登华山，玩得不亦乐乎。十一月二十八日他乘邮车到成都，接见记者大谈"民主政治"。十二月初他由成都飞桂林，又到衡阳、长沙。吃过长沙李合盛的牛肉、游完了八角亭之后，一九四四年一月十四日在中山堂作《论月亮与臭虫》的演说，大谈"东方月亮也赏，西方月亮也赏，东方臭虫要扑灭，西方臭虫也要扑灭"。② 林语堂自知所弹之调，和者寥寥，抗日前线没有兴致前去参观，电邀随厦门大学迁福建长汀的二哥林玉霖到韶关相见之后，匆匆飞离中国大地，回到美国的摩天大楼。林语堂回国之行，正如徐訏回忆说："他对当时的抗战情势，后方与前线种种他都不想了解，他同文艺界出版界也没有特别的联系与交往……"③ 而那时抗日战争正面临反攻阶段，日本侵略军企图作最后的挣扎。林语堂的言论不但不合时宜，而且涣散斗志，因而受到国内文学界的批驳。郭沫若写了《啼笑皆是》，田汉写了《伊卡拉斯的颠落——读林语堂先生〈论东西文化与心理建设〉》，秦牧写了《恭贺林语堂博士》等文。重庆《新华日报》《大公报》、延安《解放日报》都发表了文章，批驳林语堂的谬误观点。林语堂无词反驳，写了《告别左派仁兄》的打油诗，结束他回国观光、也是"亮相"之行。而林语堂眼中的"左派"则指不同意他观点的人，既包括郭沫若、田汉，也包括那时也撰文批评林语堂但并非左派的曹聚仁。

林语堂尽管没有到过抗日前线，但飞回美国之后还是炮制了一本名为《枕戈待旦》的"抗日游记"，一九四四年由纽约约翰·黛公司出版。这部充满反共内容、吹嘘蒋介石军队"战绩"的书出版后，受到国外进步舆论谴责，林语堂的名声一落千丈。林语堂在《八十自叙》中说："一九四八年发表《枕戈待旦》之前，我的作品一直很成功。这时自由主义者对我相当不满。"④ 其实，林语堂"在反共战役中为蒋介石出力"并"喊得声嘶力竭"⑤，恰好毁伤他自己。他无可奈何地说："我只觉得这是打败仗，把自

① 《秦风日报、工商日报联合版》，1943 年 11 月 13 日，第三版。
② 《论月亮与臭虫》。引自林语堂，等《月亮与臭虫》，桂林中流书店，1944 年。
③ 徐訏：《追思林语堂先生》，台湾《传记文学》，第 31 卷第 6 期。
④ 林语堂：《八十自叙》，台湾远景出版事业公司，1980 年，第 67 页。其中"1948 年"应为 1944 年。
⑤ 林语堂：《八十自叙》，台湾远景出版事业公司，1980 年，第 64 页。

已算成战场上的伤兵，很少去想它。"①

一九四五年八月，日本帝国主义无条件投降，中国人民的抗日战争取得了伟大胜利。抗战胜利后，《论语》《西风》等论语派刊物在上海复刊，但同林语堂已经没有关系。林语堂不打算在上海文坛重振旗鼓，而不惜耗费巨额资金，潜心研究、试造中文打字机。一九四八年制成了每分钟能打五十汉字的样机，还专门写了《中文打字机的发明》一文在《亚洲》杂志上发表。后来他回忆这事说："我对华文打字机及华文检字问题，可以说是自一九一六年起，经过五十年的思考，并倾家荡产为之。一九四八年打字机成，一九五一年，由美国麦根塔勒（Mergenthar Linotype）公司收买过去。这是第一架有钮盘的华文打字机。机器虽好，成本太大，价钱必高，所以麦根塔勒公司，永远不敢进行制造。"② 这就是说，林语堂研究中文打字机的心血付之于流水。"花了十万美金，弄得一文不名。"③ 不过他在研制中文打字机过程中，仍然有所著述。一九四七年出版了《苏东坡传》。一九四八年出版长篇小说《唐人街》及选注《老子之智慧》。次年又把《老子之智慧》修订扩充为《老子评注》一书出版。其中，《苏东坡传》他颇为自得，花了三年时间写成。宋代诗人苏东坡的一生本来是在激烈的政治斗争中度过的，而在林语堂笔下却"快快活活，无忧无惧，像旋风般活过一辈子"。④

联合国组织成立后，窃踞联合国席位的国民党集团推荐林语堂担任联合国教科文组织艺术文学组长。一九四七年初夏，林语堂全家又再度去法国。

一九四七年至一九四九年，中国人民解放大军以排山倒海、摧枯拉朽之势，摧毁了帝国主义、封建主义、官僚资本主义在中国的罪恶统治，由北而南解放中国大陆。林语堂抱着极幼稚的唯心史观，抱怨史迪威、马歇

---

① 林语堂：《八十自叙》，台湾远景出版事业公司，1980 年，第 67 页。其中"1948 年"应为 1944 年。

② 林语堂：《无所不谈合集》，台湾开明书店，1975 年，第 207 页。

③ 林语堂：《八十自叙》，台湾远景出版事业公司，1980 年，第 69 页。

④ 林语堂：《苏东坡传·序》，《林语堂选集》（下册），海峡文艺出版社，1988 年，第 141—145 页。

尔"助长了共产党的势力"①，把蒋介石军队的溃败归之于美国援助不力。在中国大地上光明与黑暗两种前途、两种命运大决战的时日，信奉蒋介石的《中国之命运》的林语堂正带妻女遍游欧陆各国，有时还上赌场碰碰运气。他没有料到蒋介石集团在中国大陆的统治土崩瓦解的命运竟来得那么迅速。

# 六

随着中国人民解放战争的胜利和新中国的成立，新文学统一战线空前壮大。旅居国外的一些中国作家（如老舍、冰心、曹禺）先后回国，为人民的文学事业贡献才智。许多原先并非左翼的作家也在五星红旗之下走上新的征途。跟着国民党集团去台湾的知名作家则寥寥无几。林语堂由于坚持反共的政治立场，因而不愿睁眼看一看新中国的现实，长期在海外过着虽优裕而实孤寂的生活。

一九五〇年，林语堂回到美国，又开始他的写作生活。由于脱离了社会现实，生活源泉枯竭，实际上难于进行真正的文学创作，因而主要从事中国古典文学作品的翻译、改编工作。他根据《杜十娘怒沉百宝箱》的故事改写的《杜十娘》一书出版于一九五〇年。一九五二年又出版《英译重编传奇小说》《英译重编全寡妇故事》，编写这类书主要是为了增加美元收入，并没有多少文学价值。一九五二年四月，林语堂在美国办了《天风》月刊，自任社长，女儿任编辑，大有继承《宇宙风》风范之意，刊物的中文本还在台湾推销。但林语堂毕竟没有《论语》《宇宙风》年代那股劲头，也没有陶亢德、徐訏那样为他卖力的伙伴，刊物出不到多久便化为乌有。

尽管生活源泉枯竭，林语堂的创作欲并未消退。在停笔几年后，他又陆续用英文写了几部长篇小说。一九五三年出版了《朱门》。两年后又出版了《远景》（又名《奇岛》）。《朱门》以二十世纪三十年代初的西安、兰州及战乱频仍的新疆为背景，描写了一个富家少女如何热恋和忠贞于一个家境清贫、为人正直的青年男子的故事。后来林语堂把《京华烟云》《风声鹤唳》及《朱门》三部小说合称为"林语堂的三部曲"。《远景》是五十

---

① 林语堂：《八十自叙》，台湾远景出版事业公司，1980年，第65页。

年代和平主义思潮弥漫下的产物。小说描写二十一世纪之初一个美国女郎流落到南太平洋一个世人不知的小岛上，逐渐适应岛上富有原始风味的和平生活，不再回到已经打过第三、第四次世界大战的文明世界。林语堂在三十年代曾经遐想"假定我能积一点钱，我要跑到太平洋之南的岛上，或者钻入非洲山林中"。① 可是等他有了大笔外汇之后并未加以实践，写这本小说可以了结此种心愿，并寄托他的和平主义幻想。《朱门》《远景》都缺乏深厚的生活基础，但由于故事情节较为新颖，在国外仍获得不少读者。

在《朱门》出版之后、《远景》出版之前，林语堂在生活道路上谱写了一个插曲，即当南洋大学的"影子校长"。一九五三年南洋华侨效法爱国华侨领袖陈嘉庚先生捐建集美学校、厦门大学的义举，在新加坡筹建一所培养华侨子弟的高等学府——南洋大学。一九五四年组成了以陈六使为主席的南大执行委员会，加紧建校事宜，并派执委连瀛洲赴美国聘请林语堂当校长。一九五四年十月二日，林语堂一行飞抵新加坡。林语堂除任校长外还带有自己的人马：女婿黎明任行政秘书（相当于副校长），女儿林太乙任校长室秘书，侄儿林国荣任会计长，还有文学、理工、商学院长及教授、讲师多人，班子相当完备。林语堂酬酢完毕之后，宣布"学生必学贯中外""所学能有所用"两大办学宗旨及"办成第一流大学"的办学目标。他提出一个庞大的预算数字，远远超出学校财力，违背华侨刻苦兴学的方针，执委会无法通过。但林语堂丝毫也不退让，在报上公开发表声明，造成轰动新加坡、马来西亚半岛的"南大预算案"。经过几个月的争执，林语堂与执委会破裂，终于辞职。林语堂到新加坡六个半月，学校还未开学即领走两年半薪水，加上遣散费共得新加坡币七万二千二百四十一元五角（当时新币与人民币比值约为1∶0.8）。一九五五年四月十七日林语堂一家登机飞离新加坡，到法国再游玩一趟，然后回美国。林语堂虽满载而去，但给南洋华侨留下"影子校长"的笑柄。他回美国后于五月二日在《生活》杂志发表《共党恐怖如何破坏我的大学》，捕风捉影，妄图把这一事件归罪于共产党。纽约《联合日报》于五月九日发表了《林语堂荒谬绝伦》的社论加以批驳。纽约《中美周刊》也发表了社论批评林语堂造谣中伤。这一插曲大大降低了林语堂作为一个著名学者的威望。

① 林语堂：《让娘儿们干一下吧！》，《申报·自由谈》，1933年8月。

　　在新加坡之行前后，林语堂同赛珍珠夫妇的关系逐渐疏远而终于绝交。从《远景》一书开始，林语堂的著译由约翰·黛公司转到普兰蒂斯—霍尔公司出版。林语堂当校长不成仍住纽约的高楼写书，不过创作欲已远不如前。继《老子评注》之后他翻译了《庄子》。继《苏东坡传》之后他写了《武则天传》。《英译庄子》《武则天传》都出版于一九五七年。林语堂对中国古代历史，无论是政治史、哲学史、思想史都缺乏系统的研究，又抱着历史唯心主义不放，翻译古典著作未必十分准确，但以他的英文水平毕竟是用其所长。他写的古代人物传记，材料并不完整，观点谬误更多，如《武则天传》就按照历代封建文人的旧传统观点，把武则天写成"中国历史上最浮夸、最自负、最专横、最声名狼藉的皇后"①，但毕竟搜集了不少资料，又以小说形式写出，仍具有可读价值。如果林语堂集中精力翻译中国古代书籍、撰写古人传记，不论观点如何，较之他写现实问题的文章要切实得多，但他又不安于这类工作，不时要写点文章谈谈政治，唱唱反共滥调，因而在国际上获得一个"反共作家"的不光彩称号。一九五八年林语堂夫妇回到中国台湾观光，受到台湾文化学术界的隆重接待。

　　林语堂长期住纽约埋头写作，不喜社交，不爱宾客，但偶尔也应邀外出演说。如一九六一年一月十六日他应美国国会图书馆邀请到华盛顿，作了《五四以来的中国文学》的讲演。讲稿收入该图书馆出版的《透视俄国、中国、意大利与西班牙最近的文学》的论文报告集。林语堂按照"一切创造性的写作，都是个人心灵活动""文学永远是个人创造"的唯心主义观点论述"五四"文学革命的历史，介绍中国现代几个作家，认为"最好的诗人还是徐志摩"，"在短篇小说作家中，鲁迅、沈从文、冯文炳（废名）和徐讦是最好的"。他以现代文学史家的姿态出现，但他所熟悉和了解的中国现代作家实在太少，政治偏见又太深，不可能对中国现代文学做出客观的历史评价。这一年台湾当局安排他访问中南美洲六国。由于他的部分著作已有西班牙文译本，因而被当作著名作家接待，但所到之处他还是重弹《论中西文化之不同》的老调，不免大煞风景。

　　二十世纪六十年代之初，林语堂除了再次到欧洲旅游之外，一度热衷于食谱的研究。这不仅出于他对饮食的讲究，而且是对妻子、女儿潜心此

---

① 　林语堂：《武则天传》，台湾远景出版事业公司，1979 年，第 213 页。

道的积极支持。据《南洋大学建设史》记载，林语堂到新加坡时，不到一星期换了好几个厨师，说什么吃不好人生还有什么意义，弄得接待他的人满头大汗。现在他妻女研究美食，又以家庭做实验，林语堂岂有不支持之理？正如林如斯、林无双翻译女作家谢冰莹的《从军日记》由林语堂修改润色后出版一样，在林语堂帮助下，廖翠凤、林相如合写了《中国烹饪秘诀》在美国出版，还获得一九六〇年法兰克福德国烹饪学会的奖状。

林语堂钻研美食时也不忘译书写书。二十世纪六十年代初除出版《中国古文小品选译》《中国著名诗文选读》之外，还写了两部长篇小说，即一九六一年完稿的《红牡丹》和一九六三年问世的《赖柏英》。这些书最初都由美国克利夫兰世界出版公司出版。《红牡丹》是写清末一个青年女子追求婚姻自主而实际上是追求"性的解放"的故事，同西洋的色情作品相差无几。《赖柏英》是以作者的初恋情人赖柏英这个农村姑娘为原型而编写的一个恋爱故事，虽然也有一些色情成分，但洋溢着作者思乡之情，且带有闽南地方色彩，较之《红牡丹》情调健康。这些作品无论思想和艺术都不如早年的"林语堂的三部曲"，表明林语堂小说创作的兴旺时代早已过去了。

在林语堂一家钻研美食的那些年头，帝国主义和各国反动派掀起了一股反共、反华、反革命的逆流。台湾的国民党统治集团也鼓噪了一阵"反攻大陆"。林语堂在二十世纪五十年代反共调子有所收敛，不像四十年代那样"喊得声嘶力竭"，而在六十年代国际反共逆流中，林语堂"心有灵犀一点通"，又以"反共先锋"的姿态出现，除了写文章外，又炮制了一部英文小说《逃向自由城》。这部小说于一九六四年出版后，台湾"中央社"如获至宝，立即翻译，大量出版。林语堂仅仅"眺望边界那一方"就杜撰出十几万字以广东惠阳农村为背景的小说，内容集台湾国民党报刊造谣污蔑之大成，艺术拙劣，不堪卒读。连林语堂《论语》时代的伙伴，后来在港、台出版了大量作品的作家徐訏也说："最后一本小说，是《逃向自由城》，则实在是不应发表的作品，很多在中共大陆耽过的年轻人都笑这本书，他们甚至同我说：'林语堂写这样的东西，怎么会享这样大名？'"①这种东西的确糟蹋了小说这种文学形式，玷污了作家的称号。《逃向自由

---

① 徐訏：《追思林语堂先生》，台湾《传记文学》，第31卷第6期。

城》的出版，表明林语堂在小说创作上已经日暮途穷，只好搁笔了事，以后没有再写小说。

# 七

一九六五年一月，林语堂应台湾"中央社"之约，开始为"无所不谈"专栏撰写评论，由"中央社"以电讯形式发往台湾各报。一九六六年六月，林语堂夫妇结束了三十年的海外生活，回到与他的家乡福建仅隔一个海峡的中国领土台湾省定居，继续为"中央社"写稿。从此，林语堂开始了重新用中文写作的时期。他生命的最后十年，是在台湾和香港度过的。从一九六五年到一九六七年他为"中央社"写作的短文不下一百八十篇，结集为《无所不谈》一集、二集出版。

一九六七年林语堂被香港中文大学聘为研究教授，负责主编《当代汉英词典》。他找了马骥伸、施佩英、陈石孚、黄肇珩做助手，经过两年时间的紧张工作，如期完稿，一九七二年在香港出版，定名为《林语堂当代汉英词典》。这是林语堂晚年所做的一件有益于中外文化交流的工作，也挽回一些因写《逃向自由城》而失去的声誉。

编写了《当代汉英词典》之后，林语堂本想再编一部国语词典交台湾开明书店出版，由于年老力衰，没有着手，但仍继续为"中央社"写短文。一九七三年他把几年来在台湾报刊发表的文章汇编为《无所不谈合集》出版。这是一部杂著。作者在《序言》中说：

> 书中杂谈古今中外，山川人物，类多小品之作，即有意见，以深入浅出文调写来，意主浅显，不重理论，不涉玄虚，中有几篇议论文，是我思想重心所寄。如《戴东原与我们》《说诚与伪》《论中外之国民性》诸篇，力斥虚伪之理学，抑程朱，尊孔孟，认为宋儒以佛入儒，谈心说性，去孔孟之近情哲学甚远，信儒者不禅定亦已半禅定，颜习斋、顾亭林已先我言之。此为儒家由动转入静之大关捩，国人不可不深察其故。《论东西思想法之不同》，是我一贯的中心思想，尤详述此议，心所谓危，不敢不告。

从这段序文大致可看出《合集》的内容。《合集》有几篇政论，重弹反共、歪曲马克思主义的老调。《合集》中大部分文章属于文化评论、学术研讨、山水记游和往事回忆之类，带有一定的学术性、知识性，有些文章也有一定的趣味性。《合集》还收进了《平心论高鹗》等一组考据和研究《红楼梦》的文章，不论观点材料如何，较之空洞无物的政治叫喊，自然像样得多。

林语堂在台湾地区居留期间，参与了一些学术文化活动。在台湾国民党集团还窃踞联合国及许多国际性组织席位的非正常历史情况下，林语堂在台湾被看成继胡适、罗家伦之后年岁最大的新文学作家，因而常被推为作家的代表，出席各种文化交流活动。一九六八年六月十八日至二十日，"国际大学校长协会"在韩国首尔举行第二届大会，林语堂虽只当过南洋大学的"影子校长"，也随同台湾"中央研究院"院长王世杰出席这次大会，并在会上作了《趋向于全人类的共同遗产》的演讲，分析东西文化的差异及两者调和的途径，老调子还是照唱不腻。一九六九年林语堂继罗家伦之后成为在台湾的"国际笔会会长"。随后林语堂又去法国参加国际笔会第三十六届大会。一九七〇年六月，林语堂主持在台北召开的"亚洲作家第三次大会"。随后他又去首尔出席国际笔会第三十七届大会，在会上作了《论东西文化的幽默》的讲演。一九七五年四月，国际笔会在维也纳举行第四十届大会，林语堂被这次大会推为副会长，并被列为诺贝尔文学奖的候选人之一，但结果落选。

林语堂晚年之所以定居台湾，同他的浓厚的乡土观念密切有关。他在美国前后居住三十年，没有加入美国国籍，虽财源茂盛，也没有购置房屋，可见心存回祖国、返家乡念头。他对熟人说："许多人劝我们入美国国籍，我说，这儿不是落根的地方；因此，我们宁愿月月付房租，不肯去买一幢房子。"[1] 由于台湾尚未回归祖国，海峡两岸没有通航，林语堂又抱住政治偏见不放，对大陆翻天覆地、日新月异的变化毫无所知，因而他思乡心虽切却未重见他的家乡，没有真正落根。当然他更不知道他的出生地坂仔，今天已经是东有万亩柑桔，西有万亩油茶，南有万亩香蕉，北有万亩林场的物产丰富的社会主义农村。但林语堂那时在台湾却能闻到闽南的乡土气息。他认为在台湾能听到乡音，是"人生快事之一"。[2] 他说："我

---

[1]　黄肇珩：《林语堂归隐生活》，《无所不谈合集·附录》，台湾开明书店，1975 年，第 776 页。
[2]　林语堂：《来台后二十四快事》，《无所不谈合集》，台湾开明书店，1975 年，第 654 页。

来台湾，不期然而然听见乡音，自是快活。电影戏院，女招待不期然而说出闽南话。坐既定，隔座观客，又不期然说吾闽土音。既出院，两三位女子，打扮的是西装白衣红裙，在街中走路，又不期而然，听她们用闽南话互相挪揄，这又是何世修来的福分。"① 在台湾居住期间他写了好几篇文章抒发这种乡情。炽热的乡情增强了他的民族观念。他向外国人介绍中国，尽管观点谬误百出，但民族感情倒是浓厚的。因而他曾批评过美国统治者和政客们玩弄的"两个中国"阴谋。

林语堂在主编《当代汉英词典》几年间，多次往来于台湾与香港地区。词典编完之后，在台湾基本上过着隐逸生活。他说："我们回顾一生，觉得此生无论是成是败，我们都有权休息，悠哉游哉过日子，享一享儿孙绕膝的快乐，在近亲环绕中享受人生的最高福佑。"② 他在台北市郊的阳明山麓，租下一所有庭院的白色房屋，庭院中开个小池，上种荷花，下放金鱼。"他最爱在天井里，聆天籁，吃早点，更长的时间，他是叼着烟斗对着那一小池鱼沉思。"③ 林语堂的晚年就在这种隐逸生活中度过。他虽然尽情享受家庭生活的乐趣，但精神上却是异常空虚的。他的宗教热忱在青年时期曾一度下降，但始终没有真正离开过基督教。一九五九年他曾写过《我重返基督教》的长文。晚年由于精神空虚，因而他对基督教更加虔诚，祈求死后能进入"天堂"。长女林如斯因婚姻问题拂逆家庭，未随父母来台，经人斡旋之后才来台工作，但时日不长又突然死去。林语堂精神上受到很大的打击，日见苍老。尽管生活上他"悠哉游哉"，心境却是颓丧的。次女林无双（太乙）在香港编《读者文摘》，三女林相如在香港中文大学任教。林如斯死后，林语堂住香港的时日增多，但不时仍回台北阳明山麓小住。

一九七四年台北文化界为林语堂的"八十华诞"举行酒会。此后林语堂健康日衰，步履蹒跚，记忆迟钝。一九七五年秋蒋介石死去时，林语堂由人撑到尸前"涕泗滂沱"一番，但他也自知"象风中的残烛，随时可以熄灭"。④ 几个月后，一九七六年三月二十六日，林语堂病死在香港，死后

---

① 林语堂：《说乡情》，《无所不谈合集》，台湾开明书店，1975年，第659页。
② 林语堂：《八十自叙》，台湾远景出版事业公司，1980年，第73页。
③ 黄肇珩：《林语堂和他的一捆矛盾》，《无所不谈合集·附录》，台湾开明书店，1975年。
④ 林语堂：《八十自叙》，台湾远景出版事业公司，1980年，第72页。

葬于台北阳明山麓林家庭院之后。

# 八

林语堂活到八十一岁，走过了不算短促的人生道路。他在死前两年写了《八十自叙》，希图总结自己的一生。但是，由于他是个历史唯心主义者，又是个宗教宿命论者，既不能正确地了解历史和社会，也不能正确地理解人生，特别是对中国近百年来的革命运动茫然无知，自然，他不可能清楚地说出自己走什么样的人生之路，《八十自叙》实际上就是写了一大笔糊涂帐。因此，在考察了林语堂的主要生活经历后，对《八十自叙》似有必要略加评论，对林语堂的糊涂帐稍作清理。

林语堂自获得了作家、学者的声名之后，曾陆续发表过一些自传及自传性的诗文。二十世纪三十年代写过约一万八千字的《林语堂自传》，又写了半打油半正经的《四十自叙诗》。六十年代写过回忆文章《我的童年》。一九六三年出版的小说《赖柏英》带有一定的自传性质。他女儿用日记体写了一本《吾家》，主要也是描述林语堂的为人处事及生活情趣。但同以上文章、书籍相比较，《八十自叙》在概述林语堂生活历程方面算是最详细的一部，特别是对家庭、婚姻及求学时代生活的叙述较为具体，也较为可信，林语堂在末尾对自己的著作做了一番"盘存"，这给研究者提供了一些便利。但由于作者立场、观点的谬误，不少篇章选材失当，甚至东拉西扯，思绪混乱，语无伦次，并不能如实地叙出林语堂其人。

在《八十自叙》开篇，林语堂归结出来的"一捆矛盾"其实是胡子眉毛一把抓，不能说明什么实质性问题，林语堂的生活道路上的确存在许多矛盾。他由一个"龙溪村家子"而成为有三十多部译著的翻译家、著作家，这自然是喜剧。但他忙碌、奔波数十年，却未找到正确的生活之路，却又是悲剧。在林语堂生活道路上的许多矛盾之中，最主要的还是他顽固坚持的资产阶级世界观，特别是资产阶级反动的政治观，同中国革命运动的发展产生了不可调和的矛盾。林语堂一生中没有认真地研读过社会科学著作，并没有形成一套系统的完整的政治观，但是自幼在基督教家庭的宗教熏陶中，长期在帝国主义对中国从事精神、文化侵略而设的教会学校受到的资产阶级教育中，又多年在资本主义世界生活的耳闻目染中，逐渐形成一套顽固的资产阶级世界观、人生观，迷恋资产阶级的人道主义，追求资产阶级的"民主""自由"，向往英美式的资产阶级共和国。这本来不足为奇。在半殖民地半封建的旧中国，许多知识分子，特别是受过高等教育的知识分子，往往都有一段资产阶级民主主义的历程。问题是跨过这段历程，是随着中国革命运动的步伐大踏步前进，还是原地踟蹰不前，甚至向后倒退。中国现代文学的奠基人鲁迅早年信奉过尼采哲学和资产阶级个性解放，但随着革命运动的发展，后来终于"从绅士阶级的逆子贰臣进到无产阶级和劳动群众的真正的友人"①，宣告"只是原先是憎恶这熟识的本阶级，毫不可惜它的溃灭，后来又由于事实的教训，以为惟新兴的无产者才有将来"。② 而林语堂却与鲁迅走了截然相反的道路。

从林语堂的经历可以看出，二十世纪二十年代林语堂在北京、厦门执教时期同鲁迅曾经站在同一条战线上，支持青年学生的爱国运动，抨击现代评论派的反动言行，他的资产阶级民主主义在反对封建军阀的黑暗统治中还有一定的积极作用。但是中国革命在不断深入向前发展，林语堂的思想却停滞不前。他只看到张宗昌、段祺瑞、吴佩孚之流的旧军阀祸国殃民的罪愆，而却看不到国民党新军阀不但继承旧军阀的衣钵，其独裁政治的反动性较之旧军阀有过之而无不及。三十年代前期，尽管林语堂还参与一些进步活动，写了一些有一定积极意义的文章，但在划分革命与反革命界限上陷入糊涂境地，终于走入歧路。这反映了中国资产阶级在革命过程中的一种分化。正如毛泽东同志所说："那些中间阶级，必定很快地分化，或者向左跑入革命派，或者向右跑入反革命派，没有他们'独立'的余地。"③ 林语堂就是向右跑入反革命派的为数不多的资产阶级作家之一。在二十年代，林语堂与现代评论派格格不入，后来还是走到一条道路上去了。而在不时发出不堪入耳的反共叫嚣方面，林语堂后来者居上，比早年的徐志摩走得更远，用语比胡适更粗陋。直到写《八十自叙》时这种恶毒的咒骂声还不止息。尽管林语堂的乡土观念极深厚，民族意识未消弭，但政治立场和政治思想同亿万人民相距甚远，在中国现代作家中也是极端孤

---

① 瞿秋白：《〈鲁迅杂感选集〉序言》，《瞿秋白文集》（二），人民文学出版社，1953 年，第 977 页。

② 《二心集·序言》，《鲁迅全集》第 4 卷，人民文学出版社，1981 年，第 191 页。

③ 《中国社会各阶级的分析》，《毛泽东选集》（四卷合订本），人民出版社，1991 年，第 4 页。

立的。这是林语堂一生中最主要的矛盾，也是最大的悲剧。列宁曾说过："据说，历史喜欢作弄人，喜欢同人们开玩笑。本来要到这个房间，结果却走进了另一个房间。在历史上，凡是不懂得、不认识自己真正的实质，即不了解自己实际上（而不是凭自己的想象）倾向于哪些阶级的人们、集团和派别，经常会遇到这样的事情。"[①] 林语堂何尝不是这样？不管他是真不懂得还是假不懂得，他毕竟走进中国反动资产阶级的房间里成为反动阶级在文化界的代表人物之一。

林语堂的"一捆矛盾"中有"一向不喜欢法西斯主义者和共产主义者""始终喜欢革命，但不喜欢革命家"的说法，这只是"幽默大师"玩弄语言而已。他不喜欢共产主义者的确可以说是"一向"，但也有发展变化过程，二十世纪三十年代以前和四十年代以后就有很大差别。而他不喜欢法西斯主义者却不是"一向"，只能说是有时。三十年代他参加中国民权保障同盟，当然带有反对法西斯主义之意。对于日本法西斯主义蹂躏中国、德国法西斯主义疯狂屠杀犹太人，林语堂是不喜欢的。但是，蒋介石政权统治全国之后，效法德国法西斯主义，实行独裁政治，疯狂镇压人民，鲁迅早就察觉，并撰文揭露希特勒的"黄脸干儿们"的法西斯主义的丑恶嘴脸。而林语堂对中国的法西斯主义不仅熟视无睹，而且投以青眼，后来竟颠倒黑白，给中国的法西斯主义头子涂脂抹粉。至于"始终喜欢革命，但不喜欢革命家"，只是"幽默大师"才能脱口而出的胡话。他对旧民主主义革命有一个时期是喜欢的，但并不喜欢中国共产党领导的新民主主义革命，对社会主义革命则更闻之色变。他不喜欢的革命家，在他早年确有指打着"革命"旗号的政客之意，但是后来却是指真正的革命家。在《八十自叙》中就对中国共产党人和国际进步人士大泼污秽。

林语堂常以来自闽南山村清贫之家而自诩。在《八十自叙》中对他童年、少年时期在家乡的生活情景描述较为详细。本来一条人民作家的宽广的道路摆在他面前，但他龟缩不前，却偏偏要走脱离人民的资产阶级作家的道路。固然，他从资产阶级人道主义、人性论出发，对旧社会人民的苦难特别是遭受侵略战争的灾难怀着同情，但对人民的生活和斗争却极为隔

---

① 《资产阶级知识分子反对工人的方法》，《列宁全集》第 20 卷，人民出版社，1961 年，第 459 页。

膜，更不理解人民蕴藏着巨大的改造旧世界和建设新生活的力量。他说"对于可爱的老贫农，我曾一出手就给几块大洋"。① 这种廉价的恩赐，恰可说明资产阶级的人道主义的价值何等低微。而人民的作家应当是人民的代言人，用艺术之笔反映人民的思想、情绪、要求和愿望。林语堂并未履行此种社会职责。他的作品尽管在海外销路不衰，有的印行四十版以上，有些作品不无可取之处，但没有一部能够比较真实地反映中国人民的生活和斗争的作品。生活是创作的源泉，林语堂远远地脱离人民生活这一广阔而丰富的源泉，仅仅凭着他狭隘的生活经验，作品自然陷于贫血、枯萎。凡是愿随时代前进的中国新文学作家，不论其出身如何，只要坚持思想革命，终必走上同人民相结合的道路。林语堂也可以说是来自人民，但却走脱离人民的道路，这也是林语堂的悲剧。林语堂虽有"儿孙缠绕"，但脱离了人民就是最可悲的孤独。《八十自叙》中虽有不少洋洋自得之处，但也掩盖不住孤独凄凉的心境。他感到"我若得再编一次汉英词典，也没有人能付我稿费呀。完成《当代汉英词典》的工作不如降低血压来得重要，甚至不如一张稳定的心电图来得重要"。②

　　林语堂说："我们死后，功过将留存世间。无论毁誉，我们都听不到了。"③ 这话当然也对，但却显出他有些心虚。其实，历史是公正的，用历史唯物主义和辩证唯物主义评价历史人物是最科学的。在翻译方面和创作方面，在语言学方面和文学方面，以及其他学术领域，林语堂所做的工作、所付出的劳动，其功过是非，经过历史的检验，将会得到实事求是的评价，不会因其政治观的反动，而将其文学、语言及其他学术著作一笔抹杀，也不会因他歪曲了中国社会和中国文化，而将他向国外翻译介绍中国古书的有益的工作全盘否定。当然历史也是无情的，一切同历史发展相悖逆的东西都将被历史所淘汰。林语堂的反动的政治观和唯心主义的文艺观、学术观，理所当然要受到历史的批判。台湾一些学者把林语堂奉为"一代哲人""伟大的中国作家""蜚声世界文坛的中国大文豪""数千年中国文明所锤炼出来的奇葩"，这种种名实不符的桂冠是经不起历史检验的。

---

①　林语堂：《八十自叙》，台湾远景出版事业公司，1980年，第5页。
②　林语堂：《八十自叙》，台湾远景出版事业公司，1980年，第73页。
③　林语堂：《八十自叙》，台湾远景出版事业公司，1980年，第73页。

当然，我们对林语堂在文学及其他学术领域内全部著述，并不看成一无所取，也不简单地按出版数量论功过，而应全面考察和具体分析。列宁在全面地实事求是地评价历史人物方面给我们提供了范例。他曾指出："彭加勒是一位卓越的物理学家，渺小的哲学家。"① 可以说林语堂是一个著名的翻译家，也是一个多产的在国外有影响的中国现代作家。如果称之为"哲人"，那也是渺小的哲人。

（本文原载于《新文学史料》1984 年第 4 期）

附记：此文在调查、写作过程中，厦门大学外文系林疑今教授、中文系黄典诚教授提供了不少情况，特此致谢。

---

① 《唯物主义与经验批判主义》，《列宁选集》第 2 卷，人民出版社，第 166 页。

# 林语堂与汉字简化

  林语堂是从语言文字学起步走进文学及广阔的学术领域的。早在出国留学之前、执教于清华学校期间他就关注语言文字学。在 1918 年 2 月出版的《新青年》上他以"林玉堂"之名发表第一篇文章《汉字索引制说明》，探索检字新法。当时的北京大学校长蔡元培撰写序文，称赞林玉堂："乃以西文字母之例，应用于华文之点画，而有汉字索引之创制。……其明白简易，遂与西字之用字母相等；而检阅之速，亦与西文相等。苟以之用于字典、辞书，及图书、名姓之记录，其足以节省吾人检字之时间，而增诸求学与治事者，其功效何可量耶？"① 语言学家钱玄同肯定汉字索引制便于检字，进一步提出汉字简化及汉字横排的主张，在《新青年》上率先发表《减省汉字笔画的提议》，文末写道："现在有林玉堂君的汉字索引制，想要改用新法来分部。但是现在通行的字，笔画彼此'参伍错综'，林君用最简的点画直钩……来分部，我觉的还是不甚适用。若把笔画改简了，再去掉许多小画，短直和横斜的笔势，则林君的方法，大可应用了。"②

  那时林语堂已远离北京，先赴美国留学，后来转到法国、德国，进莱比锡大学后，以攻读语言学为主。留学回国后，他先后执教于北京大学、北京女师大和厦门大学，教学和研究课题均以语言学、音韵学为主，并继续参与汉字注音及汉字简化的学术活动。

  林语堂离开厦门大学，先移居武汉，后转到上海定居以后，对语言学兴致逐渐转化到文学。特别是创办《论语》半月刊以后，主要精力转向文学活动，正如他在《四十自叙》诗中记述："幽默拉来人始识，音韵踢开

① 《蔡元培全集》第三卷，中华书局，1984 年，第 41 页。
② 《新青年》，第 7 卷第 3 期。

学渐疏。"尽管如此，在幽默热度高涨的几年间，他虽疏远了语言文字学，但并未抛弃语言文字学，特别是在探讨汉字简化方面，他依然是热心倡导者之一。

在林语堂居住于上海，创办《论语》、热心提倡"幽默"的岁月，一位立志从事汉字简化的年轻学者陈光尧走进了语言文字学界。陈光尧祖籍福建龙溪，1906 年出生于陕西，青年时期在京津两地接受中学、大学教育，20 岁时就致力于汉字简化工作，不断撰写提倡汉字简化的文章在《语丝》周刊、《上海民国日报·觉悟》等刊物发表，并把汉字简化著作寄送鲁迅、胡适、林语堂等著名人士。鲁迅在书信和日记中多次记下陈光尧寄送汉字简化论著。1936 年 2 月 19 日鲁迅在卧病期间复函陈光尧："两蒙惠书，谨悉一切。先生辛勤之业，闻之以久，夙所钦佩。惟于简字一道，未尝留心，故虽惊于浩汗，而莫赞一词，非不愿，实不能也。"林语堂收到陈光尧寄赠的《简字论集》及《简字论集续编》后，喜出望外，立即撰文加以推荐。那时上海出版的《申报·自由谈》正展开"别字""俗字"的争论，林语堂推荐陈光尧的汉字简化论著，提倡俗字，反对别字，在《论语》半月刊第 29 期发表《提倡俗字》一文，表述己见。文中写道：

> 我想"别字"与"俗字"稍有分别。如"歐洲"写做"殴"是别字，写做"欧"是俗体是简笔。"留学生"写做"流"是别字，写做"峃"是俗体是省体。别字应当反对，否则漫无标准。无论何国文字，都应有个标准，否则"流学生迴郭之厚，做文张就没人董了，过了己天，莲自己也忍不德了。"

> 俗字，简笔字体省字，甚至已经流行的"别字"就稍稍不同了，这些字已经在社会上通行，人家已经看习惯了，其演化又是自然的，是为求省便的；其省简中亦有通行标准，犹如（草书自有法，不是凡写草书的人，都可以随意自造的）。

> ……

> 今日汉字打不倒，亦不必打倒，由是汉字之改革，乃成一切要问题。如何使笔画减少，书写省便，乃一刻不容缓问题。文字向来由繁而简。人类若不能进化，我们今日仍应在写蝌蚪文籀文字类。反对汉字简易化的守古之士，我们只好问他何不写蝌蚪文。……

此一回文学革命，谓之俗字打倒正字之革命亦无不可。吾人至今尚受其赐。今日提倡俗字，也不过是在一部分上求其更进一步的简易化而已。……

本来汉字应有较有系统较彻底的简便化。陈光尧先生可以说是走上这一条路的第一个人……①

文末附录了陈光尧用简体字书写的《总理遗嘱》。随后，林语堂在《论语半月刊》上开辟了俗字讨论专栏，多数学者主张俗字、简笔字应当提倡。林语堂发表《俗字讨论撮要》一文做了总结。林语堂与陈光尧虽然文化学术道路各不相同，但在倡导汉字简化方面成为同路人。1934 年陈光尧致函国民政府教育部请求颁布简化字方案，遭到回绝。但陈光尧、林语堂及众多中国文化界著名人士推广简化字的工作并未终止。林语堂主编的《论语》半月刊，从 1934 年 12 月 16 日出版的第五十五期开始采用当时称为"手头字"的简化字，并刊登《启事》说明"从本期起，本期用简体字廿六个，以后每添二三十个，添到三百字，请赐稿诸君注意，在写稿时即用简字，以免排字与校对之麻烦"，并附印所使用的简体字与繁体字对照表。1935 年《论语》半月刊第一期出版时，刊载《推行手头字缘起》全文，发起人名单中列名的有中国文化界、文学界著名人士两百多人。随后，上海《申报》等多种报刊陆续刊载《推行手头字缘起》。在刊载这份公告的同时，林语堂又在《论语》上刊载《启事》："从本期起，本刊用简字廿六个，以后每月添二三十个，添到三百字。请赐稿诸君注意，在写稿时即用简字，以免排字与校对者之麻烦。本期所用简字如下：尽对号点儿办听虽还边过远当全从众兴与个么声旧劝难观无。"② 这些简字早已普遍采用。

1936 年 8 月，林语堂携同妻女赴美国纽约，此后主要用英文写作，出版了《京华烟云》等多部小说及大量弘扬中国文化的著作，推广汉字简化工作暂且放下。但他花费大量心血及多年积蓄试制中文打字机，寓含了他对汉字普及推广工作的关注，但生活在外语环境中对汉字的简化工作难以为继。

---

① 《语堂文集》下册，台湾开明书店，1978 年，第 878—879 页。
② 《论语》半月刊，1935 年 1 月第 1 期。

时光过去三十年，在二十世纪六十年代，林语堂居住于香港和台湾地区，重新用中文写作了大量学术性文稿，结集收入《无所不谈合集》。其中多篇文稿研讨汉字简化问题。如《整理汉字草案》《整理汉字的宗旨与范围》《再论整理汉字的重要》《汉字有整理统一及限制之必要》《论汉字的变音变义》《国语的宝藏》《中国语词的研究》《论部首改革》等一系列论文，其主旨都是为汉字简化鸣锣开道，得到部分学者赞赏。他在《再论整理汉字的重要》文中写道：

> 首先应明白，采用已经通行的简笔字，与保存国粹无关。康熙字典收录约四万五千字，保存是已经保存了，却免不了其中三万五千字仍然为死字、僻字、别体字。三万五千字保存的并非国粹，只是国渣。文字是应用来表达思想的，现代化的国家必定有便利书写的文字，不得因为要好古敏求，把所有古代传下来的死字、僻字，整数数列入文中，以示古雅。[①]

林语堂在报刊发表的一系列主张汉字简化的论文，富有真知灼见，文笔生动幽默，尽管在学术界不乏响应者，但在台湾地区的政治环境中不能实施，成为林语堂在学术领域未能实现的遗愿。

新中国成立后，林语堂推崇的陈光尧先生再度活跃在汉字简化第一线，与中国多位语言学、文字学家共同制定简化字方案。从1956年1月开始简化字方案正式在大陆实施，林语堂梦寐以求的汉字简化在中国大陆圆满实现。尽管在汉字简化中偶尔出现杂音，但汉字简化的洪流不可能阻挡。回顾中国汉字简化的历史，林语堂先生的功绩是应记载的。

（本文原载于《中国现代文学研究丛刊》2013年第9期）

---

① 林语堂：《无所不谈合集》，台湾开明书店，1974年，第166页。

# 鲁迅研究的新收获

## ——谈刘泰隆著《历史的高峰》

学习和研究鲁迅，在我国学术领域，特别是文学研究领域，可以说是一项经久不衰的重要任务。自鲁迅的第一篇小说《狂人日记》发表以来，特别是鲁迅逝世以后，80年间研究鲁迅的论文和著作发表和出版数量之多，恐超过鲁迅的著作。也许正因为如此，在鲁迅研究中能发人之所未发自然越来越不易，加上学术著作出版难等客观因素，近年鲁迅研究专著出版反而偏少，特别是对研究鲁迅的大量论著进行研究和评论的论著更少见。由于主客观多种因素，近年笔者对鲁迅研究领域缺乏了解。今年春暖花开季节，读了广西师大刘泰隆教授的新著《历史的高峰——桂林文化城的鲁迅研究精华探索》，感到获益良多，增加了对鲁迅研究领域的认识和了解。

《历史的高峰——桂林文化城的鲁迅研究精化探索》（以下简称《高峰》），顾名思义，是以研究桂林文化城的鲁迅研究为主要内容的书，但翻阅全书便可知，《高峰》一书是把抗战时期桂林文化城的鲁迅研究放置在"五四"以来全国鲁迅研究广阔的历史背景下加以论述的。换句话说，作者立足于桂林文化城而纵观全国的鲁迅研究，即对抗战期间在桂林从事抗日文化活动的著名文化人，在鲁迅研究领域所做的开拓和贡献进行了研究，又同全国的鲁迅研究进行综合分析，理出鲁迅研究的历史发展线索。这种点与面的结合，纵与横的结合，使《高峰》一书不仅是论述桂林文化城的鲁迅研究的历史，而且近似于一部全国鲁迅研究的简史，作者宛如一位高水平的文化导游，既带领读者饱览桂林文化城的鲁迅研究，又引导读者扩大视野，鸟瞰全国的鲁迅研究。读《高峰》一书，首先给笔者留下的一个印象是，作者收集、整理、分析难以数计的鲁迅研究资料，付出了巨大的劳动，一切论述都建立在翔实可靠的资料基础之上。例如第一章《鲁迅研究的历史概况》，把八十多年来的鲁迅研究，分为草创时期（1913—1927）、迂回发展时期（1928—1936）、开拓时期（1936—1949）、丰收时期（1949—1965）、挫折时期（1966—1976）、复兴时期（1976—1986）和革新时期（1986—），不是凭空想象而来的任意划分，而是有充分的材料依据的。当然对鲁迅研究历史的分期，正如其他学科历史分期一样，可以多种多样，但笔者感到《高峰》对鲁迅研究历史概况的论述是实事求是、有根有据的。

初见《高峰》一书而未阅读之时，自然而然在头脑中产生一个疑问，抗战时期桂林的鲁迅研究能否称为"历史的高峰"？笔者带着这个疑问读完全书，欣然接受作者的论断。作者长期生活和工作在桂林文化城，情有所钟，对桂林历史文化怀有深厚的感情是很自然的，但是仅凭感情因素而缺乏科学论证则是不能持久的。桂林文化城的鲁迅研究为何形成一个"历史高峰"？作者在《前言》中用"历史高峰的主要事实"和"历史高峰的成因"两节文字，说明抗战时期桂林鲁迅研究的丰硕收获和所达到的高度，以及当时鲁迅研究高峰出现在桂林而不出现在重庆、延安等后方城市。而且在论述全国鲁迅研究的历史概况之后，又在第二章专门论述"桂林文化城鲁迅研究论著的历史贡献"，并从中总结出多则"宝贵经验启示"，特别是得出"要做'鲁迅化'的人，用鲁迅精神去从事鲁迅研究工作"的启示。紧接着在第三章中，又论述了桂林文化城鲁迅研究者对鲁迅的最高认识，阐明其与毛泽东在《新民主主义论》中对鲁迅高度评价有不约而同的一致性。不仅如此，在全书占篇页更多的回顾、总结对鲁迅代表作品研究成果各章中，更为具体地论述桂林文化城的鲁迅研究者所做的开拓和贡献。例如，对阿 Q 典型论，邵荃麟于 20 世纪 40 年代在桂林发表的文章，《高峰》作者认为"尽管有些局限性，但其正确的东西显然居于主要地位，并且在阿 Q 研究领域足足领先了 40 年，到 1981 年 6 月《鲁迅研究》第 3 期上陈涌同志发表的长篇论文《阿 Q 与文学的典型问题》，才取得了全面的突破"。

《高峰》以翔实的资料依据和多角度的观察分析，论证桂林文化城的鲁迅研究为何形成"历史的高峰"，但并未到此止步，而是对其"精华"进行"探索"，实际上是研究的研究，也就是作者运用长期学习马克思主义和从事文学学科教学和研究而得的知识和经验、观念和方法，对桂林文化城以至全国鲁迅研究的精华，进行再研究、再评论，在充分尊重前人鲁迅研究成果的基础上，对鲁迅研究中几个主要方面提出自己的见解和论断，在"集成"中力求有所创新。第四章"桂林城的《阿Q正传》研究"、第五章"桂林文化城的鲁迅杂文研究"和第六章"桂林文化城的鲁迅旧体诗研究"，占全书篇幅百分之七十以上，是《高峰》全书的主要内容，也都是点与面的结合，立足桂林，纵观全国。

关于鲁迅小说的研究，《高峰》在"鲁迅研究的历史概况"中做了概括的叙述，而把"探索"也即研究的重心放在评论《阿Q正传》的研究上，占有近90页篇幅，内容分为九节。读《桂林文化城的〈阿Q正传〉研究》专章中各节，无异于读一本内容充实而具体的《〈阿Q正传〉研究论》。在这一专章中，作者在列举了桂林文化城研究《阿Q正传》的重要论著之后，就阿Q是什么典型、阿Q性格及其主要特征、关于精神胜利法问题、精神胜利法的长期性、鲁迅为什么要把阿Q写成农民、关于阿Q的死的问题、邵荃麟等论述《阿Q正传》主题和思想意义的贡献、关于《阿Q正传》艺术成就问题、关于《阿Q正传》的总评价问题，多层次多角度对《阿Q正传》及这部作品的研究成果进行深入细致的评论。《高峰》把桂林城《阿Q正传》研究成果汇集到全国鲁迅研究界研究这部伟大著作的成果之中，充分肯定其成就，也评析其不足和局限，并提出颇有创见的说法。例如，对阿Q的典型问题，桂林文化城以至全国的鲁迅研究界曾有过多种说法，《高峰》列举了邵荃麟的"浮浪性贫农的典型说"、艾芜等人的"综合说""集合体说"、何其芳的"共名说"以至20世纪90年代初张梦阳的"精神典型"说，并做了比较分析。尽管作者赞赏"精神典型"这一新说法，但也充分肯定过去多种说法的合理部分，并且从桂林鲁迅研究者提出阿Q的典型似乎存在矛盾的多种说法之间找出其"互补性""矛盾的辩证统一"，提出了"《阿Q正传》是现实主义与现代主义结合的杰作""阿Q是辛亥革命前后中国愚弱雇农的活生生的人物典型，更是具有世界性的精神胜利法的精神典型"的新论断，可供鲁迅研究界共同讨论、切磋。在评论《阿Q正传》的研究历史和成果中，《高峰》特别注意到十分珍贵而鲁迅研究者未曾注意的论著，如邵荃麟早在40年代对《阿Q正传》的精辟见解，不仅是《阿Q正传》研究的"历史的高峰"，"具有空前的全面性和深刻性"，而且至今仍给研究者以不少启发。《高峰》发掘这些历史珍品，寓含着纠正"历史的误会"之意。

桂林城的《〈阿Q正传〉研究》专章，主要是对《阿Q正传》研究的评论，内容不乏新意，但"集成"的成分居多，最后两章，即合占全书一半篇幅的"桂林文化城的鲁迅杂文研究"和"桂林文化城的鲁迅旧体诗研究"，富有更浓厚的个性色彩，实际上是以桂林鲁迅研究者对鲁迅杂文、旧体诗的评论为先导，著作者情不自禁地自己再亲自沉浸到鲁迅杂文和旧体诗领域，进行再探寻、再认识、再评论，也就是把鲁迅研究的研究与鲁迅研究融合在一起，在桂林文化城及全国学术界对鲁迅杂文和旧体诗研究成果的基础上，进行较深入的开掘，对鲁迅杂文、旧体诗的思想艺术特点，提出一些新说法。

《高峰》在100多页的鲁迅杂文研究专章中，对抗战时期在桂林从事文化活动的冯雪峰、茅盾、聂绀弩、孟超、秦似，特别是宋云彬和欧阳凡海，在鲁迅杂文研究方面所做的贡献做了高度评价，也对后来鲁迅研究者研究鲁迅杂文的新成果给予充分肯定，在集成的基础上，分别就什么是杂文、鲁迅杂文产生的原因、鲁迅杂文的思想内容和分期、鲁迅杂文的特点等专题进行论述，融知识性与学术性为一炉，使喜爱鲁迅杂文而了解不深的读者加深了解，而又提出新说法，供鲁迅研究界讨论。这一专章中最有研究者个人特点的部分恰恰是对"鲁迅杂文的特点"做了新的剖析和概括，归结为"理、情、形、趣、法、体六大因素的高度统一"，也即"说理、情感、形象、趣味、笔法、文体"的六大特点，并分别做了较深入细致的论述。在论述这些特点时，作者既坚持以马克思主义为指导，正确阐发从民主主义走向共产主义的鲁迅杂文中的理性光辉，又运用多种文学理论批评方法，发掘伟大文学家鲁迅在杂文艺术领域的独创性和艺术特征。例如，《高峰》中对鲁迅杂文的情感特点归结为"真、深、强烈"和鲁迅杂文多趣多味，以及鲁迅杂文灵活自如的笔法、多样性而统一的风格等方面，就是运用中国古代文论的思路和用语而做出的分析和概括，给人以推陈出新之感，从而证明中国古代文论传统在研究和评析新文学作品中仍然富有生命力。其中，把鲁迅的杂文的"多趣"分为"深邃的理趣""惊人的奇趣""高远的情趣""感人的形趣""语言的丰富多趣"；而"多味"则分为"新味、鲜味""熟味""辣味""笑味""回味、遗味、余味"。读

《高峰》鲁迅杂文研究专章，宛如读一本雅俗共赏的《鲁迅杂文论》。

鲁迅在20世纪初至逝世前共创作旧体诗50题64首，还写过不少诗论，但鲁迅研究界专门评论鲁迅旧体诗的论著还不多见。刘泰隆先生找到40年代在桂林文艺刊物上发表的木犀的《鲁迅氏的旧诗》和王亚平的《鲁迅先生的诗及其诗论》，称之为"桂林文化城鲁迅诗歌研究的双璧"，充分肯定其在研究鲁迅诗歌、诗论，特别是旧体诗的开拓意义，并由此说开去，对鲁迅的旧体诗的思想内容和艺术特征进行较细致的分析。著作者把鲁迅旧体诗的思想内容分为两类：一类是抒写反封建反帝革命情怀的，另一类是"矫时流俗尚"的。前一类诗又分为"为革命而不息地斗争以致献身的情怀，反映了其思想发展的历程""深情地关爱亲人，悼念和鼓舞战友们的英勇战斗""关心广大人民的疾苦，反映他们不屈的斗争精神""关怀国际友人和人类进步事业"及"歌颂光明和胜利前途、鼓舞人民坚持斗争"；后一类主要揭露和挞伐中国社会的"弱""贫""愚"的病根，以激发人们革新的热情。对鲁迅的旧体诗，《高峰》从思想内容方面做出"是一部反映20世纪初三分之一多岁月中国社会的史诗，同时又是一部形象的鲁迅心史"的结论，是颇为精到的。

同论述鲁迅旧体诗的思想内容相比，《高峰》的鲁迅旧体诗研究专章中，对鲁迅旧体诗艺术特色的评析，似更有著作者的个人特色。鲁迅的旧体诗艺术上是"最传统而又最独创的"，虽是五十多年前木犀在《鲁迅氏的旧诗》中提出的论断，但并未详加论证，而刘泰隆先生在《高峰》中用鲁迅的旧体诗与古典诗脍炙人口的佳作相比较，从"用最传统的格律写出最新最真最深的情感""用最传统的语言和手法塑造现代最新的人物""向传统的最高造诣攀登甚至超越""去偏发微，创造了带有杂文风格的现代旧诗体"几方面，对"最传统的又是最独创的"艺术手腕做了具体的诠释和创造性的发挥，令人耳目一新。《高峰》还运用熟悉古典诗歌和古代诗论的长处，对鲁迅旧体诗的风格做了进一步的探讨，概括出"深刻""沉郁""俏丽""含蓄""讽刺""精炼"诸多特点，特别是对鲁迅旧体诗的创作手法作全方位的推求（包括题目、题旨、用韵、布局、联对、句子、字词、标点、行格、根本等10项），归结出"十炼"：炼题、炼意、炼韵、炼局、炼对、炼句、炼字、炼标点、炼行格、炼本，较深入而具体地总结鲁迅旧体诗创作的宝贵经验，最后顺理成章对鲁迅的旧体诗做出高度评价，认为"鲁迅是现代旧体诗第一位伟大诗人，鲁迅旧体诗是现代旧体诗闪耀于艺术天空的第一颗灿烂明珠"，自然具有较大的说服力。《高峰》在鲁迅旧体诗研究方面，与其他各章相比，更富有在继承中创新的意义，在鲁迅旧体诗研究方面走上一个新台阶。尽管论述中个别论点尚有商榷的余地（如鲁迅旧体诗及其他现代旧体诗未入中国现代文学史著作算不算"错误"?)①，但《高峰》这一章的确融入著作者对古典诗的知识修养和对现代旧体诗的认识了解，是笔者读过的研讨鲁迅旧体诗最全面而细腻的篇章。

总之，《高峰》虽以研究桂林文化城的鲁迅研究为中心，而实际上已越出桂林文化城的范围，既回顾和总结鲁迅研究的历史成果和经验，又继续深入鲁迅研究领域作一番探寻，对鲁迅光辉著作的思想艺术特点做了新的体味和概括。《高峰》不仅是一部评论鲁迅研究的书，其本身也是一部研究鲁迅的书，是著作者从事鲁迅研究的新收获。笔者由于对现代主义未作研究，对书中个别论断（如"《阿Q正传》是现实主义与现代主义相结合的杰作"）还未能完全消化，但读此书对鲁迅著作和鲁迅研究领域的确加深了解，收到事半功倍之效，故写出以上读后感供作者、读者参考。

（本文原载于《中国现代文学研究丛刊》1999 年第 4 期）

---

① 据我所知，鲁迅研究专家唐弢主编，有王瑶、刘绶松、严家炎、樊骏等多位学者参与的《中国现代文学史》，经过反复讨论，由唐先生执笔的鲁迅专章未收鲁迅旧体诗，并非忽视鲁迅旧体诗，而是根据多种因素决定，特别是文学史注重作品发表后的社会影响，不讲鲁迅生前大都未发表的旧体诗不影响鲁迅在现代文学史上的地位。而且文学史属学术著作，收多少作家，讲多少作品，编著者都有充分的自由，有的庞大，有的精练，恐难用正确与错误来衡量。

# 茅盾与解放区文学

　　"五四"以来的中国现代文学，既在反帝反封建的总方向下随着时代步伐而不断前进，又在不同地区以不同姿态发展。早在日本侵略者侵占台湾地区后，台湾地区和祖国大陆的文学就处于不同的政治环境之中。"九一八""七七"之后，中国大陆出现了大片沦陷区。随着革命运动的发展和人民政权在部分农村建立并逐步扩大，中国大陆上分为国民党统治区（简称国统区）和革命根据地（后改称抗日民主根据地、边区、解放区，本文为叙述方便，总称解放区）。多年来文学运动和文学创作随着地区不同，在共同性中出现差异性。特别是抗日战争以来，这种差异性越加显著。正如茅盾在谈抗战文艺运动时所说："中国抗战文艺运动实开始于'七七'以前，可是'七七'以后这'老根'派生了两支，一在大后方，一在边区和解放区。这两支所托的土壤不同，所呼吸的空气也不同，所受的风日雨露霜雪也不同；这就决定了它们各自的发展也不同。更由于政治上的关系，这一本派生的两支，多少年来就连交换经验的机会也少得很。然而无论如何，它们总是同根生的。它们的立场是一致的。"① "大后方"是指国统区，在全国解放前茅盾参与国统区进步文学的领导，其主要作品是在国统区文学的上海、重庆等地及英国殖民统治下的香港创作的。但茅盾作为中国现代文学巨匠又是关照全局的，同解放区及解放区文学有着密切的关系。本文不是研究解放区文学与国统区文学的差异性和一致性，而是就茅盾与解放区文学的关系作一个初步的历史的考察。

---

　　① 《抗战文艺运动概略》，叶子铭编《茅盾文艺杂论集》（下），上海文艺出版社，1981年，第1181－1195页。

一

茅盾是伟大的革命文学家，对于中国革命从"五四"时代起就有了愈来愈清醒而明确的认识，第一次国内战争年代又参加过革命的实际工作，对于土地革命以来在农村先行建立的人民政权怀着特殊的感情。他写《子夜》本来打算"写一部白色的都市和赤色的农村交响曲"①，他和鲁迅致电祝贺长征的红军胜利到达陕北，都表露出他的这种感情。他密切注意描写革命根据地战斗生活的文学作品，但在十年内战时期流传到国统区的这类作品还很少，大量作品还是在当地流传的革命歌谣和红军中文艺工作者演出的戏剧，散文不多，小说极少。抗日战争开始以后，大批作家和文艺青年奔向解放区，陆续创作出了不少各种形式的富有生活实感和战斗气息的作品，丰富和发展了抗战文学，这就引起茅盾的热情关注，他除了团结国统区的文学家投身抗日文学运动外，又致力于国统区与解放区两个不同地区的文学的交流。

茅盾在抗战初年主编的《文艺阵地》半月刊，不仅成为在国统区高举抗日民族解放的旗帜团结各派作家和文艺界人士，促进民族解放文艺发展的重要阵地，而且是沟通国统区文学与解放区文学的一座桥梁。从茅盾撰写的为数不少的《编后记》和《"文阵"广播》中可以获知，他同进入延安和抗日根据地敌后游击区的作家保持着广泛联系。《文艺阵地》上除了发表国统区作家创作的许多优秀作品外，也发表从延安和各抗日根据地及八路军、新四军抗敌前线寄来的文学作品和文艺信息。例如，碧野的《滹沱河之战》、里丁的《行进在太行山上》、刘白羽的《行军中》、陆定一的《晋东南军中杂记》、何其芳的《从成都到延安》、天蓝的《队长骑马去了》、绀弩的《不死的枪》、丁玲的《冀村之夜》《略谈改良平剧》、周而复的《延安的文艺》等。茅盾除了在《编后记》或《"文阵"广播》中作介绍外，又发表了《突击》《〈游击中间〉及其他》《大时代的插曲》《北方的原野》等评介文章。文中评介的作品大都是描写八路军、新四军活跃地区的抗日游击战，以及其他富有战斗情趣的作品。其中，除《突击》是塞克

①　茅盾：《我走过的路》（中），人民文学出版社，1984年，第91页。

创作、西北战地服务团演出的三幕剧以外，其他多属报告、特写性作品。刘白羽的《游击中间》包括五篇以平型关战役和滹沱河一带游击区为背景的战地报告。谷斯范的《大时代的插曲》所收四篇纪实性短篇小说中，《在甘泉宿舍》是用散文的笔调记述抗战开始后爱国青年"西北去的洪流"，热情满怀地奔向陕甘宁边区。碧野的《北方的原野》是四篇带有连贯性的记述晋冀边区的游击队英勇斗争的报告文学。

茅盾撰写的评介，短小精悍，言简意赅，灌注了对作者及其所描写的人物的深情，也寄寓了对根据地、游击区军民的赞颂。他肯定和赞扬《游击中间》"描写细腻，然而仍旧雄壮……"[①]；《在甘泉宿舍》"作者用了轻松的散文诗式的然而充满了激情的笔调，写出全国各地不同阶层的青年们如何争赴抗战的学习所——陕北"，"是一篇优美的散文，这告白了作者能用他的热烈的感情与丰富的想象写出怎样的作品"。[②] 他认为《北方的原野》不论是写战斗场面或行军生活，都"是悲壮凄绝，然而也不缺少激昂和欢愉的一幅一幅的图画。我以为这并不比龙拏虎跳的战斗场面少些激动人心的力量。历史给我们负荷的，是惨酷然而神圣的十字架，我们噙着悲壮的眼泪，立下钢铁般的决心，奋发前进了！这是我们民族今日最伟大的感情，最崇高的灵魂的火花。《北方的原野》虽然不会是这方面的唯一的代表，但在目前，它却实在是第一部的成功的著作！""它是一部报告文学，然而处处闪耀着诗篇的美丽的色调。"[③] 他在《编后记》介绍《行军中》《火网里》等作品时写道：这些作品"指出了大时代中一些令人振奋的动态；这是民族的潜蓄力量的逐渐爆发的火花。这闪闪的光明，遍布于中华全国，我们相信终于会消灭了黑暗，使我们的作家再不会痛心地报告我们：恶势力还是弥漫着"。[④] 对"间关万里而来的"《晋东南军中杂记》，茅盾介绍说："这是名副其实的'杂记'，然而画出了在敌人后方，在敌人四面'围攻'中的战士们如何沉着战斗，如何在改造环境，建立起抗战的根据地——在敌人的占领地的腹心。"[⑤] 这些评介文字，不同于一般的文艺

① 《〈游击中间〉及其他》，《茅盾全集》（21），人民文学出版社，1991年，第421页。
② 《大时代的插曲》，《茅盾全集》（21），人民文学出版社，1991年，第505—506页。
③ 《北方的原野》，《茅盾全集》（21），人民文学出版社，1991年，第427页。
④ 《茅盾全集》（21），人民文学出版社，1991年，第563页。
⑤ 《茅盾全集》（21），人民文学出版社，1991年，第565页。

评论，而是借以抒发对真正战斗在民族解放前线的人们的敬意，也含蓄地透露出对抗战的领导力量、依靠力量何在的清醒的认识。茅盾的评介，不仅意在沟通解放区和国统区的文学，而且要让作品所反映出的"闪闪的光明"，与《华威先生》等许多作品暴露的国统区到处可见黑暗与腐朽现象，在读者心目中形成鲜明的对照。

茅盾在抗战期间得到一个绝好的机会，1940年夏秋在延安居留四五个月，直接体验到这个抗战圣地的战时生活，同解放区及解放区的文艺运动思想感情上的联系愈加密切。他看到鲁迅艺术文学院（简称"鲁艺"）演出《黄河大合唱》，"大开眼界"，感受到"它那伟大的气魄自然而然使人鄙吝全消，发生崇高的感情，就像灵魂洗过一次澡似的"。① 他把"鲁艺"看作"象征着民族的新生力量"，以热情洋溢之笔写了《记鲁迅艺术文学院》一文，记述"鲁艺"来自全国各地的"情感淋漓，大气磅礴"的文艺青年简朴而又沸腾的学习生活。他在"鲁艺"短期讲学，讲课内容都整理出文章在解放区刊物上发表，又写了报告文学《马达的故事》，记下"鲁艺"的木刻家马达质朴、敦厚而感人的形象。由于国统区抗战文艺运动的需要，他留下子女在延安后仍回国统区，但延安和解放区在他心灵中留下不可磨灭的印象，也可说是身在国统区，心系解放区。

延安之行后，茅盾挥笔创作了散文《风景谈》《白杨礼赞》在《文艺阵地》上发表，成为二十世纪四十年代散文的名篇。《风景谈》借谈风景描绘解放区生气勃勃的社会面貌和青年奋发有为、积极进取的精神。《白杨礼赞》赞美西北高原到处可见的挺拔苍劲的白杨树，"就因为它不但象征了北方的农民，尤其象征了今天我们解放斗争中所不可缺的朴质，坚强，以及力求向上的精神"②，实际上也是对共产党和解放区的热情讴歌，但国民党的书报检查机关却无隙可寻。这些作品尽管在国统区出版的刊物上发表，但就内容和抒发的思想感情来说，未尝不可列入解放区散文中优美感人的篇什。不仅《风景谈》《白杨礼赞》，四十年代茅盾创作的许多作品，不论题材和主题如何，作品中透射出的感情世界，都同解放区文学完全融合无间。他在香港创作的长篇小说《腐蚀》，固然题材和主题与解放

① 茅盾：《我走过的路》（下），人民文学出版社，1988年，第205页。
② 《茅盾全集》（12），人民文学出版社，1991年，第36页。

区涌现的作品有所不同，但正是他延安之行后，对国民党特务统治的罪愆了解更多。那时国民党拦劫、绑架去陕北的青年，有些被杀害，有些被诱骗陷入特务网。这些怵目惊心的事实及国民党制造的"皖南事变"等一系列反共阴谋暴行，都同他产生创作《腐蚀》的动机有关。《腐蚀》出版后，在国统区和解放区都广为流传。这样的作品实际上已经把国统区进步文学和解放区文学融为一体，成为国统区和解放区读者所共享的人民的文学。四十年代后期茅盾推出的《脱险杂记》，以精致洗练的笔触，记述在东江游击队护送下几千文化人脱离险境安全到达桂林的经过，凝聚了对游击队指战员和游击区人民的深情。这样的作品又何尝不可列入优秀的解放区文学之林呢。

总之，茅盾由于具有革命家与文学家的双重特质，同解放区文学有着思想上的共识和感情上的共鸣，为沟通、融合解放区文学与国统区进步文学，做了许多切实而有成效的工作，而他自己的作品实际上已经实现了这种融合。他不仅是国统区的文学运动旗帜，而且是国统区和解放区文学界共同的旗帜。

## 二

延安文艺座谈会以后，解放区文学出现了一个"表现新的群众的时代"①，反映群众生活和斗争的优秀文学作品大量涌现。在国统区肩负文艺运动领导重担的茅盾更加关注解放区文学的发展，在总结抗战文艺运动时，总是鸟瞰全局，把解放区文学作为重要的组成部分。他在二十世纪四十年代后期发表的《和平·民主·建设阶段的文艺工作》《人民的文艺》《抗战文艺运动概略》等一系列论文艺运动的文章和讲话，实际上传达了《在延安文艺座谈会上的讲话》精神和宣传介绍解放区的文学的经验。他又发表多篇评论解放区作家作品的文章，如《序〈一个人的烦恼〉》《关于〈吕梁英雄传〉》《关于〈李有才板话〉》《赞颂〈白毛女〉》《里程碑的作品——赵树理的小说〈李家庄的变迁〉》等。他后来回忆说"发言和文章的

---

① 周扬：《表现新的群众的时代》，山东新华书店，1949年。

内容着重于介绍延安和敌后抗日根据地的生气勃勃的文艺运动"①，但与抗战初年的介绍有所不同，更注重于总结和传播解放区文学的新经验。

茅盾是"五四"以来中国现实主义文学的大师，无论是理论上或创作上都高举现实主义旗帜。王若飞代表中共中央祝贺茅盾五十诞辰的讲话就特别提出"茅盾先生为中国的新文艺探索出一条现实主义道路"。② 解放区文学就整体来说是中国现实主义文学在新的土壤上的新成果、新收获。茅盾与解放区作家在文学道路上是同声相应的，都同中国人民的解放运动密切相联系，遵循现实主义原则。进入解放区的作家或在解放区土生土长的作家，深入群众的斗争生活，同人民群众思想感情打成一片，积累了许多新经验。茅盾在介绍解放区文学时，极其重视文艺与人民、作家与人民相结合的经验。他在《人民的文艺》一文中开宗明义提出："人民文艺是什么？那就是为人民所作，为了人民，而为人民所有的文艺。"③ 这自然是"五四"时期"为人生"的文学和二十世纪三十年代的"大众文学"的发展和提高。他认为"陕北和解放区的此种划时代的文艺运动，并不是几个天才作家造成功的。这是两种努力汇流的结果"。④ 这"两种努力汇流"，简约地说一方面是和广大人民生活和斗争在一起的作家，虚心向人民学习，努力在作品中表现人民群众；另一方面是翻了身的人民群众努力寻找文艺形式，表现他们自己新的生活。他认为解放区的许多优秀作品，如长诗《吴满有》、歌剧《白毛女》、话剧《把眼光放远一点》《同志你走错了路》、小说《李有才板话》等，都是这两种努力汇流的结果。这是茅盾对解放区文艺运动的经验，特别是对文艺与人民、作家与人民关系的理论概括，富有指导意义。他总结赵树理的《李有才板话》之所以写得成功的经验，放在首位的是"作者是站在人民立场写这题材的，他的爱憎分明，情绪热烈，他是人民中的一员而不是旁观者，而他之所以能如此，无非因为他是不但生活在人民中，而且是和人民一同工作一同斗争"。⑤ 这也就是说，现实主义作家光有生活还不够，更重要的是同人民紧密相结合。

---

① 茅盾：《我走过的路》（下），人民文学出版社，1988年，第241页。
② 重庆《新华日报》，1945年6月24日。
③ 《茅盾文艺杂论集》（下），上海文艺出版社，1981年，第1147页。
④ 《茅盾文艺杂论集》（下），上海文艺出版社，1981年，第1193页。
⑤ 《茅盾文艺杂论集》（下），上海文艺出版社，1981年，第1179页。

　　茅盾一贯重视文学创作要有生活实感，在写《子夜》过程中放弃"白色的都市与赤色的农村的交响曲"的计划，集中写"白色的都市"。他从解放区作家的经验中，更清楚地看到，一般地提出"到民间去""文章下乡，文章入伍"，还不足以解决作家和人民的关系，而必须解决作家的立场与态度，力求做到"全心灵和人民拥抱""真正和人民的脉搏一齐跳动"。他在《论所谓"生活的三度"》一文中，赞成一位作者提出的生活要有广度、深度和密度的说法，但强调"密度是广度和深度的基础，而密度也者，在己就是事事认真，对一切兴趣浓厚，对人则是体贴，全心灵和人民拥抱"。又指出"而作家也和一般人一样，如果思想上先没有基础，那么，即使刻意追求生活的广、深、密，也不会得到真正的能见其大、能知其深、真正和人民的脉搏一齐跳动"。① 这些议论不是凭空而发，而是有解放区作家的实践经验作依据的。

　　茅盾从解放区文学中可以更清楚看到文学创作与作家生活经历的关系，但并不认为"有了生活"便有了一切，而是全面地阐明作家的思想、生活、技巧的关系。他在离延安到重庆后不久发表的《谈技巧、生活、思想及其他》及后来写的谈文艺理论、文学修养的一系列文章如《杂谈思想与技巧、学力与经验》），都充实和发展了二十世纪三十年代在《〈地泉〉序》中的论点。他在总结阳翰笙的《地泉》失败的原因后指出："作家们还当更刻苦地去储备社会科学的基本知识，更刻苦地去经验复杂的多方面的人生，更刻苦地去磨练艺术手腕的精进和圆熟。"② 而在四十年代的文章中则做了更为清晰而明确的论述。他特别用鱼和水的关系作比喻："鱼虽知水之冷暖（比人更敏感地知觉到），却一定不知道水之忽冷或忽暖的原因。广大民众对于生活上所起的变化，亦复相似。""所以作家被要求着指出来的，不仅是生活之水的冷暖，而是它的原因，它的动向，它的结果。""为知冷暖，作家应使自己成为入水之鱼——即所谓作家必须去生活，'向生活学习'；把这强调是必要的，但是决不可误以为'去生活，就是去找材料，更不可以为'有了生活'便什么都成了。一个普通鱼能知水之冷暖，一个作家鱼却必须把头脑武装起来，便能知水何以冷暖，及将有何等

---

① 《茅盾全集》(22)，人民文学出版社，1991年，第442、443页。
② 《〈地泉〉读后感》，《茅盾选集》(5)，四川文艺出版社，1985年，第153—157页。

结果。"① 文中虽未直接用解放区文学为例，但着重叙述如何反映农民从自发性的斗争走向觉悟性的斗争，那时解放区作家正是写这类作品为多，而且点明"现在在华北最巩固的游击根据地……千万农民正走上了历史的新阶段；巨大的革命，正在农村中发展，而这，也正与抗战的要求完全符合的。能够反映这样的现实的文艺作品，也就是我们一向所渴望的'史诗似的作品'了"。② 几年之后，赵树理及许多解放区作家的作品，更可证明茅盾关于鱼和水的理论。茅盾还认为"文艺作品之独创的风格（包括技巧）无疑是生活经验加学力的结果""新形式和新技巧之创造与发展，不能仅恃前人的遗产，必须于活的现实生活中求之"。③ 他期望作家有"冷静的头脑""热烈的心肠""阔达的胸襟""伟大的气魄"。这些理论既是茅盾自己创作历程中的心得，也凝聚了解放区文学的新鲜经验。

解放区文学在真实地反映解放了的农村的生活和斗争、塑造翻身农民形象方面取得了重大成就，但具体作品的思想艺术水平也参差不齐。茅盾并不是一味赞颂，而是在肯定其成就的同时如实评析其缺陷和不足。如谷斯范的《新水浒》（第一部《太湖游击队》）是较早出现的"旧瓶装新酒"的章回体长篇小说。茅盾肯定"主题之正确"，语言"没有欧化的气味"，同时也指出"艺术形象颇嫌不够"，进步人物"太单纯了一点"，缺少"心理描写"。④ 后来又有马烽、西戎合著的《吕梁英雄传》。茅盾肯定作品较真实地写出吕梁山区人民的抗日斗争及在斗争中觉醒成长过程，但也指出运用"章回体"比张恨水的作品功力"略逊一筹"，而且人物描写粗疏，"未能恰如其分地刻划了人物的声音笑貌"，"对于每一场面的气氛的描写亦嫌不够"。⑤ 这些缺陷实际上在较早出现的解放区作品中带有一定的共同性，后来随着作家思想艺术境界的提高而逐渐被克服。赵树理、丁玲、周立波、李季、孙犁、欧阳山、刘白羽、康濯、马烽、柯兰、马加、柳青、草明等许多解放区作家都塑造了栩栩如生的人物形象。尽管由于战火纷飞年代邮路阻隔，解放区作品在国统区又都被查禁，茅盾自然不可全都读到，因而对

---

① 《茅盾全集》（22），人民文学出版社，1991年，第290页。
② 《茅盾全集》（22），人民文学出版社，1991年，第294页。
③ 《茅盾全集》（22），人民文学出版社，1991年，第452、453页。
④ 《茅盾全集》（22），人民文学出版社，1991年，第112、115页。
⑤ 《茅盾文艺杂论集》（下），上海文艺出版社，1981年，第1175页。

具体作品评论文章不是太多，但茅盾对解放区文学的热情不减，始终关注着中国现实主义文学在解放区的土壤上的发展和成长，不断总结其经验。

三

在中国新文学运动中，茅盾除了大力提倡现实主义外，对中国文学的大众化、民族化和民族形式问题也作了长期的探索，发表过许多文章。而解放区文学除了大量描写和表现新的主题、新的人物外，语言形式也有与之相适应的许多新创造。这同茅盾的探求异常接近，自然引起茅盾的特别关注。茅盾在宣传介绍解放区文学时，在作品的语言形式方面落墨不少，以很大热情传播解放区文学在大众化、民族化和民族形式方面的新创造、新经验。他称赞《李有才板话》"标志了向大众化的前进的一步，这也是标志了进向民族形式的一步……"，《李家庄的变迁》"这是走向民族形式的一个里程碑，解放区以外的作家足资借镜"。他称誉《白毛女》是"民族形式的歌剧""中国第一部歌剧"。这些评价不是随意加上的溢美之词，而是对民族化、大众化问题做过精心研究而得出的符合实际的科学论断。

早在二十世纪三十年代初期，新文学界就展开了关于大众化问题的论争，特别是对大众化作品的语言问题意见莫衷一是。茅盾主张采用通行的"白话"，肃清欧化、日本化句法和抽象的不常见于口头的名词，以及文言中的形容词、动词，而且特别指出"'技术是主，文学是末'，即使读出来听得懂，要是技术方面还像前几年的'革命文学'，那就不能使大众感动，仍旧不是大众文学"。① 鲁迅发表《门外文谈》实际上在理论学术上为讨论做了总结。而在创作实践上大部分作家还是采用茅盾的主张，广东虽一度掀起方言文学运动，但时间不长便难以为继。宋阳（瞿秋白）提倡的"真正的现代中国话"（即"五方杂处的大都市里现代化的工厂内工人们所使用的'普通话'"）在文学创作中并未流行。

抗日战争时期，为了增强抗日反侵略文学的宣传效果，文学的大众化、民族化及民族形式问题更为文学界所关注。茅盾在《文艺大众化问题》的演讲中主张"在这抗战期间，我们要使我们的作品大众化，就必须

---

① 《茅盾选集》(5)，四川文艺出版社，1985年，第173页。

从文学的不欧化以及表现方式的通俗化入手。我们为了抗战的利益，应该把大众能不能接受作为第一义，而把艺术形式之是否高雅，作为第二义"。① 这个主张实际上为许多新文学作品所采纳，创作通俗化作品成为抗战初年形成的一股时代浪潮，老舍就向民间艺人学习，创作了许多通俗文学作品，起到"以笔代枪"的作用。茅盾创作长篇小说《你往哪里跑》（后改为《第一阶段的故事》），虽未采用通俗文学形式，但也力求语言通俗易懂，随后在多次关于民族形式问题的讨论中，茅盾都发表了意见。他不赞成"不得不以'民间形式'为其中心源泉"的片面主张，而提倡"新中国文艺的民族形式的建立，是一种艰巨而久长的工作，要吸取过去民族文艺优秀的传统，更要学习外国古典文艺以及新现实主义的伟大作品的典范，要继续发展"五四"以来的优秀作风，更要深入今日的民族现实，提炼熔铸其新鲜活泼的质素"。② 这也就是说，民族形式的建立，不是封闭在旧的"民间形式"之中，而是广采博取，提炼熔祷古今中外优秀文艺传统。这些意见既全面深入又高瞻远瞩，较之"以'民间形式'为中心源泉"的主张为更多新文学作家所接受。但茅盾并不忽视旧形式的利用，在《文艺阵地》上发表的《大众化与利用旧形式》《利用旧形式的两个意义》等文都充分阐明了利用旧形式的意义。他认为"文章下乡，文章入伍"，"要是仍旧穿了洋服，舞着手杖，不免是自欺欺人而已"。他主张"'翻旧出新'和'牵旧合新'汇流的结果，将是民族的新的文艺形式，这才是'利用旧形式'的最高的目标"。③ 他在延安"鲁艺"讲学和整理出来发表的文章多以民族形式问题为主，如《论如何学习文学的民族形式》《旧形式、民间形式与民族形式》《关于〈新水浒〉》等，都对利用旧形式和创造新的民族形式的关系发表许多精深见解，还回顾总结中国市民文学发展的历史，以新颖独到的观点、方法分析、评论《水浒》《西游记》《红楼梦》三部古典名著都反映他对中国民族文学做过长期的研究。

　　茅盾由延安回到国统区后，继续关注文学的大众化、民族化和民族形式问题。国统区和解放区由于环境不同，文学的发展也不同，国统区的作

---

① 《茅盾选集》（5），四川文艺出版社，1985年，第277页。
② 《茅盾文艺杂论集》（下），上海文艺出版社，1981年，第1193页。
③ 《茅盾选集》（5），四川文艺出版社，1985年，第281页。

家创作了大量优秀作品，其中许多作品不仅在当时影响很大，而且是足以传世的文学精品。但作家受到重重的压迫，难以同广大人民相结合，作品的读者依然主要在城市，文学的大众化、民族化问题只能在理论上探讨，创作实践上步子不大。而在解放区，抗战初年作品的语言形式与国统区作品差别不大，随着作家愈来愈深入群众的生活，愈来愈熟悉群众的语言和群众喜闻乐见的表现形式，作品的语言形式也就愈来愈向大众化、民族化方向发展，而且翻身解放了的人民群众迫切要求文学作品反映自己的生活，且采用自己喜闻乐见的表现形式。特别是延安文艺座谈会以后，为谁服务、普及与提高问题的理论指导又异常明确，因而解放区文学出现大批富有中国作风和中国气、为人民大众所喜闻乐见的作品。在文学的大众化、民族化方面，解放区作家走到国统区作家前面去了，也正如茅盾所说的，解放区作家们"已经着了先鞭""普及与提高不复视为两橛，而得到辩证的统一了，于是新的作风，豁然开展，异彩焕发，不但为抗战文艺运动揭开了全新的灿烂的一页，而且为今后的民族文艺的健全的进展指出了正确的方向，树立了辉煌的典范了"。① 因此，二十世纪四十年代后期，茅盾研究文学的大众化、民族化和民族形式问题，视线就更多转向解放区文学。他对歌剧《白毛女》和赵树理小说在民族化、大众化方面的成就的高度评价，就是在这样的背景下做出的。对这些作品民族化、大众化的成就本文不必赘述，只是说明茅盾在大众化、民族化问题的理论探索同解放区作家的具体实践基本上是一致的。

文学的大众化、民族化同作品的语言关系极为密切。茅盾对大众化作品的语言问题发表过不少文章，简约地说，他主张依然使用"五四"以来流行的"白话"，但"北方和南方的作家都应当尽量使他们的作品中的语言和当地人民的口语接近，在这里，问题的本质，实在是大众化"。② 而不赞成向"方言文学"倒退。茅盾自己的小说就适用了浙江湖州地区不少群众语言，但不是"方言文学"。1947年年底至1948年年初，在香港出版的《大众文艺丛刊》曾展开一次"方言文学"问题的讨论，茅盾发表了《杂谈"方言文学"》《再谈"方言文学"》，较系统地阐明了"方言文学"与白

---

① 《茅盾文艺杂论集》（下），上海文艺出版社，1981年，第1193页。
② 《茅盾文艺杂论集》（下），上海文艺出版社，1981年，第1209页。

话文学、"方言文学"与文学大众化、大众化与民间形式关系等问题的观点和主张，都以解放区文学作品作为具体例证。前文概括地说了"解放区的作品无论就内容或就形式而言，都可以说是向大众化的路上跨进了大大的一步；而形式上的诸特征，例如民间形式的适用及尽量采用农民的口语（当地的方言）等等，对于此次方言文学讨论的发展，无疑问地起了极大的作用"。① 后文更具体列举了《吕梁英雄传》《李家庄的变迁》《李有才板话》《洋铁桶的故事》《红旗呼啦啦飘》《刘巧团圆》《张玉兰参加选举会》《王贵与李香香》等许多解放区文学作品作为改造旧形式、创造新形式的例证，而且指出"李季的长诗《王贵与李香香》、赵树理的《李有才板话》，最值得注意，因为这里虽有'民间形式'，然而整个作品却又和改造过的'民间形式'有别"，称誉《王贵与李香香》"是一个卓绝的创造，就说它是'民族形式'的史诗，似乎也不算过分"。② 最后用热情的笔调写道：

> 新形式，改造过的旧形式或"民间形式"，创造性的形式——这三种解放区的文学形式有一个共同点，就是它们都尽量采用各地人民的口语，方言文学的色彩都相当强烈。然而没有人读了它们以后会发生"这是方言文学"的感想。人们的感想是：大众化的实践终于由这些生活在人民中、战斗中的青年作家提供出例证来了！

从上述几方面可以看到，茅盾作为中国现代文学奠基者之一，在文学运动分别在不同地区发展的历史情况下，他观照全局，精心指导，促进交流，为建设全民族的新文学做出了宝贵的贡献。1949 年 7 月召开的全国第一次文代会，来自国统区和解放区的作家实现了胜利的大会。随着全国大解放，文学运动在国统区和解放区分别发展的历史也就结束了。茅盾为促进解放区与国统区两支文学大军的交流与融合所做的贡献，应记入中国现代文学史册。

（本文原载于《茅盾与二十世纪》，会议时间：1996 年 7 月 4 日）

---

① 《茅盾文艺杂论集》（下），上海文艺出版社，1981 年，第 1206—1207 页。
② 《茅盾文艺杂论集》（下），上海文艺出版社，1981 年，第 1218—1219 页。

# 评林语堂著《苏东坡传》

中国现代作家林语堂，1936 年以后长期侨居美国，为向西方国家读者宣传中国民族文化做了不懈的努力。他用英文写作的《苏东坡传》，就是一部有代表性的著作。此作抗日战争胜利后开始动笔，1947 年完稿，由纽约约翰·黛公司、伦敦威廉海涅曼公司先后出版。此书原文为"The Gay Genius：The Life and Times of Su Tangpo"，似可直译为《心旷神怡才智卓越的人物——苏东坡的生活和时代》，20 世纪 70 年代台湾出版宋碧云、张振玉两种译本，均译为《苏东坡传》。本文以下简称《苏传》。

林语堂为苏东坡写传的念头，据他自己说："已经存在心中有年。"1936 年他全家赴美国时，"身边除了若干精选的排印细密的中文基本参考书之外，还带了些有关苏东坡的以及苏东坡著的珍本古籍……"由此可以推算，为苏东坡写传在他心中至少酝酿十多年之久。在中国众多古代杰出人物中，林语堂为何挑选苏东坡为之写传？他自己回答说："并没有什么特别理由，只是以此为乐而已。"他又再补充说："我认为我完全知道苏东坡，因为我了解他；我了解他，是因为我喜爱他……我想李白更为崇高，而杜甫更为伟大——在他伟大的诗之清新、自然、工巧、悲天悯人的情感方面更为伟大。但是不必表示什么歉意，恕我直言，我偏爱的诗人是苏东坡。"[1]

中国古代大作家、大诗人之中，比较起来苏东坡的有关资料留传下来的极为丰富。苏东坡诗文有一百多卷，后人的注疏难以数计，宋以来历代文人学者撰写的有关苏东坡的生平事迹不少，正如林语堂所说："苏东坡的生活资料较为完全，远非其他中国诗人可比。"因而为苏东坡写传有许

---

[1] 以上引文均引自《苏东坡传》，张振玉译，台湾金兰文化出版社，1979 年。

多方便之处，这也是林语堂握笔写《苏传》的"第二个理由"。但是，为苏东坡写传并不是轻而易举的事。苏东坡一生的经历是极其曲折坎坷的，同北宋时代错综复杂的政治斗争又紧密地交织在一起。为苏东坡写传除要熟悉苏东坡的诗文创作外，还须全面了解宋代的历史及众多苏东坡同时代的人物，而且用英文写传，向外国读者传达苏东坡诗文精髓，其难度是可想而知的。林语堂扬自己文学家之所长，在不违反历史真实的原则下，集中笔力描绘作为文学家的苏东坡，推出了一部可读性较强的传记文学作品。评论这部作品，自然应当从文学视角探究其成就特点及不足之处。本文试从三个方面进行考察。

一

　　传记文学，顾名思义，既包含传记的真实性，又包含文学的形象性。无论真实性也好，形象性也好，传记文学与小说、戏剧类文学创作都有明显的区别，但其成败取决于人物形象的塑造却又是相似的。林语堂根据自己所掌握的有关苏东坡的史料及对苏东坡的认识，运用文学手法，较成功地塑造了中国宋代大作家、大诗人苏东坡的形象。无论读过苏东坡的作品与否，读《苏传》都能留下颇为深刻的印象。

　　林语堂在序中对苏东坡这个历史人物做了一个概括性的描绘："苏东坡是个秉性难改的乐天派，是悲天悯人的道德家，是黎民百姓的好朋友，是散文作家，是新派的画家，是伟大的书法家，是酿酒的实验者，是工程师，是假道学的反对派，是瑜伽术的修练者，是佛教徒，是士大夫，是皇帝的秘书，是饮酒成癖者，是心肠慈悲的法官，是政治上的坚持己见者，是月下的漫步者，是诗人，是生性诙谐爱开玩笑的人。可是这些也许还不足以勾绘出苏东坡的全貌。我若说，一提到苏东坡，在中国总会引起人亲切敬佩的微笑，也许这话最能概括苏东坡的一切了。苏东坡的人品，具有一个多才多艺的天才的深厚、广博、诙谐，有高度的智力，有天真烂漫的赤子之心——正如耶稣所说具有蟒蛇的智慧，兼有鸽子的温柔敦厚，在苏东坡这些方面，其他诗人是不能望其项背的。这些品质之汇萃于一身，是天地间的凤毛麟角。而苏东坡正是此等人！他保持天真淳朴，终身不渝。"这些描绘无异于为苏东坡画了一幅全身像。元代著名画家赵孟頫（1254—

1322）画过苏东坡立像，距苏东坡将近两个世纪，重在神似。八百多年后林语堂为苏东坡画像也是如此，力图写出苏东坡的精神风貌。《苏传》中的各卷各章就是把这幅画像加以雕塑，并化静态为动态，在描述苏东坡生平事迹中，着重表现其人品、气质、性格、才智。这部传记虽未全用小说体，但汲取了小说创作中塑造人物形象的经验。读《苏传》，不难从如下几方面看到作者笔下的苏东坡的主要特征：

在中国封建社会的科举制度之下，优秀的知识分子大抵都经历仕途生涯，苏东坡也是如此。他在父亲苏洵培养之下，在大学者欧阳修任主考官之时，以优异成绩考上进士，从 26 岁以大理评事身份任陕西凤翔府判官起步，辗转到杭州、密州、徐州、湖州等地任地方官，两度上调朝廷任高职，但大起大落，仕途坎坷。官高时先后当过吏部、兵部、礼部尚书，并且给皇帝当老师、做秘书，而又多次遭贬谪，甚至生活陷入困顿境地。苏东坡无论居住何地，无论身处顺境或逆境，诗文写作从未中止，而且处境险恶年代正是创作丰收时期。《苏传》描述了苏东坡六十多年的生活历程，而用笔墨较多的是苏东坡遭贬谪、流放时期。全书二十七章，写苏东坡谪居黄州、流放岭南各用三章，表现苏东坡贴近生活、接近人民的特点，成为《苏传》中最精彩的篇章。如《第十三章·东坡居士》《第十四章·赤壁赋》，描写苏东坡因"乌台诗案"坐了四个多月的冤狱后被贬谪到黄州（今湖北黄冈）监视居住。苏东坡在黄州四年，写了大量诗文，有《初到黄州》《别黄州》等诗 150 多首，《赤壁赋》《后赤壁赋》等多篇散文。《苏传》充分运用这些诗文中的事实和意境，逼真地展现苏东坡在黄州时期的生活。苏东坡在《东坡八首》《次韵孔毅父久旱已而甚雨三首》等诗篇中，记下了黄州东坡开荒种植及其中的苦与乐。《苏传》则根据这些诗篇及一些书信用散文描述苏东坡在黄州的俭朴勤劳的生活情景及以写诗自娱的创作生活。在黄州谪居时期，苏东坡与友人同游赤壁，写出《赤壁赋》《后赤壁赋》等足以流传千古的散文。《苏传》则具体描绘苏东坡过平民生活的生动细节及这些诗文写作经过，苏东坡中年谪居黄州，晚年流放海南，不仅经受生活磨难，而且亲身体察到下层人民的疾苦，思想感情更加接近人民，儒家思想中的仁爱和佛教思想中悲天悯人的积极方面在他的言行中显出光彩。《苏传》特地用苏东坡上书武昌太守要求采取措施制止当地因穷困而溺杀婴儿的恶习并成立救儿会，表现出苏东坡的仁爱之心，认为

"他行的才是最上乘的佛教教义"。在苏东坡任地方官时期，他又以题为"百姓之友"的一章，写苏东坡体恤民情，为民办事，为民请命，如救灾民、疏运河、修西湖等。《苏传》中许多篇章既表现苏东坡纯真朴实、平易近民的品格，又显示苏东坡的生活与创作的联系。尽管林语堂主观上并不接受生活是创作的源泉的唯物主义原理，但《苏传》引用苏东坡的诗文无不是对生活的观察和感受。

苏东坡一生交往广阔、挚友众多，有许多友人是终生不渝的患难之交。《苏传》根据苏东坡诗文、书信及有关史料，择取苏东坡生活经历各阶段中与之交往密切的友人加以描写，在京城任职时期有司马光、范镇、张方平、章惇等人，谪居黄州时期有书生马梦得、和尚参寥、隐士陈慥和李岩、道人杨世昌等，流放岭南、海南时期有程之才、张中等人，而道士吴复古在苏东坡生活处境艰难的岁月里都出现。从《苏传》中可以看到，苏东坡在同友人的交往中，其真诚、坦荡、豪爽、幽默、乐天的性格和气质得到充分的表露，而且在同友人交往中获得创作的灵感，挥笔写成诗文。《赤壁赋》《后赤壁赋》就是苏东坡月夜泛舟与友人同游写出的。《苏传》写道："单以能写出这些绝世妙文，仇家因羡生妒，把他关入监狱也不无道理……人生在宇宙中之渺小，表现得正像中国的山水画。在山水画里，山水的细微处不易看出，因为已消失在水天的空白中，这时两个微小的人物，坐在月光下闪亮的江流上的小舟里。由那一刹那起，读者就失落在那种气氛中了。"这些话大致表达了苏东坡写《赤壁赋》的旷达心境。苏东坡所交友人大多数成为推心置腹的至交，而且越是身处逆境，越能感受友谊之可贵。与友人交往成为苏东坡生活中不可或缺的内容。《苏传》写苏东坡在海南时，"他从没有一天没有客人，若是没有人去看他，他会出去看邻居。像以前在黄州一样，他与身份高身份低的各色人，读书人、农夫等交往。闲谈时，他常是席地而坐。他只是以闲谈为乐"。在苏东坡的友人中也有人背信弃义，《苏传》写了章惇，在当地方官时与苏东坡结为朋友，但后来当了宰相，与苏东坡政见不同就反目，参与了对苏东坡的迫害。随着政坛风云变幻，后来章惇下台遭到贬谪，而苏东坡并不记仇，反而寄以同情。《苏传》引用的苏东坡致章惇长子章援（子平）的信函，不仅毫无怨尤，而且向年高的章惇介绍养生经验，反映苏东坡的真诚与豁达。林语堂把这封信，以及上书朱寿昌太守反对溺婴和上书皇太后要求赦免贫民欠债称之为"苏东坡写的三大人道精神的文献"。

中国古代文学家都是大自然的热恋者、歌颂者，苏东坡正是如此，他在一封信中写道："江山风月，本无常主，闲者便是主人。"① 无论身居何处，都尽情观赏当地湖光山色。《苏传》正抓住这个特点，在苏东坡与大自然的关系中表现这位大诗人心胸纯净而又开阔，宛如陶渊明。如《第十三章·父与子》主要写苏家父子三人（苏洵、苏轼、苏辙）离开家乡四川眉州，乘船东下，遨游长江三峡的情景，成为传记中优美篇章之一。《苏传》中写苏东坡与杭州的关系更为淋漓尽致。苏东坡两度担任杭州地方官，在杭州先后居住五年，不仅为杭州办了不少好事，修水井、疏西湖，而且尽情享受自然风光之美。《第十一章·诗人、名妓、高僧》写道："……他尽量逃向大自然，而自然美之绝佳处，在杭州随处皆是。他的诗思随时得在杭州附近饱餍风光之美。因为不仅杭州城本身、西湖，而且连杭州城四周十里或十五里之内，都成了苏东坡时常出没的所在。"《苏传》中融入传记作者对杭州自然风光的感受，描写苏东坡在杭州的游览及写作，颇为逼真而生动。《苏传》写苏东坡贬谪岭南年代，尽管年岁已大、生活艰辛，依然保持"江山千里，供我遐瞩"② 的开阔心境。《苏传》透过诗人与大自然的关系表现苏东坡的乐天知命，也是这部传记的特色之一。

中国古代杰出的文学家，既是诗歌、散文的大手笔，往往又是绘画的行家，苏东坡更是如此。《苏传》把苏东坡的生活经历和文学艺术生涯融合在一起，表现苏东坡智慧过人、才华横溢、多才多艺的特点。从《苏传》中可以看到，苏东坡不是求名图利，而是以写诗为乐。尽管因某些诗句被政敌歪曲并加以利用炮制"乌台诗案"而坐文字狱，好友劝他不要写诗，少说为妙，他自己也下过不再写诗的决心，但他一有所感便要握笔，正如《苏传》写道："苏东坡这位天纵大才，所给予这个世界者多，而所取自这个世界者少，他不管身在何处，总是把稍纵即逝的诗的感受，赋予不朽的艺术形式，而使之长留人间，在这方面，他丰裕了我们每个人的生活。"苏东坡每写一诗都有友人和素不相识的人传抄。除诗歌外，绘画和书法也是苏东坡的专长。《苏传》设《国画》一章，描述苏东坡与宋代大

---

① 《与范子丰八首》，《苏轼文集》（4），中华书局，1986年，第1451页。
② 《和陶道四首》，《苏轼诗集》（7），中华书局，1982年，第1358页。

画家米芾（元章）的交往，共同为继承和发展中国国画和书法传统而做贡献。为了具体说明苏东坡的艺术造诣及在人民中崇高威望，《苏传》收集和利用有关苏东坡的轶闻逸事。如苏东坡在杭州任通判时，有一个年轻商人因债务问题受审，向苏东坡叙述因天阴多雨扇子卖不出去，因而无钱还债。苏东坡亲自替年轻人画扇子，使扇子突然畅销起来。《苏传》采用许多传闻逸事，虽无法查证，但都属细节穿插，加强了表现力，而不损害传记的真实性。

总之，从传记文学角度考察，《苏传》从多方面把苏东坡这个历史人物的形象描画出来，使不了解苏东坡的读者也能大致了解这位大诗人、大作家的生平及主要特点，自然是一部较为成功的传记文学作品。

# 二

《苏传》为了强化人物形象的描绘，对传记写作的手法做了新的尝试和开掘。

《苏传》虽然与一般传记作品相似，从人物的出生写到离世，从家庭写到社会活动，展现苏东坡的人生历程；从时间来说是从北宋仁宗景祐年间写到宋徽宗建中靖国元年（1036—1101）。但没有采用编年式平铺直叙的写法，而是把诗人生平分为若干阶段，每个阶段又选取苏东坡生活中富有特色的活动、事迹来描写。全书共分四卷，即童年与青年（1036—1061）、壮年（1062—1077）、老年（1080—1093）、流放岁月（1094—1101）。各卷写及的年代、时间多少、长短不一。每卷又分若干章，共分二十八章。第一、二卷主要描述苏东坡初登政坛、文坛的经历，叙述王安石变法与司马光反对变法的斗争占了很大篇幅（本文下面再作评论），而"童年和青年"实际上只有一章，前两卷主要是描写苏东坡与家人及政界、文坛和知名人士的关系。《苏传》着重从人与人之间的关系中描写苏东坡，近似于小说的写法。如《父与子》《两兄弟》比较集中地描写苏家父子、兄弟关系。苏洵及长子苏轼（东坡）次子苏辙（子由）都是文学家，兄弟二人当过高官，在中国文化史、文学史上的确是罕见的。《父与子》一章，表现这个文人之家的父子情谊。《两兄弟》一章描写苏轼、苏辙两人深厚的兄弟情谊，并对比了两兄弟的不同个性。这都近似小说中人物、场面特写，成为传记中的生动篇章。而比较起来看，第三、四卷的不少篇章，特别是描写苏东坡遭贬谪后的生活情趣的几章则更富吸引力，表现了一个伟大人物生活境遇的下沉而精神境界的升华。如第三卷中的《赤壁赋》、第四卷中的《仙居》虽是苏东坡生活经历的一段，但都可独立成篇。这种写法自然有助增强传记的文学性。

同上面述及的特写式写法相适应，《苏传》采用纵横交错的结构。除开宗明义第一章以南宋孝宗皇帝追封苏东坡为"文忠公"作引题对苏东坡进行总的历史评价，近似现代流行的倒叙以外，全书依然按时间、年代顺序从纵的方面描述苏东坡一生，而在每章中几乎都有横的穿插，特别是有关苏东坡的轶闻逸事，大抵采用穿插描写的手法。如苏东坡与苏子由的亲密无间的兄弟关系全书各章都述及，成为书中主要线索之一，而又在"两兄弟"一章里，从横的方面加以描写。又如苏东坡与和尚、道士的交往也贯穿于全书，而又另立《诗人、名妓、高僧》一章，穿插写了苏东坡与佛印等僧人的往来。苏东坡与画家米芾的交往，在书中不少章中都写到，而书中专写《国画》一章，除描写苏东坡与米芾之外，又穿插写了其他与苏东坡结交的画家。这种纵横交错的结构，增加了传记的丰富性和生动性。

《苏传》的写法虽近似于小说，但并未全用小说体，传中有不少类似于小说的情节和对话，而全书总的看来采用作者擅长的纪实散文，并且时而融入议论。书中虽主要是叙事，但议论也不乏精彩之笔。在叙事中突发议论，而且以今证古或以古证今，这是林语堂常用的笔法，也是一种挥洒自如的杂文笔法（为节省篇幅例证从略）。

《苏传》采用了多种笔法，但并不给人以杂乱之感，而是和谐统一的，这是由于传记基本上忠于历史事实，不是任意虚构，而且多种写法都围绕一个中心，就是表现苏东坡，歌颂苏东坡，字里行间洋溢着对苏东坡的热爱之情。

《苏传》是作者身居异国，在西方文化环境中写作的，而且主要是写给英语国度的读者看的。那时西方读者对中国社会现实茫然无知，除少数汉学家以外，西方读者对中国历史文化的了解微乎其微。《苏传》用了不少文字介绍、说明苏东坡时代的历史和文化，如中国古代科举制、娼妓制的由来、古代的官职和监察机构、古诗与词、中国年龄计算法、中国讳名习惯，以及国画、书法、砚台等，在中国读者看来当然过于繁冗、杂沓，但在外国文化背景下却是不可缺少的，对读者了解人物所处的时代和环境是有助益的。

三

从传记文学角度考察，《苏传》在人物形象刻画和传记的写法上都富有特色，可以说是一部佳作。但同林语堂其他作品一样，《苏传》也瑕瑜互见。其缺陷主要在描写宋代变法及苏东坡与王安石的关系方面。

十一世纪中叶的中国，在宋封建王朝统治下经济萎靡不振，国力衰弱，宋神宗登级后，采用王安石、吕惠卿等人提出的"均输法""青苗法""农田水利法""免役法""市易法""方田均税法""保甲法"等政策措施，在经济和政治上作一些改革，力图有所振兴，历史上称之为"王安石变法"。但皇族中的保守势力和以司马光为代表的政界高层人士激烈反对变法。北宋中期，变法与反变法的斗争持续了三十多年，高层士大夫之间的党争（洛党、朔党、蜀党）又错综复杂地与之交织在一起，因而政治风云变幻莫测，官场社会扑朔迷离。苏东坡在宋神宗熙宁元年（1068）即 32 岁时到京城开封做官，正是王安石执政、积极推行新法之时。起初苏东坡也赞成变革图新，但不久看法又改变，多次上书皇帝对新法持异议，反对王安石"欲变科举，兴学校""言青苗之功""取均输之利"等改革，基本上站在司马光方面，但赞同"免役法"，与司马光全盘否定新法又有所不同，虽近似于摇摆不定的中间派，但被奉为蜀党领袖，也身不由己地卷入当时的政治斗争，因而变法派掌权时，视苏东坡为异己，反变法派当政时也不把苏东坡作为同道。封建社会的官场，尔虞我诈，黑白颠倒，又是司空见惯的。苏东坡生活道路的曲折坎坷，原因是多方面的。撰写《苏传》自然不能不涉及当时的社会政治，但林语堂把苏东坡的命运多舛全归罪于变法派"小人"，采用了贬王（安石）扬苏（东坡）的写法，出现了不少偏颇。

苏东坡、王安石和司马光都是中国古代杰出人物。他们生活同一时代（苏东坡小王安石 10 岁，小司马光 12 岁），而各有所长，在不同方面为国家民族、为历史文化做出了巨大贡献。他们的政见不同甚至相左，但人品崇高，学问渊博，都怀有忧国忧民之心，都不是争名逐利、心怀叵测的人物。如何评论王安石、司马光为代表的变法与反变法，是历史学的范畴，属于学术问题，自宋以后不同观点的学者评价各不相同，莫衷一是。林语堂沿用封建时代带有传统性的史学观点，对王安石变法全盘否定，如果是学术探讨，当然属一家之言。而林语堂按照他的观点在传记中描绘人物和事件，就带来是否符合历史真实的问题。《苏传》第一、二卷用三章比较集中地描写王安石，即第七章题为"王安石变法"，第九章题为"人的恶行"，第八章题为"拗相公"。在这些篇章中，对王安石的变法，除苏东坡也赞同的"免役法"以外，都写得一无是处，都是"扰民"，"弄得农民家破人亡"，而王安石其人在林语堂笔下成为狂妄、固执、偏狭甚至荒唐的人物。不知就里的读者信以为真，但稍了解宋代历史的读者不免产生疑问。其实，历史上的王安石是令人敬仰的。《苏传》也曾写到，王安石未当宰相前多次婉辞皇帝的上调令，当宰相后又多次辞职，请求回到地方，这在封建社会的士大夫中是极少见的。但《苏传》写王安石总带一些微词贬语，甚至加上"他以前像王莽，往后则像希特勒，因为他一遇到别人反对，则暴跳如雷；现在的精神病学者，大概会把他列为患有妄想病的人"。这就离事实太远而把王安石的形象画歪了。事实上苏东坡虽不赞同王安石的变法，但对王安石的人品、学问、诗文都是赞赏的，《次荆公韵四绝》就是和王安石的诗，其中第三首写道："骑驴渺渺入荒陂，想见先生未病时。劝我试求三亩宅，从公已觉十年迟。"[1] 显然表露尊敬荆公、自我后悔之意。王安石晚年辞官隐居金陵（南京），把皇帝赐给他的邸宅捐献出来建了"报宁禅寺"。苏东坡离黄州在金陵与王安石相会，两人相互敬重，成为文坛佳话。《苏传》虽写了这次相会，但依然用抑王扬苏的笔调，不提苏东坡和诗的事。

王安石变法固然失败，但仍然不愧为中国十一世纪的改革家。[2] 尽管王安石推行的新法只是封建制度下的改革，并不能从根本上解放生产力，但在一定程度抑制了豪富兼并土地，有利于生产力的发展，客观上有利于人民。即使是封建时代的史学家对王安石也并不一棍子打死，如《宋史》用朱熹的话给王安石作结论，否定变法，但仍肯定王安石"以文章节行高

---

① 《苏轼诗集》(4)，中华书局，1982 年，第 1252 页。

② 列宁语，见《列宁全集》第 10 卷，人民出版社，1961 年，第 152 页注②。

一世，而尤以道德经济为己任"。① 近现代学者如梁启超、胡适对王安石的评论未必准确，但都给以很高的评价。在这个问题上林语堂反而倒退了。

一位伟大作家、诗人，并不一定是伟大的政治家、思想家，正如巴尔扎克政治上属于保皇派，托尔斯泰所信奉的主义是消极有害的，但并不妨碍他们是伟大作家一样，苏东坡是伟大作家、诗人，但在政治斗争中并不十分清醒，政治思想较为保守，如主张"夫国家之所以存亡，在道德之浅深，不在乎强弱"，"道德诚深，风俗诚厚，虽贫且弱，不害于长而存。道德诚浅，风俗诚薄，虽强且富，不救于短而亡"。② 朱熹认为苏东坡政治观念有摇摆性，说"他分明有两截底议论"。③ 而林语堂在《苏传》中把这位大文豪的政治思想写成超越于同时代人，甚至用贬损另一政治家王安石的写法，就偏离了求实精神。

林语堂在《苏传》中还特地写了一段批评梁启超的文字，书中说："有些中国后代的学者，在西方集体主义的观点上看，打算为王安石洗刷历史上的污点，说他的观点基本上符合现代的社会主义，打算这样恢复他的名誉。在为王安石辩护的学者之中，中国现代一个伟大的学者梁启超，便是其一。主张王安石的社会主义观念为是为非，自无不可，但是他那社会主义的政权必须凭其政绩去判断才是。事实是，王安石使国家的垄断，取私人的垄断而代之，弄得小生意人失业，农人在无力付强迫的青苗贷款和利息之下，卖妻儿而逃亡，为他担保的邻居，或与之共同逃亡，或把财产典卖……"其实梁启超为王安石恢复名誉并不错，但古今类比却不准确，把王安石变法看成资本主义性质的改革措施。而林语堂舍弃了梁启超对王安石评价的正确方面，拾取了不恰当的古今类比，如谈到王安石变法写道："从那年起，中国则在政潮汹涌中卷入新社会的实验里，而此一政治波浪所引起的冲击震荡不已，直到宋朝灭亡而后已。这是中国最后一次国家资本主义实验，绝不是第一次。在中国四千年的历史上，有四次变法，就是极权主义，国家资本主义，社会主义，还有激进的社会改革，结果都归惨败。最成功的一次是法家商鞅的法西斯极权主义……"如此滥用

---

① 《宋史·列传第八十八·王安石》，中华书局，1988 年。
② 《上神宗皇帝书》，《苏轼文集》(2)，中华书局，1986 年，第 737 页。
③ 《朱子语类》130 卷，中华书局，1994 年。

名词术语，既不顾政治常识，也违背了历史。书中以这种不伦不类的类比而发几句反共呓语，那时虽能博得一些人叫好，而广大读者、学者则读之生厌。当然在那个国际上冷战初起、国内执政者高唱"三个月消灭共产党"的年代，又是不足为奇的，不能因此而否定《苏传》的成功方面。

总之，《苏传》虽存一些瑕疵，但不失为一部好书，在林语堂著作中占有重要地位，在古代人物传记作品中是不可多得的，为弘扬中华民族优秀的文化做了新的贡献。

林语堂推出《苏东坡传》并没有把为苏东坡写传的门堵死。1983 年台湾联经出版事业公司出版了李一冰著《苏东坡新传》，全书分上下册，正文共 1030 页，篇幅之大，搜集资料之多，生平事迹之详，诗文与生平结合之紧，后者都超过前者，这正如长江后浪推前浪，符合学术发展的规律。例如，同是写苏东坡与王安石在金陵相会，后书比前书写得细腻、逼真。但是，并不能因此而否定前书的价值，特别是不应抹杀作为传记文学作品，林著《苏传》富有自己的特色。两传相隔三十几年先后出版，可以说明，包括为苏东坡等古代伟大人物写传在内的弘扬中华民族优秀文化的事业，需要众多海内外华夏子孙共同努力。

（本文原载于《福建论坛（文史哲版）》1994 年第 2 期）

# 前进的脚印，升华的轨迹

## ——读丁玲《陕北风光》《访美散记》

丁玲在《访美散记·纽约的苏州亭园》中写道："人生在世，如果没有一点觉悟与思想的提高，是不能真真抛弃个人，真真做到有所为，有所不为的。最高的艺术总是能使人净化、升华的。"这些寓意深长的话，不是凭想象，而是从实际体验中归结出来的。丁玲自己在人生道路和创作历程中，的确是不知疲倦地学习、追求、磨练，真正做到抛弃个人，有所为，有所不为，思想和艺术的提高不打休止符，在生活和创作各个时期都留下前进的脚印和升华的轨迹，而《访美散记》正可反映她晚年思想和艺术境界的高度。读《访美散记》，不期然而会联想到另一部散文集《陕北风光》，放在一起比较考察，似可更清晰地看到这种前进和升华的脉络。

《陕北风光》出版于 1948 年，收 1942 年至 1944 年发表的报告文学七篇；《访美散记》是 1918 年访美之后陆续写作的散文共二十六篇，1983 年出版。两书时间、空间的距离尽管很大，但从作家的思想和艺术境界来说，恰似登山途中站在不同高度和角度的观景台上观察和瞭望。

一

丁玲在《〈陕北风光〉校后记所感》中写道："这本书很单薄。但却是我走向新的开端。当我重新校阅的时候，本想把另外九篇有关陕北的散文放进去，但仔细一想，觉得仍以原来的为好；因为在思想上这是比较一致的，这是我读了毛主席《在延安文艺座谈会上的讲话》以后有意识地去实践的开端。不管这里面的文章写的好或坏，这个开端对于我个人是有意义的！"这是实事求是的话。这个新开端对人民的作家来说，不仅是思想上的前进，也是打开新的创作天地。众所周知，1936 年丁玲带着"遍体鳞伤"，冲出黑暗，逃离"魍魉世界"，历尽艰险，长途跋涉，在党组织的精心安排下，终于"回到自己的队伍，回到自己的家里"，自然是她生活和创作道路上的重大转折点，也算是新的开端。丁玲到陕北之后，以巨大热情投入党领导的抗日文艺宣传工作，并陆续写出不少优秀的特写和小说，如《一颗未出膛的枪弹》《冀村之夜》《到前线去》《秋收的一天》《在医院中时》等，创作上出现了新的面貌。丁玲又把《陕北风光》看作新的开端，更有深一层的含意。因人虽到了新的世界，但熟悉新的环境和消除精神创痛仍需要一些时日，而且正如毛泽东同志所说"知识分子要和群众结合，要为群众服务，需要一个互相认识的过程"。作家同群众结合的过程，实际上也就是自我改造的过程。用丁玲自己的话说："在陕北我曾经经历过很多的自我战斗的痛苦，我在这里开始来认识自己，正视自己，纠正自己改造自己……我觉得我完全是从无知到有些明白，从感情冲动到沉静，从不稳到安定，从脆弱到刚强，从沉重到轻松……"《在延安文艺座谈会上的讲话》发表以后，文艺上出现了表现新的群众的时代。丁玲和许多解放区作家一样，有意识地深入工农兵群众，更加自觉地同新的群众相结合，陆续写出反映陕北人民生活和斗争的报告文学，后来结集为《陕北风光》。这个集子里的大部分文章，都是作者经过直接观察体验而写出的，曾先后在延安报刊上发表。毛泽东同志看到《解放日报》上发表的《田保霖》之后写信肯定和赞扬丁玲走上新的文学道路。那时，丁玲的思想境界的确跨上一个新的高度，全心全意地到群众中去。比如在《三日杂记》中，丁玲记述以群众心目中的"同志""公家婆姨"身份，到九曲十八弯的寂静的山村麻塔村，同老村长婆娘和媳妇同睡一炕，成为群众的知心人，听到群众的知心话。时间虽仅三天，但她对村子里许多男女老幼都有所了解，从六十三岁的村长茆克万及其家人到不同年岁的纺线女娃娃，简约几笔便写出人物特点。如果作家的思想感情同群众不能打成一片，当然是难以做到的，这些情况可以说明，一个作家自觉地深入生活底层，正是思想境界向高层次升华。

《陕北风光》是丁玲深入生活深处而收获的果实，《访美散记》则是丁玲站在时代高处观察和思考而留下的艺术记录。从二十世纪四十年代末到七十年代末，丁玲在取得新的成就之后，又经历风风雨雨，尽管道路坎坷崎岖，但思想艺术境界依然不断升华。她重新握笔写成的作品，给人以朴实而又崇高之感，有助于精神的陶冶。《"牛棚"小品》《"七一"有感》等作品都是如此。《访美散记》更可显现作者精神世界的熠熠光辉。尽管集中的散文都记述访美期间的所见所闻，但并不同于一般的游记文学，而是一位饱经风浪的共产党员作家，站在改革开放的新时代，面对着错综复杂而不断变幻的世界，借回顾访美见闻之机，抒发自己的思绪和情怀。书中第一篇《向昨天飞行》，不仅描绘了飞离祖国、大地的情景，而且在百感交集之中，表述了在新时期到来之际，对党和国家现状和未来的思考，看到那时"旧的陈腐的积习，不容易一下摆脱；新的、带着'自由'标签的垃圾毒品，又像虫虱一样丛生"；对老一辈无产阶级革命家寄予无限信赖，热切期望年轻有为的一代"要坚定地无畏地接过老一代的火炬"挑起振兴中华、建设祖国的重任。这个开篇及随后不少篇什，都超越一般旅游者的视线和心绪，而奏出炽热的爱国者、坚定的共产主义者的心曲。她旅居在异国的土地上，不是停留在欣赏都市和农村的风光，而是沉浸在人民友谊的海洋之中，特别是同早年来过中国、同情和支持中国革命的美国友人的重逢，使她情不自禁地写下了多篇洋溢着革命友谊的篇章，表达对社会主义、共产主义的信念。她在《伊罗生》中写道："我愿意告诉老朋友：我认为共产主义总有一天要胜利。尽管道路还比较艰辛，中间还可能遭受挫折。但事在人为，人定胜天。"① 正是这种信念，使她精神净化、升华，不计较个人恩怨。好心人对她生活道路的曲折感到困惑不解，她总是诚挚而耐心地说服解释。在《於梨华》中写到那位"热情、正直、温厚、纤细的女作家"，不了解丁玲遭到不公正待遇的年代主动要求到北大荒，便于接触群众，深入生活；一谈到丁玲在北大荒农场养鸡，"眼泪又涌上眼帘了"。於梨华是富有同情心的女作家。她从时间顺序上认为丁玲首先是一个作家，然后才入党，自然符合事实；而丁玲从责任义务上认定自己首先是党员，然后才是作家，是基于共产党员的党性。这种认识上的差距，不是三言两语可以合拢的，也不必要取得一致。丁玲以恳切委婉的语言，坦述自己的心怀终于得到来访者的理解，使於梨华女士精神上得到解脱。

---

① 丁玲：《访美散记》，湖南人民出版社，1983年，第112页。本文引用《访美散记》文字，均根据此版，以下不再一一注明。

《访美散记》虽记下了异国风光情趣，而更主要是记下作家自己置身一个陌生世界时的心绪。在《纽约曼哈顿街头夜景》中，丁玲以旅游者的视角，描绘了纽约五光十色的夜景，而又以思想家的眼光注视着一个孤独地坐在街头的老人。文中写道："这里有一切，这里没有我，但又像一切都没有，唯独只有我。我走在这里，却与这里远离。好像我有缘，才走在这里，但我们中间仍是缺少一丝缘分，我在这里只是一个偶然的、匆忙的过客。"这不是虚无飘渺的幻觉，而是一位旧世界的批判者站在繁华的街头，精神上超越这个世界的真实的自我感受。《访美散记》的成就不在于描绘了多少异国情趣，而是启示人们应站在时代的高处观察一切，特别是如何清醒地看待生产发达又是高消费的资本主义世界。

## 二

文艺作品中精神境界必须同艺术境界融合在一起，富有艺术魅力，才能给人以思想启迪。正如毛泽东同志所说："缺乏艺术性的艺术品，无论政治上怎样进步，也是没有力量的。"丁玲作品的思想和艺术境界往往是同步提高和升华的。《陕北风光》《访美散记》创作于不同时代，但都在不同的高度上达到思想与艺术境界的融合。

艺术意境离不开真，虚伪的矫揉造作的作品，即便语言华丽、文笔优美，也难以形成真正的艺术意境。而艺术品中的真，既是生活中或自然中的真的反映，又渗透交融了作者的真情、真诚，达到情景相融，才能以情感人。著名美学家宗白华在说明艺术意境时曾写道："艺术家以心灵映射万象，代山川而立言，他所表现的是主观的生命情调与客观的自然景象交融互渗，成就一个鸢飞鱼跃，活泼玲珑，渊然而深的灵境；这灵境就是构成艺术之所以为艺术的'意境'。"[1] 丁玲也说过："风景是人欣赏的，你写风景、写山水，如果不寄寓自己的感情，那有什么意思呢？画家的山水画画得好，是因为他心中有山水，画的是自己心中的山水。如果心中没有山水，没有自己的感情，是不可能画好的。写散文也是一样。"[2] 毛泽东同志

---

① 宗白华：《艺境》，北京大学出版社，1987年，第151页。
② 丁玲：《漫谈散文》，《丁玲散文选》，人民文学出版社，1985年，第424页。

所说的"作为观念形态的文艺作品，都是一定的社会生活在人类头脑中反映的产物"，这种反映，既要通过作家对生活的认识，也要透过作家的形象思维和艺术手腕，实际上是作家的思想境界与艺术境界的融合。

《陕北风光》和《访美散记》两本散文集，在不同的时代背景上都写真人真事，如果作者只是以旁观者的身份有闻必录，即便事实分毫不差，也难以达到艺术的真的境界。丁玲在这两本书里都融入自己的真情、真诚。固然，《陕北风光》全用写实体，但无论是写边区劳动模范田保霖、老红军袁广发、民间艺人李卜，还是写普通的劳动群众，不仅写其事迹，而且写其精神，揭示巨大创造力的精神源泉。尽管只是人物素描，也未多加修饰，却是真实感人的。

《访美散记》也是纪实体，但又突破纪实体的限制，充分运用了抒情笔法，把艺术的真提到一个新的境界。无论是老友重逢，还是新相识的美国友人和异国相见的华人，丁玲都以蘸满感情的笔调加以描写，给读者以难忘的印象。《保罗·安格尔和聂华苓》《约翰·迪尔》《安娜》《在梅仪慈家作客》《罗伯特·佩恩》《会见尼姆·威尔士女士》，以及前面已提及的《伊罗生》《於梨华》等以人物为中心的篇什，都感情丰沛，感人至深。比如在《安娜》中，记述一位富裕而孤寂的美国老妇人安娜，每年都热诚邀请国际写作中心的外国作家们到她幽静美妙的庄园作客。丁玲和多位中国客人被邀在安娜庄园里度过欢乐的一天。晚会结束后，丁玲离开庄园仍惦念着好客的安娜，文中写道："我还在想那水晶宫的屋子现在该怎样了。一阵热闹之后，该更显得空廓、冷寂吧？现在安娜在做什么呢？她在回忆她美丽的一生，还是沉湎在刚刚逝去的非凡的酒会？在她称心如意的一生里，她究竟喜欢什么？她还需要什么，想些什么呢？她是快乐的呢？还是不快乐的呢？"第二天清晨，丁玲得知安娜在沙发上去世的消息后写道："安娜，安娜的一生，昨天，昨天的旋风似的生活，都是一幅幅色彩缤纷的长的画卷。我该怎样去理解、观察和想象呢？现在除了一片怅惘，我还有什么可说呢？"这些凝聚着作家真情的描述，更加增添了作品的艺术感染力。

丁玲访美期间，在多种集会上会见了不少来自台湾的作家、学生，不论对方提出多少疑问，都真诚相待，耐心作答。《芝加哥夜谈》描述同来自各地的中国学生和学者会见，尽管有些人心存芥蒂，但经过接触、交往，大家消除了顾虑，各自倾诉自己的心曲。丁玲写道："我永远不会忘却在芝加哥这一夜的长谈。那些言语，那些神气，那些慨叹，那些愤激，以及那些眼泪，永远燃烧着我的心。我只希望，假以时日，共同的努力，将使我们更加息息相通，心心相印，来日重相聚，继续听心声。"

《访美散记》固然记述了访美过程的实事，但件件实事都灌注了作者的深情，把读者引进纯真而丰富的感情世界，也是韵味无穷的艺术意境。丁玲复出后写过不少回忆性、悼念性的散文，如回忆史沫特莱女士的《她更是一个文学家》、悼念贺龙元帅的《元帅呵，我想念您!》等，都富有情见于词、真诚感人的特点。

## 三

文艺作品往往同一定的民族性相联系。文艺中的民族风采是艺术美的重要因素。优秀的文学作品总是重视表现民族的风物人情。鲁迅异常重视文学艺术的民族性，看过陶元庆的绘画展览后写道："他以新的形，尤其是新的色来写出他自己的世界，而其中仍有中国向来的魂灵——要字面免于玄虚，则就是：民族性。"[①] 文学艺术的民族特色又往往透过地方色彩表现出来。鲁迅主张"多表现些地方色彩"，实际上也是增强作品的民族特色，也加强作品的"美和力"，鲁迅、茅盾、老舍及"五四"以来许多乡土作家的作品，都富有地方色彩、民族特色。如果说二十世纪三十年代前期丁玲对这方面还未足够注意的话，那么到陕北以后，特别是以《陕北风光》为新的开端，愈来愈重视表现民族风采。《三日杂记》《记砖窑湾骡马大会》等篇，描写了陕北黄土高原特有的地方风光。那些遍山漫开着丁香的山沟，那些《顺天游》《走西口》《五更调》歌声嘹亮的乡村，那些从巫神蒙骗中逐渐醒悟过来的村民，都透过地方色彩显现出民族风情。特别是生活在黄土高原上淳朴、忠厚、刚强、执着的人民，在平凡的劳动中创造出丰功伟绩的模范，更表现中华民族的特性。

同《陕北风光》相比，《访美散记》在表现民族风采方面又是一种升华。既是出国访问，自然应描述出访国风物人情。《橄榄球赛》生动地描

---

① 《鲁迅全集》第3卷，人民文学出版社，1982年，第549页。

绘爱荷华大学橄榄球赛狂热、沸腾的场面，从中可看到美国人的民族特性。文末写道："一路上，那赛场的人声、乐声，时远时近，仍在脑中回旋，好似仍然置身球场。那种强烈，那种欢腾，那种狂热，实在表现了美国人民的精力充沛，勇猛如雄狮，执着如苍鹰。在这样的倾城空巷，热烈竞争的赛场上，秩序井然，闹而不乱，也表现了美国人民的文化修养……他们乐观和健康，他们很会生活。"每个民族都各有自己的美质和弱点。丁玲也坦率地展示美国某些人自奉为高雅实则俗不可耐的心态。《养鸡与养狗》中写到几个美国先生、太太，挑衅性嘲笑丁玲曾在农场养鸡，丁玲则特地以嘲讽之笔写一位把小狗当儿子的美国太太，用这一对比显示精神世界的高下。

《访美散记》既记述访美期间观感，又极其自然地融进中国民族精神、民族特性的描绘，在中西对比中抒写中华民族优美的民族风貌，激发读者的民族自尊心和自豪感。这当然不是轻而易举便能做到的，而需要广阔深邃的联想力和娴熟自如的笔力。在《二十九日又一页·旧金山》中，丁玲以感情深切的笔致，描写华人居住的唐人街，赞颂在海外艰苦创业的华夏子孙。文中写道："他们为了保持中华民族固有的文明、淳朴、勤劳、无私、纯真、充实，面对西方近代的一些腐朽的、空虚的精神生活，曾经自然地长期地潜蓄着无声的抗议。现在他们在比较优裕的物质生活面前，仍不能不感到精神上的寂寞和苦闷。他们怀念先辈的坚贞，他们现在也在思索，寻求生活的意义和奋斗的目标。"

各个民族的文艺都有自己的长处和特点。丁玲并不轻视别的民族的艺术创造，在《电影〈锡鼓〉和歌剧：十六个想当演员的男女青年》文中写道："我相信每个民族都有自己独特的爱好和情趣，我们应该尊重每个民族自己的艺术创造。"但丁玲又十分重视艺术对人的精神、民族精神的影响，她不理解某些西方影片为什么要把丑恶的东西原原本本呈现给群众，主张艺术应当使人清新与崇高。在访美期间的多次晚会上，丁玲观赏到多国艺术家的表演，但感情上依然陶醉于中国舞蹈家的迷人舞姿。文中描述一位旅美的中国女舞蹈教师的即兴表演时说："她传达出那些幽默、聪明、欢乐、纯洁的柔情。她的舞是音乐，是画，是文学，是诗。她的即兴舞蹈是一个悠久历史的伟大民族的文明结晶。"

丁玲访美期间，身在异邦，心在祖国，在回顾出访情景时，字里行间处处表露对祖国之情、民族之情。《纽约的苏州亭园》就是一篇优美的抒情散文。丁玲参观了纽约博物馆内新建的苏州亭园，在异国欣赏到祖国的亭园风光，流连忘返，深深感受到"中国艺术的特点就是能'迷人'"。文中写道："苏州亭园在这个博物馆里不失为一朵奇花异葩。人们在这里略事观览，就像是温泉浴后，血流舒畅，浑身轻松，精力饱满，振翅欲飞。特别是我们在美国看中国，更倍感亲切。"《纽约的苏州亭园》描写中国艺术的魅力"好似洗净了生活上的繁琐和精神上的尘埃，给人以美、以爱、以享受，启发人深思、熟虑、有为"。这不也正是《访美散记》给予读者的突出感受吗？

## 四

从《陕北风光》《访美散记》，还大致可以看到丁玲的散文艺术手腕及语言艺术风格的发展和变化。丁玲早年以写小说为主，散文数量不多；到陕北以后散文写作渐多，往往将小说塑造人物的经验用之于散文，在散文中以人物速写见长。《彭德怀速写》《记左权同志话山城堡之战》《马辉》都成为当时人物速写的名篇。《陕北风光》中七篇纪实散文，都把散文与小说融为一体。《十八个》《二十把板斧》及多篇集中描写一个著名人物的报告，在写法上都与小说难以区别，既写模范人物的模范事迹，又写出其性格及精神面貌，还有近似于情节的事情发展过程。比如，田保霖在陕北是一位以办合作社驰名的劳动模范。丁玲在《田保霖》中不仅描写他办合作社成功的事迹，而且表现他朴实而精明的性格，记述他如何从一个流浪者到买卖人，又在党的教育引导下成为模范的经过，以及思想上从"少管闲事"到"替老百姓办好事"的过程。但《陕北风光》也可以算是丁玲写报告文学的一个总结。她离开陕北转入华北，又继续写小说，写出了饮誉中外的《太阳照在桑干河上》。中华人民共和国成立后她又写了小说《在严寒的日子里》（未完篇），而主要写回忆性、悼念性散文，报告性散文为数不多。《访美散记》以一种新的格式出现，把报告性散文、回忆性散文融为一体，不仅反映她思想境界的升华，也是她散文艺术的发展。这部散文集既保持她一贯的写实风格，继续发挥人物描写的长处，真实生动地描绘不少人物，又富有温煦的抒情色彩，叙事与抒情相结合。文笔既凝练而又舒展，既深沉含蓄又热切坦荡，近似于散文诗，在新时期的散文中自成一格。比如《会见尼姆·威尔士女士》，全文分两部分：先是"会晤"，记述同《续西行漫记》作者尼姆·威尔士女士（即海伦·斯诺夫人）会晤时的情景；然后是"信"，描写尼姆·威尔士女士交给丁玲的长信及信发表的前前后后。文中全用朴实无华的写实笔调，自然而然形成两个对比：一个是"四十几年前的一个身材窈窕，穿灰色军装，系红色皮带的白种年青女记者"活跃在延安古城的情景，而眼前是居住在"一个老的，旧的，无人收拾的，有点败落、荒芜的小农舍"的七十五岁"有点龙钟"的老太太；另一个是尼姆·威尔士撰写三十二本书稿在美国竟无处出版，致使她精神严重挫伤，生活陷入困境，同中国作家之受人民尊敬，不为衣食担忧，也是鲜明的对比。文中并未穿插浓烈的抒情语句和探究缘由的议论，但以深沉的笔调倾诉出尼姆·威尔士女士前后反差极大的生活经历，足以动人心弦，引人沉思。由此可见，这部散文集不是急就之章，而是凝聚了作家的艺术经验，经过深思熟虑而写出的。

从《陕北风光》到《访美散记》所看到的丁玲思想和艺术境界的几个方面，都须通过语言艺术表现出来。《陕北风光》《访美散记》也可反映丁玲语言艺术不断锤炼而升华。如果说丁玲早期作品的语言，既有"五四"新文学带共性的明晰、畅达的特点，又有清丽、纤细的个人风格的话，那么到陕北以后，特别是深入群众生活充分吸取群众语言养料后，作品语言风格向朴实、浑厚转化。《陕北风光》就表现了这个特点。正如丁玲所说："……我已经有意识地在写这种短文时来练习我的文字和风格了。"她自己认为到陕北以后感情"变得很粗"。自然，这种"粗"，不是粗糙、粗鲁之粗，而是在深入生活中受到陕北人民粗犷、坚挺、豪迈精神的感染，语言风格也随之起了变化，减少幽婉之音，而增加刚劲之调。从《陕北风光》到《访美散记》又经过四十年，丁玲作品语言更上一层楼，进入佳境，质朴、洗练、清澈、明丽而又遒劲，词汇丰富，句式活泼。文中大量运用中国散文中常见的四言句式，富有绘画的形象美和音乐的声韵美。《约翰·迪尔》文中描写乘船游美国密西西比河的情景："歌声袅袅，流水低吟，夕阳西下，波光闪闪，风和日丽，景象万千。船行在宽阔的河面上，远处一艘小艇拉着两个运动员在急流中冲浪，像蜻蜓点水，也像海燕掠浪。游艇在回程中，歌声不息，掌声不断，笑谈更欢，大家依依不舍，走下游艇，离开了密西西比河。"《纽约曼哈顿街头夜景》描写从高楼的窗口瞭望纽约市景："但见眼底脚下，灯光点点密集，如银河里的繁星，一片星海，红红绿绿、高高低低、灿灿晶晶。小甲虫似的汽车，在街道上流泻，车后的尾灯，像红色的丝带不断向前引伸。"这些语言都是经过锤炼的。

《访美散记》中多篇散文还运用诗歌中反复回旋的语句。前面已提及的《纽约曼哈顿街头夜景》中写一个孤独地坐在街头的老人："让他独自在街头，在鲜艳的色彩中涂上灰色的一笔。在这里他比不上一盏街灯，比不上橱窗里一个仿古花瓶，比不上挂在壁上的一幅乱涂的油画，比不上掠身而过的一身紫色的衣裙，比不上眼上的蓝圈，血似的红唇，更比不上牵在女士们手中的那条小狗。他什么都不能比，他只在一幅俗气的风景画里留下一笔不显眼的灰色，和令人思索的冷漠的凄凉……老人，你就坐在那里吧，半闭起眼睛，佝偻着腰，一副木木然的样子，点缀纽约的曼哈顿的繁华的夜景吧。"这些语言宛如深沉而激荡的轻音乐。其实这种抒情诗歌和音乐型的语言，也可以说是丁玲后期散文的一个特点，表明她语言艺术的升华。

以上几个方面都是围绕着《陕北风光》和《访美散记》两部散文集，探索和考察丁玲思想和艺术上的进取精神。丁玲的文学创作成果丰硕，《陕北风光》和《访美散记》当然不足以说明丁玲在中国现代文学和当代文学史上的伟大功绩，但这两部散文集确实具有特殊的意义，深深地留下了一位真正的人民作家在毛泽东思想指引下，创作道路上前进的脚印，思想和艺术境界不断地升华的轨迹，也为我们的文学坚持为人民、为社会主义服务的方向，真实地反映社会主义的时代精神，思想和艺术力求精美，提供了十分宝贵的启示。"一个作家、艺术家无论如何是不能离开社会而独立生存的。他一定对喜事有感，有爱恶，有评比。""最高的艺术总是能使人净化、升华的。"丁玲这些闪光的遗言是值得反复品味的。

（本文原载于《丁玲研究》，会议时间：1992 年 7 月 1 日）

# 让华夏文化走向世界

## ——谈林语堂弘扬华夏文化的贡献

　　华夏文化既蕴藏于无比丰富的典籍、文物之中，又靠亿万华夏子孙，特别是历代学者的继承、弘扬和发展，才得以流传至今并绵延不绝。弘扬华夏文化贡献卓著的著名学者，可以列出近代的王国维、梁启超、辜鸿铭，现代的鲁迅、郭沫若、胡适、梁漱溟等许多名字，但人们往往容易忘却林语堂，因为多年来在人们的印象中，林语堂似乎归入"外国月亮比中国圆"的洋式绅士之列。的确，林语堂是饱受西方文化的熏陶而进入学术领域的，早年提倡过"欧化"，后来又长期侨居国外，以英文写作为主，人们的印象也不是毫无缘由的。但是，只要全面地考察林语堂的学术生涯，就不难发现，"洋绅士"的印象并不准确。近年来随着林语堂的著作在大陆不断出版，对林语堂学术生涯的了解增多，这个印象当然逐渐在改变。事实上，近现代为弘扬华夏文化做出贡献的著名学者，应当列入林语堂之名。本文就笔者研读林语堂著作所得，发表一些管见。

一

　　众所周知，林语堂是以"两脚踏东西文化，一心评宇宙文章"[1] 作为治学涉世之道的。这并不完全是自夸。他在文化领域内的确涉足很广，有条件"对外国人讲中国文化，而对中国人讲外国文化"。[2] 而比较起来，他对外国人讲中国文化，大大地多于对中国人讲外国文化。实际上他是以弘

---

[1]　林语堂：《我的话·杂说》，上海时代书局，1934 年。
[2]　《林语堂自传》，《逸经》，第 19 期（1935 年 12 月 5 日）。

· 162 ·

扬华夏文化为己任。为了说明这个问题，有必要对其学术生涯简要地加以叙述。

20 世纪 20 年代中期，林语堂开始进入中国现代文坛，起初从事语言学研究，又写作杂文散文，成为语丝派作家之一，同时也翻译外国文学作品和文论、美学论著。后来，林语堂除提倡"幽默""性灵"，继续撰写杂文散文外，逐渐把主要精力转向对外国人讲中国文化。这一转变的起点，是为在上海出版的英文周报《中国评论报》撰稿。1928 年 12 月 6 日，林语堂在这个周报上发表《鲁迅》一文，是当时向英语读者介绍鲁迅的第一篇文章。那时中国学术界对鲁迅及其作品还有一些争辩。但鲁迅作为中国新文化阵营旗手的地位实际上已经确定。因而林语堂向国外介绍鲁迅，可以算是他弘扬华夏文化意味深长的开端。这篇文章主要描述鲁迅在腥风血雨的大革命年间与黑暗势力进行艰苦而曲折的斗争，称誉鲁迅是"现代中国最深刻的批评家"、"五四"后"湍流浩荡的文学渊海"中一位天才。不论后来林语堂与鲁迅的关系有何变化，从弘扬华夏文化来说，是个颇有特色的开篇。

20 世纪 30 年代之初，林语堂继续用英文写短文在《中国评论报》发表，1935 年和 1936 年先后结集为《小评论选集》（上、下集），由上海商务印书馆出版。选集中虽收进一些政论（如《论政治病》），但大部分都与弘扬华夏文化有关，如《中国白话文的起源》《我所认识的孔子》《中国文化的精神》《论水浒传》《英译张潮警句》《苏东坡的幽默》《中国书法的美学》《英译陶渊明的〈闲情赋〉》等。其中《中国文化的精神》是林语堂 1931 年到英国参加学术活动时的演讲稿，也是"对外国人讲中国文化"的一篇代表作。在《小评论选集》出版的同时，林语堂英译了清代名著《浮生六记》和《老残游记》出版。在《浮生六记》英译自序中他称誉作者沈三白富有爱美爱真精神和中国文化最有特色的知足常乐、恬淡自适的天性，"很像一个无罪下狱的人心地之泰然，也就是托尔斯泰在《复活》所微妙表达出的一种，是心灵已战胜肉身了"。[①] 显然，他不仅向外国读者评介两部中国名著，而且意在弘扬中国文化中蕴含的恬淡、乐观精神。

从 1936 年 8 月起，林语堂侨居美国。去国之前应美国女作家赛珍珠之

---

① 《人间世》半月刊，第 40 期（1935 年 11 月 20 日）。

约，用英文撰写《吾国与吾民》，到纽约初年又完成《生活的艺术》。两部书在美国及其他英语国家成为畅销书，再版数十版。那时在政治思想上林语堂已同鲁迅及左翼文化阵营分离。但作为华夏子孙的一员，民族感情并未淡化，肩负起向西人宣传华夏文化的重任，而且乐此不疲，长达三十年之久。

《吾国与吾民》《生活的艺术》是林语堂弘扬华夏文化的两部力作，使林语堂在国外获得较高的知名度。当然，两书中许多思想观念，特别是政治观、历史观、社会观，中国的马克思主义者和全面深刻了解中国国情的学者是不会认同的，本文不详加评论，但从文化视角考察，两书中的文化信息量的确是丰厚的，有不少生动精彩的篇章，融知识性与趣味性为一炉，在不了解中国文化的外国读者眼中是别开生面的。那时，除少数外国汉学家及负有特殊任务的情报人员和来过中国传教、办学、经商的人士外，一般外国读者对中国实情、中国文化所知甚少，只知道遥远的东方有个古老的中国，在美国纽约等地有华人聚居的唐人街。而唐人街又往往被旅游公司和导游者渲染为神秘莫测、险象环生之地，以吸引好奇的游客。林语堂这两部书在那时在一定程度上起到帮助外国读者了解中国文化和沟通中西文化心理的历史作用。

抗日战争爆发以后，林语堂怀着强烈的民族义愤，创作《瞬息京华》（又译《京华烟云》）、《风声鹤唳》等长篇小说，为抗战做宣传，并由散文写作转向小说写作，二十年间共推出七部长篇小说。其题材和主题各不相同，但都有文化内涵，带有弘扬华夏文化之意。《瞬息京华》以庄子的三段语录为主旨，在主要人物形象身上赋以道家精神。《风声鹤唳》以一个佛教徒为主人公。《唐人街》写中国人在海外创业，以老子思想作为精神支柱。构想未来的《远景》（又名《奇岛》）中的人物虽都是欧美人，但其中一个精神领袖有中国血统，而且是老庄哲学的忠实信徒。这些小说思想艺术的高低得失这里不可能详加评论，只是说明林语堂弘扬华夏文化的意愿在他的作品中无所不在。比如《瞬息京华》的文化内涵就较丰富，不仅体现道家精神的姚家和继承儒家传统的曾家深受华夏文化的熏陶，小说中无论亲友聚会、旅游观光、品茶饮酒、咏诗词作对联以至于螃蟹的吃法，都显示中国人处处有文化。可以说，林语堂的小说，其文化价值高于艺术价值。

林语堂在国外运用他精通英语之所长，为弘扬华夏文化，多方位开展工作，概括起来有以下几方面：

一是编译中国古代经典著作。他从外国读者对象出发，把翻译、注解和阐述融为一体。这类编译最有代表性的是《孔子的智慧》《老子的智慧》两书。前书于1938年分别在纽约、伦敦出版。全书按照孔子的思想体系共分十一章，其中全文翻译《史记·孔子世家》，节译《论语》一章、《孟子》一篇、《大学》《中庸》各五篇，与"四书"组合大同小异，各章都有注释和阐述，实际上成为中国"四书"的英文普及本。后书相隔一年，也分别在纽约、伦敦出版。书中根据老子学说的内容分为六篇，每篇又分若干章，翻译老子的话及各家的注解，采用最多的是庄子对老子思想的解释。在编译本书之前，林语堂已重译老子的《道德经》，后来又出版《英译庄子》。他在国外向西方弘扬孔孟哲学和老庄哲学，成绩是可观的。

二是撰写中国古代名人传记。中国古代杰出人物都是华夏文化培育出的精英。林语堂特别喜爱和赞赏陶渊明、苏东坡、袁中郎、曹雪芹等杰出文学家。他酝酿写传长达十年之久，1947年用英文写出了《苏东坡传》，描绘了这位宋代伟大诗人、散文家曲折坎坷而又可歌可泣的一生，传中选译了不少苏东坡脍炙人口的诗文。即便不了解苏东坡的西方读者，读这部传记也会留下难忘的印象，并对中国诗文产生仰慕之情。尽管传中贬王（安石）颂苏（东坡）的写法不完全符合历史事实，但从弘扬华夏文化来说，《苏东坡传》是一部瑕不掩瑜的作品。20世纪50年代末林语堂又推出《武则天传》，描写中国唐代也是中国历史上唯一的女皇。由于作者的政治观、历史观损害了历史真实，这部传记不能算是成功之作，但也向西方读者展露了中国早在唐代（8世纪至10世纪）就有的灿烂的文化。

三是选译、重编各类中国古代文学作品和艺术理论。林语堂本来打算翻译《红楼梦》，但由于主要精力转向长篇小说的写作，因而难以进行大部头的中国古典文学作品的翻译工作，但也编译一些作品，如《杜姑娘》（根据冯梦龙的《杜十娘怒沉百宝箱》改编）、《英译重编中国传奇小说》、《中国古文小品选译》、《中国著名诗人选读》等，还选译中国历代著名画家的绘画理论而形成《中国画论》一书。其中最有特色的是《中国传奇小说》，从《太平广记》《聊斋志异》《京本通俗小说》等唐以来传奇小说中选入《虬髯客传》《碾玉观音》《莺莺传》《南柯太守传》《小谢》《叶限》

等二十篇有代表性的传奇加以英译，而且运用现代小说的手法做了改写，或加入背景，或增添某些细节，或变动某些情节，既适应现代西方读者欣赏习惯，又不失原作的中国色彩和风味。由此可见，林语堂向西方读者宣扬华夏文化，颇有一番匠心。

此外，林语堂在国外参加学术会议、出席各式各样演讲会，难以数计，其论题及内容几乎都与弘扬华夏文化有关，不必赘述。

20世纪60年代中期，林语堂转向以中文写作为主，并结束海外生活，回到台湾定居。但他没有重新向中国人讲外国文化，而是向华夏文化的高深层次继续探索，在《红楼梦》研究、孔孟哲学及宋明理学的研究、汉语语音及方言的研究诸方面，都推出了新成果。

以上概括也大致可以算是对林语堂为弘扬华夏文化所做的贡献，在定量方面的分析。

## 二

如何评价历史人物，列宁有一段名言："判断历史的功绩，不是根据历史活动家有没有提供现代所要求的东西，而是根据他们比他们的前辈提供了新的东西。"[1] 用这个标准来看待林语堂在弘扬华夏文化方面的历史功绩，也是适用的。

如果以一个精通中国古籍的国学家来要求林语堂，那是一种脱离实际的苛求。林语堂出身于闽南乡村的基督教家庭，从小学到大学均念教会学校，后来留学美国哈佛和德国耶拿大学、莱比锡大学，家庭环境和学校教育没有提供做国学家的条件，尽管大学毕业后和留学回国后勤奋地补学中国古代著作，但在国学领域还未能超越前辈和同辈著名国学家。然而，可贵的是，他的民族感情颇为深厚，学识上又有自知之明，明白自己文化学术上缺漏之所在，下决心补缺。

大学毕业后，林语堂在中国传统文化领域开始新的旅行。留学回国后又继续进行这种旅行，以便迎头赶上。他说："耶教《圣经》中的约书亚的喇叭吹倒耶利哥城墙我知道了，而孟姜女的泪哭倒长城我反不大清楚。

---

① 《列宁全集》第2卷，人民出版社，1961年，第150页。

怎么不羞？怎么不愤？所以这一气把中文赶上。"① 他发现华夏文化领域无比广阔，蕴藏量极为丰富。仅以孟姜女的传说故事来说，就不是几句话可以说完的。他在北京大学任教时参加了歌谣研究会。这个研究会出版的《歌谣》周刊，从 1924 年 11 月起开辟的"孟姜女专号"就出版了九期，发表了顾颉刚、钟敬文、魏建功、郭绍虞、刘复等学者近百篇文章和收集的资料。林语堂在北京期间又认识了前辈学者辜鸿铭，又与鲁迅交往，对他们的旧学功底深为佩服。他自己也下决心走进了华夏文化的丰盛茂密的丛林，并为弘扬华夏文化献出毕生的精力。

林语堂逝世于 1976 年 3 月 26 日。台湾《联合报》曾发表纪念社论，文中说：

> 我们必须指出，林语堂先生本人，虽然并不拒却"幽默大师"这么个头衔，但真论他一生最大的贡献，则应该是，而且也公认是对中西文化的沟通。因为论将近代西方文化引入我国者，从严复和林纾那一代起，固可说代有传人，甚至人才辈出，但论将我中华文化介绍于西方者，则除了有利玛窦、汤若望等等外国人曾经从事之外，数献身此道的中国学人，林语堂虽非唯一人，却是极少数人中最成功的一人。②

这个评论符合林语堂的实际情况和主要特点。早在明末清初之际，随着天主教、基督教传入中国，陆续有外国传教士、学者来到中国，既带来宗教文化，也带来西方科学文化，而且译介中国古籍，向他们的本国和西方世界传播中国文化。其中最著名的人物，如 1583 年来华的意大利人利玛窦、1613 年来华的意大利人艾儒略、1622 年来华的德国人汤若望，以及 1659 年来华的比利时人南怀仁等人，他们都长期居留中国，为沟通中西文化效力。有些人熟习了汉语和中国典籍，成为向西方弘扬中国文化的先行者，如翻译《诗经》《列女传》等书的法国人赫苍璧、翻译《诗经》《书经》《易经》《礼记》等书的法国人宋君乐等。后来西方国家不少汉学家，都为向世界宣传中国文化做了历史贡献。据林语堂所见，在他翻译老子的《道德经》之前，已有十二种英译本、九种德译本。

---

① 《林语堂自传》，《逸经》，第 19 期（1935 年 12 月 5 日）。
② 《对一代宗师林语堂先生的哀思》，台湾《联合报》，1976 年 3 月 28 日。

至于华夏子孙直接向西方弘扬华夏文化，著名人物的确为数不多。最有代表性的人物自然是辜鸿铭。这位清末著名学者政治思想上是守旧的，忠君观念颇深，但辜精通英、德、法三国语言，在光绪年间任军机大臣张之洞的外文翻译，又精通中国古籍，蔑视外国人的傲慢，竭力向世界弘扬华夏文化，英译《论语》《中庸》等中国经典著作，1915 年撰写专著《原华》（"The Spirit the Chinese people"，又名《春秋大义》）赞颂中国文化。

林语堂在对待中国传统文化方面，受到辜鸿铭的启迪，写过几篇文章介绍辜鸿铭，既谈其怪癖，更主要是赞扬其学问道德。

林语堂编译的《孔子的智慧》一书，没有采用外国汉学家对《四书》《五经》的译本，唯独采用辜鸿铭英译《中庸》，仅略加修改。可见林语堂对辜鸿铭的译笔是赞赏的。这两位学者都是福建人（辜原籍同安，林祖籍龙溪），都曾留学美国，又先后在德国莱比锡大学学习，都在外交部门工作过，又同在北京大学教过书，都懂英、德、法语，都可算是学贯中西，特别是都热情满怀地弘扬华夏文化。当然两人生活的时代环境不同，思想观念不尽相同，辜鸿铭属于旧式儒生，缺乏现代意识，林语堂受过"五四"新思潮和近代西方思潮洗礼，并不全然排斥西方科学文化。正如俗语所说，长江后浪推前浪，在弘扬华夏文化方面，如果说辜鸿铭是先导的话，林语堂可以算是后起之秀，而译介中国名著之多、涉猎范围之广，在外国读者中影响之大，可以说林语堂又超过了他的学长和同乡辜鸿铭。国学家又是林语堂老友和同龄人钱穆，在林语堂逝世后的纪念文章中写道：

……在国外受教育，又在国外长期居留，以他外国语文之高深修养，不返国凭崇洋以炫耀，而却在国外宣扬祖国，只此一端，可谓为人所不为，堪当中国传统观念中一豪杰之称。……语堂长期在美的这一系列成名新著，总不得谓其无影响，而且在国外为中国和中国人留此影响的，除语堂一人外，纵不能说其绝无，而语堂一人，也几可说近似于仅有了。语堂这一勾当，也可说幽了天下之大默。①

这个评论也是符合实际的。林语堂长期在国外，以弘扬华夏文化而在外国读者中知名度之高，的确近似于"仅有"，这也就是说，在向外国人

---

① 钱穆：《怀念老友林语堂先生》，台湾《联合报》，1976 年 5 月 8 日。

弘扬华夏文化方面，林语堂做了许多前人没有做过的工作，比他的前辈提供了许多新的东西，他不仅英译了不少难度很大的中国古代经典著作，而且实际上从事弘扬华夏文化的系统工程。

三

林语堂自然算是现代著名的翻译家之一，但他弘扬华夏文化，是在中西文化比较研究基础上进行的，与其他翻译家相比又有不同的特点。

从 20 世纪 20 年代起，林语堂就从事中西文化比较研究。半个多世纪来，他的中西文化观经过许多变化和发展，呈现出复杂性，不是简单几句话可以概括的。不必讳言，从政治思想观念来说他未能随时代而前进，在某种意义上来近似于辜鸿铭，而思想的转折变化程度更大于辜鸿铭。这对他的文化观念不能不产生影响，因而他在著作中经常发出政治呓语、套话，甚至在与现实无关的著作中（如《苏东坡传》）也要说几句读之令人生厌的政治套话。但是，从文化思想来说，他在学术领域经历越久，观察和思考越广泛和深入，对中西文化比较越细，弘扬华夏文化的热情越高，而且发现中西文化可以沟通之处越多。因而，他从一个西洋文化的崇拜者转而成为华夏文化的传播者，并不是随波逐流，也不是单纯凭民族感情，而是经过他自己称之为"思想大旅行"的钻研和思考，是由感性到理性的升华。例如，林语堂青年时代接受西方人文主义即人道主义思想，而在中国传统文化领域大旅行之后，发现以孔子、孟子为代表的中国人文主义，不但历史悠长，而其丰富性与深刻性并不亚于西方，在重视人的价值方面更胜过西方人文主义。因而他反而向西方弘扬孔孟学说，编译了《孔子的智慧》《中国的智慧》。在《啼笑皆非》一书中展望第二次世界大战后的世界格局，他也以孔孟学说为精神支柱。尽管对西方大国的统治者及政治家们推销孔孟学说，效用微乎其微，但其弘扬华夏文化之苦心诚为可贵。

林语堂在中西文化比较研究之中，既探寻中西文化的不同特点，又推究可以沟通的共性，因而他弘扬华夏文化，并不走向全然排斥西方文化，这就与以辜鸿铭为代表的旧派国学家不同。固然，林语堂在某些问题上曾一度被学术界讽之为"在中国用英文讲演的摩登辜鸿铭"。① 因为他在抗战后期回国讲演《论东西文化与心理建设》《月亮与臭虫》中，为了替当时国民党统治下的"不如意事"作解释，曾宣传"外国也有臭虫"，而且把中国人民的浴血抗战归于"忠孝节义"的旧道德传统，观念确实较为陈腐，因而遭到学术界非议。但那时林语堂主要还是出之于政治意识，就文化而言还是主张中西沟通的，正如他在《啼笑皆非·中文译本序言》中所说："故言东西文明之异同，乃言各有畸轻畸重而已。西方学术以物为对象，中国学术以人为对象。格物致知，我不如人，正心诚意之理，或者人不如我。玄通知远，精深广大之处，我不让人，精详严密，穷理至尽，人定胜我。是故上识之士，以现代文化为全世界共享之文化，本国文化亦熔铸为世界文化之一部，故能以己之长，补人之短。（如欲发展中医，必先能将中医打进'西医'——即世界唯一共同之医学——圈子里去，混为一部，然后可以有贡献于世界医学。）"② 这些见解不是随意说出，而是从比较研究中得出的。因此，他弘扬华夏文化，宣传孔孟、老庄哲学、苏东坡、陶渊明，并不否定现代科学文明，而且力图把中国古代文人的超脱、豁达同现代的物质生活享受结合起来。

了解一种事物必须把握其与其他事物不同的特点，认识一种文化也是这样。林语堂向外国人讲中国文化，往往通过中外文化的比较分析，阐明其特点，把学术性与通俗性结合起来。在他的著作和译著中有多种多样的中西文化比较的内容，如中西国民性、中西思想法、中西艺术、中西幽默等等，他都做过比较，提出许多独特的见解。在向西方读者介绍中国艺术、绘画、书法、建筑时，他就做了概括性的对比总结：

也可以说直到目前，西洋艺术中的气韵还未能取得主宰之地位，而中国绘画则常能充分运用气韵的妙处。③

中西文化各有不同的特色，华夏文化也不是一个模子里铸出来，而是多姿多态、丰富多彩。林语堂介绍中国文化不同的流派时，也都作比较分析。

对同一学派中的不同人物也作分析比较，便于读者了解其不同特点。

① 郭沫若：《啼笑皆是》，重庆《新华日报》，1943 年 11 月 2 日。
② 林语堂：《啼笑皆非》（中文版），重庆商务印书馆，1945 年。
③ 林语堂：《吾国与吾民》第 8 章第 2 节，郑陀译，世界新闻出版社，1938 年。

如对老子与庄子亦做了比较。

林语堂对中西文化作比较研究，了解西方读者的文化心理，因而在外国面前讲中国文化，能做到有的放矢，切合接受者的需要。例如，西方读者对中国文化的了解，往往是零碎的、片面的，林语堂就特别注意全面性、完整性、系统性，还中国文化的本来面貌，编译《孔子的智慧》《老子的智慧》，就不仅是翻译孔子、老子的某些格言，而是全面地介绍其思想体系。他说明这样做的缘由：

> "在西方读者看来，孔子只是一位智者，开口不是格言，便是警语，这种看法，自然不是以阐释孔子思想其影响之深而且大。若缺乏思想上更为深奥的统一的信念或系统，纯靠一套格言警语，而支配一个国家，像孔子思想之支配中国一样，是办不到的……论语这部书，是孔学上的圣经，是一套道德的教训，使西方人对孔子有所知，主要就是靠这部书。但是论语毕竟只是夫子自道的一套精粹语录，而且文句零散，多失其位次，因此若想获得更为充分的阐释，反须要依赖孟子、礼记等书……"①

由此可见，林语堂向西方人弘扬华夏文化，达到知己知彼境地，也就是以他自己所说的"两脚踏东西文化"为基础，其科学水平和实际效益都较高，他的著述在西方图书世界得以畅销不是偶然的。当然，他在中西文化研究中得出的论断并不是完美无疵，特别是政治意识渗入其中就往往把问题扭曲了，但他在中西文化比较研究基础弘扬华夏文化，确实具有深厚的功力。

综合以上三方面的论述，总括起来说，在西方文化哺育下成为著名学者的林语堂，不但没有数典忘祖，而且与华夏文化结下了不解之缘，特别是在西方文化覆盖之地，在西方人不了解中国甚至于轻视中华民族之时，为弘扬华夏文化，让华夏文化走向世界，做出了突出的贡献。这个功劳在华夏文化史、中外文化交流史上是不应遗漏和忘却的。

（本文原载于《漳州师院学报》1995 年第 1 期）

---

① 林语堂：《孔子的智慧》（中文版），张振玉译，台湾金兰文化出版社，1984 年，第 3 页。

# 让华夏文化走向世界

## ——谈闽籍学者林语堂如何向海外弘扬华夏文化

　　闽台文化同吴越文化、齐鲁文化等多种多样的地域文化一样，是汇入华夏文化大海中的一支川流。闽台文化这支川流中培育的文化泳将，经过必要的磨炼，在华夏文化的大海中必能大显身手，林语堂就是其中代表人物之一。日本侵占台湾的 1895 年，林语堂出生于福建省平和县坂仔乡（现已改为镇），自幼受过闽南乡土文化的熏陶，以"龙溪村家子"而自豪；中年长期侨居国外，乡土之情不减；晚年生活在台湾，把经常听到闽南乡音，看成"人生快事之一"，1976 年离世后葬于台北市阳明山麓。他从出生到去世恰好跨越闽台两地。而他的学术道路，是从闽南乡土文化起步，走进广阔无垠的文化天地的，特别是身在异国念念不忘弘扬华夏文化。本文就笔者研读林语堂著作所得，考察这位闽籍著名学者是如何为向海外弘扬华夏文化做贡献的。

一

　　众所周知，林语堂是以"两脚踏东西文化，一心评宇宙文章"[①] 作为治学涉世之道的。这并不完全是自夸。他在文化领域内的确涉足很广，有条件"对外国人讲中国文化，而对中国人讲外国文化"。[②] 比较起来，他对外国人讲中国文化，大大地多于对中国人讲外国文化，实际上他是以弘扬华夏文化为己任的。为了说明这个问题，有必要对其学术生涯作简要

---

① 林语堂：《我的话·杂说》，上海时代书局，1934 年。
② 《林语堂自传》，《逸经》，第 19 期（1935 年 12 月 5 日）。

叙述。

20 世纪 20 年代中期，林语堂开始进入中国现代文坛，起初从事语言学研究，又写作杂文散文，成为语丝派作家之一，同时也翻译外国文学作品和文论、美学论著，如德国诗人海涅的诗歌，意大利哲学、美学家克罗齐的《表现的科学》，英国作家、诗人王尔德的《艺术的批评》，美国美学家斯平加恩的《新的文评》《七种艺术与七种谬见》，等等。这些译介都符合鲁迅后来用"拿来主义"加以概括的广采博取精神。

20 世纪 30 年代以来，林语堂除作为论语派主帅，提倡"幽默""性灵"，继续撰写杂文、散文外，逐渐把主要精力转向对外国人讲中国文化。这一转变的起点，是为在上海出版的英文周报《中国评论报》撰稿。1928年 12 月 6 日，林语堂在这个周报上发表《鲁迅》一文，此文是当时向英语读者介绍鲁迅的第一篇文章。那时中国学术界对鲁迅及其作品还有一些争议，但鲁迅作为中国新文化阵营旗手的地位实际上已经确定。因而林语堂向国外介绍鲁迅，可以算是他弘扬华夏文化意味深长的开端。这篇文章主要描述鲁迅在腥风血雨的大革命年代与黑暗势力进行艰苦而曲折的斗争，称誉鲁迅是"现代中国最深刻的批评家"，是"五四"后"湍流浩荡的文学渊海"中的一位天才，特别举了鲁迅在国民党广州教育局举办的演讲会上，洋洋洒洒地作了那篇《魏晋风度及文章与药及酒之关系》的借古喻今、意在言外的演说，显示鲁迅渊博的文化涵养、大无畏精神和巧妙的斗争艺术。不论后来林语堂与鲁迅的关系有何变化，从弘扬华夏文化来说，这是个颇有特色的开篇。

30 年代之初，林语堂继续用英文写短文在《中国评论报》上发表，1935 年和 1936 年先后结集为《小评论选集》（上、下集），由上海商务印书馆出版。选集中虽收进一些政论（如《论政治病》），但大部分都与弘扬华夏文化有关，如《中国白话文的起源》《我所认识的孔子》《中国文化的精神》《论水浒传》《英译张潮警句》《苏东坡的幽默》《中国书法的美学》《英译陶渊明的〈闲情赋〉》等等。其中《中国文化的精神》是林语堂 1931年到英国参加学术活动时的演讲稿，也是"对外国人讲中国文化"的一篇代表作。在《小评论选集》出版的同时，林语堂英译了清代名著《浮生六记》和《老残游记》并予以出版。在《浮生六记》英译自序中他称誉作者沈三白富有爱美爱真精神和中国文化最有特色的知足常乐、恬淡自适的天性，"很像一个无罪下狱的人心地之泰然，也就是托尔斯泰在《复活》所微妙表达出的一种，是心灵已战胜肉身了。"① 显然，他不仅向外国读者译介两部中国名著，而且意在弘扬中国文化中蕴含的恬淡、乐观精神。

从 1936 年 8 月起，林语堂侨居美国。去国之前应美国女作家赛珍珠之约，用英文撰写《吾国与吾民》。初到纽约，又完成《生活的艺术》的写作。这两部书，在美国及其他英语国家成为畅销书，再版数十版。那时在政治思想上林语堂已同鲁迅及左翼文化阵营分离，但作为华夏子孙的一员，民族感情并未淡化，肩负起直接向洋人传播华夏文化的重任，而且乐此不疲，长达三十年之久。

《吾国与吾民》《生活的艺术》是林语堂弘扬华夏文化的两部力作，使林语堂在国外获得较高的知名度。当然，两书中许多思想观念，特别是政治观、历史观、社会观，是马克思主义者和全面深刻了解中国国情的学者难以认同的，本文不详加评论，但从文化视角考察，两书中的文化信息量的确是丰厚的，有不少生动精彩的篇章，融知识性与趣味性为一炉，在不了解中国文化的外国读者眼中是别开生面的。那时，除少数外国汉学家及负有特殊任务的情报家和来中国传教、办学、经商的人士外，一般外国读者对中国实情、中国文化所知甚少，只知道遥远的东方有个古老的中国，在美国纽约等地有华人聚居的唐人街。而唐人街又往往被旅游公司和导游者渲染为神秘莫测、险象环生之地，以吸引好奇的游客。林语堂这两部著作那时在一定程度上起到帮助外国读者了解中国文化和沟通中西文化心理的历史作用。

抗日战争爆发以后，林语堂怀着强烈的民族义愤，创作《瞬息京华》（又译《京华烟云》）、《风声鹤唳》等长篇小说，为抗战做宣传，并由散文写作转向小说写作，二十年间共推出七部长篇小说。其题材和主题各不相同，但都富有文化内涵，带有弘扬华夏文化之意。《瞬息京华》以庄子的三段语录为主旨，在主要人物形象身上赋以道家精神。《风声鹤唳》以一个佛教徒为主人公。《唐人街》写中国人在海外创业，以老子思想作为精神支柱，构想未来的《远景》（又名《奇岛》）中的人物虽都是欧美人，但其中一个精神领袖有中国血统，而且是老庄哲学的忠实信徒。这些小说思

---

① 《人间世》（半月刊），第 40 期（1935 年 11 月 20 日）。

想艺术的高低得失这里不可能详加评论，只是说明林语堂弘扬华夏文化的意愿，在他的作品中无所不在。比如《瞬息京华》的文化内涵就较丰富，不仅体现道家精神的姚家和继承儒家传统的曾家深受华夏文化的熏陶，小说中无论亲友聚会、旅游观光、品茶饮酒、咏诗词作对联以至于螃蟹的吃法，都显示中国人处处有文化。可以说，林语堂的小说，其文化价值不亚于艺术价值。

林语堂在国外运用他精通英语之所长，为弘扬华夏文化，多方位开展工作，概括起来有以下几方面。

一是编译中国古代经典著作。他从外国读者对象出发，把翻译、注解和阐述融为一体。这类编译最有代表性的是《孔子的智慧》《老子的智慧》两书。前书于1938年分别在纽约、伦敦出版。书中按照孔子的思想体系共分十一章，其中全文翻译《史记·孔子世家》，节译《论语》一章，《孟子》一篇，《大学》《中庸》各五篇，与"四书"组合大同小异，各章都有注释和阐述，实际上成为中国"四书"的英文普及本。后书相隔十年，也分别在纽约、伦敦出版。书中根据老子学说的内容分为六篇，即《道之常》《道之训》《道之体》《力量之源》《生活的准则》《政治论》，每篇又分若干章，翻译老子的话及各家的注解，采用最多的是庄子对老子思想的解释。在编译本书之前，林语堂已重译老子的《道德经》，后来又出版《英译庄子》。他在国外向西方弘扬孔孟哲学和老庄哲学，成绩是可观的。

二是撰写中国古代名人传记。中国古代杰出人物都是华夏文化培育出的精英。林语堂特别喜爱和赞赏陶渊明、苏东坡、袁中郎、曹雪芹等杰出文学家。其中苏东坡的资料流传下来的最多。林语堂出国时携带了苏东坡的珍本古籍及大量有关资料，酝酿写传长达十年之久，1947年用英文写出了《苏东坡传》，描绘了这位宋代伟大诗人、散文家曲折坎坷而又可歌可泣的一生，传中选译了不少苏东坡的脍炙人口的诗文。即便不了解苏东坡的西方读者，读这部传记也会留下难忘的印象，并对中国诗文产生仰慕之情。尽管传中贬王（安石）颂苏（东坡）的写法不完全符合历史事实，因为王安石也是宋代一位杰出人物，但从弘扬华夏文化来说，《苏东坡传》是一部瑕不掩瑜的作品。50年代末林语堂又推出《武则天传》，描写中国唐代也是中国历史上唯一的女皇。由于作者的政治观历史观损害了历史真实，这部传记不能算是成功之作，但也向西方读者显露，中国早在唐代

（8世纪至10世纪）就有灿烂的文化，而现代欧美诸强国那时还未诞生。

三是选择、重编各类中国古代文学作品和艺术理论。林语堂本来打算翻译《红楼梦》，但由于主要精力转向长篇小说的写作，难以进行大部头的中国古典文学作品的翻译工作，但不时也编译一些作品，如《杜姑娘》（根据冯梦龙的《杜十娘怒沉百宝箱》改编）、《英译重编中国传奇小说》、《中国古文小品选译》、《中国著名诗文选读》等，还选择中国历代著名画家的绘画理论而形成《中国画论》一书。其中最有特色的是《中国传奇小说》，从《太平广记》《聊斋志异》《京本通俗小说》等唐以来传奇小说中选入《虬髯客传》《碾玉观音》《莺莺传》《南柯太守传》《小谢》《叶限》等二十篇有代表性的传奇加以英译，而且运用现代小说的手法作了改写，或加入背景描写，或增添某些细节，或变动某些情节，既适应现代西方读者欣赏习惯，又不失原作的中国色彩和风味。由此可见，林语堂向西方读者弘扬华夏文化，颇费一番匠心。

此外，林语堂在国外参加学术会议，出席各式各样演讲会，难以数计，其论题及内容几乎都与弘扬华夏文化有关，不必赘述。

60年代中期，林语堂转向以中文写作为主，并结束海外生活，回到台湾定居。但他没有重新向中国人讲外国文化，而是向华夏文化的高深层次继续探索，在《红楼梦》研究、孔孟哲学及宋明理学研究、汉语语音及方言研究诸方面，都推出了新成果。

## 二

如果以一个精通中国古籍的国学家来要求林语堂，那是一种脱离实际的苛求。林语堂出身于闽南乡村的基督教家庭，从小学到大学均念教会学校，后来留学美国哈佛大学和德国耶拿大学、莱比锡大学，家庭环境和学校教育没有提供他做国学家的条件，尽管大学毕业后和留学回国后勤奋地补学中国古代著作，但在国学领域还未能超越前辈和同辈著名国学家。然而，可贵的是，他的民族感情颇为深厚，学识上又有自知之明，明白自己文化学术上缺漏之所在，下定决心补缺，他回忆说：

> 对一个有知识的中国人来说，加入本国思想的传统主流，不做被剥夺国籍的中国人，是一种很自然的期望。我是在全国英文

最好的大学毕业的——那又有什么了不起？我因为幼承父亲的庭训，对儒家经典根底很好，而我曾把它铭记于心，每一个有学问的中国人，都被期望能铭记孔子在论语中所说的话，它是有学问的人会话的重要部分。但我的书法很糟，是中国缺乏教养的人的最显著的标记。我对于中国历史，中国诗，中国哲学，及中国文学的知识，充满漏洞。……我带着羞愧，浸于中国文学及哲学的研究。广大的异教智慧世界向我敞开，真正大学毕业后的教育程度——忘记过去所学的程序——开始。这种程序包括跳出基督教信仰的限制。①

大学毕业后，林语堂在中国传统文化领域开始新的旅行，留学回国又继续进行这种旅行，以便迎头赶上。他说："耶教《圣经》中的约书亚的喇叭吹倒耶利哥城墙我知道了，而孟姜女的泪哭倒长城我反不大清楚。怎么不羞？怎么不愤？所以这一气把中文赶上。"②他发现华夏文化领域无比广阔，蕴藏量极为丰富。仅以孟姜女的故事传说来说，就不是几句话可以说完的。他在北京大学任教时参加了歌谣研究会。这个研究会出版的《歌谣》周刊，从1924年11月起开辟的"孟姜女专号"就出版了九期，发表了顾颉刚、钟敬文、魏建功、郭绍虞、刘复等学者近百篇文章和收集的资料。林语堂在北京期间又认识了前辈学者辜鸿铭，对鲁迅的旧学功底也深为佩服，他自己也走进了华夏文化的丰盛茂密的丛林，并为弘扬华夏文化献出了毕生的精力。

林语堂逝世于1976年3月26日。台湾《联合报》曾发表纪念社论，文中说：

……我们必须指出，林语堂先生本人，虽然并不拒却'幽默大师'这么个头衔，但真论他一生最大的贡献，则应该是，而且也公认是对中西文化的沟通。因为论将近代西方文化引入我国者，从严复和林纾那一代起，固可说代有传人，甚至人才辈出；但论将我中华文化介绍于西方者，则除了有利玛窦、汤若望等等

① 《从异教徒到基督徒》，台湾金兰文化出版社，1984年版，第28页。文中说"全国英文最好的大学"，指上海圣约翰大学，1916年林语堂毕业于该校。
② 《林语堂自传》，《逸经》，第19期（1935年12月5日）。

外国人曾经从事之外，数献身此道的中国学人，林语堂非唯一
人，却是极少数人中最成功的一人。①

这个评论符合林语堂的实际情况和主要特点。早在明末、清初之际，
随着天主教、基督教传入中国，陆续有外国传教士、学者来到中国，既带
来宗教文化，也带来西方科学文化，而且译介中国古籍，向他们的本国传
播中国文化，其中最著名的人物，如 1583 年来华的意大利人利玛窦
（P. Mattoeus Ricci，1552—1610），1613 年来华的意大利人艾儒略
（P. Julius Aleni，1582—1649），1622 年来华的德国人汤若望（P. J. Adam
Schall VonBell，1591—1666）以及 1659 年来华的比利时人南怀仁
（P. Ferdinandus Verbiest，1623—1688）等人，他们都长期居留中国，为
沟通中西文化效力。有些人熟习了汉语和中国典籍，成为向西方弘扬中国
文化的先行者，如翻译《诗经》《列女传》等书的法国人赫苍壁（P. Jul-
Placi dus Hervien，1671—1745，1701 年来华），翻译《诗经》《书经》《易
经》《礼记》等书的法国人宋君乐（P. Antonins Goubil，1689—1759，1722
年来华），翻译《孔子传》《孙子兵法》等著作的法国人钱德明（P. Joan-
Joseph-Miria Amior，1718—1793，1750 年来华）等人。后来西方国家不
少汉学家，都为向世界宣传中国文化作了历史贡献。据林语堂所见，在他
翻译老子的《道德经》之前，该书已有十二种英译本，九种德译本。

至于华夏子孙直接向西方弘扬华夏文化，著名人物的确为数不多。最
有代表性的人物自然是辜鸿铭。这位清末著名学者政治思想上是守旧的，
忠君观念颇深，曾送给拥溥仪复辟的军阀张勋一副对联："荷尽已无擎雨
盖，菊残犹有傲霜枝"。"擎雨盖"指清朝官帽，"傲霜枝"指张勋和他自
己头上的辫子。拥护君主制，辜鸿铭与张勋同气相求，但道德学问相差悬
殊。辜鸿铭精通英、德、法三国语言，在光绪年间任军机大臣张之洞的外
文翻译，又精通中国古籍，蔑视外国人的傲慢，竭力向世界弘扬华夏文化，
英译《论语》《中庸》等中国经典著作，1915 年撰写专著《原华》（"The
Spirt of the Chinese People"，又名《春秋大义》）赞颂中国文化。

林语堂在对待中国传统文化方面，受到辜鸿铭的启迪，写过几篇文章
介绍辜鸿铭，既谈其怪癖，更主要是赞扬其学问道德。如林语堂晚年在

---

① 《对一代宗师林语堂先生的哀思》，台湾《联合报》，1976 年 3 月 28 日。

《辜鸿铭集译〈论语译英文〉序》文中写道：

> 英文文字超越出众，二百年来未见其右，遣词用字，皆属上
> 乘。至其思想，见《中庸》便可知功夫不深者不能知君子中庸、
> 小人反中庸之精意。遣词用词与思想内容亦不易分别。总而言
> 之，有辜先生之超越之思想，始有其异人之文采。鸿铭亦可谓出
> 类拔萃，人中铮铮之怪杰。
>
> 鸿铭先生异人之趣，就记忆所及，略述一二。鸿铭将出人意
> 料，向来看不起英人之傲慢。曾在北京真光戏院，前座有一外
> 人。鸿铭出其不意，拿他手里的烟斗向前面秃发一敲。外人不审
> 所以，鸿铭只拿烟斗向他要火，外人忙乖乖听命……①

林语堂编译的《孔子的智慧》一书，没有采用外国汉学家对《四书》
《五经》的译本，唯独采用辜鸿铭英译《中庸》。可见林语堂对辜鸿铭的译
笔是赞赏的。这两位学者都是福建人（辜原籍同安，林祖籍龙溪），都曾
留学美国，又先后在德国的大学学习，都在外交部门工作过，又同在北京
大学教过书，都懂英、德、法语，都可算是学贯中西，特别是都热情满怀
地弘扬华夏文化。当然两人生活的时代环境不同，思想观念不尽相同，辜
鸿铭属于旧式儒生，缺乏现代意识，林语堂受过五四新思潮和近代西方思
潮洗礼，并不全然排斥西方科学文化。正如俗语所说，长江后浪推前浪，
在弘扬华夏文化方面，如果说辜鸿铭是先导的话，林语堂可以算是后起之
秀；而译介中国名著之多、涉猎范围之广、在外国读者中影响之大，可以
说林语堂又超过了他的学长和同乡辜鸿铭。著名国学家、又是林语堂老友
和同龄人的钱穆，在林语堂逝世后的纪念文章中写道：

> ……在国外受教育，又在国外长期居留，以他外国语文之高
> 深修养，不返国凭崇洋以炫耀，而却在国外宣扬祖国，只此一
> 端，可谓为人所不为，堪当中国传统观念中一豪杰之称。迄今外
> 国人，不论美欧，乃至其他地区，多有对中国另眼相看的，他们
> 约略知道，在此世界，有此中国和中国人之存在，语堂长期在美
> 的这一系列成名新著，总不得谓其无影响，而且在国外为中国和
> 中国人留此影响的，除语堂一人外，纵不能说其绝无，而语堂一

---

① 原载台湾《华学月刊》，第 68 期（1977 年 8 月 21 日）。

人，也几可说近似于仅有了。语堂这一勾当，也可说幽了天下之
大默。①

这个评论也是符合实际的。林语堂长期在国外，以弘扬华夏文化而在
外国读者中知名度之高，的确近似于"仅有"，这也就是说，在向外国人
弘扬华夏文化方面，林语堂做了许多前人没有做过的工作，比他的前辈提
供了更多新的东西，他不仅英译了不少难度很大的中国古代经典著作，而
且实际上从事弘扬华夏文化的系统工程。

## 三

林语堂自然算是现代著名的翻译家之一，但他弘扬华夏文化，是在中
西文化比较研究基础上进行的，与其他翻译家相比又有不同的特点。

从 20 世纪 20 年代起，林语堂就从事中西方文化比较研究。半个多世
纪来，他的中西文化观经过许多变化和发展，呈现出复杂性，不是简单几
句话可以概括的。不必讳言，他的政治思想观念未能随时代而前进，在某
种意义上说近似于辜鸿铭，而思想的转折变化程度更大于辜鸿铭。这对他
的文化观念不能不产生影响，因而在他的著作中经常发出政治呓语、套
话，甚至在与现实无关的著作中（如《苏东坡传》）也要说几句政治套话。
但是，从文化思想来说，他在学术领域经历越久，观察和思考越广泛和深
入，对中西文化比较越细，弘扬华夏文化的热情便越高，发现中西文化可
以沟通之处也越多。因而，他从一个西洋文化的崇拜者转而成为华夏文化
的传播者，并不是随波逐流，也不是单纯凭民族感情，而是经过他自己称
之为"思想大旅行"的钻研和思考，是由感情到理性的升华。例如，林语
堂青年时代接受西方人文主义即人道主义思想，而在中国传统文化领域大
旅行之后，发现以孔子、孟子为代表的中国人文主义，不但历史悠长，且
其丰富性与深刻性并不亚于西方，在重视人的价值方面更胜过西方人文主
义。因而他反而向西方弘扬孔孟学说，编译了《孔子的智慧》《中国的智
慧》。在《啼笑皆非》一书中展望第二次世界大战后的世界格局，也以孔
孟学说为精神支柱。尽管对西方大国的统治者及政治家们推销孔孟学说，

① 钱穆：《怀念老友林语堂先生》，台湾《联合报》，1976 年 5 月 3 日。

无异于对牛弹琴，但其弘扬华夏文化之心是诚挚可贵的。

林语堂在中西文化比较研究之中，既探寻中西文化的不同特点，又推究可以沟通的共性，因而他弘扬华夏文化，并不走向全然排斥西方文化，这就与以辜鸿铭为代表的旧派国学家不同。固然，林语堂在某些问题上曾一度被学术界讥之为"在中国用英文讲演的摩登辜鸿铭"，[①]。因为他在抗战后期回国讲演《论东西文化与心理建设》《月亮与臭虫》中，为了替当时国民党统治下的"不如意事"作解释，曾宣传"外国也有臭虫"，而且把中国人民的浴血抗战归于"忠孝节义"的旧道德传统，观念确实较为陈旧，因而遭到学术界非议。但那时林语堂主要还是出之于政治意识，就文化而言还是主张中西沟通的，正如他在《啼笑皆非·中文译本序言》中所说："故言东西文明之异同，乃言各有畸轻畸重而已。西方学术以物为对象，中国学术以人为对象。格物致知，我不如人，正心诚意之理，或者人不如我。玄通知远，精深广大之处，我不让人；精详严密，穷理至尽，人定胜我。是故上识之士，以现代文化为全世界共享之文化，本国文化亦不熔铸为世界文化之一部，故能以己之长，补人之短（如欲发展中医，必先能将中医打进'西医'——即世界唯一共同之医学——圈子里去，混为一部，然后可以有贡献于世界医学）。"[②] 这些见解不是随意说出，而是从比较研究中得出的。因此，他弘扬华夏文化，宣传孔孟、老庄哲学、苏东坡、陶渊明，并不否定现代科学文明，而且力图把中国古代文人的超脱、豁达同现代的物质生活享受结合起来。

了解一种事物必须把握其与其他事物不同的特点，认识一种文化也是这样。林语堂向外国人讲中国文化，往往通过中外文化的比较分析，阐明其特点，把学术性与通俗性结合起来。在他的著作和译著中有多种多样的中西文化比较的内容，如中西国民性、中西思想法、中西艺术、中西幽默等等，他都做过比较，提出许多独特的见解。在向西方读者介绍中国艺术、绘画、书法、建筑时，他先作了概括性的对比：

> 西洋艺术的精神，好像是较为肉体的，较为含热情，更较为
> 充盈于艺术家的自我意识的；而中国艺术的精神则较为清雅，较

---

① 郭沫若：《啼笑皆是》，重庆《新华日报》，1943 年 11 月 2 日。
② 林语堂：《啼笑皆非》（中文版），重庆商务印书馆，1945 年。

为谨饬，又较为与自然相调和。……一切艺术问题都是气韵问题，吾们可以说任何国家都是一样；也可以说直到目前，西洋艺术中的气韵还未能取得主宰之地位，而中国绘画则常能充分运用气韵的妙处。①

中西文化各有不同的特色，华夏文化也不是一个模子里铸出来，而是多姿多态、丰富多彩。林语堂介绍中国文化不同的流派时，也都作比较分析。例如，对儒家与道家，他作了如下比较：

> 儒道两家的差别，在公元前一三六年之后，被明显地划分了出来：官吏尊孔，作家诗人则崇老庄；然而，一旦作家、诗人戴上了官帽，却又走向公开激赏孔子，暗地研究老庄的途径。
>
> ……
>
> 这两家最大的异点：儒家崇理性，尚修身；道家却抱持反面的观点，偏好自然与直觉。喜欢抗拒外物的人，似乎总站在高处，较易于接受外界事物的一方更能吸引人。代表这两种典型的人，便是尊崇礼教的孔子，和喜欢抗拒外物的自然主义者——老聃。②

对同一学派中的不同人物也作分析比较，便于读者了解其不同特点。老子与庄子是老庄学派的代表人物，林语堂作了如下比较：

> 一般说来，老庄思想的基础和性质是相同的。不同的是：老子以箴言表达，庄子以散文描述；老子凭直觉感受，庄子靠聪慧领悟；老子微笑待人，庄子狂笑处世；老子教人，庄子嘲人；老子说给心听，庄子直指心灵。若说老子像惠特曼，有最宽大慷慨的胸怀；那么，庄子就像梭罗，有个人主义粗鲁、无情、急躁的一面。再以启蒙时期的人物作比，老子像那顺应自然的卢梭，庄子却似精明狡猾的伏尔泰。③

林语堂对中西文化作比较研究，了解西方读者的文化心理，因而在外国人面前讲中国文化，能做到有的放矢，切合接受者的需要。例如，西方

---

① 林语堂：《吾国与吾民》第 8 章第 2 节，郑陀译，世界新闻出版社，1938 年。
② 林语堂：《老子的智慧·序论》，台湾金兰文化出版社，1984 年。
③ 林语堂：《老子的智慧·序论》，台湾金兰文化出版社，1984 年。

读者对中国文化的了解，往往是零碎的、片面的，林语堂就特别注意全面性、完整性、系统性，还中国文化的本来面貌，编译《孔子的智慧》《老子的智慧》，就不仅是翻译孔子、老子的某些格言，而是全面地介绍其思想体系。他说明这样做的缘由：

> 在西方读者看来，孔子只是一位智者，开口不是格言，便是警语，这种看法，自然不足以阐释孔子思想其影响之深而且大。若缺乏思想上更为深奥的统一的信念或系统，纯靠一套格言警语，而支配一个国家，像孔子思想之支配中国一样，是办不到的。孔夫子的威望与影响如此之大，对此一疑难问题之解答，必须另自他处寻求才是。若没有一套使人信而不疑的大道理，纵有格言警语，也会久而陈腐令人生厌的。论语这部书，是孔学上的圣经，是一套道德的教训，使西方人对孔子有所知，主要就是靠这部书。但是论语毕竟只是夫子自道的一套精粹语录，而且文句零散，多失其位次，因此若想获得更为充分的阐释，反须要依赖孟子、礼记等书……①

由此可见，林语堂向西方人弘扬华夏文化，达到知己知彼境地，也就是以他自己所说的"两脚踏东西文化"为基础，其科学水平和实际效益都较高，他的著述在西方图书世界得以畅销不是偶然的。当然，他在中西文化研究中得出的论断并不是完美无疵，特别是政治意识渗入其中就往往把问题扭曲了，但他在中西文化比较研究基础上弘扬华夏文化，确实具有深厚的功力。

综合以上三方面的论述，总括起来说，在西方文化哺育下成为著名学者的林语堂，不但没有数典忘祖，而且与华夏文化结下了不解之缘，特别是在西方文化覆盖之地，在西方人不了解中国甚至于轻视中华民族之时，为弘扬华夏文化，让华夏文化走向世界，做出了突出的贡献，这个功劳在华夏文化史、中外文化交流史上是不应遗漏和忘却的。

（本文原载于《中华文化与地域文化研究——福建省华夏文化研究会20 年论文选集（第一卷）》2011 年）

---

① 《孔子的智慧》（中文版），张振玉译，台湾金兰文化出版社，1984 年，第 3 页。

# 谈《京华烟云》中译本

我国现代作家林语堂用英文撰写的长篇小说《京华烟云》（"Moment in Peking"，作者自译为《瞬息京华》），完稿于 1939 年 8 月，随即由美国纽约约翰·黛公司出版，并再版多次。四十多年来在海峡两岸和香港地区有不同的译本问世。本文不是比较这些译本的优劣高低，而只是作一些历史的考察，提供一些有关情况供研究者作参考。

林语堂在谈到写作这部小说的意图时说："纪念全国在前线为国牺牲之勇男儿，非无所为而作也。……弟客居海外，岂真有闲情谈说才子佳人故事，以消磨岁月耶？但欲使读者因爱佳人之才，必窥其究竟，始于大战收场不忍卒读耳。"① 这是给郁达夫的信中说的。后来给谢冰莹的信又再写道："此书系以大战收场，暴露日人残行（贩毒、走私、奸淫、杀戮），小说入人之深，较论文远甚。"② 既然如此，林语堂当然期望国内读者早日读到此书，在写作过程中就考虑中译本的翻译出版问题，向远在新加坡的郁达夫表示委托他翻译之意。英文稿完成后，林语堂立即写信给郁达夫说："得亢德手札，知吾兄允所请，肯将弟所著小说译成中文，于弟可无憾矣……"③ 随后寄去有关资料及五百美元。为什么要请郁达夫翻译呢，据林语堂说："一则本人忙于英文创作，无暇于此，又京话未敢自信；二则达夫英文精，中文熟，老于此道；三，达夫文字无现行假摩登之欧化句子，免我读时头痛；四，我曾把原书签注三千余条寄交达夫参考。如此办法，当然可望有一完善译本问世。"④ 郁达夫在《谈翻译及其他》一文中也

---

① 《给郁达夫的信》，《语堂文集》，台湾开明书店，1978 年，第 1234 页。
② 谢冰莹：《忆林语堂先生》，台湾《传记文学》，第 32 卷第 1 期。
③ 《给郁达夫的信》，《语堂文集》，台湾开明书店，1978 年，第 1234 页。
④ 林语堂：《谈郑译〈瞬息京华〉》，《宇宙风》半月刊，第 113 期（1942 年）。

谈到此事："书在出版之前，语堂氏就有信来，一定要我为他帮忙，将此书译成中文。后来这书出版，林氏又费了很大的气力，将原著所引用的出典，及人名地名，以及中国成语，注解得详详细细，前后注成两册寄来给我。"① 可见林语堂对小说的中译祈望之迫切。1940 年夏天，林语堂回国一趟。回国之前他又再致函郁达夫催问，并约郁去重庆；经香港时还与郁通了电话。郁达夫回答说不可能回重庆，而"译事早已动手，大约七月号起，可以源源在《宇宙风》上发表"。② 但这一许诺没有实现。请著作等身的郁达夫翻译一部小说处女作，可以说是一种奢望。郁达夫并不乐意承担，但碍于情面，又花掉了林寄来的美元，只好勉强应允。那时，郁达夫同王映霞的家庭纠葛，"弄得头昏脑胀，心情恶劣到了极点"；王映霞离去之后，郁达夫的生活仍不安定，难于专心致志从事浩繁的著译，《京华烟云》的翻译虽已动手，但一再拖延。据郁飞在《杂忆父亲郁达夫在星洲的三年》一文中记述，开头一部分译稿在英国情报部主办的《华侨周报》上刊载，"可是拖延近两年，终因大局逆转而只开了个头……"③ 1941 年年底太平洋战争爆发后，郁达夫历尽艰险，1945 年被日本帝国主义者所杀害。翻译之事未能完成。

郁达夫给林语堂的回信中已提到，《京华烟云》中译本问世之前，在日本已有两种日译本出版。事实上，1940 年在日本已出三种译本，即明窗社出版的藤原邦文的节译本《北京历日》、今日问题社出版的鹤田知也的译本《北京之日》，以及四季书房出版的小田岳夫、中村雅男、松本正雄合译的《北京好日》。据曾翻译林语堂的另一长篇小说《风声鹤唳》（日文译为《暴风雨中的树叶》）的日本学者竹内好撰文说，战争期间出版的日译本都经过删削，甚至歪曲作者原意；即使公认为较好的日译本《北京好日》，同原文比较，译文近于"支离破碎"。④ 与日译本出现的同时，在日

---

① 原载 1940 年 5 月 26 日《星洲日报·文艺周刊》，转引自秦贤次编《郁达夫南洋随笔》，台湾洪范书店，1978 年。

② 原载 1940 年 5 月 26 日《星洲日报·晨星》，转引自《郁达夫南洋随笔》，台湾洪范书店，1978 年。

③ 《新文学史料》，人民文学出版社，1979 年。

④ 《中国人的抗战意识与日本人的道德观念》，林语堂《风声鹤唳》，台湾金兰文化出版社，1986 年。

本侵略军占领下的北平，东风出版社出版了白林的节译本《瞬息京华》，全书七十万字压缩为十五万字。1946 年上海正气书局又出版了苦干出版社的节译本《瞬息京华》，约七万字。对于日译本，未见林语堂发表评论，而对中文节译本林则明确表示反对，认为这对作者是"一种损害"①，把节译本《瞬息京华》归入"我所反对的有三书"之一（另两本是《讽颂集》《中国传奇小说》译本）。这些节译本在大陆除个别图书馆还藏有残本之外，已难于寻觅。

《京华烟云》第一部中文全译本是郑陀、应元杰二人合译，1941 年由上海春秋社出版，分上、中、下三册（以下简称郑译本）。这个译本虽出版于"孤岛"上海，但在抗战后期曾流传于大陆东南各地。抗战胜利后改由上海光明书局出版，并再版多次。从 1946 年至 1949 年，香港文达出版社根据这个译本重印多次。1952 年台北文光书局出版的《京华烟云》仍依据郑译本，但两位译者之名被抹掉。从 20 世纪 50 年代至 70 年代，台湾多次重印这部小说，直到 1977 年台湾远景出版事业公司出版的《京华烟云》，都是不署译者大名的郑译本。林语堂对这个译本审读得颇为仔细，1941 年年初即撰写了《谈郑译〈瞬息京华〉》在《宇宙风》半月刊第 113 期上发表。郑陀翻译过林语堂第一部英文著作《吾国与吾民》，林语堂认为"文笔尚雅洁，无通行现代文毛病"。对郑、应合译的《京华烟云》，林语堂认为书名尚不失原意，译笔则瑕瑜互见，主要毛病是语言诘屈聱牙，特别是对话拖泥带水，夹杂江苏、上海口语。文中林语堂列举了郑译本误译或译文不准确之处。如"桐城谬种""选学妖孽"译成"罪恶的种子""文学界的私生子"，洪升的《四蝉娟》译成洪深的《四美人》，"点菜"译成"支配菜单"，"略识之无"译成"我光认识'戚'和'吴'这些字"，等等。林语堂尽管对郑译本不很满意，但还是认为"并非肚里全未吃过墨水者之作"，而且未发现译本有删节、改写原著之处。后来林语堂在谈到郑译本时认为"总算负责译完。译文平平，惜未谙北平口语……"，实际上是大体上认可，何况作者并不熟悉北京口语，英文也难于表达中国地方方言，而要求译者用北京口语译出，本来就属于过高的期望。总之，郑译本虽然缺陷良多，却是作者审读过的并流传了三十多年的一个全译本。

---

① 《语堂文集初稿校勘记》，《语堂文集》，台湾开明书店，1978 年。

1977 年 3 月台湾德华出版社出版了张振玉译的《京华烟云》，可算是第二个中文全译本（以下简称张译本）。出版者撰文对比郑译本与张译本，极力推崇张译本。随后金兰文化出版社出版《林语堂全集》也采用张译本。这个译本并不是完美无疵的。台湾学者提出过不少订正意见。译者张振玉根据这许多意见，在再版、三版时一再加以修订。但此书初版时，林语堂已去世，译者欲拜见作者的愿望未能实现，因而这个译本也就得不到作者的评骘。

近年来随着海峡两岸文化交流的日益扩展，由台湾地区进入祖国大陆的林语堂著作渐多（香港地区的也渐多），包括《京华烟云》及其他小说。大陆出版社也重印林语堂的多部著作。1987 年 2 月吉林时代文艺出版社根据张译本"个别文字作了修订"出版了《京华烟云》，初版十六万册（以下简称时代本）。虽不能说是"首次在国内出版"，却也是 20 世纪 50 年代以来大陆重印的第一部《京华烟云》，在旧版本踪迹难寻的情况下，让读者、研究者看到这部小说的风貌，自然是好事。

以上情况大致可以说明《京华烟云》中译本诞生的经过，也可以从中了解作者与这些译本的关系。笔者由于兴趣关系，对郑译本、张译本及时代本都有机会接触，发现各种译本都留下了或深或浅的时代和环境的印迹，其中有的出于不得已，有的则是不必要的。为了具体说明问题，先抄录几个译本的一段译文：

在七月十七日，蒋委员长替中国作了一个重要的决定，因他把抵抗到底的政策向全国公布了……

"蒋先生这个人是我见过的人们中一个最冷静和最坚决的人物。"新亚这样说，"他替中国作了几件事，是三国时代的诸葛亮所不能做的。他为了要使中国统一，曾担任了世界上任何大人物所不曾担任过的艰苦工作。现在他已经把这种统一的事业完成了，所以他要进一步去应付一种更重大的工作，就是领导中国去同××作战。蒋先生好象是一只海燕，喜欢在海洋的飓风骇浪当中去找玩意——也许他喜欢这种玩意。如果人民都愿意的话，那么他就会作到底。在过去十年中，我曾经注意他的种种行动。他这人是这样的瘦削，而又这样的怪骨嶙峋——但是你且看他的那张嘴，他脸上的表情是把坚决和深思混在一起的——这种表情是我从来没有见过的。"

"如果蒋先生是诸葛亮，那么我愿意做他的渡夫。"阿通说。

（郑译本）

在七月十七号，终于达成了最重要的决定，蒋委员长向全国广播抗战到底的国策。……

苏亚说："他这个人，是我所见过的最冷静最坚强的人。诸葛亮做不了的事他都做成了。统一中国这项空前艰巨的任务，他必须要担当起来，他已经完成了。现在他又遭遇到更艰巨的任务，要领导中国对抗日本。他就象一只海燕，习惯于在大海的风暴里奋斗，也许他以此为乐。他一定能够把这场战争进行到底。过去这十年，我一直注意他。他削瘦而骨格嶙峋，可是你看他的嘴！他的脸上显出的坚强与智慧，两者配合得那么神奇，我从来没有见过那样的。"

阿通说："蒋委员长就是诸葛亮。我愿给他做个渡船夫"。

（张译本）

在七月十七号，终于达成了最重要的决定，蒋介石向全国广播抗战到底的国策。……

苏亚说：他这个人，在抗日的事情上，原来是消极的，畏首畏尾的。他是国民党的领袖，是中央政府的首脑。他的消极态度不能不影响一大批党国要人，这是令人遗憾的。西安事变将了他一军，给了他一个深深的刺激，他应该变成积极了。全国同胞是这么期望他的。只要他坚决抗日，他手下那些文官武将也就会坚决抗日。究竟他会不会使全国同胞失望呢，只有天知道。看着他的官邸我心绪茫茫。也许这是多余的忧虑吧。果真如此，那就谢天谢地。我相信我的感情能够代表很多同胞的感情。

阿通说："我愿蒋介石就是诸葛亮、我愿给他做个渡船夫。"

（时代本）

以上引文是小说第四十五章也即最后一章中的一段。小说女主人公姚木兰及丈夫曾孙亚、儿子阿通一家在庐山避暑，而住处离蒋介石的别墅不远。作者借机发一通颂蒋的政治议论，尽管同小说情节无关，且违背历史事实，但出自林语堂笔下又在抗战时期，不足为奇。郑译本在"孤岛"上海出版，为了避讳，日本以××代之（全书均如此），其他都如实译出，只是个别用词较别扭（如"找玩意"）。张译本基本上照原文译出，但颂蒋的语调加重了，把原文带假定性的词句译成肯定句，如"他一定能够把这场战争进行到底""蒋委员长就是诸葛亮……"等。郑译本中"他脸上的表情是把坚决和深思混在一起的"较符合原意，张译本译为"他的脸上显出的坚强与智慧，两者配合得那么神奇"，就加了份量。

时代本引文中前一段叙述语除将"蒋委员长"改为"蒋介石"外，均与张译本相同，但苏亚的话则完全是新的"创作"，颂蒋之意荡然无存，而且变成批评性、怀疑性的语言。如此改写，其用意不能说不好，但不顾作者的原意，也不问译者是否同意，而且不考虑小说中人物的思想实际，造成严重的失真，总不能认为是可取的。

又如小说第四十三章，写到几个富有爱国热情的青年组成秘密团体，准备去山西参加共产党领导的抗日游击队。作者撇开了自己的政治观点，如实地描写爱国青年对共产党的信赖，是难能可贵的。郑译本除把共产党改为"××党"以外，均照原文译出。张译本恢复了共产党词语，但加上一句原文没有的"因为那时他们扬言接受中央领导抗日了"。显然，这是带有政治倾向性的添加。句中的"中央"当然指国民党，"他们"指共产党。根据张译本重印的时代本没有删去这句凭空添加之词，而把"中央"改为"中共"。这一改，"他们"就转化为几个爱国青年。小说中那几个青年是诚心诚意去参加共产党，反而变成"扬言接受中共领导抗日了"，岂不是弄巧成拙。译者的译笔可以有高低之分，但无论是添加或改削，都不能违背真实性原则。当然，译本修改原著的事例也是常有的。老舍的《骆驼祥子》最早在美国出版英译本，译者不顾原著悲剧的结尾而改成祥子与小福子团圆，作者是坚决反对的。林语堂是著名的翻译家，他主张"译者第一的责任，就是对原文或原著者的责任，就是如何才可以忠实于原文，不负著者的才思与用意"。① 翻译出版林语堂的著作自然也应当如此。

《京华烟云》是林语堂的代表作，四十多年来在海内外销行不衰。对

---

① 《论翻泽》，《语堂文集》，台湾开明书店，1978 年，第 63 页。

这部作品的评价，正如同其他现代文学作品一样，海内外学术界意见不一，这也是很自然的。但翻译出版这部小说，让更多读者、研究者品评，是一件有意义的事。在回顾了《京华烟云》中译本出版情况之后，引出几点建议：

1. 郑译本虽有瑕疵，却是比较忠实的一个译本，富有史料价值和阅读价值，似应重印出版。

2. 郁达夫未能实现翻译《京华烟云》的许诺，据闻其子愿完成，如能得到出版家的襄助，则是中国文坛上的一件美事。

3. 时代本如果重版，建议恢复原著面目，编者的观点可否另用按语或别的方式表达。

（本文原载于《新文学史料》1990 年第 2 期）

# 文学的外来养料和民族特质

## ——茅盾与老舍小说比较再考察

本文是《现实主义传统和作家的独创性——茅盾与老舍小说比较考察》的续编，主要考察茅盾和老舍在小说创作中，从深厚的民族感情出发，怀着激发民族觉醒的意图，在多种西方文艺思潮流派中择取现实主义，用之于真实地反映中国的民族生活，塑造众多生动的人物形象，表现中国的民族灵魂，并运用丰富多彩的民族语言，使作品富有鲜明的民族特质。两位作家既充分汲取外来养料，又并不消损文学的民族特质，其成就和经验极其可贵。

一

文学发展的历史告诉我们，世界各民族的文学在发展过程中往往相互影响，相互汲取，甚至可以在某种程度上相互融合。茅盾在 70 年前发表的《"小说新潮"栏宣言》中说："我们并不想仅求保守旧的而不进步，我们是想把旧的做研究材料，提出他的特质，和西洋文学的特质结合，另创一种自有的新文学出来。"① 显然有中西文学可以相互融合的观念。但这种融合，并不是取消文学的民族特质，而是取精用宏，丰富、发展自己民族的新文学。

中国文学有着光辉灿烂的历史，但封建思想文化阻塞了文学发展的道路，到 19 世纪末出现明显的衰退之势。受西方现代文化思潮影响的"五四"新文化运动和文学革命，开拓了振兴中国文学之路。茅盾和老舍开始

---

① 《茅盾选集》第 5 卷，四川文艺出版社，1985 年，第 7 页。

文学活动的时间虽相距几年，但动笔写小说的时间相近，而且不约而同地向西洋现实主义文学汲取养料，当然不是巧合，而是有共同的思想轨迹可以追寻的，都含有振兴民族的思想观念，都是经过比较分析而择定的。

茅盾在从事小说创作之前，正如他自己所说："对 19 世纪以前的欧洲文学作一番系统的研究，如此才能取精用宏，吸取他人精粹化为自己的血肉，这样才能创造划时代的新文学。"① 他早年提倡自然主义和新浪漫主义，是为了"新思潮要借新文学做宣传"。他主持《小说月报》的改革，以大量篇幅介绍西洋写实主义文学。而当他接触马克思主义以后，对中国国情，对文学与社会的关系越加明确时，感到真实地反映中华民族的险恶处境，唤醒民众，振奋民族精神，需要现实主义。他提倡"激励民气的文艺"，并写道："文学是有激励人心的积极性的。尤其在我们这时代。我们希望国内的文艺青年，再不要闭了眼睛冥想他们梦中的七宝楼台，而忘记了自身实在是住在猪圈里。我们尤其决然反对青年们闭了眼睛忘记自己身带着镣锁，而又肆意讥笑别的努力想脱除镣锁的人们。"② 这实际上是说，在被压迫民族之中，文学应当摒弃脱离现实、粉饰现实的形形色色的文艺思潮，转变到现实主义道路上来。茅盾主持的《小说月报》积极介绍被损害民族的文学，寄寓了激发民族觉醒的意图，使人们"更确信前途黑暗的背后就是光明"。正是在这些思想基础上，他 1927 年开始写小说即以 19 世纪西洋现实主义作品为"凭藉"，是顺理成章的。正如他自己所说："我提倡过自然主义，但当我写第一部小说时，用的却是现实主义。我严格地按照生活的真实来写，我相信，只要真实地反映了现实，就能打动读者的心，使读者认清真与伪，善与恶，美与丑。"③ 到 1929 年写《西洋文学通论》，茅盾运用历史唯物主义对西洋文学做了深入浅出的评述，对西方种种文学流派进行具体而精到的评论，指出现实主义在资本主义世界虽趋于衰微，但在苏联正以新的姿态发展，在不少国家也出现回归之势。以上情况可以说明，茅盾对待西方文艺思潮，不是唯新是骛，而是穷本溯源，择善而从，而择取的着眼点是有助于民族觉醒。

---

① 茅盾：《我走过的道路》（上），人民文学出版社，1981 年，第 134 页。
② 《茅盾选集》（第 5 卷），四川文艺出版社，1985 年，第 84 页。
③ 茅盾：《我走过的道路》（中），人民文学出版社，1984 年，第 3 页。

老舍在从事小说创作之前，对西方文艺思潮未进行系统研究，理性认识没有茅盾那么明确。但20世纪20年代他在英国执教时，从希腊悲剧、但丁的《神曲》到近代英法小说，阅读大量西洋文学名著，比较起来思想感情接近以狄更斯为代表的英国现实主义作家的作品。正是这些暴露黑暗社会丑恶荒诞现象、同情下层人民苦难遭遇的现实主义小说，使身在异国的老舍联想到自己苦难的国家和民族。他说："这些图画常在心中来往，每每在读小说的时候我忘了读的是什么，而呆呆地忆及自己的过去。"① 这就催发了他握笔写小说的念头。老舍在英国创作的三部小说题材、人物虽各不相同，但都是怀着深厚的民族感情写出的。比如，他写《二马》的动机是"比较中国人与英国人的不同处"，对于小说中人物不忽略他们的个性，可是"更注意他们所代表的民族性"。② 老舍爱读康拉德记述海上冒险的小说，但康拉德笔下的主角多是白人，而且有时把南洋写成白人的毒物——征服不了便被自然吞噬；老舍却与此相反，要以中国人为主角，写他们以巨大的毅力开发南洋，这就是老舍离开英国旅居新加坡时的创作打算。由于收集题材的限制，老舍只写成儿童题材的童话小说《小坡的生日》，但也颂扬中国人坚毅又善良的民族性。30年代初老舍回国后对文艺理论进行钻研，在《文学概论讲义》中对西洋文学多种流派做了明晰的评论，而认为现实主义是"抛开幻想，而直接地看社会"，对现实主义理论认识上更加明确。

从上述简略的情况对比可看出，茅盾和老舍择取现实主义的过程虽有所不同，而心态却极其相似，都立足于自己的民族土壤，深怀着忧国忧民之心，从倾诉民族苦难、振奋民族精神的需要出发，从多种西方文艺流派之中选定现实主义。他们从西洋现实主义汲取养料，用茅盾的话说不是徒然"慕欧"，而是出于发展自己民族文学的需要。他们择取现实主义的经过，实际上包含一条重要的启示：一个真正的作家都胸怀自己的祖国和民族，对民族命运的关注往往成为创作的起点。

---

① 《老舍生活与创作自述》，人民文学出版社，1982年，第4页。
② 《老舍生活与创作自述》，人民文学出版社，1982年，第14页。

# 二

现实主义文学真实地描绘社会现实，同反映一定时代的民族生活是融合在一起的，不同民族的文学都含有各自的民族特质。从狄更斯的小说中，不仅可以看到 19 世纪中叶的英国社会，而且可以看到那个时代英国的民族生活风貌。托尔斯泰的小说既反映 19 世纪最后三十几年俄国实际生活所处的矛盾状况，也展现了那时俄罗斯的民族风情。茅盾和老舍借鉴西方文学的现实主义，而舍弃 20 世纪初在欧洲风行的象征主义、神秘主义、未来主义、表现主义、唯美主义等流派，正是用来反映各自所熟悉的民族生活。

茅盾在《漫谈文学的民族形式》一文中说明民族生活内容与民族形式的关系，也就是说文学的民族特质、民族生活内容是起决定作用的因素。

民族生活内容既有历史的延续性，又随着社会发展变化而有时代性。世界进入 20 世纪，中华民族在帝国主义、封建主义压迫下不但没有脱离苦难的深渊，民族危机仍日益加深。20 年代之初，中国共产党开始领导中国革命，中华民族的命运才出现转机。这一切都对民族生活产生深刻的影响，在中国新文学中得到生动的反映。茅盾和老舍的大部分小说就是 20 年代到 40 年代中国社会和民族生活的写照。茅盾是中国早期共产主义者又是新文学运动倡导者之一，对中国民族的命运及民族解放的前途认识明确，又有革命斗争的体验，因而在作品中不仅揭露社会黑暗，抒写民族苦难，而且描绘民族解放斗争的艰苦曲折历程，抒写中国民族生活中从深沉、回旋到激荡、高昂的旋律。从《蚀》《虹》到《子夜》《农村三部曲》，莫不如此。《农村三部曲》就是取法西洋现实主义而表现地地道道中国民族生活的代表作，喻示中华民族的逐步觉醒。老舍进入小说创作领域之初，对中国社会的理性认识虽不及茅盾明确，但以炽热的爱国之情，从生活实感出发，描绘中华民族特别是下层人民的深重苦难，寄寓了民族解放的期望。

老舍在《骆驼祥子》《我这一辈子》等小说作品中刻画的人物及时代、环境，都是真实具体的中国民族生活。抗日战争爆发以后，民族解放成为民族生活中压倒一切的主旋律。茅盾和老舍的小说都抒写这个主旋律，民族特质显然更加鲜明。《四世同堂》就是生动深刻地表现 20 世纪 30 年代中期到 40 年代中期我国的民族生活。《霜叶红似二月花》《锻炼》也都反映了不同时期的中国民族生活。

小说中表现民族生活，除了时代环境、生活遭遇、思想变迁之外，还包含民族风习、地方色彩。茅盾认为《战争与和平》"写了整个俄罗斯民族"，"托尔斯泰显然是存心要把俄罗斯民族最困苦的年头（对拿破仑的战争）的全般社会相写进这部大作品里"。① 在西方其他现实主义大师的小说中，都极其重视对民族风情、地方色彩的描写。茅盾和老舍都汲取这个良规，在表现中国民族生活中贯穿了民族风俗的描写，也进行了"风俗研究"。茅盾小说中的江南风土人情，老舍小说中的"故都景象"、满族风习，都各有其浓郁的地方特色。《春蚕》中养蚕过程中的一系列风俗，《牛天赐传》围绕着生养孩童的一整套旧风俗，都是中国独有的，且表现南方与北方不同的地方色彩。

对待文学中外来的养料，既有所吸收，必有所摈弃。即便是伟大的现实主义作家，也有其时代局限和思想局限。列宁高度评价托尔斯泰是真正伟大的艺术家时，指出其"不抵抗主义"的学说、关于"良心"和"博爱"的教义等说教的严重危害性。在西洋现实主义文学中，这种超阶级的亦即资产阶级人道主义的思想体系带有共同性，在那个时代也起过进步作用。在我国"五四"新文学建立初期，人道主义、个性解放在反对封建文化中也是一种富有战斗力的思想武器。但茅盾在从事小说创作时，已经接受了马克思主义阶级斗争学说，在表现民族生活时就排除了人道主义、个性主义的思想体系。《野蔷薇》集中的短篇虽有"个体价值追求"意味，但实质上是表现民族的集体的命运多舛："个体价值追求"也不可得。老舍的早期小说，描绘民族遭摧残，人性被扭曲，固然含有人道主义思想因素，但并未向读者进行人道主义说教，而深挚的爱国主义、革命的民主主义成为小说的主调，并逐步向集体主义、社会主义思想高度迈进。在老舍 20 世纪 40 年代的作品中，侵略者与被侵略者、压迫者与被压迫者的界限分明，没有什么超阶级爱。可见茅盾和老舍向西洋现实主义文学取经，但并不是全盘吸取，而是排除其思想体系，不再以 19 世纪的欧洲资产阶级人

---

① 茅盾：《世界文学名著杂谈》，百花文艺出版社，1980 年，第 211 页。

道主义塞进 20 世纪中国的民族生活，而是随时代的前进、革命的发展和作家个人思想的更新，不断赋予作品以新的符合时代要求的先进思想。

总之，从表现民族生活来说，茅盾和老舍有极其相似之处。他们都不尾随 20 世纪初流行于西方的种种牌号的新主义，而向上一世纪的曾成为欧洲文艺主潮的现实主义汲取养料，在小说中从不同侧面描绘我国民主革命时期民族生活的图景，而又排除不适合民族解放斗争需要的思想体系。他们的小说在内容上都富有鲜明的民族特质。

## 三

文学的民族特质，对小说作品来说，离不开人物形象的塑造，正像茅盾所说："'人'……是我写小说时的第一个目标。我以为总得先有了'人'，然后一篇小说有处下手。"① 老舍也说过："只知道一个故事，而不洞悉其中人物，无法进行创作。"② 作家在小说中塑造出真实生动的人物形象，不仅是为了构成故事情节，更主要是反映社会，也显现出民族性格、民族心理、民族精神。茅盾在《〈小说月报〉改革宣言》中所说"同人等深信一国之文艺为一国国民性之反映，亦惟有表现国民性之文艺能有真价值，能在世界的文学中占一席地"③，以及《小说月报》《〈被损害的民族文学号〉引言》中所说"我们要了解一民族之真正的内在的精神，从他的文学作品里就看得出——而且恐怕惟有从文学作品中去找，才找得出"④，都是把一个民族的文学看成是该民族的性格、心理、精神的表现。鲁迅在《阿 Q 正传》中极其成功地实现了"写出一个现代的我们国人的魂灵来"，"要画出这样沉默的国民的魂灵来"的创作意图，成为现代文学不朽之作。茅盾和老舍紧随鲁迅之后，在一系列小说中吸取和创造性运用多种艺术手法，塑造众多血肉丰满的人物形象，来表现"我们国人的魂灵"。

现实主义文学表现人物心理状态的手法多种多样，而通常采用透过外在形态揭示内心世界的写法。茅盾在《关于人物描写的问题》一文中说：

① 茅盾：《谈我的研究》，《茅盾研究资料》（上），中国社会科学出版社，1983 年，第 64 页。
② 老舍：《人物不打折扣》，《出口成章》，人民文学出版社，1984 年，第 85 页。
③ 《茅盾选集》（第 5 卷），四川文艺出版社，1985 年，第 22 页。
④ 《小说月报》，第 12 卷第 10 期。

"人物的举动和声音笑貌，可以说是人物内心世界不用语言来表达的一部分。"① 除举《水浒》《红楼梦》为例外，还以《战争与和平》中第七、八章为例，详细分析小说如何表现老王爵得知儿子战死的信息而儿子却突然回到家中时的心态，说明伟大现实主义作家艺术手腕之娴熟。老舍在谈人物描写时也谈到通过行动说话表现人物心态。实际上这也是他们自己的创作经验。这里不妨各举一段描写文字为例。茅盾在《赛会》中描写卖凉粉的小贩阿虎慨叹物价上涨，生意清淡，而吃凉粉的人又要"糖重些"，只好在加糖时做点手脚：

> 这时又来一个人，生得阔嘴浓眉，身材高大，他走到张家铺子前，往柜台上一靠，却用两个指头敲着柜台角，叫了声"阿虎来一碗"却又嘻开了大嘴说：
>
> "阿虎，生意经真好！说东洋糖禁涨了价，生意难做了。"
>
> "这是老实话呀！老六伯，来一个大碗罢？糖重点，我知道。"
>
> 阿虎说着，就拿一只大碗来盛"凉粉"。他不用那小小的竹弓儿在糖堆上刮，却用一个小调羹到另一个糖碗里去舀。加到第三调羹的时候，阿虎觑着老六伯转过脸去和张四嫂攀谈，就那小调羹再在碗面上轻轻一掠，舀些糖回来。这一番手脚，又快，又自然，但是张四嫂在柜台那边已经瞥眼看见，就扑哧地笑了。
>
> 老六伯好像也有点觉得。接碗去喝了一口，咂着舌头，慢慢地问道：
>
> "阿虎，你的糖是哪里定做的？"
>
> "不要讲笑话。糖，哪里去定去？"
>
> "怎么不甜呢！"
>
> "哈，哈，哈，老六伯，你的舌头真厉害！"阿虎脸上红了一下，却又踅到老六伯跟前轻声说：糖是真正东洋白糖，换上了点白米粉，倒是有的事。客人们坐下来都喊'糖重些！'噢，'重些！'多刮一下，讨客人们个欢喜。要用的纯糖，我卖了老婆也赔不了呢！哈哈，这是我们这一行生意里的过门呀，今天可拆

---

① 《茅盾选集》（第5卷），四川文艺出版社，1985年，第425页。

穿了。"

老六伯和张家嫂都笑了。先前那位喝"凉粉"的也听得笑了起来。

老舍在《四世同堂》中描写祁老人与卖兔儿爷的瘦子的对话，可与之相映成趣。祁老人想买兔儿爷但还没十分打定主意时，瘦子满脸含笑地叫住了他，心里似乎是说："我可抓到了一位财神爷！"但祁老人并不立即就买，瘦子决定不放跑这个老人，使尽了北京小贩的殷勤劲儿与老人周旋，老人知道怎样控制自己，瘦子把失望严严地封在心里。小说写道：

老人费了二十五分钟的工夫，挑了一对。又费了不到二十五分也差不多的时间，讲走了价钱。讲好了价钱，他又坐下了——非到无可如何的时候，他不愿意往外掏钱；钱在自己的口袋里是和把狗拴在屋里一样保险的。

瘦子并不着急。他愿意有这么位老人坐在这里，给他作义务的广告牌。同时，交易成了，彼此便变成朋友，他对老人说出心中的话：

"要照这么下去，我这点手艺非绝了根儿不可！"

"怎么？"老人把要去摸钱袋的手又拿了出来。

"您看哪，今年我的货要是都卖不出去，明年我还傻瓜似的预备吗？不会！要是几年下去，这行手艺还不断了根？您想是不是？"

"几年？"老人的心中凉了一下。

"东三省……不是已经丢了好几年吗？"

"哼！"老人的手有点发颤，相当快地掏出钱来，递给瘦子。

"哼！几年！我就入了土喽！"说完，他几乎忘了拿那一对泥兔儿，就要走开，假若不是瘦子很小心地把它们递过来。

两位作家都是通过人物的举动和声音笑貌显示人物的心态，又加上性格化的对话更加惟妙惟肖。前者虽勾画三个人物，而主要写小贩阿虎在外货入侵、物价上涨、生意萧条境况下的酸苦心境，行为虽有些狡猾却令人同情。后者虽主要写祁老人在日军占领下的惶惑心境，但也顺带写出卖兔爷的瘦子笑脸遮盖下的困窘心态。两者都表现了民族危难时代中国小市民的心理特征，而且各自显现南方和北方的乡土特色。这个例子说明两位作家描写人物的确是"不折不扣"的，而且抓住一切机会表露民族心理。两位作家在小说中都善于运用对话揭开人物心扉。《幻灭》一开篇就是慧女士和静女士的对话。慧女士说："我讨厌上海，讨厌那些外国人，讨厌大商店里油嘴的伙计……真的，不知为什么，全上海成了我的仇人，想着就生气！"① 这种变态心理固然同恋爱失意有关，但更主要是一个半殖民地的都市给人们的烦躁不安和厌恶一切的心理。老舍在《柳家大院》中写到人们对替洋人做事的老王既羡慕又鄙夷，羡慕他有固定收入，生活有保障，鄙视他对洋人点头哈腰，没有骨气。这种矛盾的心理，既是一种小市民心理，又带有被压迫民族的心理特征。

如果说通过人物举动和声音笑貌，以及性格化的对话透视人物心理，在中外优秀的小说作品中有着共同性的话，那么直接描绘人物心理则常见于西洋文学。茅盾和老舍在小说中都大量汲取并娴熟运用心理描写的手法，揭示人物的魂灵。茅盾最早的三部小说《幻灭》《动摇》《追求》，从题目到内容都是表现人的精神状态。继而写《虹》以自然现象喻示精神状态。这几部小说中女主人公的内心世界大都是运用心理描写来表现的。《子夜》虽然描述的事件繁多，但心理描写也占据大量篇幅，对吴荪甫的矛盾复杂心理描绘得极为细腻。即便是《农村三部曲》等短篇，心理描写也到处可见。老舍的长篇小说大都以人为题，如《老张的哲学》《赵子曰》《二马》《牛天赐传》《文博士》《骆驼祥子》，主要是写人的精神面貌，这许多长篇及中、短篇；心理描写占了很大比重。《四世同堂》分为《惶惑》《偷生》《饥荒》，前两部题目是人的精神状态，全书无论对祁家祖孙还是寇晓荷们的心理描写都极精彩。

茅盾早在20世纪20年代初就说过："我相信一个民族既有了几千年的历史，他的民族性里一定藏着善美的特点，把他发挥光大起来，是该民族义不容辞的神圣的责任。"② 他在小说创作中履行了这个职责。尽管他没有塑造叱咤风云的民族英雄、时代英雄，但通过多种人物内心世界的描画，显示了中华民族美好的精神素质。他刻画众多性格不同的"时代女性"，尽管前进途中有种种弱点，但心地善良坦率，怀有忧国忧民之心，热切追

---

① 《茅盾选集》（第1卷），四川文艺出版社，1985年，第1页。
② 《茅盾选集》（第5卷），四川文艺出版社，1985年，第28页。

求进步，一旦有了正确的向导，便勇于投身民族解放和人民解放斗争。这些"时代女性"反映我国民族中的青春活力。《农村三部曲》中的老通宝们、多多头们更能反映中国民族许多优美的特质。他们质朴、善良而又挺拔、倔强的精神素质，大都运用心理描写来展现。老舍二三十年代的小说，往往在污秽丑恶的环境中发掘中国人，尤其是下层人民精神的光辉点；而人们美好的精神素质，又被黑暗摧毁了。祥子就是这样。本来，"他确乎有点像一棵树，坚壮，沉默，而又有生气"，"上下没有一个地方不挺脱的"①，但生活的狂风暴雨把这棵树击倒了，"一点也不是他自己过错"。老舍还常在作品描绘的灰色生活氛围中显露出精神的火花。《离婚》中整日提着鸟笼、被人们看作"废物"的丁二爷，也能见义勇为，铲除一个作恶多端的恶棍。他自我感觉是"过去是一片雾，将来是一片雾，现在，只有现在，似乎在哪儿有点阳光"。② 这种由义气生发出的勇气，富有中国民族特点。40 年代老舍的小说的基调由低沉转为高昂，在《鼓书艺人》《四世同堂》中歌颂中华民族坚韧不拔、自强不息的民族精神。这一切老舍都充分运用了心理描写。

茅盾和老舍在以主要笔力抒写民族性的美善特性时，也把极少数民族渣滓暴露于光天化日之下，以力透纸背的笔触挞伐赵伯韬、冯云卿、老张、"大赤包"们的腐臭魂灵，进行美与丑、善与恶的强烈鲜明的对比。两位作家的心理描写，既揭示带有共同性的民族心理，又展现不同的文化心理和阶级心理。赵伯韬的心理是畸形的殖民地文化的聚集。冯云卿以女儿施美人计，使自己的灵魂发臭，而把仇恨向共产党和农民发泄，是反动地主阶级的心理特征。文博士则是封建文化和殖民地文化的混合物。两位作家都是从生活实际出发表现人物的内心世界，而不是以简单的思想概念代替人物复杂的心理。当然两位作家创作个性不同、语言风格不同，在吸取和运用心理描写手法时各有特色，这也是不言而喻的。

为了更细腻地描绘人物心理及其衍变过程，茅盾和老舍还直接采用西洋文学中常见的自传体、自述体。固然，中国小说也有自传体、自述体，如《老残游记》《二十年目睹之怪现状》等，但大都以描写事实见闻为主，

---

① 《老舍文集》（第 3 卷），人民文学出版社，1982 年，第 7 页。
② 《老舍文集》（第 2 卷），人民文学出版社，1982 年，第 335 页。

而西洋文学中的自传体、自述体，注重心理衍变过程的刻画，如狄更斯的《大卫·科波菲尔》、康拉德的《阴影线》、雷马克的《西线无战事》等。老舍的《月牙儿》《我这一辈子》《小人物自述》《正红旗下》及不少短篇都采用自传体、自述体。茅盾的《腐蚀》也用自述体。以《月牙儿》和《腐蚀》为例，都描写美好的灵魂如何被丑恶的现实所摧残，前书的"我"（被迫出卖肉体的女性）在污浊的生活中保持了灵魂的光洁；后书的"我"（被诱惑当特务的赵惠明）转化为黑暗势力的帮凶，但灵魂的善良尚未全然失去，终于逃出深渊，弃暗投明。两部小说从不同侧面反映被损害的民族魂灵，都富有民族特质。

从茅盾和老舍的小说中还可以看到，两位作家并不全盘排斥现代派的某些手法，都适当地运用过意识流表现人物心理状态，但都不是渲染抽象的人性或人的动物性。两位现实主义大师在广采博收中，主要还是向西洋现实主义文学汲取养料，运用多样艺术手法，通过众多真实的人物形象，表现我们国人的魂灵。

## 四

文学的民族特质，除民族生活内容和民族心理、民族精神之外，还包含文学的语言形式。语言形式也应当汲取外来养料，特别是表现方式，不同的民族相互汲取的方面异常广阔，而文学语言虽然应吸收外来养料，但主要有赖于在民族语言基础上的加工和提炼。因此语言是构成文学民族特质的不可或缺的显而易见的因素。一个民族的文学，也是用该民族语言创作的文学。当然一个作家如果用异国语言写作，反映的是本民族的生活，依然可以表现民族特质，如林语堂用英文撰写的《京华烟云》等多部小说。这毕竟是特殊情况（林语堂侨居国外，便于在国外出版，供外国读者阅读）。一般说来文学的民族特质包括作者使用的民族语言。一位文学大师，往往也是一位语言大师。茅盾和老舍就是这样。

我国是地域广阔的多民族国家。茅盾和老舍来自不同的民族（汉族、满族），自幼生活在不同的语言区域（浙江、北京），语言的源泉有所不同，但他们都是运用中华民族通用的汉语言文字，而且采用"五四"后流行的白话文，在表现鲜明的民族特质方面具有共同性，当然同中有异，各有自己的语言风格。

　　以汉语为代表的中国民族语言，无论是人民口头语言还是书海中的语言，都源远流长，词汇丰富多彩。茅盾和老舍都注意吸取有表现力的外来词汇，有时还直接用英语词汇，但主要还是向中国民族语言拾取。稍有不同的是，老舍较多运用民间口头语，特别是北京话，也适当从文学遗产中择取。比如，写人的形态的"富泰""硬朗""虎头虎脑""豪横"，意同说话的"嚼舌""贫嘴""吹腾"，还有"炸了烟""绕脖子""脸上跑眉毛""八九不离十"之类，都是生动的北京口头语。茅盾的小说采用一些江浙方言，如"扛条""作肉""拢场子""清明削口""打着千里镜""吃饭白相帮"之类，而更多是从中国书海中提取，如"式微""拗逼""昏眊""暗陬""酡红""狍顾""佟勿""狷介""翕动""燠然""夐然""涔涔然""优爽洒落""六尺貌躬""畏瑟忸怩""顾盼撩人""阑珊消沉""混沌未凿""晶明安谧""昏瞀邪乱"之类，在日常口语中少见。尽管如此，两位作家小说的语言都体现了中国民族语言丰富多彩的特点。

　　中国民族语言词汇丰富，但并不流于堆砌，这是由于句式精练，灵活多变。茅盾和老舍小说的语言都体现了这个特点。两位作家适当地采用外来句式，如"从晕眩的突击中方始清醒过来的吴老太爷吃惊似的睁开了眼睛"①，"体面的，要强的，好梦想的，利己的，个人的，健壮的，伟大的，祥子，不知陪着人家送了多少殡"。② 这种在人称代词前加较多修饰语的句式，在中国语言中是不多见的。但他们在小说中大量运用的还是精练的短句短语，一气呵成，不蔓不枝。即便描述的内容繁杂，也化为生动活泼的短语。比如："汽车的喇叭叫；笛子，唢呐。小班锣，混合着的'哀乐'；当差们挤来挤去高呼着'某处倒茶'，'某处开汽水'的叫声；发车饭钱处的争吵；大门口巡捕暗探赶走闲杂人们的吆喝；烟卷的辣味，人身上的汗臭，都结成一片，弥漫了吴公馆的各厅各室以及那个占地八九亩的园子。"③ "猪肉，羊肉，牛肉；鸡，活的死的；鱼，死的活的；各样的菜蔬；猪血与葱皮冻在地上；多少多少条鳝鱼与泥鳅在一汪儿水里乱挤，头上顶

---

　　① 《茅盾全集》（第3卷），人民文学出版社，1984年，第15页。
　　② 《老舍文集》（第3卷），人民文学出版社，1982年，第228页。
　　③ 《茅盾全集》（第3卷），人民文学出版社，1984年，第32页。

着些冰凌，泥鳅的眼睛像要给谁催眠似的瞪着。乱，腥臭，热闹；鱼摊旁边吆喝着腿带子：'带子带子，卖好带子。'"① 两位作家都写杂乱情景，前者以杂乱的人声为主，后者以各种各样的鲜货为主，都是采用短语、朴素、生动、形象。两位作家在小说中灵活运用多种多样的句式，都是既精练又丰满。茅盾的精湛、含蓄，老舍的幽默、隽永，各以自己的风格，表现中华民族的语言美。

我国民族语言还有善用比喻的特点，在茅盾和老舍的小说中也运用自如。自然西洋文学中的比喻是不少的，但中国的比喻似更贴近生活，而且富有想象力，又含风趣。茅盾小说中的比喻常用作定语、状语，以代替抽象的形容词，如"闪电像毒蛇吐舌似的划破了长空的阴霾"，"他似乎看见自己的心在胸中彷徨摇动，像一个钟摆"，"风像剪刀似的吹来"，等等，都属这一类。有时连续使用比喻，如"天像有点雾，没有风。那惨厉的汽笛声落到村庄上，就同跌了一跤似的，尽在那里打滚。又像一个笨重的轮子似的，格格地碾过那沉睡的人们的灵魂"。② 老舍的小说语言运用比喻更加广泛，既作定语、状语，又往往独立成短句，作为主句的延伸或补充。比如，"她的心像冲寒欲开的花，什么也不顾地要放出她的香、美、艳丽！她像黑云里飞着的孤雁，哀啼着望，唤，她的伴侣！"③ 用动态的比喻来描画人物的心态。有时比喻化为联想，如《老张的哲学》描写学务大人的形态、衣着、鞋袜之后加上"乍看使人觉得有些光线不调，看惯了更显得'新旧咸宜'，'允执厥中'。或者也可以说是东西文化调和的先声"。④ 这就打破了以具体事物比喻抽象事物的常规，富有启迪性和幽默味。

除上述几方面之外，成语和歇后语的适当运用，重视语言的音乐性和节奏感等，两位作家也同中有异。总之，他们的小说语言民族特色鲜明，都为丰富我国民族的现代文学语言做了卓越的贡献。

本文从作家的民族感情、作品的民族生活内容、民族心理和魂灵，以及民族语言四方面，比较分析茅盾和老舍的小说，既汲取外来养料，特别是西方现实主义文学的精华，又不消弭民族特质，实际上把鲁迅所说的

---

① 《老舍文集》（第 2 卷），人民文学出版社，1980 年，第 177 页。
② 《茅盾全集》（第 8 卷），人民文学出版社，1985 年，第 403 页。
③ 《老舍文集》（第 1 卷），人民文学出版社，1980 年，第 84 页。
④ 《老舍文集》（第 1 卷），人民文学出版社，1980 年，第 12－13 页。

"采用外国良规，加以发挥"和"择取中国的遗产，融合新机"两方面成功地融合在一起。两位大师的创作道路，不仅为我国"五四"以来的新文学，也为社会主义文学提供了十分宝贵的经验。

（本文原载于《茅盾与中外文化——茅盾研究国际学术讨论会论文集》1991 年）

# 务实求真，光华长存

## ——忆唐弢同志主编《中国现代文学史》

唐弢同志逝世，从现代文学研究领域来说，是继李何林、王瑶同志离世之后，又失去了一位卓越的开拓者和领路人。

自二十世纪六十年代以来，唐弢同志同病魔作了无数次斗争，在现代医学的救助下都平安地度过来了。1990 年夏季，他又被病魔的恶拳击倒了，而且从此卧床不起。我多么祈望他再一次战胜病魔，转危为安。1991 年 8 月底的一个下午，我到北京协和医院探望他。他静卧在病榻上，看见我时，面带微笑地点点头，身体不能动弹，不能说话，使我产生一种不祥的预感，但我没有想到这竟是最后一面，依然祈望能化险为夷。然而仅仅过了四个多月，电视和报纸传来了唐弢同志于 1992 年 1 月 4 日逝世的噩耗，轰毁了我的祈望，也燃起了我的回忆。

唐弢同志从事文学活动近六十年。如果说前三十年主要是继承和发扬鲁迅精神，以杂文为艺术武器，挞伐黑暗与腐朽，歌颂光明与真理，为人民革命事业英勇奋战的话，那么后三十年依然是继承和发扬鲁迅精神，主要在文学评论和现代文学研究阵地上，为人民、为社会主义鞠躬尽瘁。无论前期或后期，其成就和贡献都是卓著的。

我认识唐弢同志，并在他指导下工作，是在他文学活动的后三十年。1961 年夏季，中央高等教育部开始调集人员编写大学文科教材，《中国现代文学史》也归入重新编写之列。唐弢同志由上海调中国社会科学院文学研究所还不到两年，便衔命任主编。从编写组建立到《中国现代文学史》（三卷本，以下简称《史》）、《中国现代文学史简编》（以下称《简编》）的中外文版的陆续出版，前后历时二十多年，编写人员几度变动，唐弢同志始终任主编，我也参与工作全过程，受到他亲切的指导，聆听过他无数次热情、诚挚、坦荡的谈话。我回到原工作岗位，同他保持通信联系。我每次出差到京，必定登门拜访请教，他都盛情款待。可惜我记忆谈话的功能特差，不能准确记下他的言谈，只就《史》及《简编》的编写情况作一些回忆，借此表达我对唐弢同志的悼念。

《史》是适应高等院校中文系科的教学需要而编写的。那时参加编写的同志都感到，个人编写的文学史，虽有不同的长处和特色，但难免有个人视野和掌握资料的局限，而"大跃进"年代用"大兵团"作战方式"争分夺秒"编出的文学史，往往流于粗制滥造。如何发挥专家之所长，以老带新，群策群力，在踏实研究的基础上集体编出一部有质量的中国现代文学史，依然是值得一试的。参加编写组的有王瑶、刘绶松、刘泮溪、李文保等年岁稍大的同志（那时不过五十左右），又有十多位青年教师和研究人员。唐弢同志任主编，要团结和调动一批思想性格、学识素养不同的人共同工作，较之个人写作自然繁杂得多，而现代文学史上又有许多众说纷纭甚至令人棘手生畏的问题，编写中无法回避。唐弢同志不负众望，以明确的政治方向、渊博的学识和优良的学风带领全组，经过多年努力，共同完成编写任务。如果写总结，可以列出许多方面，诸如领导重视、有关部门支持、编写人员密切协作等，但我感到最重要的还是唐弢同志把务实求真精神带进编写组，贯穿到编写工作之中。这实际上是在学术工作上继承和发扬鲁迅精神。

鲁迅是伟大的革命家、思想家和文学家，在文学史领域也做了巨大贡献，不仅留下《汉文学史纲要》《中国小说史略》两部光辉的文学史著作，而且在杂文中旁征博引，大量运用中外文学史知识，其中都浸透了务实求真精神。鲁迅接受了马克思主义世界观以后，把《中国小说史略》列为"见解却都是不正确的"文学史著作之列，本想重新编写一部文学史，但由于资料不足又无足够时间而没有着手，这都反映了鲁迅的实事求是。唐弢同志追随鲁迅先生多年，对鲁迅的治学精神是心领神会的，在编写工作中反复强调"实事求是，从实际、从材料出发"，把搜集资料的工作摆在首要地位。《史》的章节安排和编写人员分工大体确定后，唐弢同志便引导大家泡进历史资料之中，力求掌握第一手资料。编写组专门成立了资料室，有专人到首都各大图书馆借取报刊图书，供编写人员查阅。唐弢同志既是著作家，又是藏书家，编写组大有"近水楼台先得月"之便。《史》

初稿费时两年，其中一年多用于整理资料。

编写中国现代文学史是以作家作品为基础，还是以文学运动、文学思潮流派为基础，起初编写组多数同志并不十分明确。有些同志参加过1958年的群众性大编教材，在"以论带史"的氛围中，往往把论述文艺思想斗争作为文学史的主要内容，实际上变成了"以论代史"。唐弢同志主持编写工作，注意引导大家转变文学史观念，把"以论带史"转变为"论从史出"，反复强调"文学史应以作家作品为基础"。固然这个意见是当时指导文科教材编写工作的周扬同志提出的，但唐弢同志不是简单地照本宣科，而是根据他自己的理解而加以接受和传达。他反复说明如果离开作家作品或者只有少量作家作品，文学史就将陷入空洞，不成其为文学史；又反复说明"以作家作品为基础"并不是把文学史变成作家论的汇编，而是密切结合时代发展，把作家作品嵌入历史之中。这实际上同鲁迅所主张的"史总须以时代为纲"，"不至于将一个作家切开"相吻合。鲁迅的《汉文学史纲要》和《中国小说史略》，既以作家作品为基础，又以时代为纲。编写组在唐弢同志主持下经过多次讨论，把入《史》的现代作家按照立章、立节、多人合节、概述提及等不同情况做了安排，《史》中见名者约540多人，后来《简编》内容有所压缩，但删减作家的数量则有限。为了真实地论述作家作品的历史地位及社会影响，唐弢同志提倡查阅作家作品的初版本。他认为，作家思想有了发展变化，当然有权修改自己的作品，但编写中华人民共和国成立前的现代文学史，如果只依据新中国成立后经作者修改的版本，就可能失真。寻找、查阅作家作品的初版固然十分费劲，但这种尊重历史的求实精神，无论对文学史编写还是作家研究，都大有助益，是了解作家创作思想发展不可或缺的工作。

唐弢同志强调从材料出发，不是取消理论概括和分析，也不是否定思想倾向性而陷入客观主义。中国现代文学，从总体上说是随同中国共产党领导的革命斗争的发展而前进的，而且愈来愈广泛和深入地接受马克思主义的指导和影响，这也可以说是中国现代文学史的特色之一。编《史》自然不能回避文学与时代、文学与革命的关系，不能仅仅着眼于文体的变化和发展，用唐弢同志的话说，应当保持革命风貌。但他不赞成在《史》中大发议论，剑拔弩张，而同意周扬同志所提的"倾向性寓于客观叙述之中"，也就是坚持革命性与科学性的统一，一切论点都要有坚实的材料依据。当时正是"以阶级斗争为纲"氛围笼罩的年代，编写人员的思想受到束缚，有些著名的现代作家仍受到不公正的待遇，不能不影响到《史》的客观性、科学性。但唐弢同志用务实求真精神指导编写工作，有助于减轻"左"的思想影响。例如，《史》中开头第一章叙述"五四"新文化运动和文学革命，就不采用1954年胡适批判中的简单化提法，也不以陈独秀后来的变化而抹杀他在新文化运动中的功绩，而是客观地叙述新文化运动和文学革命发展过程及倡导者的历史功绩，在叙述历史事实中显示马克思主义的指导作用。现在看来很平常，但在那时是要冒"风险"的。对"左联"后期文学界"两个口号"的论争，参与执笔的同志查阅了几乎全部历史资料，经过反复讨论，在唐弢同志主持下征求了文艺界知名人士，包括参加过这场论争的同志的意见，起草时在《史》中如实地叙述论争的过程，以及积极和消极方面的影响，贯穿党的抗日民族统一战线的精神，主要采用鲁迅主张的"并存""并没有把他们看成两家的"说法。后来在"十年动乱"中，这一节同林彪、江青炮制的《纪要》相悖，唐弢同志和参与执笔者均受到"批判"。唐弢同志表示如有错误他承担全部责任。当然唐弢同志和编写人员是无罪的。他的务实求真，正是文学史家必须具备的品格。

《史》的编写固然依靠集体智慧，但唐弢同志担任主编并不是只挂空名而不务实。他不但把握全书的方向和内容，而且以一丝不苟、精益求精的学风和文风影响全组，特别是年轻同志。大家知道唐弢同志的文章，无论杂文、散文或者论文，都是经过锤炼的，既丰满又凝练，既深入又浅出，既结实又富文采，可以说是出色地师承了鲁迅的学风文风。在编《史》工作中，他的学风文风，通过言传身教，通过对书稿提出的修改意见，在编写组特别是年轻同志中产生的影响是不小的。唐弢同志对我说过，他写东西并不快，不但查阅资料花不少时间，而且写作中有时为了选用适当的词而思考、停笔很久。在编书期间，他从东城到西郊，每周乘公共汽车到编写组集中居住的中央党校招待所多次，同编写组共同探讨，解答疑难，对年轻同志进行辅导。唐弢同志是学术界公认的鲁迅研究的专家，撰写《史》中的鲁迅专章，本来是驾轻就熟的，但他仍让青年同志先执笔，他进行指导，尽管最后定稿仍由他亲自捉笔，但青年同志在他指导下受益是很大的。编写组在唐弢同志提倡并力行的学风、文风影响下，大都对自己执笔的书稿起草和修改多次，在内容上和语言表述上反复推敲。

唐弢同志最后审定时又加以修改和润色。因而这部书尽管存在种种缺陷，特别是"文革"前完稿的章节思想局限更多，但从学风、文风来说是比较健康的、端正的，有实事求是之意，无哗众取宠之心。这和唐弢同志既总体把握又具体指导，而且亲自动手撰写和改定都是分不开的。

俗话说，好事多磨。《史》编写和出版过程经历过曲折。1963年3月，《史》的手稿基本完成，陆续送到唐弢同志手中。唐弢同志亲自审定，先完成一、二卷的送审稿。次年铅印出来作为内部征求意见稿，分送文学界、教育界征求意见。唐弢同志请编写组中熟悉解放区文学历史情况的路坎同志协助，继续审改第三卷书稿，但路坎同志不幸患病逝世，唐弢同志十分悲痛，审改工作自然受到影响。不久，唐弢同志自己心脏病发作，虽经抢救脱险，但短期内不能恢复工作，审改工作不得不中断。这些情况都是唐弢同志写信告诉我的。等到唐弢同志病情消退重新握笔之时，"文革"就来临了。《史》一、二卷仅出内部征求意见稿（印成十六开本两册），三卷还只是手稿，唐弢同志竟因宣扬"文艺黑线"而挨批，第三卷手稿也就失散了。编写、出版工作一停就是十多年。1976年10月，唐弢同志在厦门大学出席纪念鲁迅诞生95周年的讨论会，得知"四人帮"粉碎的消息，极为兴奋。他回京后写信给我说："粉碎'四人帮'，这里已逐步转入实际行动……我大约也将更加忙碌，能为党、为人民做些有益的事情，庶几不辜负余生，也是一乐。"尽管健康状况仍欠佳，他还是紧张地投入写作。《史》的一、二卷征求意见稿在文学界、教育界已有一些影响，不少同志希望这部教科书能出版。从1977年冬季起，唐弢同志亲自张罗联系恢复编写组。从他多次给我的信中可知，此事又经历了不少困难和周折，直到1979年春季终于调集编写组部分原班人马和几位新人，居住于北京大学，先把已有铅印本的一、二卷略加修改后付梓，主要力量用之于重写第三卷。唐弢同志还邀请陈涌同志参加一段时期的工作。由于健康原因，唐弢同志已不可能像二十世纪六十年代那样东来西往，来回奔跑，具体工作委托严家炎同志抓并协助审改。第三卷出版时唐弢同志把严家炎同志列为主编之一，这也反映他尊重事实，尊重合作者的劳动。他在教科书的《后记》中如实地写出编书经过，把成果归于编写组群体。1979年9月，《史》第一卷由人民文学出版社出版，同年11月出版第二卷；1980年12月出版重写的第三卷。此后几乎每年都重印，成为畅销的高等学校教科书之一。

　　《史》出版后，外文出版社准备翻译，向国外出版发行，但感到篇幅过大（三卷约 72 万字），同唐弢同志商量，可否压缩。唐弢同志同意删改后出外文版。但在京的原编写组人员各有教学科研任务，而我刚由厦门大学调到福建社会科学研究所（后改为院），还未担负具体任务，唐弢同志便函邀我到京负责删改工作。1981 年，我又一次在唐弢同志直接指导下工作一年。唐弢同志请严家炎同志重写包括文学运动的绪论，又请樊骏同志重写巴金、老舍、曹禺部分，由立节改为立专章，其他删改工作交给我。唐弢同志邀集在京编写组成员讨论，对原书章节安排做了较大的改变。全书除了大量删节之外，并吸收学术界作家研究的新成果，改写和重写了不少作家，而有些作家不但未删减反而增加了分量。凡是改写、重写的作家，我都征求唐弢同志的意见，他总是侃侃而谈，畅抒己见，给我以很大的启发。有些书（如沈从文的小说）也从他的藏书中借出。我提出一些建议，如增写林语堂及有代表性的台湾作家，他欣然同意。但那时由于资料缺乏，交稿时间又紧，只能略加叙述，聊胜于无罢了。1982 年年初，删改工作完毕。唐弢同志同意在翻译出版过程中同时也出中文版。我离京返榕后，唐弢同志请严家炎同志、樊骏同志协助，对书稿进行审定，并做了一些调整和修改，把打印稿寄给我帮助校勘。我除了校勘之外又提出一些意见。唐弢同志回信说："打印稿还拟修改一下，尊见极好，当一一采入修改稿中。"从这一工作过程中，又可以看到唐弢同志务实求真、踏实负责、谦虚谨慎。他执笔的鲁迅专章，我本来请他自己删节，他仍交给我，并说不要手下留情。他的朴实谦逊态度，令我永远难忘。1984 年 3 月《简编》出中文版，后来也几乎每年都重印。1986 年出版日文版。1989 年出版西班牙文版。英文版译稿迟至 1990 年才交稿，待书出版时，唐弢同志已经看不到了。各种外文版书名仍用《中国现代文学史》。

　　唐弢同志从二十世纪六十年代起就有心脏病、糖尿病，而《史》和《简编》的编写和出版历时又较长，唐弢同志实际上是抱病工作，而且有始有终，坚持到底。他不仅带领编写人员完成《史》及《简编》两部教科书，在文学史领域做了新的贡献，而且留下了极其可贵的务实求真精神，既深深地感染了编写人员，又必将通过书传播给广大读者。我自己正是在编书过程中，在唐弢同志直接指导下，深受其益，懂得了一些研究中国现代文学的门径，编书完成后继续在中国现代文学研究领域做些工作，尽管成就甚微，但对唐弢同志导航引路之恩是永远牢记在心的。

自《史》开始编写至今，三十年光阴飞逝。参加过《史》工作的路坎、陈灿、刘绶松、刘浮溪、李文保、王瑶同志已先后离世。他们都为《史》的编写花了心血，做了贡献，同编写组同志结下了深厚的友谊。在回忆《史》工作过程时，我会清晰地回想起他们的声音笑貌。如今，在编《史》中扛大旗的唐弢同志又被死神夺走，令人悲痛与感慨交集。毫无疑问，文学史总是要不断重写和更新的，《史》和《简编》之后又有许多不同特点的现代文学史出现，这是文学史学科兴旺发达的表现。《史》《简编》虽仍在不断重印，但随着文学史学科的发展，总是会过时的。唐弢同志健在时参加一些学术讨论会，往往都以《史》对某位作家写得不够而作自我批评。然而我想，唐弢同志在主编《史》《简编》中留下的务实求真精神，其光华将是长存的。因为这是鲁迅的治学精神，也是毛泽东同志所提倡的马克思列宁主义的科学态度。

唐弢同志，您安息吧，您精心开拓和辛勤耕耘的文学史园地，随着社会主义祖国的日益繁荣昌盛，必将百花盛开，硕果满园。在编《史》中您指导培育的青年人，如今均过了"花甲"或"知天命"之年，且都是教学科研战线上骨干力量，他们将会学习和继承您的治学精神，在社会主义的学术领域继续开拓前进！

（本文原载于《新文学史料》1993年第1期）

# 鲜明的地方色彩　浓郁的乡土气息
## ——读一九四二年后解放区小说漫笔

　　一九四二年五月延安文艺座谈会的召开和毛泽东同志的《在延安文艺座谈会上的讲话》（以下简称《讲话》）的发表，给我国新文学作家指明了继续前进的道路，对我国革命文学的发展起了重大的指导和推动作用。延安文艺座谈会之后，在抗日战争后期的抗日民主根据地和解放战争时期的解放区（以下总称为解放区），文艺创作出现了前所未有的崭新面貌，正如毛泽东同志在《讲话》中所期望的那样，表现了"新的人物，新的世界"。

　　"五四"新文学运动展开后至《讲话》发表前的二十多年间，我国新文学已经取得重大的成绩。而《讲话》精神指引下涌现的解放区文学作品，从题材主题、人物形象到语言形式确实焕然一新，是"真正新的人民的文艺"。① 解放区的小说创作也是如此。这是众所公认的，许多文学史、文学批评论著都已做了充分的论述。除此之外，我以为鲜明的地方色彩和浓郁的乡土气息，是解放区小说的显著特点。当然，"五四"以来的不少新文学作品也具有地方色彩和乡土气息。鲁迅、茅盾、老舍、沙汀、艾芜、沈从文等许多作家的小说表现了各不相同的地方色彩。张天翼、叶紫、吴祖缃、姚雪垠、端木蕻良等许多作家的小说都有较多乡土气息。但总的看来，解放区的小说作品往往把地方色彩和乡土气息同民族的、人民的解放斗争融合在一起，同风土人情的变革联系在一起，并运用朴素而又生动的群众语言加以表现，这显然是《讲话》以前的新文学作品

　　① 周扬：《新的人民的文艺》，《中华全国文学艺术工作者代表大会纪念文集》，新华书店，1950 年 3 月，第 69—98 页。

中所少见的。本文就延安文艺座谈会后解放区小说表现地方色彩和乡土气息这个新特色作一综合的观察和分析。解放区的小说以农村生活和斗争为题材的占绝大部分，为叙述方便，本文列举的作品也以农村题材的小说为限。

一

　　早在二十世纪二三十年代，有一些新文学作家以写故乡回忆、乡村回忆出现于文坛，那时被称为"乡土文学"作家。鲁迅在《中国新文学大系·小说二集序》中把塞先艾、许钦文、王鲁彦等作家的小说称为"乡土文学"。那时的"乡土文学"，题材大多取自作家的家乡，笔致大多描述农村生活，并力图反映各地的风土人情，富有不同程度的地方色彩和乡土气息。从描绘农村生活这方面考察，解放区涌现的小说作品同二三十年代的"乡土文学"有些相同之处。但是，时代已经向前发展，正如毛泽东同志所说："到了革命根据地，就是到了中国历史几千年来空前未有的人民大众当权的时代。"[①] 在新时代的哺育和磨炼下，作家们的思想感情发生了新的变化。特别在《讲话》指引下，作家进一步深入群众，"到唯一的最广大、最丰富的源泉中去"，生活基础更深厚，视野更开阔。这样，他们的小说不停留在追忆乡情、怀念故地方面，而是着力观察、体验和描绘各地人民群众在共产党领导下展开的解放斗争。从过去"乡土文学"作家的小说到解放区的小说，可以说是作家从个人的故乡回忆或借凋疲的乡土慨叹世态炎凉，进而在富有地方特色的画面上描绘各地区人民群众的共同的斗争。茅盾在三十年代曾深有远见地写道："关于'乡土文学'，我以为单有了特殊的风土人情的描写，只不过像看一幅异域的图画，虽能引起我们的惊异，然后给我们的，只是好奇心的餍足。因此在特殊的风土人情而外，应当还有普遍性的与我们共同的对于运命的挣扎。一个只具有游历家的眼光的作者，往往只能给我们以前者；必须是一个具有一定的世界观与人生观的作者方能把后者作为主要的一点而给予了我们。"[②] 这就是说，文学作

---

① 毛泽东：《在延安文艺座谈会上的讲话》，《毛泽东选集》，人民出版社，1975年。
② 《茅盾文艺杂论集》，上海文艺出版社，1981年，第576页。

品反映生活要表现特殊性和共同性两个方面。鲁迅在一九三五年编为"奴隶丛书"出版的《丰收》《八月的乡村》《生死场》，就开始具有把人民的苦难和斗争的共同性与地方的特殊性相结合的特点，而解放区小说在这方面更取得了新的成果。其中，赵树理和孙犁的小说最有代表性。赵树理笔下的山西人民的翻身斗争，孙犁笔下的冀中人民的对敌斗争，在中国现代文学史上都是别开生面的。

赵树理的小说大都取材于山西农村，它虽没有过多描写山西的山光水色，但清晰地展现了山西人民经历的革命斗争道路，从富有地方色彩和充满乡土气息的生活画页中，透视出了我国农村具有普遍性的伟大变革。这位被誉之为"山药蛋派"创始人的优秀作家，异常熟悉山西人民如何推翻以封建军阀阎锡山为代表的地方反动势力的黑暗统治，从而走上新的生活道路。他不满足于浮光掠影地描写农村新人新事，而是真实又深入地反映这一地区的斗争特点及曲折的斗争道路，往往带有以艺术手笔总结斗争经验的性质。在《李家庄的变迁》这部流传很广的小说中，我们不仅看到以龙王庙为标记的一个小村庄的变迁，而且看到以军阀阎锡山为支柱的山西封建势力的覆没，山西人民在共产党领导下经过曲折道路走向新生。小说从描写龙王庙前地主豪绅"打架讹人"的"息讼会"开始，到翻身农民在龙王庙前召开斗争会、欢送会作结束，既写出了山西地区的斗争特点，又反映了劳动人民共同的苦难遭遇和斗争道路。《李有才板话》《小二黑结婚》则截取生活的断面，表现新政权下人民群众同封建旧势力的斗争，小说中阎家山、刘家峻的风风雨雨，显示了太行山地区新解放区的特点。至于在生活细节方面浸染的乡土气息，在赵树理的小说中俯拾皆是，不必赘言。

孙犁的短篇小说《芦花荡》《荷花淀》等作品，描绘了冀中白洋淀水乡人民抗日斗争的绚丽画面。《荷花淀》在富有特殊地方风情的背景下，描写水生嫂等一群青年妇女的小船在淀里与敌汽船相遇，躲进芦苇看到了一场游击组展开的打得敌人落花流水的伏击战。她们从中增长了智慧和勇气。秋天"她们学会了射击""冬天，打冰夹鱼的时候，她们一个个登在流星一样的冰船上，来回警戒。敌人围剿那百顷大苇塘的时候，她们配合子弟兵作战，出入在那芦苇的海里"。同妇女们一样，白洋淀的老人也敢于战斗。《芦花荡》描写撑船老人利用水上优势痛击敌人，"举起篙来砸着鬼子的脑袋，象敲打顽固的老玉米一样"。在这些作品中，抗日斗争的共同性和地方的特殊性融合无间。

赵树理和孙犁的笔触很少离开过他们长期生活和工作的地区，在某种意义上也可以说是"乡土文学"作家。但他们不是陶醉于"美不美，故乡水，亲不亲，故乡人"，发抒个人的乡恋，也不是停留在颂扬民性淳朴，慨叹故地疮痍，更不是苦恼于"失去了地上的'父亲的花园'"。① 他们在富有乡土气息的画面中写出了"新的人物，新的世界"，热情洋溢地歌颂人民自己解放自己的斗争。因此，他们的作品思想感染力量自然超越了过去的"乡土文学"。然而，我们如果由此而认定，作家只有写自己的故乡才能富有乡土气息，表现地方色彩，那也不准确、不全面。丁玲和周立波的家乡都是湖南，他们的主要代表作品《太阳照在桑干河上》《暴风骤雨》写的是华北、东北的土改斗争，却也不乏北方的乡土气息。

《太阳照在桑干河上》是丁玲于一九四六年夏季参加河北怀来、涿鹿的土改运动回到阜平动笔写作的。她说："在一路向南的途中，我走在山间的碎石路上，脑子里却全是怀来、涿鹿两县特别是温泉屯土改中活动的人们。""我要把他们真实地留在纸上，留给读我的书的人。"② 作者的笔触深入到人物的内心，揭示出人物的精神面貌和性格特征，使作品构成了土改时期华北农村错综复杂的阶级关系的生动画页，写出了农村这场伟大变革在人民生活和精神上激起的巨大波澜。小说除了在生活细节的描写上富有北方的乡土气息外，又突出表现果园地区的特色。小说中的暖水屯是河北的水果产地，特别盛产冰葫芦。正像白洋淀席子行销四方一样，这里的果子也远近闻名。小说开头描写顾涌老汉赶车回到暖水屯："地势慢慢地高上去，车缓缓地走过高粱地，走过秫子地，走过麻地，走过绿豆地，走到果园地带了。两边都是密密的树林，短的土墙围在外边，有些树枝伸出了短墙，果子颜色大半还是青的，间或有几个染了一些诱人的红色。"小说不但以果树点染北方农村景色，而且把果园的归属作为当地土改斗争的组成部分，纳入小说的情节发展中，描写了农民从地主手中夺回果园、摘取胜利果实的欢乐情景，既表现了农村土地问题的普遍性、迫切性，又富

---

① 鲁迅：《中国新文学大系·小说二集序》，上海良友图书印刷公司，1935 年。
② 丁玲：《太阳照在桑干河上·重印前言》，人民文学出版社，1952 年。

有北方特色。

周立波于一九四六年参加东北土改后一九四八年完稿的《暴风骤雨》，是与《太阳照在桑干河上》相媲美的又一部描写土改的长篇小说。从描写土改运动的主要进程看，两部小说有相似之处，但不会使读者感到雷同。这当然主要由于两位作家都积累了丰富的创作经验，在题材选取、主题提炼、人物刻画以至于语言风格等方面都各有自己的特色，但也同作家能够打开并深入新的生活领域，善于捕捉和着力表现地方特色有关。《暴风骤雨》所写的是黑龙江（那时叫松江）哈尔滨东南一个村庄——元茂屯的土改斗争。周立波以深挚而急速的笔致描绘了曲折反复而又急遽多变的斗争，充分表现了东北地区在战争环境中进行土改这一特点。小说除了通过人物和情节表现那里土改斗争的特点外，还用地方生活风俗和群众语言增强作品的地方色彩。与《太阳照在桑干河上》写果园的情形相似，《暴风骤雨》用不少笔墨描写马匹与当地人民生活的密切关系。元茂屯的地主既占有了土地，又占有了马匹，而且"全喂得肥肥壮壮"。种地赶车的穷苦人却没有马。老孙头"赶上半辈子外加半辈子的大车了，还没有养活过牲口"。小说中除了有不少有关马的细节描写外，还专门写了分马的一章，把贫苦农民的思想感情刻画得细致入微。这说明作家熟悉生活，在描写土地改革这场农村共同的斗争时，十分注意表现地方特色。

总的看来，在表现阶级斗争、民族斗争的共同主题时，又充分写出不同地区各不相同的斗争特点，在表现特殊的地方色彩时，又紧密联系着人民解放、民族解放的共同斗争，可以说是解放区小说的一个重要特色。除上面论及的作品外，写陕北农村初期互助合作运动的《种谷记》（柳青作）、《高干大》（欧阳山作），写晋察冀地区敌后抗日斗争的《吕梁英雄传》（马烽、西戎作）、《地雷阵》（邵子南作）、《新儿女英雄传》（孔厥、袁静作）等小说在不同程度上也都具有这个特点。这许多小说可说明，文学作品反映革命现实，应当表现人民生活和斗争的共同性与特殊性两个方面，才能像鲁迅所说的"庶不至于千篇一律"。①

---

① 《鲁迅书信集》（上），人民文学出版社，1976年，第554页。

# 二

"五四"以后的"乡土文学",描绘了不少特殊的风土人情。沈从文的中篇小说《边城》描写湘川交界的山村,蹇先艾的小说集《乡间的悲剧》描写遥远的贵州乡间,师陀的小说集《果园城记》描写偏僻的河南小镇,地方色彩和乡上气息都颇为浓厚。解放区的小说也不忽视地方风土人情的描写。比如,柳青在长篇小说《种谷记》中描写了像"受苦人没有吃饭以前,婆姨们不能先吃"、大雨过后人们不约而同地到沟里磨锄头、"桃花镇每年两届的骡马大会"等富有陕北乡土气息的生活习俗。在解放区,随着人民解放斗争的发展,人们的生活习俗也不断发生变化。人民政治上翻了身,必然伴随着生活上移风易俗。尽管在战争年代这种变革仅仅是个开始,但却是极其可喜的,反映了解放区人民的新思想新风貌。这种生活习俗的变化,在解放区不少小说中得到了鲜明的反映。这也可以说是解放区小说与过去的"乡土文学"有所不同的一个特点。

在旧中国农村,劳动群众受到重重压迫,而妇女的苦难尤其深重。浸透了封建迷信色彩的旧习俗像沉重的枷锁一样套在劳动妇女身上,使她们失去自由和起码的做人权利。鲁迅的小说《祝福》中的祥林嫂生活境地是那么悲惨,又遭到封建习俗极为严重的摧残,但在鲁四老爷眼中竟成了"败坏风俗"的,黑白完全被颠倒。柔石的小说《为奴隶的母亲》中描写的典妻陋习,给穷苦妇女的伤害也是不可言喻的。在各地农村,形形色色压迫、歧视妇女的陈规陋习,真是无奇不有。至于所谓"买来的马,娶来的妻;愿打就打,愿骑就骑",更是司空见惯。蹇先艾的短篇小说《乡间的悲剧》中的祁大娘,终年劳动赡养全家,而丈夫游荡在外,但在男尊女卑恶习下反而受到舆论的毁伤,被迫走了绝路。

从解放区的小说中可以看到,地方习俗的变化往往通过妇女形象反映出来。妇女们不再逆来顺受,任人宰割,而是扬眉吐气,昂首阔步,以崭新的风貌出现在读者面前。她们有人民自己的政权作依靠,敢于冲破旧传统旧风俗的桎梏,自己掌握自己的命运。孙犁笔下的青年妇女就是这样。不论是《荷花淀》中的水生嫂、《光荣》中的秀梅、《藏》中的浅花,还是《村歌》中的双眉,她们一个个都具有美丽的心灵和高尚的情操,把自己的命运同阶级斗争、民族斗争紧密地联系在一起。短篇小说《嘱咐》中的八路军战士水生的妻子就写得栩栩如生。作者没有写她的外貌如何，而是运用水乡生活细节揭示这个妇女坚定爽朗的性格和纯洁美好的心灵，表现新的夫妻情谊。丈夫离家八年，回家一夜又将投入新的战斗。水生眼中的妻子："不论是人的身上，人的心里，都表现出是叫一种深藏的志气支撑，闯过了无数艰难的关口。"妻子亲切地同丈夫叙述了八年来的艰难险阻后说："你能猜一猜我们想你的那段苦情吗？""我们想你，我可没有想叫你回来。那时候，日本人就在咱们村边。可是在黑夜，一觉醒了，我就想：你如果能像天上的星星，在我眼前晃一晃就好了。可是能够吗？"这是多么纯真而又高尚的思想情操！妻子准备好冰床子送走丈夫，还逗着孩子说："看你爹没出息，当了八年八路军，还得叫我撑冰床子送他！"一句普通的打逗话包含了废弃男尊女卑旧习俗的哲理。可见，孙犁的小说往往在歌颂人民解放斗争时，寄寓了社会风尚的变革这一深刻的思想启示。

赵树理笔下的翻身妇女形象，性格特征不同于孙犁作品中的白洋淀妇女，但也光彩熠熠，表现了从神权、族权、夫权束缚下解放出来的妇女的新风貌，反映出解放区农村初步出现的新风尚。《小二黑结婚》中的小芹，敢于顶撞装神弄鬼的娘，也敢于对抗以金旺、兴旺为代表的地方恶势力，争取婚姻自主，在移风易俗的斗争中站在前列。与《小二黑结婚》侧重于反对封建势力的斗争不同，《孟祥英翻身》《传家宝》主要从家庭内部婆媳关系的角度展开移风易俗的主题。一个好的媳妇该是什么样子，各地农村不尽相同。在《孟祥英翻身》里，孟祥英婆婆脑筋里的"媳妇样子"，也就是山西"山野地方"的标准媳妇："头上梳个箸帚把，下边两只粽子脚，沏茶做饭、碾米磨面、端汤捧水、扫地抹桌……从早起倒尿壶到晚上铺被子，时刻不离，唤着就到；见个生人，马上躲开，要自己不宣传，外人一辈子也不知道自己还有个媳妇。"但孟祥英翻了身，当上了村干部，婆婆要束缚她卖掉她谈何容易，因而在婆婆眼中"孟祥英越来越离这个'媳妇样子'越远：头上盘了个圆盘子，两只脚一天比一天大，到外边爬山过岭一天不落地，一个岐口村不够飞，还要飞到十里外"，"打不得，骂不得，管又管不住，卖又卖不了"。这些描写既朴实生动又富有地方色彩。事实上，孟祥英离她婆婆眼中的"媳妇样子"越远，也就是离旧传统旧风俗越远，在解放大道上走得越前。作者没有写明婆婆如何转变，只用孟祥英组织妇女闹生产的成绩，说明婆婆的旧皇历过时了，胜利是在孟祥英所代表的新思想新风尚方面。除了《孟祥英翻身》《传家宝》外，孔厥的《一个女人翻身的故事》、康濯的《灾难的明天》、林漫的《家庭》、菡子的《纠纷》等许多小说，都在富有浓郁乡土气息的生活画页上，从家庭内部关系的角度表现农村弃旧俗、树新风。至于在婚姻问题的移风易俗，除《小二黑结婚》外，康濯的《我的两家房东》、西戎的《喜事》等小说作品都做了生动的描写。以抗日斗争为主题的《吕梁英雄传》《新儿女英雄传》中也穿插了新式婚姻的描写。

旧中国农村封建迷信严重毒害人民，而巫神装神弄鬼是北方农村迷信活动的一个特点。解放区不少小说都涉及破除迷信、改造巫神的题材。欧阳山在长篇小说《高干大》中描写农村干部高生亮在艰苦创业、兴办合作社过程中，同造谣惑众、破坏成性的巫神郝四儿做了殊死的斗争，终于揭穿了巫神的骗术，教育了群众。小说中"巫神的罪恶""闹鬼""青蛇的故事""鬼的家庭""恶斗"，都带有陕北的地方特色。反对巫神问题既是反封建斗争的组成部分，又是人民内部移风易俗问题。《小二黑结婚》中的三仙姑在新思想新风尚的强大力量冲击下，不得不洗心革面，"把三十年来装神弄鬼的那张香案也悄悄拆去"。《种谷记》中有一个被称为"善人"的王存恩老汉，按子丑寅卯掐算天气。响风一起，"他看见势头不对，便不辞劳累爬到村子对面山上，拿一柱香念了禁风祛灾的咒语"，后来被人们传为笑话。

同反对封建迷信相联系，"不干不净，吃了不害病"的旧习俗在解放区一些地方开始有所转变。首先在作品中加以反映的是葛洛的短篇小说《卫生组长》。这篇小说通过一个被群众选为卫生组长的农民谈话，生动地描述了延安附近一个村庄移风易俗、大讲卫生的故事。小说写到卫生组长的妻子得了传染病，老人们信巫医，但愈治愈重，还是卫生组长请来延安的医生才化险为夷，人们在事实的教育下懂得讲卫生的重要。这篇作品在地方风习画面中表现了文学作品中少见的主题。

社会上新风新俗的树立，归根结底取决于人与人之间新关系的形成，而在那些阶级斗争尖锐急遽的年代，人与人之间的关系往往受到阶级斗争的制约。马烽的《村仇》描写晋北两个村庄群众成了"死对头"，连亲戚也"闹翻了脸"，土改中人们找到了地主暗中挑拨的根子，两村人民解开了"仇疙瘩"，吃了"和合酒"，团结携手，共同对敌。韦君宜的《三个朋友》描写一名知识分子下乡，同一位农民积极分子交了朋友，但与一个地主的生活情趣也相投，经过减租斗争，才转变立足点真正以农民为良师益友。林蓝的《红棉袄》描写土改后农村生活的初步变化，家庭隔阂也随之消除。这些小说艺术风格各不相同，但都颂扬了解放区人与人之间关系的变化，乡土气息也都浓郁，特别是《红棉袄》透过一个家庭把东北地区土改前后劳动人民的生活景象刻画得明晰可见。

从上面列举的小说作品可以说明，延安文艺座谈会后解放区的小说，不仅像过去的"乡土文学"那样描绘地方风习，而且从不同地区不同生活侧面反映解放了的土地上不断出现的新风尚。从解放区的小说作品里，可以看到一幅幅色彩鲜明的新的风土人情画。尽管其中有些作品典型化还不足，艺术水平不一，但写出新的风土人情这一特点是很可贵的。它不但可以增浓作品民族化、大众化的色调，也有助于加强文艺作品在精神文明建设中的积极作用。

## 三

解放区小说富有鲜明的地方色彩和浓厚的乡土气息，主要源于作家深入群众的生活和斗争，熟悉所写地区的斗争特点和风土民情，也同作家遵照毛泽东同志"应当认真学习群众的语言"[①] 的指示，在作品中普遍运用经过提炼、加工的群众语言有关。这也可以说是解放区小说作品与过去的"乡土文学"以至于"五四"后的新文学相比有显著不同的特点之一。当然，作家作品的语言风格是多种多样的，解放区的小说也是这样。但解放区的小说从叙述描写到人物对话，普遍使用群众语言都是共同的。对于每个作家作品的语言特色以及如何提炼当地群众语言，如赵树理作品中运用山西群众语言，孙犁作品中运用河北群众语言，柳青作品中运用陕北群众语言，周立波的《暴风骤雨》中运用东北群众语言，那必须进行专门的研究。这里只能选取一些例子，以概括地说明解放区小说运用群众语言不仅加强了作品的艺术表现力，也增添了作品的地方色彩和乡土气息。

---

① 《在延安文艺座谈会上的讲话》，《毛泽东选集》，人民出版社，1975 年。

　　解放区小说作品的语言艺术水平，当然不是整齐划一的，但大都摆脱了过去不少新文学作品语言欧化的倾向，普遍使用朴素、简练而又生动的群众语言，从人物对话到细节描写都富有乡土味。孙犁的《光荣》写青年战士原生参加歼灭敌军一个旅的战斗归来，家乡党和群众为这位"特等功臣"举行了庆功会。小说写道：

　　　　接着就是原生讲话。他说话很慢，很安静，台下的人们说：老脾气没变呀，还是这么不紧不慢的，怎么就能活捉一个旅长呀！原生说：自己立下一点功；台下就说：好家伙，活捉一个旅长他说是一点功。原生又说：这不是自己的功劳，这是全体人民的功劳；台下又说：你看人家这个说话。

　　简短而又朴素无华的一百十几个字，把会场的活跃情景、人们的声音笑貌都描画出来了，融简洁和丰满为一体，具有朴实的乡土气息。邵子南的《地雷阵》，也用节奏详明、音调自然的短语，谱写晋察冀地区民兵抗日英雄的赞歌。其中，描写李勇在阜平的梁岗、苇子地、沙河沿的地形中布下"敌到雷到""敌不到叫敌到"的地雷阵，十分形象、生动。

　　解放区的许多小说作品，无论叙事还是抒情绘景，都较少出现过去欧化的白话文那种堆砌词藻的现象，而往往用各地人们习见的事物作为比喻或者加以衬托。如《小二黑结婚》写三仙姑的老来俏："小鞋上仍要绣花，裤腿上仍要镶边，顶门上的头发脱光了，用黑手帕盖起来，只可惜官粉涂不平脸上的皱纹，看起来好像驴粪蛋上下上了霜。"写小二黑，只写"说到他的漂亮，那不只在刘家岭有名，每年正月扮故事，不论说到哪一村，妇女们的眼睛都跟着他转"，既有地方特色，又给读者以想象的余地。又比如，用"好像庙里十八罗汉像，一个个都成了哑子"（见《李有才板话》），比喻人们沉默不语；用"说起话来，象小车上新抹了油，转得快叫得又好听"（见《村歌》），比喻快嘴快舌；用群众的话把减租比作"从蜂窝里挖蜜，从山水里捞河柴"（见《种谷记》）；把旧社会劳动人民的穷困比作"马杓子吊起来当锣打，穷得叮哩当啷响"（见《暴风骤雨》）；等等，既通俗又形象，且带有一些地方色彩。

　　解放区小说作品中可以看到不少比较形象的又是各地群众惯用的俗语、谚语、对偶语。比如，《种谷记》中有"夫妻同床睡，人心隔肚皮""三个婆姨一面锣，两个婆姨一面鼓"；《土地的儿子》中有"人勤不如地近，地近不如上粪""地种三年亲如母，再种三年比母亲"；等等，都是陕北群众惯用的。《暴风骤雨》中有"土帮土成墙，穷帮穷成王""天上打雷雷对雷，夫妻干杖锤对锤"；《卫生组长》中有"谁家坑上没有巴屎的？谁家坟上没有烧纸的？"《纠纷》中有"吃的是盐和米，讲的是情和理"；《新儿女英雄传》中有"好葱包的好白子，好爹好娘养的好孩子"；等等，也都是当地群众惯用的。歇后语的使用也很普遍，如"阉猪割耳朵——两头受罪"（见《村仇》）；"正月里卖门神——过时货"（见《喜事》）；"豆腐渣子贴门对——粘不上""裤裆里插扁担——自抬自"（见《纠纷》）；等等。当然，这些歇后语不只见于一地，但同整个作品描绘的群众生活和风土人情融合在一起，增添了不少乡土风味。

综上所述，延安文艺座谈会后解放区的小说，无论在反映各地人民群众的生活和斗争方面，在描绘地方风土人情方面，还是在运用群众语言方面，都呈现出鲜明的地方色彩和浓郁的乡土气息，同"五四"以来的"乡土文学"相比具有新的特点。这许多小说作品，不但有力地证明作家贯彻《讲话》精神长期地深入群众生活的重要性，而且从中可以看到表现地方色彩同文学的民族化有着密切关系。解放区小说的地方色彩和乡土气息，大大增强了文学作品的中国作风和中国气派，在国外读者眼中更是如此。毛泽东同志在《讲话》中说："愈是为革命根据地的群众而写的作品，才愈有全国意义。"固然主要是就作家为群众服务而言，但也包含了对地方性与全国性、地方色彩与民族色彩相互关系的正确理解。事实上，愈有地方色彩的作品，民族色彩也愈鲜明。鲁迅、茅盾、老舍、赵树理的作品就是这样。鲁迅在二十世纪三十年代说过："现在的文学也一样，有地方色彩的，倒容易成为世界的，即为别国所注意。"[1] 正是把地方色彩提到民族化的高度来看待的。因此，解放区小说作家长期深入一定的地区，真实地描写那里的人民生活和斗争，在作品中多表现些地方色彩和乡土气息，这个好传统不应舍弃，今天仍应发扬光大。

（本文原载于《福建论坛》1982年第3期）

---

① 《鲁迅书信集》（上），人民文学出版社，1976年，第620页。

# 现实主义传统和作家的独创性

## ——茅盾与老舍小说比较考察

　　茅盾与老舍都是中外现实主义文学优良传统的出色继承者，在新的时代条件下和民族土壤中发展了现实主义文学传统，成为我国现代现实主义文学大师，为我国新文学做出了不可磨灭的贡献。但同是继承现实主义文学传统，茅盾与老舍的作品并不雷同，而是各有其独特的风貌，读了很受启发。本文拟通过比较茅盾与老舍的小说，考察我国现实主义文学的丰富性与多样性，以及现实主义文学道路的广阔性。

一

　　任何文学艺术不论其理论主张如何，事实上都不可能完全脱离社会现实。中外现实主义文学优良传统之一，是尊重文学与社会密切相关这个事实，以生活作为创作的源泉，把反映时代、摹写社会看作创作的出发点。茅盾和老舍都是继承现实主义文学传统，从这个出发点起步而进入小说创作领域的。老舍从1926年7月开始在《小说月报》上发表《老张的哲学》，茅盾从1927年9月开始在同一刊物上发表《幻灭》，出发点大体相同，都落笔于二十世纪头一二十年的中国社会，所不相同的是，茅盾较早提倡现实主义，积累了丰富的理论知识然后进入创作实践，老舍是先进入创作实践，然后不断总结经验，阐发现实主义创作原则的。早在二十年代之初，茅盾就是现实主义文学的倡导者，撰写了不少文章论述文学与生活、文学与时代的关系，主张"文学是时代的反映""真的文学也只是反映时代的文学""表现社会生活的文学是真文学，是与人类有关系的文学"。① 尽管那时对现实主义与自然主义的界限还有些含混，但茅盾理论主张的核心是现实主义。老舍从事创作之初，理论上没有这么明确，但他受到欧洲近代小说"写实的态度"的影响而写小说。三十年代初老舍为教学需要阅读文艺理论书籍，已明确认识到"人是社会的动物，艺术家也不能离开社会""文学是时代的呼声"②，认为作家的自我表现与表现社会应该是一致的。可以说，茅盾和老舍对现实主义的理论认识有先后，而创作的基本出发点是相近的。

茅盾从《蚀》三部曲起步到《锻炼》为止，二十多年间写长、中短篇小说不下三百万字，老舍从《老张的哲学》到《四世同堂》为止的二十多年间，加上中华人民共和国成立后的两部小说，写作小说数量与茅盾相差无几。按小说的时代性、社会性来说，除老舍的《无名高地有了名》之外，大抵是描绘二十世纪之初至四十年代的中国社会，以艺术之笔记下了中国人民受帝国主义封建主义压迫时代的生活和情绪的历史。他们的小说，都是反映旧中国社会的镜子。但两位作家并不是按照一个什么模式复制，而是根据各自对生活的观察和艺术的感受加以反映，形态和色调并不相同。

我国现代小说如果以社会背景分有都市型与乡村型。茅盾、老舍的小说可归入都市型。老舍很少写农村，茅盾的部分短篇小说写农村，大部分小说还是写城市。比较茅盾与老舍小说的地方背景，首先得到的印象是，茅盾主要写上海及江南，老舍主要写北京，南北的地方色彩都很鲜明。如果进一步考察就可知，即便都写城市，由于生活视角和审美感受不同，捕捉和表现的社会特征并不一样。茅盾谈到地方色彩时写道："地方色彩是一地方的自然背景与社会背景之'错综相'，不但有特殊的色，并且有特殊的味。"③ 茅盾小说中的上海，就力图表现这个都市的"错综相"。比如，茅盾在《子夜》中不仅描绘上海这个东方大都市的外景，从苏州河的浊水、黄浦江的夕潮，到外白渡桥的钢架、南京路上的赤光，以及高耸碧霄

---

① 《社会背景与创作》，《小说月报》，第 12 卷第 7 号。
② 舒舒：《文学概论讲义》，北京出版社，1984 年，第 63 页。
③ 玄珠：《小说研究 ABC》，世界书局，1928 年。

的摩天楼、长蛇阵似的汽车，五光十色，令人眼花缭乱，而且深入都市社会内层，从人物的行动表现社会环境。陈设富丽的吴公馆的小客厅里一次又一次运筹策划，变幻无穷的公债市场上的明争暗斗，灯红酒绿的夜总会中的寻欢作乐，工潮迭起的厂房里的压榨与反抗……从多角度显示这个半殖民地化的都市的"错综相"。老舍写北京则主要落笔于"故都景象"，也即古城北京的风土民情。北京的气候山水、名胜古迹、街道胡同、公寓民房，都作为背景在老舍的小说中出现，特别是真实生动地描绘一个古风延绵的城市的种种社会相。在长篇小说《老张的哲学》《离婚》《骆驼祥子》《四世同堂》中，都描绘了传统思想文化浸染中多种形态的社会风尚，既有尊老爱幼、诚挚待人、患难与共、见义勇为，又有损人利己、投机钻营、苟且因循、明哲保身，而且美丽静穆的自然景致同下层人民动荡不定的生活景象形成强烈的对照。茅盾笔下的上海、老舍笔下的北京，两者都是真实亲切感与厌烦疏离感交织在一起。

茅盾写上海或别的地方，老舍写北京或别的城市，不仅作为故事的具体背景，而且是展现中国人民受苦受难的旧时代，富有鲜明的时代性，但思想视野和艺术格式并不一样。茅盾的小说无论人物形象多寡，都力图概括人物所置身的那个时代的社会全貌，构成一幅幅历史画页。《蚀》和《虹》描绘"五四"至第一次国内革命战争年代的社会大变动。《子夜》"想使 1930 年动荡的中国得一全面的表现"。[①] 实际上这部小说不啻是二十世纪三十年代初叶中国政治、经济、社会尖锐复杂的矛盾斗争的艺术概括。《霜叶红似二月花》则展现辛亥革命至五四运动时中国江南的历史面貌。老舍的小说具体年代并不点明，也不概括一个时代的全貌，而往往精微地透视一角，并通过人物的言行反衬出那个时代的面貌。《老张的哲学》《离婚》《骆驼祥子》都是这样，具体的年代虽不明显，但那个没有公道的旧时代却清晰可见。《四世同堂》虽然从全面抗战前夕写到抗战胜利，但没有描写战争全局，而主要写北京一个小胡同人民的生活变化，记下了我国人民在民族受难时代的生活和情绪的历史。如果说茅盾的小说近于时代大变动的编年史的话，老舍的小说则近于苦难年代人民的生活史。

总之，从现实主义所要求的文学的社会性、时代性来说，茅盾和老舍

---

① 茅盾：《我走过的道路》（中），人民文学出版社，1984 年，第 109 页。

在创作中遵循的原则是一致的，但对生活的观察和摹写并不相同，各以其独特性为我国现实主义文学增添色彩和光辉。

二

现实主义的内涵究竟是什么，古往今来有多种多样的说法。随着时代的推移，现实主义文学不断发展和衍变。尽管如此，现实主义文学的核心在于描写社会中的人，塑造出典型人物形象，却是没有多大疑问的，不但有马克思主义导师、现实主义文学大师的名言，而且现实主义文学的伟大传统也都肯定这个中心点。茅盾和老舍的小说继承和发扬了这个传统，始终把塑造典型化的人物作为创作的中心，并且取得了巨大的成就。

现实主义小说中成功的人物形象，无论作家有没有生活中原型为"模特儿"，都不是社会上某些真人的写照，而是带有程度不同的典型性的人物，在虚构中写出真实。茅盾和老舍对现实主义小说人物塑造的共同原则认识是一致的，创作上是遵守的。茅盾在谈到人物描写时曾说过："成功的'人物'描写，决不是单依了某一个人作为'模特儿'。比方说，要写一个商人罢，应当同时观察了十几个同样的商人，加以综合归纳。""艺术家的使命高过于真容画师多得多，艺术家不是真容画师。"① 老舍也说过："我们必须首先把个性建树起来，使人物立得牢稳；而后设法使之在普遍人情中立得住。个性引起对此人的趣味，普遍性引起普遍的同情。"② 这些看法实际上概括了两位作家自己的创作经验。现实主义文学的共同性原则，并不束缚作家的创作个性。塑造典型人物形象，作者可以在广阔的艺术的天地里自由驰骋，各显神通。茅盾、老舍小说中的人物塑造就各有千秋，独具一格。

茅盾、老舍在小说中都描写众多的人物形象，而且带有系列性。在茅盾的小说中经常可以看到企业家、商人、学者、文化人、财主、交际花、知识青年特别是新女性的形象；在老舍的小说中反复出现的则有小职员、小商人、人力车夫、妓女、巡警、教师、学生、家庭妇女。如果社会是个

---

① 《创作的准备》，《茅盾论创作》，上海文艺出版社，1980 年，第 469 页。
② 《人物的描写》，《老舍论创作》，上海文艺出版社，1980 年，第 89 页。

结构错综复杂、既相隔又相通的多层次建筑的话，则茅盾和老舍所开掘和深入的层次不大相同。茅盾笔下的人物大都活跃在中上层，老舍笔下的人物大都栖身于下层，这恰像《子夜》与《骆驼祥子》那样，前者人物多数出入于两扇乌油大铁门的洋房里，后者人物多数生活在"随时可以蹋倒而把他们活埋了的屋中"。两部小说可以相互补充，以不同的层面构成中国都市社会的全景图。

茅盾与老舍笔下的人物，虽然按社会职业区分带有系列性，但并未陷入类型化、模式化，而是各有不同的性格特征，大都能站立起来。茅盾在《蚀》《虹》及《创造》等五个短篇中描写的"时代女性"，虽然按思想气质可以分为积极进取的、软弱逃避的和"不憎亦不爱"的几种类型，但性格特征各不相同，正如茅盾在谈到《蚀》时所说："人物的个性是我最用心描写的，其中几个特异的女子自然很惹人注意。"① 慧女士、孙舞阳、章秋柳都不是革命女性，但属积极进取型。慧女士带有反抗性变态心理，孙舞阳的乐观豪放，章秋柳的"不要平凡"，的确惹人注意。《子夜》中吴荪甫和其他企业家性格特征各不相同。老舍小说中的人物性格也很鲜明。《赵子曰》中同住一所公寓的大学生，赵子曰善良、怯弱而又迷糊，李景纯正直、精明而刚勇，欧阳天风卑劣、奸诈而狠毒，各有其特征。《离婚》中同一个财政所的小职员，短篇小说《柳家大院》中同栖身在一个小杂院的贫民，《四世同堂》中几个为虎作伥的汉奸恶棍，性格特征各不一样。茅盾和老舍笔下的人物既有个性，又带有某种综合性，把人物的个性与典型融合在一起，但稍作比较不难看出，在表现手法上两位作家依然有所不同。茅盾小说中人物的典型性格多半在时代的风雨中，在政治的、经济的、社会的复杂矛盾斗争中表现，时代氛围、政治印记鲜明；老舍小说中人物的典型性格往往在生活风浪中挣扎、搏斗或应付、妥协中展现，带有更多社会印记、生活气息，人物的言语行动较多与中国传统的生活方式、文化习性相联系。而茅盾小说中人物则较多留下中国社会转变时期多种生活方式交错并存、多种思想潮流交叉侵染的痕迹。

现实主义文学并不是像某些人所指责的那样，仅仅刻板地描写生活现象，摹写人物的外在的行动，而不能深入人物的精神世界，揭示人物内心

① 《从牯岭到东京》，《茅盾论创作》，上海文艺出版社，1980年，第31页。

的奥秘。其实，优秀的现实主义小说无不叩开人物的心扉。茅盾和老舍的作品就是如此。老舍说过："我所要观察的不仅是车夫的一点点的浮现在衣冠上的，表现在言语与姿态上的那些小事情了，而且要由车夫的内心状态观察到地狱究竟是什么样子。"①《骆驼祥子》开头三章，描写祥子买到新车被大兵抢去，捡到骆驼又不得不贱卖掉，把祥子迷茫的行动同心灵的震动交织在一起，通过人物的内心感受显示现实世界的丑恶。《四世同堂》中主要人物祁瑞宣，从空有爱国心而难以行动到毅然投入抗日实际斗争的过程，是通过心理描写来表现的。老舍"心爱的一篇"叫《微神》的短篇，还采用了近似心理小说的写法，故事通过人物的回忆和梦境来展现。茅盾小说中的心理描写占了更大的比重。《虹》的主角梅女士"从一个娇生惯养的狷介的性格发展而成为坚强的反抗侮辱、压迫的性格，终于走上了革命的道路"，时代风雨的冲击和人物思想情绪的变化交织在一起。小说开头描写梅女士同两位表兄关系（一个结合而不相爱，一个相爱而不能结合）的心理状态惟妙惟肖。茅盾和老舍在小说中描写人物心理，主要是追寻客观现实在人物心灵中复杂而微妙的反应，并通过人物内心的窗口透视外在世界，而不是像新感觉派小说那样热衷于写人物的潜意识或者离开理性的感情。但两位作家揭示人物心理活动，其内涵和形态又各有特色。茅盾小说中的心理描写，不少见之于两性关系，特别是青年女性的爱情心理，而更多见之于时代风云的变幻、革命斗争的推移，以及种种社会矛盾在人物心海里激起漩涡和浪花，如《子夜》中的吴荪甫在丝厂陷入绝境、买卖公债惨败、工厂工潮迭起的心理状态就是如此，带有政治心理性质。老舍的小说很少正面写爱情，心理描写往往用之于社会生活的流变在传统文化积习浇灌的心灵死水中激起的微波，以及不同的文化溪流在人物心理中形成不同的反响，带有文化心理性质。如《四世同堂》中描写祁瑞宣精神上的重荷，冠晓荷、"大赤包"、高亦陀等汉奸的狡诈心理都是如此，还进一步作文化心理分析，如冠晓荷"的确是北平文化里的一个虫儿，可是他并没有钻到文化的深处去，他的文化只有一张纸那么薄。他只能注意酒食男女，只能分别香片与龙井吃法，而把是非善恶全付之一笑，一种软性

---

① 《我怎样写〈骆驼祥子〉》，《老舍论创作》，上海文艺出版社，1980年，第43—48页。

疯狂的微笑"①，而对高亦陀分析说："中国人是喜欢保留古方而又不肯轻易拒绝新玩艺儿的。因此，在这种时候要行医，顶好是说中西兼用，旧药新方，正如中菜西吃，外加叫条子与高声猜拳那样。高亦陀先生便是这种可新可旧，不新不旧，在文化交替的三不管地带，找饭吃的代表。"②

从以上比较分析可知，茅盾和老舍的小说在人物典型的塑造上都遵循了现实主义的创作原则，但又各有独特性，并不是照一个模式复制。由此可以证明，优秀的现实主义文学在人物塑造上是丰富多彩的，大有作家施展创造力的余地。

## 三

现实主义文学力求按生活的本来面貌反映生活，把文学真实性摆在重要地位，但并不意味着抹杀作家的"自我"，更不是说社会责任感越强的作家越易失落"自我"。其实，优秀的现实主义文学，作家的"自我"并不至于失落，依然会在作品中以不同的风貌表现出来。茅盾和老舍的小说就是这样。现实主义把文学看作反映生活的镜子，是就文学作品客观的真实性而言，只是一种形象化的比喻，而不是科学的阐释。实际上文学反映生活并不像镜子那样直接地照映，而必须通过作家的主观性，通过作家对生活现象的观察、感受、分析、综合，尤其要通过作家的形象思维、创作手法、语言运用来表现，也即经过作家的"自我"，作家的思想感情自然而然地渗透于作品之中。现实主义作家的表现社会与自我表现一般说来是一致的，但由于生活现象的复杂性，有时作品描写的生活现象所体现的思想意义，同作家的主观认识有距离甚至于有矛盾。这也并不奇怪。当然，作品的客观性愈强，作家的主观性可能愈不易辨认。但是只要通过具体分析，特别是通过同类型作家的比较，就可以找出作家"自我"的差异性。

作家在作品中创造出各式各样的人物形象，实际上也塑造出作家的"自我"，作家思想崇高与否、感情美好与否都是通过作品表现出来的。从这个意义上说，把文学作品看作作家的自叙传，也有一些合理性。读茅

---

① 《老舍文集》（五），人民文学出版社，1983年，第136页，第28页。
② 《老舍文集》（五），人民文学出版社，1983年，第136页，第28页。

盾、老舍的小说，即使没有读他们的传记，两位作家的形象依然会站立在我们面前。从作品中可以看到，茅盾和老舍都是紧跟时代步伐、与人民同呼吸、社会责任感强的作家，但对生活的观察和分析，对现实的认识和把握有所不同，就思想类型来说也有所区别。如果说从茅盾的小说中看到作家的"自我"是文学家与革命家、历史学家的融合的话，那么在老舍小说中看到作家的"自我"就是文学家与爱国主义者、社会学家的叠影。从《蚀》《虹》到《霜叶红似二月花》《锻炼》，茅盾在小说中以艺术手笔记录从辛亥革命到抗日战争年代中国民主革命的历程，站在革命家、历史学家的高度观察中国社会的大变动，剖析中国社会的基本矛盾和革命对象与动力，特别是探索资产阶级在民主革命中的地位，以及小资产阶级知识分子投身革命的道路。茅盾在谈到《子夜》时说："写这部小说，就是为了用形象说明中国没有走向资本主义发展的道路，中国在帝国主义、封建势力和官僚买办阶级的压迫下，是更加半封建半殖民地化了。"[1] 这个创作意图在小说中圆满地得到了实现。从《老张的哲学》《赵子曰》到《四世同堂》《鼓书艺人》，还有最后未完篇的《正红旗下》，老舍在一系列小说中，描绘和倾诉中国人民在帝国主义封建主义压迫之下，遭受深重的苦难，探索振兴中华民族之路，剖析中国社会的种种弊端和中国人民的精神文化素质，特别是对中国国民性的崇高与卑劣、美好与丑恶、光亮与阴暗的不同方面，从文化思想上探寻根因，显示一个爱国主义者、社会学家的思想境界和洞察力。他抱着"非把封建社会和帝国主义所给我的苦汁子吐出来不可"的意图从事写作，这个意图在大部分小说中得以实现。当然，在数十年的文学道路上，茅盾和老舍思想不断发展前进，对中国社会和中国革命的清醒认识有先后之分，在作品中表现的理性精神的清晰度，茅盾较之老舍高一些，但在作品中显示的两位作家的"自我"都是崇高的光辉的形象。《四世同堂》中诗人钱默吟、《鼓书艺人》中进步剧作家孟良的形象，都有老舍"自我"的身影，表明老舍从"一个有些感情而没有多大见解的人"[2] 进而对中国革命有了明确的理解，中华人民共和国成立后继话剧《茶馆》之后写作小说《正红旗下》都能用历史唯物论者的眼光观察近百

---

① 茅盾：《我走过的道路》，人民文学出版社，1984 年，第 92 页。
② 老舍：《我怎样写〈猫城记〉》，《老舍论创作》，上海文艺出版社，1980 年。

年来的中国社会。

文学创作的思想与感情是联系在一起的，而且往往互为表里，在理性精神中包含了感情色彩，在感情中寄寓了思想。优秀的文学作品不仅以理海人，更主要是以情动人。现实主义作家的"自我"，不仅表现于理性精神上，而且表现于感情形态上。如果把小说分为叙事体和抒情体的话，茅盾和老舍的小说大多属于前一类，不同于巴金、郁达夫、沈从文等作家的抒情小说，但这并不等于对生活冷漠、感情贫乏，虽然不属热情奔放型，但爱憎鲜明、感情充沛，富有强烈的感染力。无论是《子夜》《农村三部曲》《当铺前》《大鼻子的故事》，还是《骆驼祥子》《月牙儿》《柳家大院》《四世同堂》，对人民之爱，对下层劳苦人民的深挚感情都充溢于字里行间，这正如老舍所说："笔尖上便能滴出血与泪来。"但就作品中的感情形态来说仍然有所区别。茅盾的小说多属热切奋发型，老舍的小说则多属酸苦忧愤型。茅盾在大革命失败后的颓唐的心境下从事小说创作，《蚀》三部曲带有缠绵幽怨的感情色彩，但从《虹》开始热切奋发成为作品的主调。《虹》中通过梅女士脱离家庭投入革命洪流，最后以南京路上壮阔的群众反帝斗争作结束，抒发了热切奋发的情绪。《子夜》描写了企业家吴荪甫事业失败后的懊丧颓废情绪，但也穿插了如火如荼的工人斗争、农民暴动，响彻着"奴隶们"挣断铁链的巨声。《农村三部曲》调子由深沉转为激昂。老舍在二十世纪二三十年代写的小说带有浓重的酸苦忧愤情绪，正如乐极可以生悲一样，悲极往往可发出酸笑苦笑。《月牙儿》通过一个善良纯洁的少女被迫沦为以肉体当商品的下等娼妓的自述，抒发了这种情绪，对旧世界进行控诉和嘲笑。《我这一辈子》中辫子兵漏夜抢劫，整串的金银镯子提回营，而杀掉一个拾了双破鞋的孩子，"我"叙述说："我连口唾唾沫的力量都没有了，天地都在我眼前翻转。杀人，看见过，我不怕。我是不平！我是不平！……天下要有这个'法'，我×'法'的亲娘祖奶奶！"① 作者和小说中人物的感情融为一体。四十年代以来老舍的小说感情色调起了变化，《四世同堂》《鼓书艺人》都是沉郁与高昂的结合。当然，以上的比较只是大体而言，说明茅盾、老舍小说的感情形态略有不同而已。事实上同一个作品可以渗透作家多种多样的感情，随着作品所描写

---

① 《老舍文集》（九），人民文学出版社，1986年，第97页。

的生活现象的不同，作家的感情会呈现多种不同的形态。

现实主义作家的"自我"，主要表现于作品的理性精神和感情形态上，但也在不同程度上反映作者的性格特征，也即"文如其人"。当然，个性同感情一样是不易清楚地概括出来的。而且同一类型性格气质的作家，并不注定能写出相类似的作品，因为文学作品乃多种复杂的因素所构成，并不是单一地取决于作家的个性，但也不可否认作家的个性会在作品中留下或大或小、或深或浅的印影。茅盾和老舍的小说就是这样。从茅盾创作过程可知，他写小说大半"有意为之"而不是"信笔所之"，创作前一般都有较周密的计划，甚至有详细的大纲（如《子夜》），而不是凭一时的创作冲动，正如他所说："我是很老实的，我还有在中学校时做国文的习气总是粘住了题目做文章的"①；也正如他所说："未尝敢'粗制滥造'""未尝敢为要创作而创作"。② 这些创作习惯同他笃实、严谨的性格是有联系的。他留下的不是粗疏的草图，而是精密的图画。茅盾小说中的主要人物，不论企业家也好，"时代女性"也好，商人也好，工农群众也好，总是在不断地追求着，尽管所追求的目标各不相同，追求的结果也很不一样，但总是不休止地在行动，在行动中显出各自的面貌。这同作家坚毅、执着的性格特点不无关系。茅盾的一生，就是不断追求的一生，追求真正的人生价值，追求共产主义的理想的一生，直到病危仍请求恢复他的党籍。"茅盾是一位比较深沉的作家，不是那么外露。"③ 在小说中，他从不离开人物和情节发议论、抒感情，启人心智的思想、激昂奋发的情绪，大都是通过人物、情节、场面的描写而显露出来的。茅盾是心胸开阔而又脚踏实地的作家，在小说创作中总是总揽全局，又不离开自己所熟悉的基地，做到宏观和微观的结合。老舍的性格，他自己做过这样的概括："我自幼便是个穷人，在性格上又深受我母亲的影响——她是个楞挨饿也不肯求人的，同时对别人又是很义气的女人。穷，使我将骂世；刚强，使我容易以个人的感情与主张去判断别人；义气，使我对别人有点同情心。"④ 这些性格特点在小说中的确留下了痕迹。老舍的小说体现下层劳动者质朴的特点，不加粉

---

① 《从牯岭到东京》，《茅盾论创作》，上海文艺出版社，1980年，第7页。
② 《我的回顾》，《茅盾论创作》，上海文艺出版社，1980年，第7页。
③ 周扬：《在全国茅盾研究学术讨论会上的讲话》，《茅盾研究》，第1期（1984年6月）。
④ 《我怎样写〈老张的哲学〉》，《老舍论创作》，上海文艺出版社，1980年，第3—7页。

饰，不求华丽，像知心挚友的倾心谈吐，不是文人雅士的雕章琢句，又体现了受压迫者刚强的性格，不只表现在"容易以个人的感情主张去判断别人"，更主要表现在人与丑恶环境的搏斗上，像《四世同堂》中忠厚老诚的祁天佑不能忍受敌人的侮辱以死抗议，就有着老舍个性的影子。同情心、义气在老舍的小说中到处充溢着，正面人物往往带有某种侠义气。老舍好骂世、讽世、擅幽默、风趣，这个特点也形成了创作个性。当然这里也只是大体而言，科学地准确地作推断要借助于心理学，那就超出了本文的范围了。

总之，从剖析茅盾、老舍的小说可知，现实主义文学并不淹没作家的"自我"，只不过不同于现代主义流派以自我表现取代表现社会、反映时代罢了。作家的"自我"是多态多姿的，这也是现实主义文学的丰富性、多样性的重要因素之一。

## 四

现实主义文学是随着时代的前进而不断衍变和发展的。中外现实主义文学传统并不窒息作家的创造性。杰出的现实主义作家在艺术上都富有创新精神，而不墨守成规、故步自封，把自己束缚在某种程式之中。茅盾和老舍在小说创作中都发扬了勇于创新的精神，对我国现代小说，特别是长篇小说的创作，进行了新的开拓，取得了重大的成就。这种创新精神，使他们的作品以不同的光彩丰富了我国现实主义文学。

茅盾和老舍都是从取法于外国文学而开始写小说的。茅盾和老舍都受到外国文学，特别是欧洲近代现实主义文学的影响当然是很明显的；但同样很明显，茅盾和老舍并不专门模仿外国哪一位名家的创作，而是广采博收，融合新机，立足于中国社会。比如，波兰出生的英国作家康拉德虽是老舍"最爱的作家"，老舍"记得康拉得（现在一般译为康拉德）的人物与境地比别的作家的都多一些，都比较的清楚一些"[1]，但没有模仿过康拉德的海上传奇小说。茅盾说过，他开始写小说，近于托尔斯泰，是经验了人生后才写小说，主要从"真实地生活""热爱人生"，以及批评和反映现

---

① 《我最爱的作家——康拉德》，《老舍文艺评论集》，安徽人民出版社，1982 年，第 4 页。

实人生方面而说，而不是小说思想艺术的全面模仿。对于文学上借鉴与创新的关系，茅盾、老舍认识上是明确的，也是一致的。

茅盾和老舍小说的创新精神，首先表现在小说内容的革新上，也就是力图在作品中反映新的时代内容，表现新的时代精神。茅盾和老舍接受先进的世界观有先有后，但都立足于自己的时代，跟随时代步伐前进。茅盾和老舍的小说都是我国无产阶级领导下的民主革命时代的真实写照，既不同于欧洲批判现实主义作品，也不同于我国近代的黑幕小说、谴责小说，而成为以鲁迅为奠基人的新的现实主义的代表作家。作家脚踏实地立足于自己的时代，同时代紧密相结合，反映时代精神，传达时代的最强音，应当是文学创新的基点。脱离现实，超越时代，无论题材、形式如何新颖，也是没有生命力的。林语堂在二十世纪三十年代末写长篇小说《京华烟云》，虽然被人誉为"简直堪称近现代中国的百科全书"①，但过多模仿《红楼梦》，把现代女性写得像古代仕女，当然说不上创新；后来为了创新，五十年代写了一部二十一世纪的小说《远景》，但人物口中说出的都是十九世纪资产阶级人道主义的陈旧说教。茅盾和老舍都不是为创新而创新，而是为反映时代进行艺术上的探索。

艺术上的因袭和模仿不费心力，而探索和创新则不是轻而易举的。茅盾说过："一个已经发表过若干作品的作家的困难问题也就是怎样使自己不至于粘滞在自己所铸成的模型中，他的苦心不得不是继续他探求着更合于时代节奏的新的表现方法。"② 茅盾和老舍在创作历程中都不断地探索着新的表现方法。两位现实主义作家各写了长篇小说十多部，中、短篇小说多部，采用的结构方法就是多种多样的。茅盾借鉴了托尔斯泰的小说，善用在波澜壮阔的时代画面上多线索纵横交错的结构方法，但随着反映的生活内容、描绘的典型形象的不同，采用不同的方法。《蚀》和《虹》虽然都是以"时代女性"为中心而展现时代变动，但后者结构方法就有变化，采用了倒叙法，从中段写起。《农村三部曲》与《林家铺子》写于同一时期，但反映的生活侧面不同，节奏也不一样。写于抗战时期的几部长篇，采用的模式并不重复。老舍起初虽然被康拉德的结构方法"迷惑住了"，

①　林语堂：《京华烟云·跋》，时代文艺出版社，1987年。
②　《〈宿莽〉弁言》，《茅盾论创作》，上海文艺出版社，1980年，第53页。

在《二马》中试用过，但也只是取倒叙法，而不取"忽前忽后"的办法；等到积累了经验之后，也就不断变换写法，有狄更斯的《大卫·科波菲尔》式人物传记体（如《牛天赐传》《文博士》《小人物自传》《骆驼祥子》《我这一辈子》），有契诃夫的《一个公务员之死》《第六病室》式的截取生活断面的写法（如《赵子曰》《离婚》《不成问题的问题》等），也有史诗式的结构（《四世同堂》）。茅盾和老舍作为现实主义作家，自然从世界现实主义文学中汲取营养，但也不拒绝利用其他文学流派富有表现力的技法，如茅盾写历史小说用的象征主义手法，写《腐蚀》用心理小说手法，老舍写《月牙儿》用抒情散文的笔法，写《微神》用近乎意识流手法。茅盾和老舍的小说，同鲁迅的作品一样，艺术上既丰满又别开生面。

文学作品的表现力离不开语言，不少杰出的作家同时又是杰出的语言大师。茅盾、老舍小说的创新，还明显地表现在文学语言方面。"五四"以来我国新文学不少作品存在欧化的毛病。茅盾、老舍虽然深受外国文学的影响，但小说中的语言却很少欧化的痕迹。他们都是"五四"文学革命提倡的白话文的忠实力行者，又对语言的民族化大众化做了富有成效的开拓。他们的小说的语言都是畅晓生动的，但比较起来说，茅盾更多从我国众多的美不胜收的书面文学中汲取营养，同现代口语相融合，形成朴实、精确、丰满而又深湛的语言风格；老舍则更多从人民口语和民间文学中加以采撷和提炼，形成朴素、轻巧、活泼而又幽默的语言风格。两者格调虽不相同，但都是我国现代文学的语言美的楷模。老舍最后未完稿的小说《正红旗下》，从语言造诣上说，成为我国现实主义文学的高峰之作。

从以上几个方面的分析比较可知，茅盾与老舍的小说同中外现实主义文学传统有着密切的联系，体现了现实主义文学的共同性的特征，但他们的艺术独创性又都鲜明，创作个性并不相同，作品的思想形态和艺术风格各放异彩。这也就是说，继承现实主义文学传统，运用现实主义创作原则，绝不是一条独木小桥。不必讳言，茅盾与老舍都写过若干艺术上较为平庸的"赶任务"的急就之章，陷入某种模式之中，但他们在创作过程中不断总结经验教训，进行自我调整，他们的大量作品都是可以传世的。从比较分析茅盾与老舍的小说中不难看出，现实主义在我国新文学领域内呈现出夺目的光彩，富有巨大的活力。当然，我们不必把新文学发展的历史简单地归结为现实主义与反现实主义斗争的历史，但也不应贬低现实主义文学的成就。文学的繁荣兴旺，必须百花齐放，多种文学流派相互竞赛。现实主义文学不应排斥别的文学流派和创作方法，但以鲁迅、茅盾、老舍等大师为奠基者的我国新文学现实主义传统应当发扬光大。茅盾在 1930 年写的《西洋文学通论》一书中，论述了西洋文学各种流派的发展和衍变，指出了现实主义在欧洲回归的趋势。最后的"结论"今天读来仍有意味，不妨抄录如下，以结束本文：

> 写实主义的回来，在全世界已成了普遍的状态。当然因为各个社会现象之不同，所以各方面再拾起了写实主义的作家也表示了多少的相异，那个在"世纪末"牵引着作家的意识的根本原因还是存在着，所以炫奇地表现个人主义倾向（不要明晰的内容，不求人人理解）的新派，还是继续有得发生出来，但是就大势观，这些'新东西'是再不能握得文坛的中心势力，而且回到写实主义的作家们也多少表示出他们已经不是从前的写实主义了。

> 将来的世界文坛多半是要由这个受难过的新面目的写实主义来发扬光大，或者这也不能算是太大胆的论断吧？①

（本文原载于《中国现代文学研究丛刊》1990 年第 2 期）

---

① 1930 年上海世界书局出版，1985 年北京书目文献出版社重印本第 198—199 页。

# 真切感人的风骨篇

## ——读《老舍生活与创作自述》随想

近年来汇编出版的多种老舍生活和创作的自述，不仅为老舍研究提供了不可或缺的资料，其本身也是老舍著作的组成部分，是纪实文学的瑰宝。读老舍生活和创作的自述，会油然而生一种敬意，感到其中有难以用言词表述的精神境界，姑且借用"风骨"这一古已有之而且富有中国色彩的词加以概括。"风骨"一词各类辞书注释不尽相同，但大都指人的品格、文的境界而言。本文主要是读《老舍生活与创作自述》（以下简称《自述》）所得的印象、产生的随想。

一

读老舍的《自述》，留下印象最深的是《八方风雨》。这篇近似报告文学的纪实文，是老舍《自述》中的"长篇"，虽简练却较完整地记下了全面抗战中的生活经历，在朴素的记述中显露出令人崇敬的风骨。老舍自称这篇纪实文是"一个平凡人的平凡生活的报告"。当然老舍未曾冲锋陷阵，但八年的经历正是在平凡中显出伟大。在《八方风雨·前奏》中老舍写道："风把我的破帽子吹落在沙漠上，雨打湿了我的瘦小的铺盖卷儿；比风雨更厉害的是多少次敌人的炸弹落在我的附近，用沙土把我埋了半截。"从《八方风雨》中可以看到在风风雨雨中站立起来的一个风骨凛然的知识分子形象。

《八方风雨》除"前奏"外共分十二段，从"流亡"起笔写到抗战胜利后"望北平"结束。人的风骨平素可以表露，在时代风雨中更易显现。老舍在《八方风雨》中不但记下了战争风雨中他辗转八方的行动足迹，而且抒写了他在民族受难年代的心灵活动的轨迹，坚毅挺拔的风骨多处可见。全面抗战爆发后，老舍处惊历险离家出走，虽自称为"流亡"，但并不是像众多难民那样为了保财保命而逃离家乡。老舍怕的是失掉气节，认为"一个读书人最珍贵的东西是他的一点气节"，决心不让敌人劫夺去那点珍宝，冒着生命危险走向后方。这种气节就是高尚的风骨，是一种在任何境遇中能巍然屹立而不随俗浮沉的精神力量，是历来中国知识分子所珍惜的政治品德和道德情操。老舍这种风骨同爱国主义思想意识胶合在一起，八年全面抗战中坚贞自守，勤奋握笔。在《八方风雨》中可以看到，体弱多病的老舍是怎样为抗战而操心效劳，正如他所说："笔是我的武器，我的资本，也是我的命。"他不顾惜大作家、大手笔的身份，热情撰写通俗文学作品，尽管生活陷入困境，穿的是"斯文扫地的衣服"，香烟、伙食、日用品日益降格，也没有放弃手中的笔，不为金钱而改行。他说："一个文人本来不是商人，我又何必一定老死盯着钱呢？……我承认不计较金钱，有点愚蠢，我可也高兴我肯这样愚蠢；天下的大事往往是愚蠢人干出来的。"其实这种"愚蠢"就是一种硬朗的风骨，也是历来中国知识分子所称道的"不能为五斗米折腰"的气节。老舍在抗战中自觉自愿地用这种"傻"劲，"为了抗战而受苦，为了气节而不肯折腰"，为民族解放事业做出了重大的贡献，显现了一个忠于祖国和民族、忠于自己事业的知识分子的高骞风骨。除了《八方风雨》之外，老舍在抗战期间写的自述，如《这一年的笔》《自谴》《文牛》《自述》等文，都叙说出这种韧劲、"傻"劲。老舍在小说、戏剧作品中塑造了风貌不同而风骨都不凡的知识分子形象，如《归去来兮》中的画家吕千秋、《桃李春风》中的教师辛永年，特别是《四世同堂》中的诗人钱默吟，都从不同侧面表现出这种风骨。这些人物虽不是老舍的自我画像，但就风骨说同老舍是神似的。

从《自述》中可以看出，老舍的风骨不仅在战争风雨中放出光彩，在长期的生活经历和社会实践中依然清晰可见。读老舍的《自述》，如《我的母亲》《小型的复活》《宗月大师》《双十》《"五四"给了我什么》《从三藩市到天津》《新社会就是一座大学校》《生活，学习，工作》等篇，以及带有自传性的小说《小人物自传》《正红旗下》，可以得出如下几个印象：

第一，老舍告别学生时代走进社会，正是"五四"时期，政治意识还是朦胧的，而做人，做一个堂堂正正的人的志向已确立。他说："在做人上，我有一定的宗旨与基本的法则，什么事都可将就，而不能超过自己划好的界限。"① 这个做人的宗旨、法则和界限是什么，老舍没有具体说明，但从他的"自述"中可以意会到，就是有益于而不是有害于社会，走正路而不走邪路。他在二十三岁那一年，手中有几个余钱，也曾染上一些不良嗜好，而一旦察觉到自己有可能走歪时，便立即刹车，他比之为"小型的复活"。② "五四"以后，他受到新思潮的启迪，体会到人的尊严。这就是说，人的基本风骨，老舍在青年时代大体已经形成了。

第二，自幼在贫困的生活环境中长大，使老舍形成愤世的刚强的品格，同黑暗社会格格不入。在旧的社会环境中，这是一种可贵的风骨，也是他由教育岗位而转入文学创作领域的重要契机。自然，这并不是说贫与富决定人的风骨的优劣高低，但从老舍风骨形成的具体环境考察，正如老舍在《牛天赐传》里所写"这些人，穷，可爱，而且豪横"那样，老舍的风骨属于穷而硬朗的类型。

第三，在"五四"以来的反帝反封建斗争中，从思想政治领域来说，老舍虽未站在最前列，但他悟之于心，便能见之于行，言行一致，心口如一。比如，当他观察体验到"新的思想是在东方，不是在西方"③ 时，就热烈追求并为之歌烦。因此，老舍在随时代前进的过程中，未出现曲折性、反复性，从一个正直的知识分子而成共产党的诤友。这与其用思想来解释，不如用风骨来解释。

第四，新中国成立后，老舍毅然回国，从老舍的思想和风骨来说是顺理成章的。老舍在《从三藩市到天津》一文中对自己回国的心态做了生动的描绘，新近发现的老舍在美国的书信也是有力的证明。而老舍二十世纪三四十年代的朋友中有些人去了台湾。他们发表回忆老舍的文章仅仅用家庭情谊来解释老舍之所以回国，甚至有的人编造了不值一驳的谎言，把老舍曾推迟回国说成是对国内斗争的观望，后来被"骗回北平"。④ 事实上老舍在抗战期间同中国共产党已经建立了亲密的合作关系，推迟回国是为完成《四世同堂》及几部小说的英译，赛珍珠女士 1948 年 3 月 29 日的信就

① 《我的母亲》，《老舍生活与创作自述》，人民文学出版社，1982 年，第 289—294 页。
② 《小型的复活》，《老舍生活与创作自述》，人民文学出版社，1982 年，第 301—305 页。
③ 《我怎样写〈小坡的生日〉》，《老舍论创作》，上海文艺出版社，1980 年，第 17—22 页。
④ 黎东方：《我论语堂先生》，台湾《传记文学》，第 31 卷第 6 期。

是有力的证明。信中说："为了让他能完成这一工作，我还帮助舒先生延长了他的签证。他现在回国也很不安全，因为他是个著名的民主人士，回去后不是被杀，至少也得被捕进监狱。"① 新中国成立后，老舍得知周恩来总理邀他回国的信息后，迫不及待地踏上回国途程，做出符合自己意愿和风骨的抉择。

第五，老舍对新中国、新社会怀着赤诚之心、炽热之情，在各类作品中也在"自述"中发出了热情赞颂之声。老舍自我感觉"变成另一个人"。其实，老舍还是老舍，但视野开阔了，做人的宗旨和法则更臻于完美了，风骨更加高朗了。在新的社会条件下，老舍的风骨发出了新的光彩。老舍说："我热爱这个新社会。我渴望把自己所领悟到的赶紧告诉别人，使别人也有所领悟，也热爱这个新社会。"② 这是老舍的肺腑之言，也可以表明老舍的风骨中愤世的一面转为爱世，而纯真、质朴性依然如故。这种纯真性、质朴性是极其可贵的，但也导致老舍对新社会仍存在的腐臭与阴暗面缺乏清醒的认识。当这种腐臭与阴暗一时掩盖了光明，并污辱到老舍的人格时，老舍不能承受，而采取了他所能采取的方式去抗议，表现出"士可杀，不可辱"的风骨。

综合以上几点，老舍的风骨，质地是美好的，又随着时代和他的思想发展不断冶炼和提高。老舍可以归为现代杰出人物之列。

# 二

老舍的风骨有坚韧、挺拔的一面，也有温厚、谦和的一面，正如他所说属于"软而硬的性格"。在大是大非上，在大风大浪中，老舍是坚挺的；在人际关系上，在合作共事中，老舍是随和的，这就是他所说："我对一切人与事，都取和平的态度，把吃亏看作当然的。"③ 老舍珍视友谊，在文化界及社会各界交了许多朋友，可以开列出长长的名单。胡絜青、舒乙的《老舍和朋友们》及许多知名人士写的回忆文章，提供了丰富而又生动的

① 《赛珍珠为介绍老舍致劳埃得的信件》，《人民日报》，1989 年 2 月 17 日，第八版。
② 《生活，学习，工作》，《老舍生活与创作自述》，人民文学出版社，1982 年，第 413—417 页。
③ 《我的母亲》，《老舍生活与创作自述》，人民文学出版社，1982 年，第 289—294 页。

材料。而读老舍的《自述》，对老舍交友以诚、交友为乐，也能留下深刻印象。在《八方风雨》中老舍写到同罗莘田去昆明有如下一段：

更使我高兴的，是遇见那么多的老朋友。杨今甫大哥的背有点驼了，却还是那样风流儒雅。他请不起我吃饭，可是也还烤几罐茶，围着炭盆，一谈就和我谈几点钟。罗膺中兄也显着老，而且极穷，但是也还给我包饺子，煮俄国菜汤吃。郑毅生、陈雪屏、冯友兰、冯至、陈梦家、沈从文、章川岛、段喆人、闻一多、萧涤非、彭啸咸、查良钊、徐旭生、钱端升诸先生都见到，或约我吃饭，或陪我游山逛景。这真是快乐的日子。

如果一般地说交友，重友谊虽是中国知识分子的一个特点，但老舍并不善于交际，他"怕见生人，怕办杂事，怕出头露面"。老舍之所以朋友众多，完全出自胸怀的真诚和态度的随和。如果我们放大一点，从"五四"新文化运动以来新文艺发展的大背景下来看老舍的和平态度，就更能看到老舍"软"的可贵。我国新文艺运动当然是在尖锐复杂的斗争中发展过来的，但也有不少斗争属于内耗内伤，付出过重大的代价。像鲁迅这样伟大的文化革命旗手也要防备"友军中从背后来的暗箭"①，"瞻前顾后，格外费力"。②而老舍自认为是"没有多大主见的人"，对文学论争不大轻易介入，往往采取持重、超然态度。其实老舍并不是没有主见，在《文学概论讲义》中发表了许多带独创性的见解，对"普罗文学"也有自己的看法，他在论争中采取持重态度同他注重同情、真诚有关系，不肯随意批评别人，也就避免误伤友人。因此，在文艺界老舍成为一面团结的旗帜，特别是在抗日战争期间，老舍为文艺界的抗日大团结做出了巨大的贡献。中华人民共和国成立以来，文艺队伍空前壮大，老舍交友益广，在文艺界留下了许多佳话。

老舍善于团结，交友以诚，但并不属于圆通型、世故型，不是无是非、无原则，不是圆而又滑的张大哥（《离婚》），也不是无往不宜的丁务源（《不成问题的问题》），而属于明智型、高洁型，守原则，明是非。比如二十世纪三四十年代他同梁实秋、林语堂等著名人士的交往就是这样。胡风早在四十多年前就看到老舍"对于作家朋友，无论是谁，只要不是气

---

① 鲁迅：《致萧军、萧红》，《鲁迅书信集》（下卷），人民文学出版社，1976年，第802页。
② 鲁迅：《致杨霁云》，《鲁迅书信集》（下卷），人民文学出版社，1976年，第695页。

质恶劣的人，他总能够随喜地谈笑，随喜地游戏，但他却保持着一定的限度；无论是谁，只要是树有成绩，没有堕入魔道，他总能够适当地表示尊重，但却隐隐地在他底方寸里面保持着自己的权衡。……如果越过了这个限度，无论对手是地位怎样高的或计谋怎样巧的，他也要直言不讳，守正不移"。① 这的确画出了老舍的风骨。从老舍的"自述"中可以看到，他在抗战中对一些自暴自弃过着"浪漫"生活的文人不以为然，斥之为"死于无心肝的象征啊"。②

老舍在待人接物中真诚的心怀里融进了谦逊。读老舍的"自述"，对这种诚而又谦的风骨自然而然会留下深刻的印象。老舍在二十世纪三十年代已经是海内外知名的作家，但他自称为"写家""文牛""文艺界的一名小卒"。他总结回顾写作的经验，几乎每篇都做了自我批评，第一部谈写作的集子题为《老牛破车》。抗战中他孜孜不倦地创作了大量作品，成绩斐然，文艺界称誉他"在我们新文艺史上划出了一个时代"③，可是他自认"成绩欠佳"，不时进行"自谴"。老舍在人际关系中总是把自己放在平凡的地位，把对方放在平等的地位。他在整个写作历程中，都以学习者、求教者的心态和姿态出现。写小说，他向狄更斯、康拉德、鲁迅学习；写剧本，他向剧作家学习；写通俗作品，他向民间艺人学习。中华人民共和国成立后，他感到"新社会就是一座大学校"，他写的"自述"都贯穿了一种学而不厌的精神。在人际关系之中像老舍这样风骨的人易于亲近，易于合作，而且地位越高声望越大而越谦逊，越令人敬佩。像《不成问题的问题》中那个"从十五岁起就自称为宁夏第一才子"、二十岁起改为"全国第一艺术家""全能的艺术家"的秦妙斋，老舍和读者都投以轻蔑和讥笑。老舍的自谦与自信是融合在一起的，他虚心学习，而又满怀信心地用一支娴熟的笔为人民写作。新中国成立后老舍不断推出新作，多种文艺形式运用自如，也正是这种自信力的表现。

总起来说，老舍的风骨，软中有硬，硬中有软，也就是坚挺与谦和的融合、韧性与柔性的统一、高拔与平易的并著。无论在中国现代作家中还

---

① 《在文协第六届年会的时候祝老舍先生创作二十周年》，曾广灿、吴怀斌编：《老舍研究资料》（上），北京十月文艺出版社，第250页。

② 《一封信》，《老舍生活与创作自述》，人民文学出版社，1982年，第354页。

③ 曾广灿、吴怀斌编：《老舍研究资料》（上），北京十月文艺出版社，第243页。

是在中国知识分子中，老舍都堪作楷模。

三

作家的风骨不仅显之于社会实践、人际关系之中，而且更见之于作品，正如古人所说"文如其人"。老舍曾说过："风格便是人格的表现，无论在什么文学形式之中，这点人格是与文艺分不开的。"① 老舍所说的"人格""风格"，其实就是作家的风骨、作品的风骨，而两者又是一致的，正如老舍谈自己的生活与谈自己的创作基调完全一致一样。当然，如果仅仅读老舍的"自述"而不读老舍的作品，难以了解老舍作品的风骨，但以"自述"为索引，以作品为印证，对老舍的"文如其人"也能得出概括的印象。

古代文论对诗人、作家的力作从风骨角度写下了许多赞语，如"风骨高骞""风骨奇特""精拔有骨"之类。中国文学史上有"建安风骨""盛唐风骨"之称。李白有诗："蓬莱文章建安骨，中间小谢又清发。俱怀逸兴壮思飞，欲上青天揽明月。"② 沈德潜对陈子昂的诗评价是："追建安之风骨，变齐梁之绮靡，寄兴无端，别有天地。"③ 对老舍的作品，很难用几个词、几句话加以评论，但也不妨仿古人论风骨的精神来看老舍的作品。汉代建安时期出现了曹操父子及"建安七子"（其实孔融不应算在内），诗文清峻、通脱，虽然留下作品不多，但对后世影响不小。刘师培的《中国中古文学史》、鲁迅的《魏晋风度及文章与药及酒的关系》、王瑶的《中国文学史论》对建安文学都做过精辟的论述。二世纪末、三世纪初的建安时代，是个社会大动荡的时代，战乱不已，民不聊生，文学中涌现了不少忧国忧民、悲慷激越之作，表现出清峻、壮浪的风骨。王粲的《七哀诗》中就有"路有饥妇人，抱子弃草间"的凄厉描写。当时许多诗人由愤世而表现出慷慨之气。《文心雕龙·时序第四十五》评论建安诸子说："观其时文，雅好慷慨，良由世积乱离，风衰俗怨，并志深而笔长，故梗概而多气也……"鲁迅曾分析说："慷慨就因当天下大乱之际，亲戚朋友死于乱者

---

① 老舍：《文学概论讲义》，北京出版社，1984 年，第 73 页。
② 李白：《宣州谢朓楼饯别校书叔云》。
③ ［清］沈德潜：《唐诗别裁集》卷一《陈子昂诗总评》，中华书局，1975 年，第 7 页。

特多，于是为文就不免带着悲凉、激昂和'慷慨'了。"① 老舍所处的时代虽然与建安时代不同，但"世积乱离，风衰俗怨"又是近似的。从老舍的"自述"可以看到，他生活在苦难的中国、乱离的时代，抱着吐出"苦汁子"的心绪而走进文学创作领域。他新中国成立前写的每一部长篇小说都是对社会、对世态有所忧有所愤而握笔的，起初写短篇虽有"写着玩"的心理，但很快就收起"写着玩"而"好好地干"了。他的愤世，他的刚强，在作品中得到表现，转化为作品的风骨。因而他的作品也可以说是"志深而笔长""梗概而多气"，近似于建安风骨。当然近似并不是等同。建安诸子留下的作品很少，作品中虽偶写人民的酸辛，但主要是抒发个人的哀怨，老舍则倾诉人民、民族的苦难，发出对旧社会制度的抗议。比如《七哀诗》写母弃子，《月牙儿》写母弃女，以"风骨高骞，蕴含深远"来说，后者远远超越前者。

风骨作为一个美学概念包含丰富的内涵，虽然文艺理论家的解释不尽一致，但大多是指作品的精深刚劲，力透纸背，近于通常说的健美。古代文论称有风骨、风骨高的作品为清深、奇伟、精拔、高旷、俊逸、壮浪、高骞，而对缺乏风骨的作品则用萎弱、柔曼、纤靡、绮靡、浮艳、偏枯，这也可以表明风骨包含了内容和形式、思想意境和语言格调。《文心雕龙》对风骨的说明用"绪言端直，则文骨成焉，意气骏爽，则文风清焉"。② 根据这些说法，老舍的作品自然应当归到卓有风骨的一类，从其中找不到萎弱、柔曼，也没有外表华丽而内气衰微之作，即便是凄婉悲郁（如《微神》《月牙儿》），也浸遹愤懑激越之情，迸发抗议之声。老舍在小说中塑造了不少风骨低下甚至卑劣的人物（如老张、马则仁、文博士、马裤先生、冠晓荷、"大赤包"等），并给以嘲讽和鞭挞，表现出扶正祛邪之气。《骆驼祥子》中祥子最后是堕落了，劳动者的风骨荡然无存，而作品的风骨在对罪恶社会的强烈抗议中，在丰满真实感人的形象中，在简劲有力的语言中挺立起来。老舍早期作品的风骨以清新、刚健为主，随着他精神境界的升华，更增加雄浑、奇伟和壮浪，《四世同堂》《茶馆》就属这种风骨的作品。前者充满了沉郁而激昂之气，后者则有精深而又壮大之慨。

---

① 《鲁迅全集》第 3 卷，人民文学出版社，1981 年，第 505 页。
② ［梁］刘勰：《文心雕龙·风骨第二十八》，中华书局，1985 年。

风骨、风格都与作家个性有关，风骨犹如人的气质，风格好似人的风貌。如果没有创作个性，就谈不到风骨，也不会有风格。从老舍的"自述"可以意会到，他回顾自己"怎样写"，实际上是不断探索如何表现社会又如何表现自己的创作个性。总的说来，老舍的探索是成功的，找到了按自己的创作个性反映中国社会的创作道路，写出了一系列既有风骨又有风格的光彩夺目的作品。《茶馆》就是他探索成功的一个伟大标志，为新中国戏剧发展立下了里程碑。《正红旗下》这部小说，凝聚了老舍丰富而精湛的创作经验，在小说创作艺术上进行新的成功的开拓，虽可惜未能完篇，但老舍的风骨与风格在作品中依然清晰可见。

以上随想说明老舍为人的高风亮节与其作品风清骨峻是一致的。若把这种一致性称之为艺术人格、艺术品格也是可以的。老舍弃世而去了，不但留下卷帙浩繁的文集，也留下了金光灿烂的艺术人格、艺术品格。

## 四

透过老舍的"自述"，不难看到老舍在为人和创作中表现的风骨，也可约略找到形成老舍风骨的一些基因。

老舍怎样从教育岗位走进文学领域并成为一个"职业写家"，在《写与读》《"五四"给了我什么》《我的创作经验》及多篇谈创作经过的自述中说得很明确，有时代潮流、生活境遇、外来影响多方面的因素，而在创作中融汇了中华民族民间的优良传统，这一切又通过主体消化、汲取、加工、再造而形成独具一格的风骨。

老舍开始写作小说，虽然同"五四"时期不少作家一样，打破封建思想桎梏，接受西方文化特别是外国现实主义文学的影响，但实际上老舍为人的品格、风骨在"五四"时期大体上已经形成，而在"五四"以前接受外国文化并不多。老舍在"自述"中主要归为家境的穷困和母亲善良又刚强的性格对自己的影响。他说："我的脾气是与家境有关系的。因为穷，我很孤高，特别是在十七、八岁的时候。"[①]"我的真正的教师，把性格传给我的，是我

---

① 老舍：《我的创作经验》，《老牛破车新编》，三联书店（香港），1986 年。

的母亲。母亲并不识字，她给我的是生命的教育。"① "穷，使我好骂世；刚强，使我容易以个人的感情与主张去判断别人；义气，使我对别人有点同情心。"② 老舍的自我剖析当然是可信的。但是，如果仅从简单的因果关系上去理解，并不能说明问题，似应根据老舍提供的线索作进一步的探寻。

经济地位、家庭境况对人的风骨、品格当然有密切关系，但必须通过文化的中介。老舍幼时的家庭环境，较多接触通俗文化，接受其中不少有价值的东西，如穷而有志、抑恶扬善、助人为乐、勤奋向上等，《三侠五义》《五虎平西》《包公案》等通俗文艺也吸引着他，使他懂得人的好坏。老舍所说的母亲所给予他的"生命的教育"，除了他母亲的性格对他起了潜移默化的作用外，实际上是经过他母亲的言传身教，使他受到通俗文化中美好道德情操的启迪，也就是受到做人的品格的教育，正如老舍写到的"……谁都可以看出她有一股正气，不会有一点坏心眼儿"。③ 影响老舍的，当然不只母亲一人，他二哥、三姐及亲友中不少人的文化心态或多或少都影响着老舍。而且，老舍一家虽是满族，但居住在满、汉、回、蒙多民族交聚的北京，这也就使他受到多种民族的通俗文化影响。而通俗文化和传统文化又是相互渗透的。老舍从通俗文化中，从不识字的母亲和其他亲友身上看到传统文化关于做人的道德规范，即为人不做亏心事，做个堂堂正正的人，也使他懂得读书的重要。而后他读改良私塾，从念《三字经》开始，又上正规小学和师范，更多接受中国传统文化的熏陶。老舍的"自述"未详细写学生时代，但从后来的言行看，他对读书人的气节是很看重的，这正是中国文化中的有价值的东西。总之，老舍的风骨正是多种文化浇灌培育下逐步形成的，而且在青年时期大体上显现出其质地的纯正光洁。有了这种质地，经过时代烈火的陶冶就更加金光闪闪。

综合以上的随想，可以得出一个总的印象，老舍的为人和写作都表现出高尚卓越的风骨，是我国现代知识分子的伟大典范。如果说老舍的一生是风高骨峻的鸿篇巨制，那么可以说他的"自述"也是真切感人的风骨篇。

（本文原载于《福建学刊》1989 年第 5 期）

---

① 《我的母亲》，《老舍生活与创作自述》，人民文学出版社，1982 年，第 289－294 页。

② 《我怎样写〈老张的哲学〉》，《老舍生活与创作自述》，人民文学出版社，1982 年，第 3－7 页。

③ 《正红旗下》，《老舍生活与创作自述》，人民文学出版社，1982 年，第 169－288 页。

# 《林语堂论中西文化》* 前言

在我国现代思想史、文化史上，致力于中西文化比较研究的著名学者不乏其人。林语堂虽长期远居海外，也应名列其中。固然，林语堂主要是翻译家、语言学家和散文杂文作家，特别是在向国外译介中国古典名著方面颇有盛名；但他从二十世纪二十年代以来长达半个多世纪的学术生涯中，始终以中西文化的比较研究作为课题之一，付出了大量劳动，发表了为数不少的文章和演讲。中西文化的比较几乎贯穿了他的所有著述。林语堂人已作古，这些著述不论其思想观点如何，都应归入前人的文化遗产。我们须像鲁迅所指引的那样，"要拿来"，"要或使用，或存放，或毁灭"。

众所周知，林语堂早期是个资产阶级民主主义者，在二十年代反对封建军阀、批判封建文化的斗争中，作为语丝派的一员和革命派的同路人，曾同鲁迅并肩战斗；但他不能跟随时代前进，又屈服于黑暗势力的压力，由彷徨而倒退，三十年代中期以后终于离开进步的文化阵营，同鲁迅分道扬镳，与他抨击过的现代评论派主要人物殊途同归。随着他的政治立场和政治观的向右转化，对中西文化的比较研究，也渗入强烈的政治色彩，不时发出荒诞不经之论。不过，林语堂在浩瀚的中西文化长河中汲取的知识素养是丰厚的，在中西文化比较研究中仍有自己的见地，提出过一些并非人云亦云的看法，其中包含了不少言之成理的成分，例如早年的《机器与精神》《谈中西文化》和晚年的《论东西思想法之不同》等都属此类。我们在剔除其谬误的政治观念时，对其言之成理的部分可以拿来作为借鉴。

"两脚踏东西文化，一心评宇宙文章"，是林语堂一再宣称的治学涉世之道。从林语堂的实践看来，既有真实性又带虚浮性。他广泛地涉足中西

---

* 万平近编：《林语堂论中西文化》，上海社会科学院出版社，1989年。

文化领域，为沟通中西文化，做了大量有益的工作，例如翻译中外名著、编写英文读本及汉英词典等。这当然是真实的，也是应当予以肯定的。但他的主观性和片面性又大大限制了他的文化视野，在中西文化比较中往往取表面而舍实质，见树木而不见森林，甚至以迷误当真理，比如《吾国与吾民》的一些章节就是这样。而且他的中外文化观既杂乱无章又浮动不定，时而偏东，时而歪西，时而崇洋，时而迷古，在文化的继承、借鉴和创新上缺乏系统的理论建树，"两脚踏"又怎能不陷入虚浮？当然，他在杂谈古今中外、山川人物中所传播的知识还是有价值的。

林语堂在《四十自叙》中就表示"偏憎人家说普罗"，同胡适的"多谈些问题，少谈些主义"如出一辙。后来林语堂对马克思主义的顽固抵制和反对，较之胡适有过之而无不及。显然，他谈论中西文化，是以历史唯心主义和资产阶级人道主义作为思想基础的，在批判封建主义和法西斯主义方面虽能起一些积极作用，在具体问题上可发一些人所未发之论，但整体上却难以得出科学的论断。他追求"东西哲理可以互通"，实际上是把西方资产阶级的物质享乐主义和中国封建文人的玩世主义结合起来（如《生活的艺术·生活的享受》）；把中国古代的人文主义和西方近代的人道主义结合起来（如《啼笑皆非·道术》）；把资本主义的"法治"和封建主义的"人治"统一起来（如《吾国与吾民·吾们的出路》）。这种种结合和统一，正如同他在小说《远景》中描绘的那个二十一世纪的南太平洋中无人所知、与世隔绝的和平安宁的小岛国，与其说是"远景"，不如说是梦境。他在文艺思想上不厌其烦地把近代西方的表现主义和古代中国的性灵说凑合在一起，也未嫁接出足以同马克思主义相抗衡的新理论。尽管如此，在林语堂对中西文化大量的分析比较之中，仍有不少合乎情理、近于事实的部分，特别值得称道的是民族意识、民族感情溢于字里行间，对西方文化和资本主义社会弊端的剖析，不乏精到之笔。

时代和人是息息相关的。林语堂在《时代和人》一文中也承认这一点。他的中西文化比较研究，除了取决于个人的立场、观点、方法之外，不能不受到时代条件和社会环境的限制。在林语堂所置身的那个时代和社会谈论中西文化，只能像《谈中西文化》一文中朱、柳二先生及柳夫人的对话那样，海阔天空发发议论而已，同社会实践风马牛不相及，即使有好的见解也难以致用，差池失误难以纠正。因此，我们对林语堂那样生活在旧时代旧社会的学者的论著，应放在当时的时代和社会背景下加以考察和评论，不能脱离其历史条件而苛求。

今天，为建设有中国特色的社会主义，提高全民族的文化素质，正确对待中外文化，依然是十分重要的研究课题，从前人走过的道路中总结、汲取经验教训，对我们都有裨益。本书的编选就是为这种总结提供资料之便。书中所选文章，属林语堂一家之言，曲直是非兼有，偏颇纰缪良多，必须以马克思列宁主义为指针，予以分析和鉴别。文选大体上按内容分为六辑，各辑按写作或发表时序安排。本书资料的蒐集，多亏友人相助，否则难以完成。编选工作中的疏失，请学者、读者匡正。

（本文原载于《福建论坛（文史哲版)》1988 年第 6 期）

# 《朱门》和林语堂的伦理道德观

　　林语堂自一九三八年秋季开始用英文写作长篇小说，陆续在美国出版。他最为自得的小说共有三部，即一九三九年出版的《京华烟云》（Moment in Peking）、一九四一年出版的《风声鹤唳》（A Leaf in the Storm）和一九五三年出版的《朱门》（The Vermilion Gate），称之为《林语堂的三部曲》。①《朱门》与《京华烟云》《风声鹤唳》一样，最初都由美国纽约约翰·黛公司出版，但直到一九七六年，台湾远景出版事业公司受作者之托才作为《远景丛刊 54》翻译出版，译者为宋碧云。

　　《京华烟云》《风声鹤唳》两部小说的人物、故事有一定连续性，而《朱门》虽被作者列为《三部曲》之一，却是另起炉灶，人物和故事同《京华烟云》《风声鹤唳》并没有联系。不过，《朱门》同《京华烟云》《风声鹤唳》一样，思想内容方面也浸透了资产阶级人道主义，艺术手法方面也相近似。本文仅对《朱门》这部小说作一番考察和评析，兼而论及林语堂的伦理道德观。《朱门》这部小说以出身于西安一家"朱红色的大门"的师范学院女生杜柔安和上海《新公报》驻西安记者李飞为中心，把几对出身不同的男女青年爱情故事筻入二十世纪三十年代初期中国西北地区动荡混沌的社会背景之中。故事的时间是一九三二年二月至一九三三年七月，地点则随主要人物足迹在西安、天水、兰州及新疆等地转换，而生活场景较多在西安和兰州。小说近三十万言，按故事情节的发展分为六部，实际上只能算是六章，即"大夫邸""满洲客""三岔驿""玉叶蒙尘""兰州"和"归来"。

　　小说开头描绘西安学生声援上海"一·二八"战争的游行示威，画面

---

　　①　林语堂：《八十自叙》，台湾远景出版事业公司，1980 年。

颇为逼真。手无寸铁的学生队伍终于被全副武装的军警所驱散，不少学生被殴受伤。小说的女主人公杜柔安参加了这次示威游行，在混乱中受了轻伤，丢了金表。在现场采访的记者李飞护送杜柔安到医院治疗，并帮她找回了金表。读者初读这个场面，可能猜想书中将会有种种学生爱国运动的壮举，但作者却是以这场示威作为李飞和杜柔安爱情故事的起点，一到两人相逢之后，描述爱国运动之笔即戛然而止。

小说以大量笔墨描绘了杜柔安和李飞相识之后爱情的种子如何发芽和生长。李飞有好友方文波、郎如水的热情相助，杜柔安得到叔父的婢妾春梅的暗中支持，两个情人得以密切来往，情意日浓。但在那多事的岁月，李飞与杜柔安的相恋和结合并不是一帆风顺的。李飞由于写文章得罪了地方当局，不得不逃离西安，相约与杜柔安到甘肃的三岔驿幽会，拜见杜柔安生父杜忠之后，又继续远走新疆，在战乱之中几乎丧命。杜柔安回到西安的"大夫邸"，但被叔父视为"不守妇道"，她毅然走出"朱门"，只身到兰州以家庭教师之职维持生活。在这之前，小说穿插了唱大鼓的东北少女崔遏云被权贵扣押，方文波设计救出，杜柔安为之掩护，郎如水护送崔避难兰州，杜柔安虽有李飞诸友人关照，但与李飞音讯隔绝。小说又穿插写了杜柔安的叔叔，前西安市长杜芳霖，其见杜忠回西安后中风死去、杜柔安出走，妄图独霸杜家遗产，派儿子杜祖仁到三岔驿重建水闸，阻断湖水，获取渔产暴利，但杜祖仁落水而死。杜芳霖获知崔遏云的地址后向军警告密，致使崔遏云再度被捕。崔遏云为了不至牵连友人，在被押回西安途中投江自尽。

小说尽管描写了时代和社会的风风雨雨，但并没有离开爱情的主线。札柔安与李飞离别一年多，爱情始终坚贞不渝。杜柔安生下了孩子，被李飞母亲接回西安居住，在一名飞行员帮助之下与李飞取得了联系。李飞经过无数艰难险阻，终于在回族军官帮助下平安地回到了杜柔安身边，一对有情人终成眷属。杜芳霖亲自到三岔驿建水闸，在回民反抗之中葬身于沼泽。方文波对杜芳霖的婢妾春梅早有情意，郎如水钟情于崔遏云，在崔遏云死后与杜祖仁寡妻湘华相爱，这时也都水到渠成，几对男女的恋爱婚姻都得到美满的结果。

从小说的故事情节可以看到，杜柔安与李飞的爱情是全书的主线，郎如水与崔遏云相恋后来与湘华结合，方文波与春梅的恋情，则是与主线密切交织的支线。作者力图表现在朔风暴雨之下，有些枝叶虽可能被摧毁，但爱情之树仍然茁壮成长，四季常青，用杜柔安的话来说："爱情会是一件美事。"小说描写杜柔安与李飞相遇及爱情之花的开放，大体按照人物的性格、情趣及所处的环境，由浅入深，合情合理，表现出纯真、坚贞的爱情具有战胜艰难险阻的力量。小说又以留法归国的郎如水热烈追求鼓书艺人崔遏云，表现高尚的爱情可以突破门户的限制，但理想和现实却不一致，郎如水的爱情理想虽然美好，却挽救不了一个艺人的厄运，理想终被严酷的现实所压碎。郎如水后来同湘华结合，方文波对春梅的情意，都是作者有意让好心人都能缔结良缘。而这几对男女青年的恋爱、婚姻，都同"朱门"这个富贵之家相连。杜柔安、湘华、春梅这几个青年女性，都由"朱门"之内走到"朱门"之外，以表现门第不同，只要志趣、情意相投，便可以结合在一起。除这几个女性外，作者又写了"朱门"内杜芳霖父子及杜忠等男性，以表现同一"朱门"之内存在着美与丑、真与假、善与恶的对立。小说以"朱门"作为书名，包含了以上多层次寓意。

在《朱门》中，作者集中笔力描绘了青年女性杜柔安的形象。杜柔安同《京华烟云》中的姚木兰一样出身于名门富户，又受过高等教育。她纯真、文静，虽没有姚木兰那样聪慧和练达，但也与姚木兰一样热情、庄重而又心地善良。作者让杜柔安在声援"一·二八"战争的示威游行中出现，并与李飞巧遇，画面由远及近，动中有静，笔法活泼而自然。作者的笔触随着杜柔安回到"朱门"，描写"大夫邸"，回叙了杜柔安的身世，然后细腻地刻画女主人公在艰难险阻中如何忍辱负重，为了爱情，不惜舍弃富裕的生活条件和继承遗产的权利，最后终于如愿以偿，有了温暖幸福的小家庭。小说中不少细节描写富有生活气息，如杜柔安初次到李飞家，李飞母亲热情、亲切，把她当作名门小姐来接待。李飞的嫂嫂端儿在最后一分钟冲出去，看看婆婆脸上的粉有没有擦匀，裙子在足踝上是不是长度相当。"杜柔安静立一旁，看一个快乐威严的母亲由儿子和媳妇挽出来。这是令人感动的画面。李老太太挺着头部，双眼注视着年轻的少女。杜柔安脸红了，但是她很高兴自己见了他的家人，对他更了解。"经过简短而亲切的家常谈话，杜柔安的别扭一扫而空，谈吐自然而得体。在李飞嫂子眼中"她蛮诚恳的，和我想象中不一样，不像一般富家千金自以为了不起"。而杜柔安感到"这就是我心中理想的家庭。我家像陵墓，外表很漂亮，里面又冷又空"。一年以后，杜柔安经历了风风雨雨，得知李飞在新疆的下落，带着新生的婴儿回到李家，小说写道：

> 一大串黄包车很快来到李飞家门口。柔安抱小孩下车。她穿过小小的外门，简直像走入梦境中。她确实梦见过自己进门当新娘，不过梦中有李飞在身边。她知道这是她的家，她就属于这里。
>
> 客厅的桌上摆了鲜花，母亲立刻带她到李飞的房间。一个铺白被单的婴儿床早就准备好了。脱下红外衣。……
>
> "柔安，这是你的家"，李太太说。
>
> "妈!"柔安不假思索地叫出来。

杜柔安这两次到李飞家的情景写得朴实自然，富有人情味和生活气息，表现了杜柔安质朴善良的心地、沉静又执着的特性及李飞家人的亲密无间。总之，杜柔安的性格特点不同于姚木兰，但也同姚木兰一样形体美丽、心地美好，而姚木兰没有实现的婚姻自主和"平民生活"理想，杜柔安都身体力行了。她完全按照自己的生活情趣，走出"朱门"，建立朴素的小家庭。从恋爱、婚姻、家庭问题角度考察，杜柔安的形象写得真实可信，较之姚木兰及《风声鹤唳》中的丹妮的形象更接近于生活真实。

同杜柔安的形象相比。李飞的形象显得单弱一些，人物心灵的开掘不及杜柔安那样深，但作者通过李飞同杜柔安的爱情关系及其职业性的采访活动，也写出了李飞作为一个正直的知识分子的特征。李飞也是大学生出身，参加过北伐，离开军队在上海当记者，被报社派到他的家乡西安。他在政治斗争中采取中间态度，但富有正义感，"对军阀的作为觉得可笑或愤怒"，"相信中国必须要改变，否则无法在现代世界中立足"。他敢于在新闻报道中揭露现实中丑恶的东西。当李飞与杜柔安向杜忠谈到写文章得罪当局而逃离西安时，小说中有一段对话：

> "我写那篇文章也许莽撞了一点"，李飞说，"不过总该有人说句话呀。"
>
> "你做得对。我很高兴你不是国民党。"
>
> "当然不是"，李飞生气勃勃说，"我不搞政治。"

杜忠厌恶国民党不是出于思想进步，李飞也并未认清国民党的本质，但几句话却能点染出李飞那种清高的政治态度。

在作者笔下，李飞和杜柔安的爱情既理想而又现实，而郎如水与崔遏云的恋爱虽理想而却与现实冲突。郎如水是李飞的好友，性格却与李飞不同，富有浪漫气质。他到巴黎学艺术，"带回满肚子法国烹饪的学问和法国'油煎苹果'的方法"。"回到中国，坚信中国的生活方式优于每一个国家，只是他也说不出来所以然来。"他应李飞邀请来西安看古都，住了一年还不走。他同许多富家少爷一样，终日优哉游哉，但心地还善良，"只希望在世界的一角拥有自由与平安"，"他一直寻求生命中清新、真实的一切"。他为崔遏云的天真无邪和独立精神所倾倒，热烈追求又耐心等待。崔遏云从家境、身份等多方面考虑，明白这种爱情不现实，多次加以拒绝，在方文波说合下才同意，但不久被捕，跳水身死。小说最后让郎如水同死去丈夫的湘华结合，使郎如水从梦幻回到了现实。

小说描写鼓书艺人崔遏云笔墨不多，但声音笑貌、性格体态清晰可见。作者对这个地位低微而品性高尚的东北少女寄以同情，用赞美的笔调加以描绘。作者除了描写这位少女优美的形体和熟练的技艺之外，更着重描写她光明磊落的心地和坚毅顽强的意志，不惜牺牲自己保全友人。崔遏云是小说中最有光彩的一个人物形象。《朱门》故事情节中的转折波澜，同这个少女的出现和遭遇有关，《朱门》内外少女少男的联系，崔遏云也是一个枢纽。如果说郎如水这个人物与钱锺书的小说《围城》中的方鸿渐那样的留学生相像的话，崔遏云这个少女形象则好似老舍的小说《鼓书艺人》中的方秀莲。作者的热情倾注到崔遏云这样的小人物身上，当然是难能可贵的。

小说中的方文波和春梅也是作者赞美的好心人，但作为文学作品的人物形象写得并不很成功。小说中方文波乐于助人，有"江湖"人物的侠士气，但面貌性格极为模糊。到了二十世纪三十年代，像方文波那样的民间帮会头子超然于政治斗争之外，派人杀死卫兵救出崔遏云，却安然无事，这都不够真实。春梅是西安前市长杜芳霖的丫头，被主子玩弄后生了两个孩子还未取得姨太太身份。她不做园丁的妻子，甘愿做杜家的半婢半妾，经过多次争吵才取得"媳妇"的身份，给杜芳霖生的儿子则降为"孙子"。春梅固然是个被侮辱被损害的妇女，对杜柔安的婚姻自主能暗中相助，但她自己安于半婢半妾的地位，对老爷体贴入微，作者把这个妇女当作腐朽的"朱门"内的一朵鲜花，其实是以奴性当美德，以屈辱为幸运。

　　《朱门》这部小说除了主要描写几对青年男女之外，还写了老一辈的人物杜忠与杜芳霖两兄弟。杜芳霖这个人物集专横、暴戾、贪婪、腐化等许多恶德于一身。在"朱门"之内，他践踏家庭伦理道德，口头反对纳妾，却霸占婢女；自己荒淫无耻，却诬侄女"不守妇道"，借机逐出"大夫邸"，以独占杜家遗产。在"朱门"之外，他也胡作非为、不讲人道，为了敛取财富，蛮横地切断湖水，损害回民利益。小说中的杜忠是清末的学者，辛亥革命之后仍然是保皇派，这时已退出政治舞台，隐身甘肃的喇嘛庙。他生活上洁身自爱，不像杜芳霖那样骄奢淫逸；对待贫苦人民怀有同情之心，不像杜芳霖那样仗势欺压；他重名轻利，认为"真正的遗产是好名声，是人民对杜家的尊崇和敬意"，还是为了杜家。小说的主旨不在于表现杜家老一辈兄弟之争，因而让这个人物早早中风而死。

　　如果我们把《朱门》这部小说仅仅看成一部爱情小说，是不全面的。林语堂长期旅居纽约的高楼，对急遽变化的中国社会现实可以说是"不识庐山真面目"，自然难以用现实主义笔法真实地描绘和反映中国社会，于是他往往借小说表述主观的思虑和遐想，抒发他所信奉和追求的某种哲理。《朱门》是在虚构的人物和故事情节中寄寓作者的伦理道德理想，作者通过杜柔安与李飞，以及其他几对男女青年的结合，力图表现在爱情、婚姻及家庭问题上一种真诚可信的美德，正如《京华烟云》中作者笔下的姚木兰处理夫妻、父女、婆媳、妯娌等各种关系伦理道德都无懈可击一样，杜柔安在伦理道德上也无可指摘，特别是在婚姻问题上敢于破除门第之见，不惜付出很大代价，争取因爱情而结合的婚姻。小说极力渲染的杜柔安及其他人物美好的婚姻道德，正是作者道德观的一个重要内容。毫无疑问，杜柔安、李飞式的婚姻关系，远远胜过以封建宗族制和封建礼教为基础的中国旧式婚姻，也高出于以金钱作维系的资本主义社会的婚姻关系。但杜柔安、李飞式的婚姻关系，既带有中国古代佳人才子缔结良缘的影子，正如林语堂所推崇的《浮生六记》中那对恩爱夫妻相近似，又没有越出基督教的一夫一妻制范围。恩格斯在谈到文学与婚姻制的关系时曾指出："法国的小说是天主教婚姻的镜子；德国的小说是新教婚姻的镜子。在两种场合，'他都有所得'；在德国小说中是青年得到了少女，在法国小说中是丈夫得到了绿帽子。两者之中究竟谁的处境更坏，不是常常都可以弄清的。"林语堂曾在德国耶拿大学、莱比锡大学留学，阅读过不少德国文学作品，在文学创作上是否受到这类德国小说的影响那可另行研究，这里只是说明，他在《朱门》中所美化的杜柔安、李飞式的幸福小家庭，也仅仅是"青年得到了少女"。

从《朱门》的人物之间的相互关系中，可看出小说除着重提出恋爱、婚姻、家庭问题外，也涉及一些社会问题以至民族问题，歌颂助人为乐的社会公德。小说中肯定和赞扬的是合乎人性、人道主义的东西，否定和批判的则是违反人性、人道主义的东西。作品中的正面人物都心地善良，同情弱者，乐于助人。无论是"慈悲女神"杜柔安、"总带着人情味"的李飞、"交游广阔"的方文波、"连一只苍蝇都不敢打"的郎如水、舍身为友的崔遏云，还是收养回民孤儿、同回民友好相处的杜忠，都富有这种人道主义精神。作品自始至终以助人者得人助作为基调，李飞与杜柔安的结识是从李飞帮助被军警殴打、驱赶的示威学生开始的。李飞在新疆陷入险境得到回族军官的帮助才化险为夷。为了掩护崔遏云逃出西安，温文尔雅的杜柔安敢冒风险，而杜柔安在艰难之中有各方面伸来的援助之手，连素不相识的飞行员也乐于相助。方文波在小说中也以助人为乐的身份出现。这种互助精神作为一种社会公德当然值得称道，但是它并不能解决任何社会矛盾，正如林语堂津津乐道的"对于可爱的老贫农，我曾一出手就给几块大洋"对解决农民问题无济于事一样，资产阶级人道主义的伦理道德，并不能治疗任何社会弊病。

《京华烟云》《风声鹤唳》的资产阶级人道主义，除了用作对待爱情、家庭的伦理道德之外，还表现在同情和救助战争受难者，特别是受日本侵略战争之害者方面。而《朱门》中的人道主义除了作为家人相处、朋友交往的道德原则之外，还对那时西北边疆地区受军阀混战、官绅盘剥之害的汉、回族人民寄以同情。小说把二十世纪三十年代之初的新疆事件作为重要背景，也当作小说主人公李飞与杜柔安多时音讯断绝的社会因素，通过李飞之眼观察那时的新疆战事。据作者说："本书只描写了一九三三年的部分。"① 那时新疆的政治和军事局势极为混乱。林语堂有时把《朱门》这部小说的内容说成"描写回疆的故事"，实际上只是在叙述当时国民党的"政府军"与少数民族地方武装交战的进退、推移中描写李飞的惊险遭遇，

---

① 林语堂：《朱门·自序》，台湾远景出版事业公司，1979年。

尽管在叙述战况时提到一些真人如金树仁、盛世才、马仲英等军阀头目，但未对这段历史做出客观的分析和评论，所依据的材料又很不完整、很不全面。但值得注意的是，在民族问题上作者没有和国民党统治者推行的大汉族主义唱同调，而把同情寄于被压迫的回民及边疆其他少数民族人民方面，在三岔驿水闸争端中，鞭挞了杜芳霖父子的横行霸道，歌颂了回族人民对压迫者自发的反抗；在新疆战争中谴责了军阀金树仁、盛世才对少数民族的杀戮，通过记者李飞的所见，诅咒了这场灭绝人性的屠杀。这些积极的因素自然不应抹杀。作品在一定程度上表现了民族团结、民族和睦思想，但也宣扬了靠几个好心人的善乐好施来解决民族问题的幻想。

同《京华烟云》《风声鹤唳》相比，《朱门》的政治倾向较为隐讳，但并不意味着作者已经放弃或改变多年来顽固坚持的政治立场。小说的地点放在二十世纪三十年代之初的西安实际上正是从政治上着眼。林语堂于一九四三年底曾到西安旅游，这不足以说明作品用西安作背景的原因，因为作者那时旅居重庆的时间更长一些，或者说西安这个古城能显出"朱门"这个家族的特色，这也不是主要原因。众所周知，三十年代前期驻陕甘的军队是杨虎城指挥的西北军，张学良统率的东北军随后也"奉命"开进陕西。小说中写到的"杨主席""东北来的年青将军"显然是指杨虎城、张学良将军。这段历史正直的史家已有公允的评价，不必赘述。林语堂之所以选取西安为小说的地方背景，意在避免触及国民党的统治，又借机对张、杨两将军发点微词贬语，从林语堂所持的政治观、历史观来说，倒也不足为奇。不过，这里也得指出，林语堂在精心安排"满洲客"的故事时却有无法弥补的漏洞，即小说所写的那段时间，张学良还在华北，一九三三年赴意大利考察，四月十一日出国，十二月二十五日回国，而《朱门》的故事早在这年七月就结束了。当然，小说作品并不等于历史，但一个忠于生活、对读者负责的作家，是不应从某种政治偏见出发任意涂改历史事实的。

总之，《朱门》虽然隐含着政治偏见，但就其主要内容来说是一部社会小说。作品以资产阶级人道主义观点提出的恋爱、婚姻、家庭问题以至于人与人之间、民族与民族的关系问题，尽管不可能鞭辟入里，但贯穿了关怀人、尊重人、疾恶崇善、助人得助思想，对封建地主阶级的专横暴戾、资本主义社会的尔虞我诈，是一种批判和谴责，作为伦理道德观含有某种积极意义。在林语堂的小说作品中，《朱门》算是小说味较浓的一部，具有一定的可读性；对于了解道德家的林语堂，《朱门》更是不可或缺的资料。自《朱门》之后，林语堂再也没有写出更像样的小说作品。

最后还要指出，文学作品中的人物形象，有时往往显现作家自己正面或侧面的身影，《京华烟云》中的姚思安及其女儿姚木兰，实际上寄托了作者的道德理想。姚木兰虽是女子，但林语堂说过"若为女儿身，必做木兰也"。① 而《朱门》中的杜柔安及其父杜忠，在道德观方面都有林语堂的影子，杜忠与林语堂更加相似乃尔。在伦理道德方面，杜忠有不少积极可取的东西，而历史观却是荒谬可笑的，正如小说中所说这个清代学者成为"已逝目标的斗士"，至死还是保皇派。林语堂何尝不是如此，他的伦理道德观浸透了资产阶级的人性论、人道主义，在西安旅游期间还特地从孤儿院接出一个孤儿来收养，但他政治上为之奋斗的"目标"早已从中国大陆上消逝。

（本文原载于《江淮论坛》1986 年第 2 期）

---

① 林如斯：《关于〈京华烟云〉》，林语堂《京华烟云》上海光明书局 1946 年 1 月（战后第一版）。

# 从多重"回归"现象看林语堂

　　林语堂先生从 1895 年出生到 1976 年逝世，生活经历实足 81 年，而他的文学和学术生涯如果从大学毕业后执教清华学校算起，前后共约 60 年。纵观他的生活和学术历程，不难发现一种有趣而又不是偶然的现象，即他在思想文化领域早年追求过或运用过的东西，中途曾有所改换，若干年后又再"回归"。从这种"回归"现象中观察林语堂，特别考察他同中外文化的关系，窥探他的文化心态，似能得到一些启示。这种"回归"现象，笔者在《从文化视角看林语堂》（《福建学刊》1988 年第 6 期，《新华文摘》1989 年第 3 期）一文已约略述及，但未专门论述，本文是前文的补叙。

　　林语堂的多重"回归"中有"基督徒——异教徒——基督徒"的"回归"，他对道德理想做了多年探求之后，把基督教作为一种理想的道德而重新信仰，带有文化择取的转换意味，但毕竟属于宗教信仰范畴，由于刊物篇幅关系，本文不作论述，主要从他所从事的文化事业中的"回归"现象看其文化心态。

一

　　林语堂在学术文化领域是从语言学起步的。1918 年 2 月，他在《新青年》上发表《汉字索引制说明》，提出部首改革方案，得到蔡元培、钱玄同的赞赏。20 年代初在德国莱比锡大学留学主要钻研语言学，回国后先后在北京大学、北京女师大和厦门大学执教，都讲授语言学课程，并以一个年轻语言学家身份跻身于语言学界。在语言学、音韵学、方言学及汉字改革等方面，他不时有论文发表，特别是运用比较语言学的科学方法研究音韵学、方言学，受到中国语言学界的重视。他主持了中国现代最早的方言研究机构——北京大学国学门方言调查会，起草了现代第一个《方言字母表草案》。他与语言学界钱玄同、赵元任、汪怡、刘复（半农）、黎锦熙、周辨明等著名人士经常往来，形成"七人会"，寓有"竹林七贤"之意。

但是，几年之后，即20世纪20年代后期和30年代之初，林语堂逐渐由语言学转向文学。从1924年夏发表文章提倡"幽默"① 起，随后加入语丝派，林语堂就向文学界伸进一只脚，此后语言和文学两头兼顾。1928年他的第一本杂文散文集《翦拂集》出版之后，他从事文学创作和活动的兴致愈来愈胜过语言学。到1932年创办《论语》，以更大劲头提倡"幽默"以来，他就弃语言而全力搞文学，正如他在《四十自叙》诗中所说："幽默拉来人始识，音韵踢开学渐疏。"1933年他把早年的语言学论文汇集为《语言学论丛》出版。这本书既显示他在语言学方面的研究成果，也是他暂且告别语言学而留下的纪念品。

林语堂在语言学方面功力不凡，为何要转向文学？他自己没有公开说明过。从林语堂参与文学活动初年的情况中，约略可以窥知，既有时代因素也有个人因素。"五四"后文学社团风起云涌般出现，这许多文学社团往往成为培育作家的苗圃和温床。林语堂就是加入语丝社后在鲁迅、周作人等作家启导下激发了创作热情，在《语丝》上文笔得到磨练而转向文学的。同时，社会黑暗浓重，政治风浪激越，凡是关注国家命运、民族前途和社会进步而又有写作功力的人，无不借文学和文学干预现实，抒发胸臆。林语堂青年时代富有浮躁凌厉之气，对社会、对现实有话要说，而且文学上也有基础，在清华学校教学期间补读过不少中文著作，赴美国哈佛大学留学，念的是比较文学，得到文学硕士学位，因而他放弃纯学术性的语言学而转向与现实密切相关的文学，也颇为自然。从不同的行当转到文学，在那个时代并不少见，但像林语堂那样在语言学方面已成名又转行却也不多见。

林语堂转到文学领域以来，从语丝派一员到论语派主帅，在上海文坛奔波了几年，办了多种刊物，写了几百篇文章，获得了"幽默大师"的称号。1936年他出国写作，既搞创作又搞翻译，在国外侨居30年间，推出

---

① 《征译散文并提倡"幽默"》，《晨报副刊》，1924年5月23日。《幽默杂话》，《晨报副刊》，1924年6月6日。

30 多部著译，在西方读书世界获得很高的名声。30 多年后，林语堂在语言与文学两大学科领域又出现了"回归"现象。从 1965 年开始，林语堂写作学术性论文，除《红楼梦》研究、孔孟哲学、宋明理学研究外，语言学研究论文也增多，如《整理汉字草案》等一组有关汉字改革的论文，正是他早年研究课题的继续，《中国语辞的研究》等有关国语读音的系列论文，也是他早年从事音韵学理论研究的具体应用。林语堂在语言学方面毕竟功底不浅，宝刀不老，时隔 30 年仍熟练自如，颇有见地。20 世纪 70 年代初他接受香港中文大学委托主持《当代汉英词典》的编纂，就停止散文写作，完全"回归"语言学。这部词典运用他自己创造的"上下形检字法"加以编纂，成为一部有较高学术水平的大型辞书，也是林语堂"回归"语言学的重大成果。在文学和语言两大领域能够转换自如，且都有所建树，的确也是难得的。

## 二

在文学领域内，林语堂既是创作家，又是翻译家，创作和翻译之间在时间上虽分不出明显的界限，但大体上说来，他早年在国内时期创作数量多于翻译，出国后写作多部小说，且译著数量较多，晚年则停止翻译，专搞创作（包括文学、语言研究），因此，也可算是一种"回归"，用"创作——翻译——创作"概括似无不可。林语堂在"语丝""论语"时代虽翻译介绍不少海涅的诗文和西方表现主义的文艺理论，但主要精力还是用于散文杂文创作。出国期间致力于向西方世界介绍中国和中国文化，用大量时间译述或译注中国古代经典著作，包括《道德经》在内的许多难懂更难译的经典著作，可以说是发挥他自己之所长。"五四"后不少中国文学家既从事创作又有不少译著，鲁迅、郭沫若、周作人、茅盾、冰心、巴金、瞿秋白都是如此，但林语堂主要向国外译介中国著作，而且数量多质量高，在中国文学家中又少见。在学术上经过多年的积累和钻研，有许多心得和见解可整理和发表，他晚年不再搞翻译，专写自己的东西，也是不难理解的。

在文学创作上，林语堂在文学体裁和文学语言方面都曾有所转换，后来也都出现"回归"现象。

　　林语堂是以散文杂文的创作走上文坛的，他留学回国后在北京的三年和在上海的十年，从加入语丝派和主持论语派，写作散文杂文不下 300 篇，成为他文学创作上的黄金时期，推出了《翦拂集》《我的话》《大荒集》，为促进中国现代散文的多样化做过贡献，特别是对"幽默文学"的兴起有筚路蓝缕之功。鲁迅在政治思想上与林语堂分道之后，仍然肯定林语堂是"最优秀的杂文作家"① 之一。尽管他的杂文散文，鲜花与杂草并存，但在中国杂文散文中仍成一家，表现出他的创作个性。

　　从散文杂文进入文学园林的林语堂，出国写作不久，转向了小说创作，而且一发不可收，将近 30 年间，陆续出版了 7 部长篇小说。一个写散文娴熟自如的作家，为何要转向从未尝试过的小说创作？林语堂在给友人陶亢陶的信和谈《瞬息京华》的创作构思的文章中做过说明。原因一是出于抗日爱国热情，他感到在抗日宣传方面，小说的感染力比政论、散文类作品来得大；二是考虑客观环境，因为在国外报刊发表散文、政论作品越来越难，外国报刊多发纪实类作品，而且身处国外不了解抗战实况，纪实性散文也难于提笔，而小说可以虚构故事和人物，因此他没写过小说，但也决心一试，1938 年至 1939 年间创作长篇小说《瞬息京华》。一试居然成绩不坏，这就鼓舞他继续写下去，因而在海外读者脑海中小说家林语堂之名也就深于散文家的林语堂。

　　在小说创作中，林语堂领味到成功的喜悦，也有失败的烦恼。《瞬息京华》（又译《京华烟云》）以宣扬强烈的民族正气和高尚的道德情操感染过许多中外读者，成为 20 世纪 40 年代的畅销书之一。写于不同年代的《风声鹤唳》《唐人街》《朱门》《远景》《红牡丹》《赖柏英》，题材多样，故事动人，各有特色，尽管在小说艺术手腕上与现代著名小说家相比还略逊一筹，但林语堂在小说创作上半路出家，成绩也算是可观的，社会效益和经济效益都不差。然而，随着年岁渐大，同社会实际接触愈来愈少，小说题材自然越来越枯竭，这本来是个普遍现象，小说名家也不例外。但林语堂写小说之心不死，60 年代初他仅凭台湾报刊对广东人大批"逃往"香港的歪曲报道，毫无生活实感，杜撰了以广东惠阳农村为背景的小说《逃向自由城》，即便撇开意识形态不管，也属毫无小说艺术价值的宣传品。

---

　　① 斯诺整理：《鲁迅同斯诺谈话整理稿》，《新文学史料》，1987 年第 3 期。

这次失败也就摧毁了林语堂写小说的积极性，晚年又回到他早年成绩不凡的散文写作。从 1965 年"回归"散文起，几年间又写了近百篇，最后汇集为《无所不谈合集》。同早期杂文散文相比，愤世和玩世味都已冲淡，文化意蕴增浓，多属对文化问题的深沉思考，幽默的文风犹不时可见，谈谈笑笑之作则少，尽管出于政治意识的驱使，文中也有败笔，但在散文领域内依然是有代表性的一家。

林语堂在写作上中文和英文两种文字并用，写散文主要是用中文，写小说则全用英文，因而同"散文——小说——散文"的"回归"现象有关，在运用语言文字方面也形成"中文——英文——中文"，而且时间界限相当明显。他在中国大陆时期写散文较多，主要是用中文，也用英文写过一些文章。尽管他在《四十自叙》诗中自谦地说是"回国中文半瓶醋，乱写了吗与之呼"，但一个长期在英语环境中生活的人，在运用祖国文学方面也不甘落后，迎头赶上，而且在散文写作上成为一家，自然是才智加勤奋的硕果。林语堂从在上海写作《吾国与吾民》开始，工作重心从"对中国人讲外国文化"转向"对外国人讲中国文化"，直接用英文写作当然更为便捷。出国以后，环境变了，读者对象是洋人，于是他写作全用英文。林语堂的英文水平之高，学术界是公认的。他编的《开明英文读本》《开明英文文法》，至今还属高水平的读本。他用英文写作的时期，长达 30 年。"五四"以来老一辈中国作家和学者，外语水平大都是很高的，但林语堂直接用英文写作作品之多、影响面之广，又几乎是独一无二的。从1965 年林语堂为台湾"中央社"写短文开始重新用中文写作，次年他举家到台湾定居，又恢复中文写作。一种语言工具 30 年不用本来易于生疏，但林语堂重新使用已做过精深研究的祖国语言文字，在英文写作期间仍不断阅读中国书籍，因而他"回归"中文写作依然轻松自如，而且较早期文笔更精练。半文半白的"语录体"已少见，"娓语式"笔调仍保留，特别是用英文写作 30 年，"回归"中文写作较少欧化痕迹，也颇为不易。林语堂晚年除写回忆录《八十自叙》、主编《当代汉英词典》及同外国人交往仍用英文外，在语言文字方面实现了"回归"。

# 三

上述多重"回归"现象，虽大都在语言和文学的学术领域内出现，但同林语堂的中西文化观的发展和转化有所联系，既可证明林语堂在西洋文化和中国文化领域涉足面之广阔，文化素养之深厚，能集语言学家与文学家、翻译家与创作家、散文家与小说家于一身，中文英文运用都驰骋自如，且在某种程度上反映出他处于变动中的文化心态，可以说在上述多重"回归"现象中，实际上包含着在西洋文化和中国文化之间的返祖、"回归"现象。当然文化心态的变化是逐步的、渐进的，而且往往是反复的，难以准确测定时间界限，但林语堂这种"回归"现象随着岁月流逝的确越来越明显。本文不可能详细论证其变化过程，只略述这种"回归"现象，从这种现象中观察其在文化择取和播扬的转化。

"五四"时期进入文化领域的老一辈学者和作家，大都是从接受中国传统文化起步的，也受过地域文化的培育，鲁迅、郭沫若、茅盾、胡适、蔡元培等名家都是如此，林语堂也不例外。他虽出身于基督教家庭，但其父仍是儒家信徒，对子女的文化启蒙依然是采用中国古书。林语堂幼时生活在平和县山村，也受到闽南乡土文化的影响，培育了深厚浓郁的乡土之情。在学校教育和出国留学中，他饱受西洋文化的浸染，使他"对于西洋文明和普通的西洋生活具有基本的同情"①，但毕业后也补读不少中国书籍。

20 世纪 20 年代初年，林语堂进入中国现代学术领域，注意择取西方现代文化的长处，用之于学术研究和文学创作，如在语言学方面汲取西方比较语言学用之于中国方言和音韵的研究，在文学方面评介西方表现主义文艺批评的观念和方法，在文化思想方面宣扬西方批评的文化，批评中国文化的封建守旧性。他早期发表的以《萨天师语录》以总题的系列散文，都是借题发挥，讽刺中国文化和中国社会的陈腐、落后，祈望革新图强。他在多篇杂文中认为中国"国民癖气太重"，而"欲一拔此颓丧不振之气"

---

① 《林语堂自传》，刘志学主编《林语堂自传》，河北人民出版社，1991 年。

"惟有爽爽快快讲欧化之一法而已"。① 话虽说得片面和过激，但确是希望中国发展前进。在演讲和论文中谈到物质文明和精神文明的关系时，他认为"今日中国，必有物质文明，然后才能讲到精神文明，然后才有余闲及财力来保存国粹"。② 这些观念在那时都有进步性。大体上说，林语堂在留学回国之后到出国写作之前是他"对中国人讲外国文化"时期，主要宣扬西方的人文主义和现代批评的文化，也在英文报刊发表一些文章，"对外国人讲中国文化"。

　　林语堂对中西文化的比较研究，从20世纪20年代末就已开始，他的著述中大都贯穿了中西文化的对比。在对比中越来越多发现中国文化有西洋文化所不及的长处。如1929年末发表《机器与精神》主要批评东方文化派的守旧观念。时隔不久在出访英国讲《中国文化之精神》时，则赞扬中国文化中人文主义精神。30年代前期，他在上海大力提倡英国式"幽默"时，发现中国"幽默"古已有之，他崇尚西方的蒙田、梅瑞狄斯、斯平加恩，也发现了中国的陶渊明、苏东坡、袁中郎，在提倡英国的娓语式笔调时，又推崇中国明清的小品文和语录体。在他主要"对中国人讲外国文化"年代，也不属"全盘西化"派，而是徘徊于中西文化之间，力图寻找两种文化融汇之点。"幽默文学""性灵文学"的提倡既是他在刀光剑影年代寻求一种较为安全而又能发抒己见的表抒方式，又可说是他对于中西文学融汇的一种尝试。林语堂在1934年的自传和文章中宣称"两脚踏东西文化，一心评宇宙文章"，话虽说得大了些，因为东西文化无比广阔，任何人所"踏"都只是一部分，甚至只能是小部分，但大体上也说得过去，他明确在中西文化的领域邀游过一番，对两种文化的特性都较为熟习。

　　在"对中国人讲外国文化"年代，林语堂已开始"对外国人讲中国文化"，但比较系统地从事这项工作，是用英文写作《吾国与吾民》《生活的艺术》两书。两书都以外国读者为对象，介绍中国社会和中国文化，但基本内容和文化基调又略有区别。前者着重介绍中国社会和中国民族性格，后者则主要介绍中国人的生活哲学。两书执笔时间约相距两年，林语堂的文化心态已经有所变化。如果说前书是他批判中国文化的尾声的话，后书

① 《翦拂集·给玄同先生的信》，《林语堂选集》，海峡文艺出版社，1988年，第49－53页。
② 《大荒集·机器与精神》，《林语堂选集》，海峡文艺出版社，1988年，第159－167页。

成为他弘扬中国文化的开始曲。因为前书过分强调中国文化和民族性格的消极性，后书则主要宣扬中国人别有情趣的生活的哲学及引人入胜的文学艺术，批评资本主义文化形态下许多怪诞现象。书中文化领域的"回归"现象已清晰可见。

林语堂于 1936 年赴美国侨居，"对外国人讲中国文化"长达 30 年，而文化追求和择取上的"回归"最为明显的是抗日战争开始以后，特别是 40 年代，他"两脚踏东西文化"重心转到东方文化，主要是中国文化方面。这同林语堂富有强烈的民族意识和民族感情有关。在国家被侵略、民族被蹂躏的年代，一个富有民族正气而又能写作的人，怎能不为自己的祖国和民族说话？但那时中国政治、经济都没有什么好说的，自然而然多说中国源远流长丰富多彩的文化。他先后编译《孔子的智慧》《老子的智慧》，著《苏东坡传》，英译不少中国古典著作，都意在向世界宣传中国，弘扬中国民族文化，他在中西文化比较研究中越来越多颂扬中国文化的长处。他写的多部小说富有较丰富的文化内涵，塑造了许多中国传统文化培育的道德高尚的人，即便描写外国人的《远景》，也塑造了一个中国血统的哲学家作为精神支柱。林语堂"对外国人讲中国文化"方面的确做了巨大努力和杰出贡献。

林语堂在文化传统上的"中国文化——西洋文化——中国文化"的"回归"现象，可以说明他"两脚踏东西文化"，但并不同于脚踏两只船，而是着力点有所转换和变更，也可以证明中国文化蕴藏着巨大的吸引力和凝聚力，连林语堂这饱受西洋文化熏陶的文化人都吸引过来了。当然一个人文化心态是很混杂的，特别是在广阔文化领域走过来的人，其文化心态更为复杂，不能像用化学方法分析不同的元素那样分得一清二楚。林语堂的"回归"只是从主要思想倾向说，随着岁月流逝，他越到晚年越钟情于中国传统文化，从洋博士走进了国学家之列，从"对外国人讲中国文化"，进而转化为"对中国人讲中国文化"。

当然，一位文化人在文化传统"回归"与否并不是对他作历史评价的主要依据，对中国人讲外国文化也好，对外国人讲中国文化也好，或者对中国人讲中国文化也好，只要讲得好，对文化事业发展都能作出贡献。林语堂在文化传统上"回归"与否，并不影响对他的评价。但林语堂在文化领域确实"回归"了，从这种现象中有助于我们了解林语堂的文化心态和文化性格。

# 四

除上述多重文化领域的"回归"外，还有生活居留地的"回归"，其中或多或少都有着因果关系。

林语堂从 20 世纪 30 年代到 60 年代侨居国外，胸中存在回到自己国土的念头，这符合中国人年老返乡、寻根问祖的传统。60 年代中期他重新用中文写散文，又对中国古代文学、哲学的研究兴致极浓，这都成为他回国居住的催化剂，也就是文化领域的多重"回归"，加速了他"回归"自己国土的步履。中文作品的广大读者毕竟是在中国的土地上，而中国哲学、文学的研究环境和条件，中国自己优于国外。经这一番联系和准备之后，1966 年夏季林语堂举家回到中国的台湾省台北市居住，由于两个女儿在香港工作，他经常来往于台北与香港。他在文化领域内多重"回归"之中也实现了"中国——外国——中国"这种"回归"。

林语堂到台北定居之后，"对外国人讲中国文化"时代自然结束，而"对中国人讲外国文化"，他文化心态起了变化之后自然感到没有必要，也没有兴致，因而他晚年在台湾地区主要对中国人讲中国文化。他发现台湾地区汉字的读音、汉字的整理都存在不少问题，一个在语言学、音韵学功底不浅的学者禁不住要写点文章、说些话，同时他又接受香港中文大学委托主编《当代汉英词典》，更促使他从文学回归语言学。因此，林语堂的多重"回归"之间可以说是息息相通的。

林语堂生命的最后十年是在中国土地台湾岛上度过的。他跻身于台湾的文学家、语言学家、国学家、红学家之列，在文化学术上继续做出贡献，成为继胡适、罗家伦之后台湾地区的文化名人。由于台北与他的家乡漳州、平和只有两百多公里的海峡之隔，语言又与闽南话同属一种方言语系，林语堂在台湾地区能听到亲切的乡音，有如回到故乡的感觉，不时引发他对儿时生活的回忆的眷念。这也无异于一种精神境界上的"回归"。

然而，林语堂一生中留下的最大的遗憾是生前未能"回归"培育过他的家乡。这当然有客观因素，但主要因素还是林语堂的主观方面，对新中国存有疑虑，这同他在文化领域实现了"回归"在政治领域未再"回归"有关。众所周知，林语堂 20 世纪 20 年代曾在"五四"后的进步文化阵营内摇旗呐喊过，在支持青年学生反帝反军阀斗争中，一度表现出初生牛犊不怕虎的气概，同进步文化阵营的主将鲁迅曾结下了深厚的友谊，在中国现代文化领域留下过进步的足迹。但是30年代中期，他与鲁迅疏离，实际上是同进步文化阵营疏离以后，也是他自己宣称"偏憎人家说普罗"之后，他早年进步的"激烈思想""激烈理论"，就再也没有"回归"。林语堂一生除了当过几个月陈友仁主持下的武汉国民政府外交部秘书之外，再也没有做官，没有加入任何政治集团，晚年在台湾地区时还推却了只挂名拿干薪的"考试院副院长"的高职，终身是个学者和作家，同"学而优则仕"的文化人大不相同，但他的政治思想在中年时期就凝固甚至僵化了，不再出现什么大的变动。在他生涯的后半世，时代已经大变动，中国大地发生了翻天覆地的变化，林语堂却视而不见，自然自我阻塞了"回归"他思念的家乡之路。在他生命的最后几年，他只能在香港沙头角瞭望养育过他的大地，了却回乡的愿望。

世界上没有完人，林语堂在政治思想领域尽管留下令后人感到遗憾之处，但政治信仰同宗教信念一样各人有择取的自由。最重要的是，作为一个中国人，作为一个中国学者，必须要有一颗中国心。从这个意义上来看林语堂，确实是可敬的。尽管林语堂在政治思想领域没有出现"回归"，但他在文化领域内的多重"回归"，不仅说明他在文化领域涉足之广，熟练地运用多种文化手腕，"两脚踏东西文化"不是浮夸不实之谈，而且表明他有一颗热血充溢的搏动着的中国心。上述多重"回归"中都透射出他的心态，他的意念中"我是一个中国人"异常明确，弘扬中国文化的意愿终生不渝，特别是他又是西洋文化浸泡过来的，这就更为难能可贵。

从林语堂的"语言——文学——语言""创作——翻译——创作""散文——小说——散文""中文——英文——中文""中国——外国——中国"多重"回归"现象中，可以得出一个总的印象：林语堂不愧是一位有中国心的，在文化学术上做了多方面贡献特别是为弘扬中国文化奋斗终生的文化名人，他既不同于数典忘祖的欧化绅士，也不同于固步自封的旧派，他的"回归"不等于复旧，而是在文化领域重新进行新的探索和开拓。林语堂著述中尽管有些谬误应予以剔除，但提供了许多精品供后人研究和鉴赏。

（本文原载于《福建学刊》1997年第1期）